NEIL GAIMAN
COISAS FRÁGEIS
BREVES FICÇÕES E MARAVILHAS

Tradução de Leonardo Alves

Copyright © 2006 by Neil Gaiman
A ilustração da p. 5 foi retirada da tira "Little Nemo in Slumberland", de Winsor McCay, publicada no jornal *The New York Herald*, em 29 de setembro de 1907.

As páginas 329-332 são uma extensão desta página de créditos.

Não é permitida a exportação desta edição para Portugal, Angola e Moçambique.

TÍTULO ORIGINAL
Fragile Things: short fictions and wonders

PREPARAÇÃO
Isadora Prospero
Marluce Faria

REVISÃO
Ulisses Teixeira
Pedro Faria
Anna Clara Gonçalves

DIAGRAMAÇÃO
Ilustrarte Design e Produção Editorial

ILUSTRAÇÃO DE CAPA
© Houston Trueblood

ADAPTAÇÃO DE CAPA, LETTERING E ILUSTRAÇÃO DA PÁGINA I
Antonio Rhoden

CIP-BRASIL. CATALOGAÇÃO NA PUBLICAÇÃO
SINDICATO NACIONAL DOS EDITORES DE LIVROS, RJ

G134c

    Gaiman, Neil, 1960-
        Coisas frágeis : breves ficções e maravilhas / Neil Gaiman ; tradução Leonardo Alves. - 1. ed. - Rio de Janeiro : Intrínseca, 2023.
        336 p. ; 23 cm.

        Tradução de: Fragile things
        ISBN 978-65-5560-395-8

        1. Ficção inglesa. I. Alves, Leonardo. II. Título.

22-80826   CDD: 823
                          CDU: 82-3(410.1)

Gabriela Faray Ferreira Lopes - Bibliotecária - CRB-7/6643

[2023]
Todos os direitos desta edição reservados à
EDITORA INTRÍNSECA LTDA.
Av. das Américas, 500, bloco 12, sala 303
22640-904 – Barra da Tijuca
Rio de Janeiro – RJ
Tel./Fax: (21) 3206-7400
www.intrinseca.com.br

A Ray Bradbury e Harlan Ellison,
e ao saudoso Robert Sheckley,
mestres do ofício.

Sumário

Introdução	11
Um estudo em esmeralda	29
Ril das fadas	51
Outubro na cadeira	53
A câmara oculta	67
As noivas proibidas dos demônios desfigurados da mansão secreta na noite do desejo sinistro	69
As pedras na estrada da memória	83
Hora de fechar	87
Mateiro	99
Amargor	101
Outras pessoas	119
Lembrancinhas e tesouros	123
Grandes Baixistas Devem Fazer Assim	139
A verdade sobre o desaparecimento da srta. Finch	145
Menininhas estranhas	161
Arlequim apaixonado	167
Cachinhos	177
O problema de Susana	181
Instruções	189
O que você acha que eu sinto?	193
Minha vida	201
Quinze cartas pintadas de um tarô vampiro	205
Comidas e comedores	213
Crupe do adoentador	221
No fim	225
Golias	227
Páginas de um diário encontrado numa caixa de sapatos largada num ônibus em algum ponto entre Tulsa, Oklahoma, e Louisville, Kentucky	239

Como falar com garotas em festas	243
O dia em que vieram os discos voadores	257
Ave-solar	259
A invenção de Aladim	279
O monarca do vale	283
Créditos	329

Introdução

"Eu acho... que prefiro me lembrar de uma vida desperdiçada com coisas frágeis a uma vida poupada de dívidas morais." Essas palavras me ocorreram em um sonho e as anotei assim que acordei, sem saber o que significavam ou a quem se referiam.

Minha intenção original para este livro de histórias e imaginações, uns oito anos atrás, era criar uma coletânea de contos com o título *Essas pessoas deviam saber quem somos e avisar que estamos aqui*, inspirado na fala de uma tira dominical de *Little Nemo* (hoje, é possível ver uma linda reprodução a cores desse quadrinho no livro *À sombra das torres ausentes*, de Art Spiegelman), e cada história seria contada por um dentre diversos narradores suspeitos e nada confiáveis, que explicariam suas vidas, nos diriam quem eram e contariam que, em algum momento, também estiveram aqui. Uma dúzia de pessoas, uma dúzia de contos.

A ideia era essa, mas aí a vida real entrou no caminho e bagunçou tudo. Comecei a escrever os contos que você encontrará neste livro, e eles foram tomando a forma que precisavam; enquanto algumas histórias eram fragmentos de vida relatados em primeira pessoa, outras simplesmente não eram. Uma se recusou a ganhar corpo até eu entregar a narração aos meses do ano, e outra fazia coisas pequenas e eficientes com a identidade, exigindo que fosse contada em terceira pessoa.

Com o tempo, comecei a reunir o material deste livro, tentando decidir como chamá-lo, já que o título anterior não parecia mais adequado. Foi nesse momento que saiu o álbum *As Smart as We Are*, do One Ring Zero, e os ouvi cantar os versos que tinha resgatado de um sonho, e fiquei me perguntando o que exatamente eu queria dizer com "coisas frágeis".

Parecia um ótimo título para um livro de contos. Afinal, existem tantas coisas frágeis. As pessoas se despedaçam com muita facilidade, assim como sonhos e corações.

"Um estudo em esmeralda"
Esse conto foi escrito para *Shadows Over Baker Street*, antologia que meu amigo Michael Reaves organizou com John Pelan. A pauta de Michael foi: "Quero uma história em que Sherlock Holmes encontre o mundo de H. P. Lovecraft." Aceitei escrever o conto, mas desconfiava que havia algo profundamente infrutífero na premissa: o mundo de Sherlock Holmes é absolutamente racional e celebra soluções, enquanto a ficção de Lovecraft é absolutamente irracional e vê os mistérios como cruciais para preservar a sanidade do ser humano. Se eu pretendia contar uma história que combinasse esses dois elementos, precisaria fazê-lo de um jeito interessante que respeitasse tanto Lovecraft quanto as criações de Sir Arthur Conan Doyle.

Quando garoto, eu adorava as histórias de Wold Newton escritas por Philip José Farmer, em que dezenas de personagens da ficção são transportadas para um mundo coeso, e gostei muito de ver meus amigos Kim Newman e Alan Moore desenvolverem seus próprios mundos descendentes de Wold Newton nas séries *Anno Dracula* e *A liga extraordinária*, respectivamente. Parecia divertido. Fiquei pensando se eu poderia tentar algo nessa linha.

Os ingredientes da história que eu tinha na cabeça se combinaram de uma maneira melhor do que a esperada. (Escrever é bem parecido com cozinhar. Às vezes, o bolo sola, independentemente do que você faça, e de vez em quando o bolo sai mais gostoso do que você poderia imaginar.)

"Um estudo em esmeralda" ganhou o Prêmio Hugo em agosto de 2004, na categoria Melhor Conto, algo que ainda hoje me enche de orgulho. E também contribuiu, no ano seguinte, para minha misteriosa inclusão no grupo Baker Street Irregulars.

"Ril das fadas"
Não é lá um grande poema, mas é imensamente divertido de ler em voz alta.

"Outubro na cadeira"
Escrito para Peter Straub, para a notável edição de *Conjunctions* que ele foi convidado a organizar. As origens do texto remontam a uma convenção em Madison, Wisconsin, alguns anos antes, quando Harlan Ellison

me chamou para colaborar com ele em um conto. Estávamos atrás de um cordão de isolamento, Harlan com sua máquina de escrever, eu com meu laptop. Mas, antes que pudéssemos começar, Harlan precisava terminar uma introdução, por isso comecei o conto e mostrei para ele. "Não. Parece um conto de Neil Gaiman", sentenciou. (Então, deixei aquela história de lado e comecei outra, que Harlan e eu estamos escrevendo desde então. Por mais bizarro que pareça, sempre que a gente se encontra para trabalhar na obra, o texto encolhe.) Assim, fiquei com um pedaço de conto guardado no meu HD. Peter me convidou para *Conjunctions* alguns anos depois. Eu queria criar uma história sobre um menino morto e um vivo, uma preparação para um livro infantojuvenil que tinha decidido escrever (o título é *O livro do cemitério*, que estou escrevendo agora). Levei um tempinho para descobrir o funcionamento da história e, quando ela ficou pronta, dediquei-a a Ray Bradbury, que a teria escrito muito melhor que eu.

Ela ganhou o Prêmio Locus de 2003 na categoria Melhor Conto.

"A câmara oculta"
Começou com um pedido de duas editoras, Nancys Kilpatrick e Holder, para eu escrever algo "gótico" para a antologia *Outsiders*. Acho que a história de Barba-Azul, com suas variantes, é a mais gótica de todos os tempos, então escrevi um poema sobre Barba-Azul ambientado na casa quase vazia onde eu estava hospedado na época. *Perturbante* é o que Humpty Dumpty chamava de "palavra-valise", ocupando o território entre *perturbador* e *preocupante*.

"As noivas proibidas dos demônios desfigurados da mansão secreta na noite do desejo sinistro"
Comecei a escrever esse conto a lápis, em uma noite de inverno com vento forte, na sala de espera entre as plataformas cinco e seis da estação ferroviária de East Croydon. Eu tinha vinte e dois anos, quase vinte e três. Quando acabei, digitei o texto e mostrei para dois editores que eu conhecia. Um bufou, disse que não era a praia dele e tinha sérias dúvidas de que seria a praia de alguém, e o outro leu, me lançou um olhar de pena e o devolveu, explicando que aquilo jamais seria publicado porque era uma

frivolidade sem sentido. Guardei o conto, feliz por ter sido poupado do constrangimento público de mais gente ler e detestar.

O texto continuou sem ser lido, perambulando da pasta para a caixa, então para uma banheira, do escritório para o porão e o sótão, por mais vinte anos. Sempre que pensava nele, era só com o alívio por não ter sido publicado. Um dia, me pediram um conto para uma antologia chamada *Gothic!*, e me lembrei do original no sótão, então fui atrás dele para ver se conseguia salvar alguma coisa.

Comecei a ler "As noivas proibidas" e sorri. Na verdade, resolvi que era, *sim*, bem engraçado, e inteligente também; um bom conto — os descuidos eram, na maior parte, o tipo de coisa que acontece por falta de experiência, e todos pareciam fáceis de consertar. Peguei o computador e fiz uma versão nova do conto, vinte anos depois da primeira, abreviei o título para a forma atual, e mandei para a editora. Pelo menos um parecerista achou que era uma frivolidade sem sentido, mas aparentemente ele era minoria, já que "As noivas proibidas" foi selecionado para algumas antologias de "melhores do ano" e ganhou o Prêmio Locus de 2005 na categoria Melhor Conto.

Não sei o que podemos aprender com isso. Às vezes, você só mostra certas histórias para as pessoas erradas, e ninguém vai gostar de tudo. De tempos em tempos, eu me pergunto o que mais está à espera nas caixas do sótão.

"Grandes baixistas devem fazer assim" e "As pedras na estrada da memória"

Um conto foi inspirado por uma estátua de Lisa Snellings-Clark, na qual um homem segura um contrabaixo, assim como eu fazia quando criança; o outro escrevi para uma antologia de histórias reais sobre fantasmas. A maioria dos autores dessa antologia apresentou histórias bem mais satisfatórias, mas a minha tinha a vantagem nada satisfatória de ser totalmente verdadeira. Esses contos apareceram juntos pela primeira vez em *Adventures in the Dream Trade*, uma miscelânea publicada pela NESFA Press em 2002, que reunia diversas introduções, rebarbas textuais e afins.

"Hora de fechar"

Michael Chabon estava organizando um livro com contos de diferentes gêneros, a fim de demonstrar que histórias são divertidas e de levantar dinheiro para a 826 Valencia, que ajuda crianças a escreverem. (O livro foi publicado com o título *McSweeney's Mammoth Treasury of Thrilling Tales*.) Ele me pediu um conto, e perguntei se tinha algum gênero faltando. Tinha: uma história de fantasmas no estilo M. R. James.

Então tratei de escrever uma clássica história de fantasmas, mas o conto tem muito mais a ver com meu amor pelas "histórias estranhas" de Robert Aickman do que com James (porém, quando ficou pronto, também acabou virando uma narrativa-moldura no estilo "club story", juntando assim dois gêneros pelo preço de um). O conto foi selecionado por algumas antologias de "melhores do ano" e ganhou o Prêmio Locus de Melhor Conto em 2004.

Todos os lugares nesse conto existem de verdade, embora eu tenha trocado alguns nomes — o Diogenes Club, por exemplo, era o Troy Club de Hanway Street. Alguns dos personagens e acontecimentos também são reais, mais até do que poderíamos imaginar. Agora que escrevo isso, fico me perguntando se aquela casinha de brinquedo ainda existe, ou se a demoliram e construíram casas no mesmo terreno, mas confesso que não tenho vontade de ir até lá para investigar.

"Mateiro"

Mateiro é aquele que vive ou tem grande familiaridade com a mata. Esse poema foi escrito para a antologia *The Green Man*, de Terri Windling e Ellen Datlow.

"Amargor"

Escrevi quatro contos em 2002, e esse, acredito, foi o melhor, mas não ganhou prêmio nenhum. Fez parte da antologia *Mojo: Conjure Stories*, da minha amiga Nalo Hopkinson.

"Outras pessoas"

Não lembro o momento do dia ou onde eu estava quando pensei nesse continho *à la* Möbius. Lembro que anotei a ideia e a primeira frase, depois fiquei na dúvida se era original — será que eu estava puxando da memória uma história que tinha lido quando era pequeno, algo de Fredric Brown ou Henry Kuttner? Parecia uma história de outra pessoa, uma ideia elegante, sofisticada e completa demais, então fiquei desconfiado.

Mais ou menos um ano depois, entediado em um voo, topei com minhas anotações sobre esse conto. Como tinha acabado a revista que estava lendo, resolvi escrevê-lo de uma vez — o conto ficou pronto antes de o avião pousar. Mais tarde, liguei para alguns amigos eruditos e o li para eles, perguntando se achavam a história familiar, se já a tinham visto antes. Eles disseram que não. Normalmente, escrevo contos por encomenda, mas, pela primeira vez na vida, tinha um conto que ninguém estava esperando. Mandei para Gordon van Gelder, da *Magazine of Fantasy and Science Fiction*, ele aceitou e mudou o título, o que não era um problema para mim. (O original era "Pós-vida".)

Escrevo muito durante viagens de avião. Quando comecei *Deuses americanos*, escrevi um conto em um voo para Nova York certo de que seria incluído na trama do livro, mas nunca achei um lugar onde ele quisesse entrar. Depois de algum tempo, quando o livro ficou pronto e a história não foi inserida, transformei-a em um cartão de Natal, mandei para as pessoas, e esqueci que ela existia. Alguns anos depois, a Hill House Press, que publica edições limitadas extremamente legais dos meus livros, mandou-a para os assinantes, também como um cartão de Natal.

Ela nunca teve título. Vamos chamá-la de:

O CARTÓGRAFO

A melhor maneira de descrever uma história é contando-a. Entendeu? Para descrever uma história, seja para si próprio ou para o mundo, nós contamos a história. É um jogo de equilíbrio e é um sonho. Quanto mais preciso for o mapa, mais ele se parece com o território. O mapa mais preciso possível seria o território, e assim ele seria perfeitamente preciso e perfeitamente inútil.

A história é o mapa que é o território.

Lembre-se disso.

Havia um imperador na China, há quase dois mil anos, que ficou obcecado com a ideia de mapear a terra sob seu poder. Ele mandou recriarem a China em miniatura numa ilha que construíra a custo de muitos recursos e, por acaso, de algumas vidas (pois as águas eram profundas e frias) em um lago nas propriedades imperiais. Nessa ilha, cada montanha se tornou um montículo de terra, e cada rio, um pequeno fio d'água. O imperador levava meia hora para contornar o perímetro da ilha.

Todos os dias de manhã, à luz fraca logo antes da alvorada, cem homens nadavam até a ilha para consertar e reconstruir cuidadosamente qualquer detalhe da paisagem que tivesse sido danificado pelas intempéries ou pelas aves silvestres, ou que tivesse sido engolido pelo lago; removiam e remodelavam qualquer parte das terras imperiais que haviam sido de fato danificadas por enchentes, terremotos ou deslizamentos de terra, na tentativa de refletir o mundo como era.

O imperador ficou satisfeito com isso por quase um ano, então passou a sentir um incômodo crescente em relação a sua ilha. Assim, antes de dormir, começou a planejar outro mapa, com exatamente um centésimo do tamanho de seus domínios. Cada cabana, casa e salão, cada árvore, colina e animal, seriam reproduzidos em uma escala de um para cem.

Era um plano grandioso, e sua realização consumiria a totalidade do tesouro imperial. Exigiria mais homens do que a mente é capaz de conceber, homens para mapear e homens para medir, agrimensores, recenseadores, pintores; exigiria modeladores, ceramistas, construtores e artesãos. Seriam necessários seiscentos sonhadores profissionais para revelar a natureza de tudo o que se ocultava sob as raízes das árvores, nas cavernas mais remotas das montanhas e nas profundezas do mar, pois, para que fizesse sentido, o mapa precisaria conter tanto o império visível quanto o invisível.

Esse era o plano do imperador.

Certa noite, em uma caminhada pelos jardins do palácio, sob uma imensa lua dourada, seu ministro de confiança tentou contra-argumentar:

— Vossa Majestade Imperial deve saber — disse o ministro de confiança — que o que pretende é...

E, ao lhe faltar coragem, se calou. Uma carpa pálida rompeu a superfície da água, estilhaçando o reflexo da lua dourada em uma dança de cem fragmentos, cada um se tornando uma pequena lua. Então as luas convergiram em um único círculo de luz refletida, pairando dourada na água da cor do céu noturno, que era de um roxo tão intenso que jamais poderia ser tomado por preto.

— Impossível? — perguntou o imperador, com um tom brando.

Quando se trata de imperadores e reis, os momentos de brandura são os mais perigosos.

— Nenhum desejo do imperador poderia ser impossível — respondeu o ministro de confiança. — Contudo, custará caro. Vossa Majestade esgotará o tesouro imperial para produzir esse mapa. Esvaziará cidades e fazendas para ter onde instalá-lo. Deixará um país que seus herdeiros serão pobres demais para governar. Na condição de conselheiro, seria omissão de minha parte não fazer um alerta.

— Talvez tenha razão — disse o imperador. — Talvez. Mas, se eu seguir seu conselho e desistir do meu mundo de mapa, se não o consumar, ele assombrará minha existência e minha mente, arruinando o sabor da comida em minha língua e do vinho em minha boca.

Então se calou. Ao longe, nos jardins, se ouvia o canto de um rouxinol.

— Mas essa terra de mapa — confidenciou o imperador — ainda é apenas o começo. Pois, enquanto estiver sendo construída, eu me dedicarei ao planejamento de minha obra-prima.

— E o que seria? — perguntou o ministro de confiança, com um tom moderado.

— Um mapa dos Domínios Imperiais — disse o imperador —, em que cada casa será representada por uma casa em tamanho real, cada montanha será ilustrada por uma montanha, cada árvore, por uma árvore do mesmo tipo e tamanho, cada rio por um rio, e cada homem por um homem.

O ministro de confiança fez uma reverência profunda sob o luar, e voltou ao Palácio Imperial imerso em pensamentos, caminhando respeitosamente alguns passos atrás do imperador.

Consta que o imperador faleceu durante o sono, o que é verdade até certo ponto — embora caiba destacar que sua morte não foi totalmente espontânea; e que seu filho mais velho, que assumiu seu trono, nutria pouco interesse por mapas e cartografia.

A ilha no lago virou um santuário para aves silvestres e aquáticas, sem homem algum que as espantasse. Elas bicaram as pequenas montanhas de lama para construir seus ninhos, e o lago erodiu a orla da ilha, e, com o tempo, ela foi completamente esquecida, restando apenas o lago.

O mapa sumiu, assim como o cartógrafo, mas a terra sobreviveu.

"Lembrancinhas e tesouros"

Esse conto, com o subtítulo "Uma história de amor", nasceu — ao menos em parte —, como uma história em quadrinhos escrita para *It's Dark in*

London, uma coletânea *noir* organizada por Oscar Zarate e ilustrada por Warren Pleece. Warren fez um trabalho excelente, mas não fiquei satisfeito, e me perguntei o que havia levado o homem que se chamava Smith a ser o que era. Al Sarrantonio me pediu um conto para a antologia *999*, e decidi que seria interessante revisitar Smith, sr. Alice e sua história. Eles também aparecem em outro conto da coletânea.

Acho que ainda há outras tramas a serem contadas sobre o desagradável sr. Smith, sobretudo aquela em que ele e o sr. Alice seguem cada um o próprio rumo.

"A verdade sobre o desaparecimento da srta. Finch"
Esse conto surgiu quando me mostraram uma pintura de Frank Frazetta em que uma mulher selvagem era cercada por tigres e me pediram uma narrativa para acompanhá-la. Não consegui pensar em uma história, então resolvi dizer o que aconteceu com a srta. Finch.

"Menininhas estranhas"
...é, na verdade, um conjunto de doze contos bem curtos, escritos para acompanhar o álbum *Strange Little Girls*, de Tori Amos. Inspirada por Cindy Sherman e pelas próprias canções, Tori criou uma persona para cada uma das músicas, e escrevi um conto para cada persona. Eles nunca foram incluídos em uma coletânea, embora tenham sido publicados no livro da turnê e frases dos contos apareçam espalhadas pelo encarte do CD.

"Arlequim apaixonado"
Lisa Snellings-Clark é uma artista e escultora cujo trabalho admiro há anos. O livro *Strange Attraction* foi baseado em uma roda-gigante feita por Lisa; alguns ótimos escritores escreveram contos sobre os passageiros das cabines. Vieram me perguntar se eu escreveria uma história sobre o vendedor da bilheteria, um arlequim sorridente.

Então escrevi.

De modo geral, contos não se escrevem sozinhos, mas, nesse caso, só me lembro de pensar na primeira frase. Depois disso, foi como se o

Arlequim alegremente me descrevesse, dançante e trôpego, seu Dia dos Namorados.

Arlequim era a figura ardilosa da *commedia dell'arte*, um pregador de peças invisível que usava máscara, andava com um bastão mágico e usava um traje estampado de losangos. Ele amava Colombina e a perseguia em cada espetáculo, enfrentando figuras clichês como o médico e o palhaço, e transformando cada pessoa que encontrava pelo caminho.

"Cachinhos"

"Cachinhos Dourados e os três ursos" era uma história do poeta Robert Southey. Ou melhor, não era — na versão dele, uma velha encontrava os três ursos. O formato e os acontecimentos eram os mesmos, mas as pessoas sabiam que a história deveria ser sobre uma menininha, não uma idosa, então a inseriam na narrativa ao recontá-la.

É claro que contos de fadas são transmissíveis. Podemos pegá-los como uma doença, ou eles podem nos contagiar. São a moeda de troca que usamos com as pessoas que andaram pelo mundo antes mesmo de existirmos. (Quando conto para meus filhos histórias que ouvi dos meus pais e avós, me sinto parte de algo especial e peculiar, parte do próprio fluxo contínuo da vida.) Quando escrevi esse conto para minha filha Maddy, ela tinha dois anos, hoje tem onze. Ainda compartilhamos histórias, mas agora elas estão na televisão ou no cinema. Lemos os mesmos livros e conversamos sobre eles, mas já não sou eu que leio para ela, e até isso era um substituto insuficiente para o ato de contar histórias que saíam da minha cabeça.

Acredito que contar histórias é uma obrigação nossa para com os outros. Não tenho, e desconfio que jamais terei, outro pensamento que se aproxime mais de uma *crença*.

"O problema de Susana"

O médico chamado pelo hotel me disse que meu pescoço estava doendo tanto, a ponto de causar vômitos e desorientação, por causa de uma gripe, então começou a listar analgésicos e relaxantes musculares que poderiam ser bons para mim. Escolhi um analgésico da lista e voltei cambaleante para o quarto, onde desmaiei, incapaz de me mexer, pensar ou levantar a cabeça. No terceiro dia, meu próprio médico me ligou, avisado pela minha assistente, Lorraine, e conversou comigo. "Não gosto de dar diagnósticos pelo telefone, mas você está com meningite", disse ele. E era verdade, eu estava.

Levei alguns meses até pensar com a clareza necessária para escrever, e essa foi a primeira obra de ficção que tentei produzir após meu retorno. Era como se eu estivesse reaprendendo a andar. Escrevi esse conto para *Flights*, de Al Sarrantonio, uma antologia de histórias de fantasia.

Li os livros de *As Crônicas de Nárnia* centenas de vezes quando era menino, e duas vezes, em voz alta, para meus filhos. Os livros têm muita coisa que adoro, mas, a cada leitura, achava o descarte de Susana extremamente problemático e profundamente irritante. Acho que queria escrever uma história igualmente problemática e irritante, ainda que de um jeito diferente, e falar do poder impressionante da literatura infantil.

"Instruções"

Embora eu tenha incluído alguns poemas em *Fumaça e espelhos*, minha última coletânea, o plano original era que esta coletânea fosse só de prosa. Acabei decidindo colocar os poemas mesmo assim, principalmente porque gosto muito desse. Então, se você não gosta de poemas, console-se com o fato de que tanto eles quanto esta introdução são gratuitos. O livro custaria a mesma coisa com ou sem eles, e ninguém me paga a mais por incluí-los. Às vezes, é bom ter algo curto para pegar, ler e guardar de volta, assim como pode ser interessante conhecer um pouco o contexto de uma história, ainda que você tampouco precise saber sobre ele. (E, embora eu tenha passado semanas em uma alegre agonia quanto à ordem desta coletânea, decidindo qual seria a melhor forma de moldá-la e organizá-la, você pode — e deve — ler do jeito que bem entender.)

Esse poema é, literalmente, um conjunto de instruções para o que fazer quando você se encontra em um conto de fadas.

"O que você acha que eu sinto?"

Pediram que eu escrevesse um conto para uma antologia sobre gárgulas, e, chegando ao fim do prazo, ainda estava um tanto sem ideias.

Ocorreu-me que gárgulas eram instaladas em igrejas e catedrais para protegê-las. Fiquei pensando se seria possível instalar uma gárgula para proteger outro lugar. Como, por exemplo, um coração...

Acabei de reler esse conto, depois de oito anos, e fiquei um pouco surpreso com o sexo, mas provavelmente é só uma insatisfação geral com a história.

"Minha vida"
Esse breve e peculiar monólogo foi escrito para acompanhar a foto de um fantoche de macaco em um livro com duzentas fotos de fantoches de macaco. Seu título, não por acaso, era *Sock Monkeys* [Fantoches de macaco], do fotógrafo Arne Svenson. Na foto que recebi, o fantoche de macaco parecia ter tido uma vida difícil, mas interessante.

Uma velha amiga tinha começado a escrever para a *Weekly World News*, e eu me divertia muito inventando histórias para ela usar. Ficava imaginando se existia, em algum lugar, alguém com uma vida no estilo da *Weekly World News*. Em *Sock Monkeys*, a história saiu em forma de prosa, mas gosto mais dela com as quebras de linha. Não tenho a menor dúvida de que, havendo álcool suficiente e um ouvido disposto, ela poderia seguir eternamente. (De vez em quando, pessoas perguntam em meu site se me incomodaria que usassem esse texto, ou outros escritos meus, como material para testes de elenco. Não me incomodo.)

"Quinze cartas pintadas de um tarô vampiro"
Ainda faltam sete histórias dos Arcanos Maiores, e prometi ao artista Rick Berry que um dia vou escrevê-las e ele vai poder pintá-las.

"Comidas e comedores"
Esse conto foi um pesadelo que tive aos vinte e poucos anos.

Adoro sonhos. Entendo o bastante deles para saber que a lógica onírica não é a lógica narrativa, e que raramente dá para resgatar um sonho em forma de história: quando despertamos, o ouro já se transformou em folhas, a seda já virou teia de aranha.

Ainda assim, há coisas que podemos recuperar dos sonhos: o clima, momentos, pessoas, um tema. Mas essa é a única vez que me lembro de ter recuperado uma história inteira.

A primeira versão do conto foi em formato de quadrinhos, com ilustrações do multitalentoso Mark Buckingham. Depois, tentei reimaginá-lo como o esboço de um filme de terror pornográfico que eu jamais faria (uma história chamada "Devorado: cenas de um quadro em movimento"). Alguns anos atrás, o editor Steve Jones perguntou se eu gostaria de ressuscitar alguma história minha injustamente esquecida para sua antologia *Keep Out the Night*, e me lembrei desse conto, arregacei as mangas e comecei a digitar.

O coprino-barbudo até que é um cogumelo delicioso, mas ele pode deliquescer em uma substância viscosa, preta e desagradável pouco depois de ser colhido, por isso você nunca o verá no mercado.

"Crupe do adoentador"
Pediram que eu escrevesse um verbete em um livro sobre doenças imaginárias (*The Thackery T. Lambshead Pocket Guide to Eccentric and Discredited Diseases*, organizado por Jeff VanderMeer e Mark Roberts). Achei que seria interessante uma doença imaginária que faz a pessoa criar doenças imaginárias. Escrevi a história com a ajuda de um programa há muito esquecido chamado Babble e um exemplar empoeirado, com capa de couro, de um livro que traz conselhos médicos para cuidados com a saúde.

"No fim"
Eu estava tentando imaginar o último livro da Bíblia.

E, por falar em dar nomes a animais, preciso dizer como fiquei feliz ao descobrir que a palavra *yeti*, na tradução literal, pelo visto significa "aquele negócio ali". ("Ei, valente Guia do Himalaia: o que é aquele negócio ali?"

"*Yeti*."

"Ah.")

"Golias"
"Querem que você escreva um conto", disse minha agente, alguns anos atrás. "É para sair no site de um filme que ainda não estreou, chamado *Matrix*. Vão mandar o roteiro." Li o roteiro do filme com interesse e escrevi esse conto, que foi para a internet mais ou menos uma semana antes da estreia do filme, e continua lá.

"Páginas de um diário encontrado numa caixa de sapatos largada num ônibus em algum ponto entre Tulsa, Oklahoma, e Louisville, Kentucky"
Esse foi escrito há alguns anos para o livro da turnê de *Scarlet's Walk*, álbum de minha amiga Tori Amos, e fiquei muito feliz quando ele foi selecionado para uma antologia de "melhores do ano". É um conto vagamente inspirado nas músicas de *Scarlet's Walk*. Eu queria escrever algo sobre identidade, viagem e os Estados Unidos, como se fosse um pequeno suplemento de *Deuses americanos*, em que tudo, incluindo qualquer resolução, ficava pairando um pouco além do alcance.

"Como falar com garotas em festas"
O processo de escrever um conto me fascina tanto quanto o resultado. Esse, por exemplo, nasceu como duas tentativas distintas (e fracassadas) de escrever o relato de um turista de férias na Terra, pensado para a antologia *The Starry Rift*, que o crítico e editor australiano Jonathan Strahan está preparando. (O conto não está lá. Esta é a primeira vez que ele aparece em uma publicação impressa. Mas espero que possa escrever um outro para o livro de Jonathan.) A trama que havia imaginado não estava funcionando; eu tinha só alguns fragmentos que não levavam a lugar algum. Estava em um beco sem saída, então mandei e-mails para Jonathan avisando que não haveria conto, pelo menos não vindo de mim. Ele respondeu que tinha acabado de receber um conto excelente de uma autora que eu admirava, e que ela o escrevera em vinte e quatro horas.

Irritado, peguei um caderno em branco e uma caneta, fui para o gazebo no fundo do quintal e, no decorrer de uma tarde, escrevi esse conto. Eu o li em voz alta pela primeira vez algumas semanas depois, em um evento beneficente no lendário CBGBs. Era o melhor lugar possível para ler um conto sobre punks e 1977, e saí de lá bem feliz.

"O dia em que vieram os discos voadores"
Escrito em um quarto de hotel de Nova York, na semana em que narrei o audiolivro de *Stardust: O mistério da estrela*, enquanto esperava um carro vir me buscar. O conto era para a editora e poeta Rain Graves, que tinha me

pedido alguns poemas para seu site, www.spiderwords.com. Fiquei feliz de constatar que ele funcionava ao ser lido para uma plateia.

"Ave-solar"

Holly, minha filha mais velha, me disse exatamente o que queria para seu aniversário de dezoito anos. "Quero alguma coisa que ninguém mais poderia me dar, pai. Quero que você escreva um conto para mim." E então, como ela me conhece bem, acrescentou: "E sei que você está sempre atrasado e não quero que se estresse, então, se conseguir me entregar antes de eu fazer dezenove anos, já está bom."

Tinha um escritor de Tulsa, Oklahoma (ele morreu em 2002), que, por um período entre o final dos anos 1960 e o começo da década de 1970, foi o melhor contista do mundo. Ele se chamava R. A. Lafferty, e seus contos eram inclassificáveis, curiosos e inimitáveis — bastava uma frase para você saber que estava lendo um conto de Lafferty. Quando eu era jovem, escrevi para ele, e ele me respondeu.

"Ave-solar" foi minha tentativa de escrever um conto *à la* Lafferty, e o processo me ensinou algumas coisas, sobretudo que isso é muito mais difícil do que parece. Holly só o recebeu quando fez dezenove anos e meio; eu estava trabalhando em *Os filhos de Anansi* e decidi que, se não terminasse de escrever alguma coisa — qualquer coisa —, provavelmente ia ficar maluco. Com a permissão dela, o conto foi publicado em um livro de título bastante comprido, muitas vezes abreviado para *Noisy Outlaws, Unfriendly Blobs, and Some Other Things That Aren't As Scary...*, que buscava levantar fundos para o projeto de alfabetização 826 NYC.

Mesmo que você já tenha *Coisas frágeis*, talvez valha a pena obter também um exemplar do livro de título bastante comprido, porque ele tem o conto "Grimble", de Clement Freud.

"A invenção de Aladim"

Um negócio que acho intrigante (e uso *intrigante* aqui no sentido técnico de *muito, muito irritante*) é ler, como faço de vez em quando, livros acadêmicos eruditos sobre folclore e contos de fadas, que explicam por que ninguém escreveu essas histórias e declaram que a busca pela autoria de contos folclóricos é em si só uma falácia. Esses livros ou artigos passam a impressão de que todas as histórias brotam do nada ou, no máximo, são reformuladas. E o que penso é que sim, de acordo; mas todas elas começaram *em algum lugar*, na cabeça de alguém. Porque uma história começa dentro de uma mente — não é um artefato, ou fenômeno natural.

Um livro acadêmico que li explicava que qualquer conto de fadas no qual um personagem dorme tinha origem, obviamente, em um sonho que algum indivíduo primitivo, incapaz de distinguir sonho de realidade, descreveu quando acordou, e que esse era o ponto de partida dos nossos contos de fadas — uma teoria cheia de falhas na própria base, pois as histórias que sobrevivem e são recontadas têm lógica narrativa, não lógica onírica.

Histórias são criadas pelas pessoas que as criam. Se funcionam, são recontadas. Essa é a magia.

A Sherazade narradora era uma ficção, assim como sua irmã e o rei assassino que elas precisavam aplacar noite após noite. *As mil e uma noites* é uma criação ficcional, compilada a partir de diversas fontes, e a história de Aladim propriamente dita é uma inclusão tardia, na obra há apenas alguns séculos pelos franceses. Isso é outro jeito de dizer que, quando ela surgiu, certamente não foi do jeito que estou descrevendo. E no entanto. E contudo.

"O monarca do vale"

Um conto que começou, e existe, devido ao amor que tenho pelas áreas mais remotas da Escócia, onde se entreveem os ossos da Terra, o céu é de um branco pálido, tudo é de uma beleza estonteante, e parece impossível haver lugar mais remoto. Foi bom reencontrar Shadow, dois anos depois de sua história em meu romance *Deuses americanos*.

Robert Silverberg me pediu uma novela para sua segunda coletânea *Legends*. Ele não se incomodava se eu escrevesse uma história de *Lugar Nenhum* ou de *Deuses americanos*. O conto de *Lugar Nenhum* que comecei tinha alguns problemas técnicos (o título era "Como o marquês recuperou seu casaco", e um dia vou terminá-lo). Comecei a escrever "O monarca do vale" em um apartamento em Notting Hill, onde eu estava dirigindo o curta *A Short Film About John Bolton*, e o terminei em uma intensa maratona de inverno na mesma cabana junto ao lago em que escrevo esta introdução. Minha amiga Iselin Evensen, da Noruega, me contou histórias sobre as *huldra* e corrigiu meu norueguês. Como "Bay Wolf", de *Fumaça e espelhos*, esse conto foi influenciado por *Beowulf*. Ao terminar de escrevê-lo, tinha certeza de que o roteiro de *Beowulf*, que havia escrito para e com Roger Avary, jamais seria produzido. Eu estava errado, claro, mas aprecio o abismo que existe entre a mãe de Grendel no filme de Robert Zemeckis, interpretada por Angelina Jolie, e a versão da personagem que aparece aqui.

Quero agradecer a todos os editores dos diversos volumes em que esses contos e poemas apareceram pela primeira vez, e especialmente a Jennifer Brehl e Jane Morpeth, minhas editoras nos Estados Unidos e na Inglaterra, pela ajuda, pelo apoio e, sobretudo, pela paciência, e à minha agente literária, a formidável Merrilee Heifetz, e sua trupe espalhada pelo mundo.

Enquanto escrevo esta introdução, me ocorre que a peculiaridade da maioria das coisas que consideramos frágeis é que, na verdade, elas são muito fortes. Quando éramos pequenos, fazíamos truques com ovos para demonstrar que, na realidade, eles eram pequenos salões de sustentação feitos de mármore; e, pelo que dizem, o bater das asas de uma borboleta, no lugar certo, pode criar um furacão do outro lado do oceano. Corações podem ser partidos, mas o coração é o músculo mais poderoso do corpo, capaz de passar uma vida inteira bombeando, setenta vezes por minuto, praticamente sem pestanejar. Até um sonho, a mais delicada e intangível de todas as coisas, pode ser incrivelmente difícil de matar.

Histórias, assim como pessoas, e borboletas, e ovos de pássaros canoros, e corações humanos, e sonhos, são também coisas frágeis, criadas a partir de um mero conjunto de vinte e seis letras e alguns sinais de pontuação. Ou são palavras ao vento, compostas de sons e ideias — abstratas, invisíveis, desaparecendo no instante em que são faladas —, e o que poderia ser mais frágil que isso? Mas algumas histórias, pequenas e simples, sobre aventuras ou pessoas fazendo coisas incríveis, relatos de milagres e monstros, duraram mais que todas as pessoas que as contaram, e algumas duraram mais que as terras onde foram criadas.

E, embora eu não acredite que isso vá acontecer com qualquer uma das histórias deste livro, é bom reuni-las, dar-lhes um lar, para que possam ser lidas e lembradas. Espero que você goste de lê-las.

Neil Gaiman
No primeiro dia da primavera de 2006

UM ESTUDO EM ESMERALDA

1. O novo amigo

Recém-chegada de sua estupenda turnê pela Europa, onde se apresentou para diversos membros da realeza europeia, conquistando *aplausos* e *elogios* com espetáculos dramáticos magníficos, combinando comédia e tragédia, a companhia teatral Strand gostaria de anunciar que estará no *Royal Court Theatre*, em *Drury Lane*, para uma curta temporada em abril, quando apresentará *Meu irmão Tom, o sósia!*, *A pequenina vendedora de violetas* e *Os Grandes Antigos chegaram* (este último, um épico histórico cheio de pompa e encantos); todos, *peças inteiras* de um ato! Ingressos já disponíveis na Bilheteria.

É a imensidão, creio eu. A dimensão absurda do que há lá embaixo. A escuridão dos sonhos.

Mas estou divagando. Peço desculpas. Não sou um homem das letras.

Eu precisava de acomodação. Foi assim que o conheci. Queria alguém para dividir as despesas de um apartamento. Fomos apresentados por meio de um conhecido em comum, nos laboratórios químicos de St. Bart's.

— Percebo que esteve no Afeganistão — disse ele, e meu queixo caiu e meus olhos se arregalaram.

— Impressionante — falei.

— Nem tanto — respondeu o desconhecido de jaleco branco, que viria a se tornar um amigo. — Pela forma como move o braço, vejo que foi ferido, e de um jeito peculiar. Sua pele está bem bronzeada. Além disso, tem porte militar, e são poucos os lugares no Império onde um militar pode ficar bronzeado e também, considerando o ferimento em seu ombro e a tradição dos povos cavernícolas do Afeganistão, ser torturado.

Dito assim, claro, era de uma simplicidade tamanha. Mas, pensando bem, realmente era. Eu estava com a pele bastante bronzeada. E, de fato, como ele observara, havia sido torturado.

Os deuses e os homens do Afeganistão eram selvagens que não admitiam se submeter a Whitehall, Berlim ou mesmo Moscou, e eram intransigentes. Eu tinha sido enviado àquele lugar como parte do ...º Regimento. Enquanto os combates se limitavam às colinas e montanhas, nós nos enfrentávamos em pé de igualdade. Quando os confrontos adentraram as cavernas e as trevas, constatamos que estávamos, por assim dizer, em um beco sem saída.

Nunca esquecerei a superfície espelhada do lago subterrâneo ou a criatura que emergiu de lá, abrindo e fechando os olhos, e a cantoria sussurrante que acompanhou sua ascensão, expandindo-se ao redor feito o zumbido de moscas maiores que planetas.

Minha sobrevivência por si só foi um milagre, mas sobrevivi, e voltei à Inglaterra com os nervos em frangalhos. O lugar em que aquela boca de sanguessuga encostara em mim ficou marcado para sempre, uma palidez batráquia na pele já definhada do meu ombro. No passado, minha pontaria era excepcional. Agora, eu não tinha nada, exceto um medo do mundo-sob-o-mundo que se assemelhava ao pânico, e por isso eu pagaria de muito bom grado seis *pence* da minha pensão militar para pegar um cabriolé, em vez de um *penny* para viajar de metrô.

Ainda assim, as brumas e trevas de Londres me consolaram, me acolheram. Eu havia sido expulso de minha primeira acomodação por causa de meus gritos noturnos. Estivera no Afeganistão; não estava mais.

— Eu grito à noite — falei para ele.

— Foi-me dito que eu ronco — respondeu. — Também sigo uma rotina irregular e, com frequência, pratico tiro ao alvo com a cornija da lareira. Vou precisar da sala de estar para receber clientes. Sou egoísta, reservado e me entedio com facilidade. Isso será um problema?

Sorri, fiz sinal negativo e estendi a mão.

O apartamento que ele havia encontrado para nós, em Baker Street, era mais do que adequado para dois homens solteiros. Em respeito ao que meu amigo falara sobre seu desejo por privacidade, refreei-me de perguntar qual era sua profissão. Chegavam visitantes em horários diversos e, quando isso ocorria, eu saía da sala e me recolhia ao quarto, especulando o que haveriam de ter em comum com meu amigo: a mulher descorada com um olho branco, o homem baixo que parecia um caixeiro-viajante, o elegante e robusto cavalheiro com paletó de veludo, e todos os outros. Alguns eram visitantes frequentes, mas muitos vinham apenas uma vez, conversavam com ele e iam embora, com expressões inquietas ou satisfeitas.

Ele era um mistério para mim.

Certa manhã, estávamos desfrutando um dos magníficos desjejuns de nossa senhoria quando meu amigo fez soar o sino para chamar a gentil dama.

— Um senhor se juntará a nós daqui a cerca de quatro minutos — disse ele. — Vamos precisar de mais um lugar à mesa.

— Pois bem — respondeu ela —, vou colocar mais linguiças no forno.

Meu amigo retomou a leitura do jornal matinal. Esperei uma explicação, com uma impaciência crescente. Por fim, não aguentei.

— Não compreendo. Como sabe que vamos receber um visitante daqui a quatro minutos? Não chegou nenhum telegrama, nenhuma mensagem.

Ele abriu um ligeiro sorriso.

— Não ouviu o barulho de uma carruagem há alguns minutos? Ela desacelerou ao passar por aqui, obviamente para que o condutor identificasse nossa porta, então acelerou e seguiu até a Marylebone Road. Muitos passageiros de carruagens e cabriolés desembarcam na estação ferroviária e no museu de cera, e é nessa aglomeração que estará alguém interessado em descer sem ser visto. A caminhada de lá até aqui é de apenas quatro minutos...

Ele deu uma olhada no relógio de bolso e, no mesmo instante, ouvi passos na escada do lado de fora.

— Entre, Lestrade — gritou ele. — A porta está aberta, e as linguiças já vão sair do forno.

Um homem, que julguei ser Lestrade, abriu a porta e a fechou cuidadosamente atrás de si.

— Eu não deveria aceitar — respondeu ele. — Mas, verdade seja dita, ainda não consegui tomar café da manhã. E muito me agradaria comer algumas dessas linguiças. — Ele era o homem baixo que eu já havia visto em outras ocasiões, que se portava como um vendedor de traquitanas de borracha ou elixires exclusivos.

Meu amigo esperou a senhoria se retirar, então falou:

— Suponho que se trate de uma questão de relevância nacional.

— Pelos céus — disse Lestrade, pálido. — Não é possível que a informação já tenha se espalhado. Diga que não é verdade.

Ele começou a encher o prato com linguiças, filés de salmão defumado, mexido de arroz e fatias de torradas, as mãos tremiam um pouco.

— Claro que não — respondeu meu amigo. — A essa altura, reconheço o rangido das rodas da sua carruagem: uma oscilação de sol sustenido e dó agudo. E, se o inspetor Lestrade da Scotland Yard não pode ser visto entrando no gabinete do único detetive consultor de Londres, mas vem mesmo assim, e sem tomar café da manhã, sei que não é um caso rotineiro. Portanto, está relacionado a pessoas acima de nós e é assunto de relevância nacional.

Lestrade usou o guardanapo para limpar a gema de ovo do queixo. Olhei para ele. O homem não correspondia à minha ideia de inspetor da polícia, mas meu amigo também não correspondia muito à minha ideia de detetive consultor — o que quer que aquilo significasse.

— Talvez devamos ter essa conversa em particular — sugeriu Lestrade, lançando um olhar para mim.

Meu amigo começou a sorrir com um ar de malícia, a cabeça balançou, como sempre acontecia quando ele achava graça de uma piada interna.

— Bobagem — afirmou. — Duas cabeças pensam melhor que uma. E o que for dito a um de nós pode ser dito a ambos.

— Se estou interferindo... — falei, com um tom brusco, mas ele gesticulou para que eu me calasse.

Lestrade deu de ombros.

— Por mim, tanto faz — disse o inspetor, depois de um tempo. — Se solucionar o caso, mantenho meu emprego. Se não solucionar, não tenho mais emprego. Então use seus métodos. A situação não pode piorar.

— Se o estudo de história nos ensinou alguma coisa, é que a situação sempre pode piorar — retrucou meu amigo. — Quando vamos para Shoreditch?

Lestrade deixou o garfo cair.

— Não é possível! — exclamou ele. — Você está aí, debochando de mim, quando já sabe tudo do assunto! Você deveria se envergonhar...

— Ninguém me falou sobre o assunto. Quando um inspetor da polícia entra em meu apartamento com manchas recentes de lama nas botas e nas calças, marcadas por um tom amarelo-mostarda bem peculiar, decerto posso presumir que ele caminhou há pouco tempo pelas escavações de Hobbs Lane, em Shoreditch, que é o único lugar em Londres onde se encontra esse barro específico com cor de mostarda.

O inspetor Lestrade ficou sem graça.

— Ora, dizendo assim — respondeu ele —, parece muito óbvio.

Meu amigo afastou o prato.

— Claro que é — falou, com ligeira irritação.

Seguimos para East End em um cabriolé. O inspetor Lestrade foi até Marylebone Road para buscar sua carruagem, e ficamos sozinhos.

— Então você é um detetive consultor?

— O único de Londres, quiçá do mundo — informou meu amigo. — Não assumo casos. Apenas presto consultoria. As pessoas me procuram com seus problemas insolúveis, descrevem-nos para mim e, às vezes, eu os soluciono.

— Então as pessoas que vêm falar com você...

— São sobretudo policiais, ou outros detetives.

Era uma bela manhã, mas naquele momento estávamos sacolejando pelo cortiço de St. Giles, um covil de ladrões e assassinos cravado em Londres como um câncer no rosto de uma linda florista, e a única luz que penetrava o cabriolé era fraca e esquálida.

— Tem certeza de que quer minha companhia?

Em resposta, meu amigo me encarou com um olhar fixo.

— Estou com um pressentimento — disse ele. — Estou com um pressentimento de que o destino nos aproximou. Se lutamos lado a lado, no passado ou no futuro, não sei. Sou um homem racional, mas descobri o valor de uma boa companhia e, desde o instante em que o vi, soube que confiava tanto em você quanto confio em mim mesmo. Sim. Quero sua companhia.

Enrubesci ou balbuciei algo sem importância. Pela primeira vez desde o Afeganistão, senti que tinha valor no mundo.

2. O quarto

Vitae de Victor! Um fluido energético! Seus membros e suas partes íntimas carecem de vida? Você sente inveja dos tempos da juventude? Os prazeres da carne estão sepultados e esquecidos? *Vitae* de Victor ressuscitará o que há muito perdeu vida: até mesmo um velho corcel pode

SE TORNAR OUTRA VEZ UM ORGULHOSO GARANHÃO! DAR VIDA AO QUE MORREU: COMBINANDO UMA VELHA RECEITA DE FAMÍLIA COM O QUE HÁ DE MELHOR NA CIÊNCIA MODERNA. PARA RECEBER CERTIFICADOS COMPROVANDO A EFICÁCIA DE *VITAE* DE VICTOR, ESCREVA PARA V. VON F. CIA., 1B CHEAP STREET, LONDRES.

Era uma pensão barata em Shoreditch. Havia um policial na porta da frente. Lestrade o cumprimentou pelo nome e nos chamou. Eu estava prestes a entrar quando meu amigo se agachou na soleira e tirou uma lupa do bolso do casaco. Ele examinou a lama no ferro do raspador de botas, cutucando-a com o dedo indicador. Só nos deixou passar quando se deu por satisfeito.

Subimos a escada. O quarto onde o crime fora cometido era óbvio: estava flanqueado por dois guardas corpulentos.

Lestrade fez um sinal para os homens, e eles se afastaram. Entramos.

Como já disse, não sou um escritor profissional, e tenho ressalvas quanto a descrever aquele lugar, ciente de que minhas palavras não dão conta da tarefa. No entanto, já comecei esta narrativa, então sei que preciso continuar. Um assassinato ocorrera naquele pequeno dormitório. O corpo, o que restava dele, ainda estava lá, no chão. Eu o vi, mas a princípio, de alguma forma, não o vi. Em vez disso, vi o que havia jorrado e espirrado da garganta e do peito da vítima: a cor ia de um verde-bílis a um verde-relva. O líquido encharcara o carpete esfarrapado e respingara no papel de parede. Por um instante, imaginei que fosse obra de algum artista infernal que decidira criar um estudo em esmeralda.

Depois do que me pareceu uma eternidade, baixei os olhos para o cadáver, aberto feito um coelho na mesa do açougue, e tentei compreender o que estava vendo. Tirei o chapéu, e meu amigo fez o mesmo.

Ele se ajoelhou e examinou o corpo, observando os cortes e talhos. Em seguida, pegou a lupa e foi até a parede, analisando as manchas do icor que secavam.

— Já fizemos isso — informou o inspetor Lestrade.

— É mesmo? — disse meu amigo. — E o que concluíram? Creio que seja uma palavra.

Lestrade foi até meu amigo e olhou para cima. No papel de parede amarelo desbotado, havia uma palavra escrita em maiúsculas, com sangue verde, um pouco acima da cabeça do inspetor.

— R-A-C-H-E...? — falou Lestrade, soletrando. — É evidente que ia escrever "Rachel", mas foi interrompido. Então... precisamos procurar uma mulher...

Meu amigo permaneceu calado. Voltou ao cadáver e levantou as mãos do corpo, uma de cada vez. As pontas dos dedos estavam limpas.

— Acho que determinamos que a palavra não foi escrita por Sua Alteza Real...

— Por que diabos você diria...?

— Meu caro Lestrade, por favor, não esqueça que tenho um cérebro. O cadáver obviamente não é de um homem. A cor do sangue, a quantidade de membros, os olhos, a posição do rosto, todos esses elementos indicam sangue real. Embora eu não possa afirmar de *qual* linhagem real, suponho que seja um herdeiro, talvez... não, segundo na linha sucessória... de um dos principados alemães.

— Incrível. — Lestrade hesitou e, por fim, falou: — Este é o príncipe Franz Drago, da Boêmia. Estava aqui em Albion a convite de Sua Majestade Vitória. Veio passar as férias e respirar novos ares...

— Ou seja, veio conhecer os teatros, as prostitutas e as mesas de jogo.

— Se você diz. — Lestrade parecia irritado. — Enfim, nos deu uma bela pista com essa tal Rachel. Mas não tenho dúvida de que também a teríamos encontrado.

— Certamente — respondeu meu amigo.

Ele continuou examinando o quarto, fazendo alguns comentários ácidos sobre como a polícia, com suas botas, havia obscurecido pegadas e deslocado coisas que poderiam ter sido úteis a qualquer um que tentasse reconstituir os acontecimentos da noite anterior.

Ainda assim, ele se mostrou interessado em uma pequena mancha de lama que achou atrás da porta.

Ao lado da lareira, encontrou o que parecia ser um punhado de cinzas ou terra.

— Você viu isto? — perguntou ele a Lestrade.

— A polícia de Sua Majestade não costuma se entusiasmar com cinzas em uma lareira — respondeu Lestrade. — É onde em geral as encontramos — concluiu com uma risadinha.

Meu amigo pegou uma pitada de cinzas, esfregou entre os dedos e cheirou os restos. Por fim, recolheu a sobra e a guardou em um frasco de vidro, que tampou e enfiou em um bolso interno do casaco.

Ele se levantou.

— E o corpo?

— O palácio vai mandar uma equipe própria — respondeu Lestrade.

Meu amigo meneou a cabeça para mim, e fomos juntos até a porta. Ele suspirou.

— Inspetor, sua busca pela srta. Rachel talvez se revele vã. Entre outras coisas, *rache* é uma palavra alemã. Significa "vingança". Confira o dicionário. Existem outros sentidos.

Terminamos de descer a escada e saímos para a rua.

— Você nunca tinha visto um membro da realeza, não é? — perguntou ele. Balancei a cabeça. — Bom, a experiência pode ser perturbadora para quem não está preparado. Ora, meu caro... você está tremendo!

— Desculpe. Vou melhorar em um instante.

— Uma caminhada lhe faria bem? — sugeriu ele, e assenti, certo de que, se não caminhasse, começaria a gritar. — Para o oeste, então — indicou meu amigo, apontando para a torre escura do palácio.

E começamos a andar.

— Então... — disse ele, depois de algum tempo. — Nunca teve contato pessoal com membros da realeza europeia?

— Não — respondi.

— Posso afirmar, com confiança, que terá — falou ele. — E, desta vez, não com um cadáver. Muito em breve.

— Meu caro, por que diria...?

Em resposta, ele apontou para uma carruagem preta, que havia parado a cinquenta metros de nós. Um homem de cartola e sobretudo escuros estava em pé junto à porta aberta, segurando-a e aguardando em silêncio. Um brasão que qualquer criança em Albion reconheceria estava pintado em ouro na porta do veículo.

— Alguns convites não podem ser recusados — disse meu amigo.

Ele fez um cumprimento com o chapéu para o lacaio, e tive a impressão de que sorria ao subir no espaço apertado e ao relaxar nas almofadas macias revestidas de couro.

Quando tentei iniciar uma conversa no trajeto até o palácio, ele pôs o dedo diante dos lábios. Em seguida, fechou os olhos e pareceu mergulhar em pensamentos. Quanto a mim, tentei me lembrar de meus conhecimentos sobre a realeza alemã, mas, fora o fato de que o príncipe Albert, consorte da rainha, era alemão, eu não sabia muito.

Enfiei a mão no bolso e tirei algumas moedas — marrons e prateadas, pretas e verde-cobre. Observei a efígie de nossa rainha estampada em cada uma, e senti ao mesmo tempo um orgulho patriótico e um intenso pavor. Falei para mim mesmo que eu havia sido militar e não conhecia o medo, e pensei na época em que isso fora a mais pura verdade. Por um instante, relembrei os tempos em que fui um bom atirador — ou, como gostava de pensar, um exímio atirador —, mas minha mão direita tremia como se estivesse espasmódica, e as moedas tilintaram e chocalharam, e senti apenas tristeza.

3. *O palácio*

> FINALMENTE O DR. HENRY JEKYLL TEM A HONRA DE ANUNCIAR O LANÇAMENTO UNIVERSAL DOS RENOMADOS "CORDIAIS DE JEKYLL" PARA CONSUMO GERAL. NÃO MAIS EXCLUSIVIDADE DOS PRIVILEGIADOS. *LIBERTE SEU EU INTERIOR!* PURIFICAÇÃO INTERNA E EXTERNA! MUITAS PESSOAS, HOMENS E MULHERES, PADECEM DE CONSTIPAÇÃO DA ALMA! PARA ALÍVIO IMEDIATO E A BAIXO CUSTO — CORDIAIS DE JEKYLL! (DISPONÍVEL NOS SABORES BAUNILHA E MENTHOLATUM ORIGINAL.)

O príncipe Albert, consorte da rainha, um homem grande com princípio de calvície e um bigode farto impressionante, era total e inegavelmente humano. Ele nos recebeu no corredor, meneou a cabeça para mim e meu amigo, e não perguntou nossos nomes nem ofereceu a mão.

— A rainha está muitíssimo transtornada — disse ele. Tinha um sotaque. O *S* era pronunciado como *Z*: *tranztornada, muitízzimo*. — Franz era um de seus preferidos. Ela tem muitos sobrinhos, mas ele a fazia rir. Vocês precisam descobrir quem fez isso.

— Farei o possível — afirmou meu amigo.

— Li suas monografias — falou o príncipe Albert. — Fui eu quem pedi que fosse consultado. Espero que tenha agido bem.

— Também espero — respondeu meu amigo.

A porta grande se abriu, e fomos conduzidos para dentro da escuridão e para a presença da rainha.

Ela era chamada de Vitória, porque havia nos derrotado em batalha setecentos anos antes, e era chamada de Gloriana, porque era gloriosa, e era chamada de rainha, porque o formato da boca humana era incapaz de pronunciar seu verdadeiro nome. Era imensa, muito mais do que eu imaginara ser possível, e estava agachada nas sombras, olhando, imóvel, para nós.

Izszo há de zzser zsoluzcionado. As palavras vieram das sombras.

— Será, senhora — disse meu amigo.

Um membro se retorceu e apontou para mim. *Um pazszo à frente.*

Eu quis andar. Minhas pernas não se mexeram.

Não deve zszentir medo. Deve zzser digno. Zzser companheiro. Foi isso que ela me falou. Sua voz era um contralto muito delicado, com um zumbido distante. O membro então se desenrolou e se estendeu, e ela encostou no meu ombro. Houve um instante, mas apenas um instante, da dor mais intensa e profunda que já senti na vida, que então deu lugar a uma sensação dominante de bem-estar. Senti os músculos do ombro relaxarem e, pela primeira vez desde o Afeganistão, não tive dor alguma.

Meu amigo deu um passo à frente. Vitória falou com ele, mas não escutei as palavras; fiquei me perguntando se, de alguma forma, elas passavam direto de uma mente à outra, se esse era o Conselho da Rainha sobre o qual eu tinha lido nos livros de história. Ele respondeu em voz alta.

— Decerto, senhora. Posso afirmar que havia outros dois homens com seu sobrinho no quarto de Shoreditch naquela noite. As pegadas, ainda que obscurecidas, eram inconfundíveis. — Ele continuou: — Sim. Entendo... Creio que sim... Certo.

Estava calado quando saímos do palácio, e não falou nada em nosso trajeto para Baker Street.

Já estava escuro. Perguntei-me quanto tempo havíamos passado no palácio.

Dedos de névoa fuliginosa se entremeavam pela rua e pelo céu.

De volta a Baker Street, diante do espelho do quarto, observei que a pele pálida no meu ombro assumira uma tonalidade rosada. Torci para que não fosse minha imaginação, que não fosse apenas o luar que entrava pela janela.

4. *O espetáculo*

QUEIXAS DO FÍGADO?! ATAQUES BILIOSOS?! DISTÚRBIOS NEURASTÊNICOS?! ESQUINÊNCIA?! ARTRITE?! Essas são apenas algumas das queixas que uma sangria profissional pode remediar. Em nossas dependências, temos milhares de DEPOIMENTOS que podem ser consultados pelo público *a qualquer momento*. Não deixe sua saúde nas mãos de *amadores!!* Nós fazemos isso há muito tempo: V. TEPES — SANGRADOR PROFISSIONAL. (Lembre-se! Pronuncia-se *Tzse-pesh*!) Romênia, Paris, Londres, Whitby. *Você já tentou o ordinário — AGORA TENTE O EXTRAORDINÁRIO!*

O fato de que meu amigo era um mestre dos disfarces não devia me surpreender, mas ainda assim me surpreendeu. Ao longo dos dez dias seguintes, uma variedade peculiar de personagens entrou pela nossa porta em Baker Street — um chinês idoso, um jovem libertino, uma mulher ruiva e gorda, cuja antiga profissão era evidente, e um velho que tinha o pé inchado e enfaixado por causa da gota. Cada um deles ia para o quarto e, com a velocidade de um artista que troca de roupa em segundos, meu amigo saía.

Nessas ocasiões, ele não falava sobre o que havia feito, preferindo relaxar, deixar o olhar se perder ao longe e, às vezes, fazer anotações em qualquer pedaço de papel que estivesse à mão — anotações que, para ser sincero, eu achava incompreensíveis. Ele parecia completamente concentrado, a tal ponto que comecei a temer por seu bem-estar. Até que, ao fim de certa tarde, voltou para casa vestido com suas próprias roupas, com um sorriso tranquilo no rosto, e perguntou se eu me interessava por teatro.

— Tanto quanto qualquer pessoa — respondi.

— Então vá buscar seus binóculos de ópera — disse ele. — Vamos para Drury Lane.

Eu esperava uma opereta ou algo do tipo, mas me vi no que, provavelmente, era o pior teatro de Drury Lane, apesar de ter tomado para si o nome da corte real — na verdade, ele mal ficava em Drury Lane, encontrando-se no fim da rua que dava em Shaftesbury Avenue, perto do cortiço de St. Giles. Aconselhado por meu amigo, escondi minha carteira e, seguindo seu exemplo, levei uma bengala grossa.

Quando já estávamos nos camarotes (eu havia comprado uma laranja de três *pence* de uma das belas moças que as vendia para a plateia, e a chupava enquanto esperávamos), meu amigo disse, em voz baixa:

— Sorte sua que não precisou me acompanhar às casas de apostas e aos bordéis. Nem aos manicômios, que o príncipe Franz também adorava visitar, pelo que descobri. Mas ele não foi a lugar algum mais de uma vez. Nenhum lugar além de…

A orquestra começou a tocar e a cortina foi erguida. Meu amigo se calou.

O espetáculo foi bom, à sua maneira: foram apresentadas três peças de um ato, entremeadas com canções cômicas. O ator principal era alto, lânguido e tinha uma bela voz; a atriz principal era elegante, e sua voz se propagava por todo o teatro; o comediante levava jeito para as canções rápidas.

A primeira peça era uma comédia pastelão sobre confusão de identidade: o protagonista interpretava uma dupla de gêmeos idênticos que não se conheciam, mas acabaram, após uma série de infortúnios cômicos, noivando com a mesma jovem — que, curiosamente, acreditava estar comprometida com um homem só. As portas se abriam e fechavam à medida que o ator mudava de identidade.

A segunda peça era uma história comovente sobre uma órfã que passava fome sob a neve e vendia violetas cultivadas em estufa. Sua avó a reconheceu no final e jurou que a menina era o bebê roubado dez anos antes por bandidos, mas era tarde demais, e a anjinha congelada tinha dado seu último suspiro. Confesso que, em mais de um momento, tive que enxugar os olhos com um lenço de linho.

O espetáculo terminou com uma narrativa histórica estimulante: a companhia inteira interpretou homens e mulheres de um vilarejo litorâneo, setecentos anos antes de nossa época moderna. Eles viram vultos erguendo-se no mar, ao longe. O herói, exultante, proclamou aos habitantes do vilarejo que aqueles eram os Antigos cuja vinda fora anunciada, voltando para nós de R'lyeh, e da sombria Carcosa, e das planícies de Leng, onde dormiam, ou esperavam, ou excediam o dia de sua morte. O cômico sugeriu que todos os outros habitantes tinham comido tortas demais, bebido cerveja demais, e estavam imaginando os vultos. Um senhor rotundo, que fazia o papel de sacerdote do deus romano, disse aos habitantes que os vultos no mar eram monstros e demônios, e precisavam ser destruídos.

No clímax, o herói matou o sacerdote, espancando-o com sua própria cruz, e se preparou para recebê-Los quando Eles chegassem. A heroína cantou uma ária perturbadora, e, em um espetáculo impressionante de ilusão com lanternas mágicas, a sombra Deles parecia atravessar o céu no fundo do palco: a própria Rainha de Albion, e a Entidade Negra do Egito (quase em forma de homem), seguidos pelo Bode Ancestral, Pai de Mil e Imperador de Toda a China, e pelo Czar Irrefutável, e por Aquele que Preside o Novo Mundo, e pela Dama Branca da Fortaleza Antártica, e por outros. E, à medida que cada sombra cruzava o palco, ou aparentava cruzar, de todas as bocas na galeria emergia, espontaneamente, um estrondoso "Urra!" de forma que até o ar parecia estremecer. A lua subiu no céu pintado e, quando atingiu o ápice, em um último instante de magia teatral, o amarelo pálido das histórias antigas deu lugar ao reconfortante carmesim da lua que hoje brilha sobre todos nós.

Os integrantes do elenco agradeceram e cumprimentaram o público ao som de vivas e risos, a cortina desceu uma última vez e acabou-se o espetáculo.

— Pronto — disse meu amigo. — O que achou?

— Muito bom mesmo — respondi, com as mãos doloridas de tanto aplaudir.

— Bravo, camarada — elogiou ele, sorrindo. — Vamos para os bastidores.

Saímos do teatro e entramos em um beco lateral que levava até a porta dos fundos, onde uma mulher magra com um cisto na bochecha tricotava distraidamente. Meu amigo lhe mostrou um cartão de visita, e ela nos deixou entrar e subir um lance de degraus até um pequeno camarim compartilhado.

Lamparinas a óleo e velas tremeluziam diante de espelhos manchados, e homens e mulheres removiam a maquiagem e as fantasias sem preocupação com modéstia de gênero. Desviei o olhar. Meu amigo parecia indiferente.

— Posso falar com o sr. Vernet? — perguntou ele, em tom alto.

Uma jovem, que interpretara a melhor amiga da heroína na primeira peça e a filha impertinente do estalajadeiro na última, nos indicou os fundos do cômodo.

— Sherry! Sherry, Vernet! — gritou ela.

O rapaz que se levantou em resposta era esguio; de uma beleza menos convencional do que havia parecido sob a ribalta. Ele nos fitou com o olhar intrigado.

— Creio que não tive o prazer...?

— Meu nome é Henry Camberley — disse meu amigo, enrolando um pouco a língua. — Talvez já tenha ouvido falar de mim.

— Confesso que não tive esse privilégio — respondeu Vernet.

Meu amigo ofereceu um cartão ao ator.

O homem o leu com interesse genuíno.

— Promotor teatral? Do Novo Mundo? Ora, ora. E este é... — Ele sorriu para mim.

— Um amigo meu, o sr. Sebastian. Ele não é do métier.

Murmurei algo sobre ter apreciado imensamente o espetáculo e apertei a mão do ator.

Meu amigo perguntou:

— Já visitou o Novo Mundo?

— Ainda não tive a honra — falou Vernet —, embora sempre tenha sido um grande desejo meu.

— Ora, meu bom homem — disse meu amigo, com a informalidade tranquila de um nativo do Novo Mundo. — Talvez seu desejo se realize. Aquela última peça... nunca vi algo parecido. Você a escreveu?

— Infelizmente, não. O dramaturgo é um grande amigo. Mas projetei o mecanismo para o jogo de sombras das lanternas mágicas. Não se vê nada melhor em palco algum.

— Poderia me dizer o nome do dramaturgo? Talvez seja melhor eu falar diretamente com esse seu amigo.

Vernet balançou a cabeça.

— Receio que não será possível. Ele é um homem de outra profissão e não quer que seu envolvimento com o teatro venha a público.

— Entendo. — Meu amigo tirou um cachimbo do bolso e o colocou na boca. Em seguida, apalpou os bolsos. — Desculpe — falou. — Esqueci o estojo de tabaco.

— Eu fumo uma mistura forte — disse o ator —, mas, se o senhor não se opõe...

— De forma alguma! — respondeu meu amigo, envigorado. — Ora, também fumo uma mistura forte.

Ele então encheu seu cachimbo com o fumo do ator, e os dois começaram a pitar, enquanto meu amigo descrevia uma ideia para uma peça que poderia ser apresentada nas cidades do Novo Mundo, desde a ilha de Manhattan até o sul distante, na extremidade mais remota do continente. O primeiro ato seria a última peça que tínhamos visto. O restante talvez falasse do domínio dos Antigos sobre a humanidade e seus deuses, talvez do que poderia ter acontecido se não houvesse Famílias Reais para as pessoas admirarem — um mundo de barbarismo e trevas...

— Mas seu amigo misterioso seria o autor da peça, e apenas ele poderia definir a trama — acrescentou meu amigo. — O espetáculo ficaria nas mãos dele. No entanto, posso garantir plateias que você nem imagina, e uma parcela considerável da renda da bilheteria. Digamos, cinquenta por cento!

— Isso é muito animador — disse Vernet. — Espero que não se revele uma alucinação causada pela fumaça!

— Não, senhor! — falou meu amigo, dando uma baforada e rindo da piada do sujeito. — Venha ao meu apartamento em Baker Street amanhã, após o desjejum, às dez horas, e traga seu amigo escritor. Estarei à espera com os contratos prontos.

O ator então subiu na cadeira e bateu palmas para pedir silêncio.

— Senhoras e senhores da companhia, gostaria de fazer um anúncio — disse ele, dominando o cômodo com sua voz ressonante. — Este cavalheiro é Henry Camberley, promotor teatral, e tem uma proposta para nos levar para o outro lado do oceano Atlântico, rumo à fama e à fortuna.

Houve gritos de viva.

— Bom, vai ser um pouco diferente das sardinhas e conservas de repolho — disse o cômico, e a companhia riu.

E foi sob o sorriso de todos que saímos do teatro e nos lançamos às brumas da rua.

— Meu caro — falei. — O que foi...

— Nem mais uma palavra — disse meu amigo. — A cidade tem muitos ouvidos.

E não pronunciou uma palavra sequer até chamarmos um cabriolé, entrarmos no veículo e partirmos para Charing Cross Road.

Mesmo assim, antes de dizer qualquer coisa, meu amigo tirou o cachimbo da boca e esvaziou o conteúdo parcialmente fumado dentro de uma lata pequena. Fechou a tampa e guardou a lata no bolso.

— Pronto — disse ele. — Se aquele não for o Homem Alto, não sou um detetive. Agora só precisamos torcer para que a cobiça e a curiosidade do Médico Manco sejam o bastante para trazê-lo até nós amanhã de manhã.

— Médico Manco?

Meu amigo riu.

— É assim que eu o tenho chamado. Quando vimos o corpo do príncipe, ficou óbvio, pelas pegadas e por vários outros elementos, que havia dois homens no quarto naquela noite: um alto que, a menos que eu tenha me equivocado, nós acabamos de conhecer, e um menor e manco, que eviscerou o príncipe com a perícia de um profissional de medicina.

— Um médico?

— De fato. Odeio dizer isso, mas, pela minha experiência, quando médicos se tornam maus, são criaturas mais vis e sinistras que os piores assassinos. Temos Huston, o homem da banheira de ácido, e Campbell, que levou o leito de Procusto a Ealing... — E, pelo restante do trajeto, ele seguiu citando exemplos semelhantes.

O cabriolé parou junto ao meio-fio.

— Um xelim e dez *pence* — disse o condutor. Meu amigo lhe entregou um florim, que o homem pegou no ar e encostou na cartola esfarrapada. — Muito agradecido aos senhores — falou, levando o cavalo névoa adentro.

Andamos até nossa porta. Enquanto eu a destrancava, meu amigo observou:

— Estranho. Nosso condutor acabou de ignorar aquele sujeito na esquina.

— Eles fazem isso no final do turno — comentei.

— Realmente — disse meu amigo.

Sonhei com sombras naquela noite, sombras vastas que recobriam o sol, e gritei em desespero, mas elas não me escutaram.

5. *A casca e o caroço*

ESTE ANO, DÊ UM SALTO NA VIDA — COM UM ÓTIMO SALTO! JACK'S. BOTAS, SAPATOS E BOTINAS. POUPE SUAS SOLAS! SALTOS SÃO NOSSA ESPECIALIDADE. JACK'S. E NÃO SE ESQUEÇA DE VISITAR NOSSO NOVO EMPÓRIO DE ROUPAS E ACESSÓRIOS NO EAST END — COM OFERTA DE TRAJES NOTURNOS PARA TODAS AS OCASIÕES, CHAPÉUS, BIBELÔS, BENGALAS, BASTÕES DE LÂMINA ETC. JACK'S DE PICCADILLY. O SEGREDO ESTÁ NO SALTO!

O inspetor Lestrade foi o primeiro a chegar.

— Você posicionou os homens na rua? — perguntou meu amigo.

— Sim — respondeu Lestrade. — Com ordens expressas de deixar qualquer pessoa entrar, mas de prender qualquer uma que tente sair.

— E trouxe algemas?

Em resposta, Lestrade tirou do bolso e sacudiu dois pares de algemas, com uma expressão grave.

— Agora, senhor — disse ele —, enquanto aguardamos, que tal me dizer o que estamos esperando?

Meu amigo tirou o cachimbo do bolso. Em vez de colocá-lo na boca, ele o apoiou na mesa à frente. Em seguida, pegou a lata da noite anterior e o frasco de vidro que havia usado no quarto de Shoreditch.

— Pronto — falou. — Creio que será a pá de cal para nosso prezado Vernet. — E se calou. Então, tirou o relógio do bolso e o colocou cuidadosamente na mesa. — Temos alguns minutos até chegarem. — Ele se virou para mim. — O que você sabe sobre os Restauracionistas?

— Absolutamente nada — respondi.

Lestrade tossiu.

— Se está falando do que imagino que esteja falando — disse ele —, talvez seja melhor parar por aí. É o bastante.

—Tarde demais — retrucou meu amigo. — Pois há quem não acredite que a vinda dos Antigos seja a felicidade que todos sabemos que foi. Esses anarquistas desejam restaurar o mundo antigo... restituir à humanidade o controle do próprio destino, digamos assim.

— Não quero saber dessa conversa subversiva — falou Lestrade. — Estou avisando...

— E eu estou lhe avisando que deixe de parvalhice — disse meu amigo. — Porque foram os Restauracionistas que mataram o príncipe Franz Drago. Eles assassinam, eles matam, em um esforço inútil para obrigar nossos mestres a nos abandonar na escuridão. O príncipe foi morto por um *rache*... um termo antigo que significa "cão de caça", inspetor, o que saberia se tivesse consultado o dicionário. A palavra também significa "vingança". E o caçador deixou sua assinatura no papel de parede da cena do crime, assim como um artista assinaria uma tela. Mas não foi ele quem matou o príncipe.

— O Médico Manco! — exclamei.

— Muito bem. Havia um homem alto lá, naquela noite. Pude determinar sua altura, pois a palavra estava escrita no nível dos olhos. Ele fumava cachimbo: os restos de cinzas e tabaco não queimado estavam na lareira, e ele havia batido o cachimbo com facilidade na cornija, algo que um homem mais baixo não teria feito. O fumo era de uma mistura incomum. As pegadas no quarto foram quase destruídas por seus homens, mas observei algumas impressões nítidas atrás da porta e perto da janela. Alguém tinha esperado ali: pelo tamanho da passada, era um homem menor, que apoiava o peso na perna direita. Do lado de fora, observei algumas pegadas nítidas, e as cores diversas do barro no raspador de botas me forneceram mais informações: um homem alto, que havia acompanhado o príncipe até aquele quarto e depois saíra. À espera deles estava o homem que retalhou o monarca de forma tão impressionante...

Lestrade emitiu um barulho desconfortável, que não chegou a constituir uma palavra.

— Passei muitos dias refazendo os passos de Sua Alteza. Fui de covis de apostas a bordéis, a tabernas e manicômios em busca do nosso fumador de cachimbo e seu amigo. Só tive sucesso quando pensei em conferir os jornais da Boêmia, em busca de alguma pista quanto às atividades recentes do príncipe, e assim descobri que uma companhia teatral inglesa estivera em Praga no mês passado e se apresentara para o príncipe Franz Drago...

— Minha nossa — falei. — Então aquele tal Sherry Vernet...

— É um Restauracionista. Precisamente.

Eu balançava a cabeça em espanto diante da inteligência e capacidade de observação do meu amigo, quando soou uma batida à porta.

— Essa há de ser nossa presa! — alertou meu amigo. — Cuidado!

Lestrade enfiou a mão no bolso, onde decerto mantinha uma pistola. Ele engoliu em seco, nervoso.

Meu amigo disse:

— Entre, por favor!

A porta se abriu.

Não era Vernet, nem o Médico Manco. Era um dos meninos de rua que ganham a vida fazendo bicos — "no ofício do ócio", como se dizia na minha juventude.

— Com licença, senhores — disse ele. — Tem algum sr. Henry Camberley aqui? Um homem me pediu para entregar uma mensagem.

— Sou eu — respondeu meu amigo. — E, por seis *pence*, o que pode me dizer sobre o homem que lhe deu esse recado?

O jovem, que se identificou como Wiggins, mordeu a moeda antes de fazê-la desaparecer no bolso, e nos disse que o sujeito animado que lhe deu a mensagem era alto, tinha cabelo escuro e fumava cachimbo.

Tenho a mensagem aqui e tomo a liberdade de transcrevê-la.

Caro senhor,

Não me dirijo a Henry Camberley, nome ao qual o senhor não tem direito. Fico surpreso por não ter se anunciado sob o próprio nome, pois é um bom nome, e digno de sua pessoa. Já li alguns de seus artigos, quando tive chance de obtê-los. Inclusive, troquei correspondências bastante proveitosas com o senhor dois anos atrás, sobre certas anomalias teóricas em seu trabalho acerca da dinâmica de um asteroide.

Foi divertido encontrá-lo ontem à noite. Tenho algumas sugestões que talvez lhe poupem problemas no futuro, na profissão que o senhor segue. Em primeiro lugar, é até possível que um fumante tenha no bolso um cachimbo novo e intocado, e não tenha fumo, mas é extremamente improvável — pelo menos tão improvável quanto um promotor teatral que desconheça as compensações financeiras habituais para uma turnê, e que ande acompanhado de um taciturno ex-oficial do Exército (Afeganistão, salvo engano). A propósito, embora o senhor tenha razão quanto ao fato de as ruas de Londres terem ouvidos, no futuro pode ser que lhe convenha não pegar o primeiro cabriolé que aparecer. Cocheiros também têm ouvidos, se quiserem usá-los.

Certamente o senhor acertou uma de suas hipóteses: fui mesmo eu quem atraiu a criatura mestiça para o quarto em Shoreditch.

Se lhe serve de consolo, quando descobri algumas preferências recreativas dele, disse-lhe que havia obtido uma moça capturada de um convento na Cornualha, que jamais vira homem algum, e que bastaria um toque e a visão do rosto dele para lançá-la na mais perfeita loucura.

Se tal moça existisse, ele teria se banqueteado com a loucura dela enquanto a possuía, como um homem que suga a polpa de um pêssego maduro até não restar nada além da casca e do caroço. Já os vi fazer isso. Já os vi fazer muito pior. E esse não é o preço que pagamos por paz e prosperidade. É um preço alto demais.

O bom doutor — que pensa como eu, e que de fato escreveu nosso pequeno espetáculo, pois sabe agradar uma plateia — estava nos esperando com suas facas.

Eu lhe envio esta mensagem não como uma provocação do tipo prenda-me-se-for-capaz, pois já estamos longe, eu e o estimado doutor, e o senhor não nos encontrará, mas para lhe dizer que foi bom sentir, ainda que por um instante, que tinha um adversário à altura. Muito mais do que as criaturas inumanas de além do Fosso.

Receio que a Companhia Teatral Strand terá que encontrar outro ator principal.

Não assinarei como Vernet e, até a caçada terminar e o mundo ser restaurado, peço que o senhor pense em mim apenas como

Rache.

O inspetor Lestrade saiu correndo da sala e chamou seus agentes. Fizeram o jovem Wiggins levá-los até o lugar onde o homem lhe entregara a mensagem, como se fosse possível que o ator Vernet ainda estivesse lá, esperando, pitando seu cachimbo. Da janela, observamos a correria, meu amigo e eu, e balançamos a cabeça.

— Vão parar e revistar todos os trens saindo de Londres, todos os navios saindo de Albion para a Europa ou o Novo Mundo — disse meu amigo —, em busca de um homem alto e seu companheiro, um médico baixo, robusto e ligeiramente manco. Vão fechar os portos. Todas as vias de saída do país serão bloqueadas.

— Então acha que vão conseguir pegá-lo?

Meu amigo balançou a cabeça.

— Posso estar enganado — respondeu —, mas eu arriscaria dizer que, neste instante, ele e o amigo estão a pouco mais de um quilômetro de distância, no cortiço de St. Giles, onde a polícia não ousa ir em números reduzidos. Ficarão escondidos lá até a agitação passar, depois seguirão adiante.

— Por que diz isso?

— Porque — explicou meu amigo —, se eu estivesse no lugar deles, é o que faria. A propósito, deveria queimar essa carta.

Franzi o cenho.

— Mas é uma prova — falei.

— É um absurdo sedicioso — disse meu amigo.

E eu devia ter queimado. Inclusive, quando Lestrade voltou, falei que *havia* queimado a carta, e ele elogiou meu bom juízo. Lestrade manteve o emprego, e o príncipe Albert escreveu ao meu amigo uma missiva para parabenizá-lo pelas deduções, embora lamentasse que o responsável continuasse foragido.

Ainda não capturaram Sherry Vernet, ou qualquer que fosse seu verdadeiro nome, nem encontraram rastros de seu cúmplice assassino, identificado possivelmente como um ex-médico do Exército chamado John (ou talvez James) Watson. Curiosamente, revelou-se que ele também havia servido no Afeganistão. Eu me pergunto se nos conhecemos.

Meu ombro, tocado pela rainha, continua melhorando, a pele está se reconstituindo e regenerando. Logo voltarei a ser um grande atirador.

Alguns meses atrás, quando estávamos sozinhos certa noite, perguntei ao meu amigo se ele se lembrava da correspondência mencionada pelo homem que assinava como Rache. Meu amigo disse que se lembrava bem dela, e que "Sigerson" (foi assim que o ator se identificara, alegando ser islandês) havia se inspirado em uma equação do meu amigo para sugerir teorias inusitadas sobre a relação entre massa, energia e a velocidade hipotética da luz.

— Absurdos, claro — disse meu amigo, sem sorrir. — No entanto, eram absurdos impressionantes e perigosos.

Com o tempo, o palácio nos fez saber que a rainha estava satisfeita com a atuação de meu amigo no caso, e assim o assunto foi resolvido.

Mas duvido que meu amigo vá abandonar a questão; ela só há de acabar quando um matar o outro.

Fiquei com a carta. Disse coisas neste relato dos acontecimentos que não deveriam ser ditas. Se tivesse alguma sensatez, queimaria todas estas folhas, mas, como aprendi com meu amigo, até as cinzas podem revelar segredos. Então guardarei estas páginas em um cofre no banco, com instruções para que só volte a ser aberto muito após a morte de qualquer pessoa que esteja viva hoje. Contudo, à luz do que tem acontecido na Rússia, receio que esse dia esteja mais próximo do que todos gostaríamos.

Major S... M... (ref.)
Baker Street,
Londres, Nova Albion, 1881

RIL DAS FADAS

Se eu fosse hoje como antes, longe da
  morte e ainda jovem,
Minh'alma eu não dividiria, parte no
  mundo do homem
E parte sem sair de casa, em vão afã de
  seguir fadas.
Minh'alma perambularia em becos,
  ruas e estradas
Até topar com bela moça e dar-lhe
  beijo e sorriso,
E ela, num tronco queimado, me
  cravar com golpe inciso.
Mas, se meu coração fugisse dela,
  muito longe dela,
Na hora ela o roubaria, com um
  ninho de estrela,
Até por fim já se fartar e entediar e
  enjoar
E o abandonar num rio de fogo, onde
  uns garotos vão achar.
Vão pegá-lo, vão usá-lo, vão gastá-lo,
  sem dó nem tino,
E vão cortá-lo em quatro fios pra
  botar num violino.
E todo dia e toda noite vão tocar uma
  canção

Estranha e bruta e ardorosa, à qual
	ninguém diria não
E vão dançar, girar, cantar, sapatear,
	rodopiar
Até os olhos se incensarem e o ouro
	vir rolar...

Mas já não sou mais jovem hoje, após
	sessenta longos anos,
Meu coração sumiu de mim e foi
	tocar seus sons profanos.
Co' inveja eu vejo os de alma inteira,
	incapazes de ouvir
O Ril das Fadas, e outros ventos não
	se atrevem a sentir.
Se o Ril das Fadas não escutas, serás
	rei de tua sorte.
Fui tolo quando jovem. Jogue-me aos
	sonhos e à morte.

OUTUBRO NA CADEIRA

Era a vez de Outubro na cadeira, então fazia frio naquela noite, e as folhas eram vermelhas e alaranjadas e caíam das árvores em torno do bosque. Os doze se acomodaram em volta de uma fogueira, assando espetos com linguiças enormes, que espirravam e chiavam conforme a gordura pingava na lenha de macieira, e bebendo uma sidra fresca, ácida e pungente.

Abril deu uma mordida delicada na linguiça, que se abriu sob seus dentes, fazendo escorrer o sumo quente por seu queixo.

— Porcaria maldita! — bradou ela.

A seu lado, o atarracado Março deu uma risada baixa e grosseira, então pegou um lenço imenso e imundo.

— Aqui — falou ele.

Abril limpou o queixo.

— Obrigada — respondeu. — Esse saco de tripas miserável me queimou. Vai aparecer uma bolha amanhã.

Setembro bocejou.

—Você é *tão* hipocondríaca — comentou ele, do outro lado da fogueira. — E esse *linguajar*. — Usava um bigode fino e tinha entradas profundas no cabelo, que faziam sua testa parecer alta e sábia.

— Deixe-a em paz — disse Maio. Seu cabelo escuro era cortado rente na cabeça, e ela usava sapatos confortáveis. Fumava uma pequena cigarrilha marrom que exalava um cheiro forte de cravo. — Ela é sensível.

— Ah, faça-me o *favor* — retrucou Setembro. — Me poupe.

Outubro, ciente de seu destaque na cadeira, bebericou a sidra e pigarreou:

— Certo. Quem quer começar? — disse ele.

A cadeira em que Outubro estava fora esculpida a partir de um grande bloco de carvalho, entremeado de cinzas, cedro e cerejeira. Os outros onze se encontravam sentados em tocos de árvore a intervalos iguais ao redor da pequena fogueira. Os anos de uso tinham deixado os tocos lisos e confortáveis.

— E a ata? — perguntou Janeiro. — A gente sempre faz a ata quando eu fico na cadeira.

— Mas você não está na cadeira agora, não é, meu bem? — disse Setembro, uma criatura elegante de prestatividade fingida.

— E a ata? — repetiu Janeiro. — Não podemos ignorá-la.

— Deixa aquela chata se virar sozinha — disse Abril, passando a mão pelo longo cabelo louro. — E acho que Setembro devia começar.

Setembro se empertigou e meneou a cabeça.

— Com prazer — falou ele.

— Ei — interrompeu Fevereiro. — Ei-ei-ei-ei-ei-ei-ei. Não ouvi a confirmação do presidente. Ninguém começa enquanto Outubro não disser quem começa, e depois ninguém mais fala. Será que podemos ter o mínimo de ordem aqui? — Ele os encarou, mirrado, pálido, todo vestido de azul e cinza.

— Tudo bem — disse Outubro.

Sua barba tinha tudo que era cor, um bosque de árvores no outono, marrom-escuro e laranja flamejante e vermelho-vinho, um emaranhado volumoso que cobria a parte de baixo de seu rosto. Suas bochechas eram de um vermelho-maçã. Ele parecia um amigo; alguém que a gente conhece desde sempre.

— Setembro pode falar. Vamos começar logo — acrescentou.

Setembro pôs a ponta de uma linguiça na boca, mastigou cuidadosamente e bebeu a caneca de sidra. Em seguida, levantou-se, fez uma reverência para os companheiros e começou a falar.

— Laurent DeLisle era o melhor chef de toda Seattle, ou pelo menos era o que Laurent DeLisle pensava, e as estrelas Michelin em sua porta confirmavam sua opinião. Ele era um chef impressionante, é verdade... seu brioche com carne de cordeiro moída ganhou diversos prêmios; sua codorna defumada e seu ravioli de trufas brancas foram descritos na *Gastronome* como "a décima maravilha do mundo". Mas era a adega... ah, a adega... sua grande fonte de orgulho e paixão.

"Eu entendo. As últimas uvas brancas são colhidas em mim, assim como a maior parte das vermelhas: eu aprecio bons vinhos; o aroma, o sabor e também o retrogosto.

"Laurent DeLisle comprava vinhos em leilões, com enólogos particulares e vendedores renomados: insistia que cada vinho tivesse pedigree, pois fraudes são lamentavelmente comuns quando o preço da garrafa circula na ordem de cinco, dez, cem mil dólares, libras ou euros.

"O tesouro, a joia, o vinho mais raro e *non plus ultra* de sua adega climatizada era um Château Lafitte 1902. O preço no catálogo era de cento e vinte mil dólares, mas, na verdade, era inestimável, pois se tratava da última garrafa existente desse vinho."

— Com licença — disse Agosto, educadamente. Era o mais gordo de todos, e tinha o cabelo ralo penteado em tufos áureos no cocuruto rosado.

Setembro lançou um olhar bravo para o vizinho.

— Pois não?

— Essa é aquela em que um ricaço compra o vinho para tomar no jantar, e o chef decide que o prato que o ricaço pediu não faz jus ao vinho, então manda outro prato, e o cara dá uma garfada, só que tem, tipo, uma alergia rara e morre de repente, e no final ninguém bebe o vinho?

Setembro fica calado, encarando Agosto por um longo tempo.

— Porque, se for, você já contou. Há anos. Foi uma história besta na época. E continua sendo. — Agosto sorriu. Suas bochechas rosadas brilhavam à luz da fogueira.

— É óbvio — comentou Setembro — que *páthos* e cultura não são para todo mundo. Há quem prefira churrasco e cerveja, enquanto alguns de nós gostam...

— Bom — interrompeu Fevereiro —, odeio falar isso, mas ele até que tem razão. Precisa ser uma história nova.

Setembro ergueu uma sobrancelha e comprimiu os lábios.

— Acabei — anunciou, de repente. E se sentou no toco.

Os meses do ano trocaram olhares por cima da fogueira.

Junho, hesitante, levantou a mão e disse:

— Eu tenho uma sobre uma segurança no raio X do aeroporto LaGuardia, que conseguia descobrir tudo sobre as pessoas só de ver o contorno das bagagens na tela, e um dia ela viu um raio X de mala tão bonito que se apaixonou pela pessoa, e quis descobrir de quem era aquela mala, mas não conseguiu, aí passou meses e meses sofrendo. E, quando a pessoa passou de novo, ela enfim viu quem era, e era um homem, um indígena bem velho, e ela era bonita, e negra, e tinha uns vinte e cinco anos, e sabia que nunca daria certo, então o liberou, porque viu também pelo formato da mala na tela que ele ia morrer logo.

— Tudo bem, jovem Junho — disse Outubro. — Conte essa.

Junho olhou para ele como um animal assustado.

— Acabei de contar — falou ela.

Outubro assentiu.

— É verdade — respondeu ele, antes que alguém fizesse algum comentário. Em seguida, perguntou: — Vamos prosseguir com a minha história, então?

Fevereiro deu uma fungada.

— Não está certo, grandão. O ocupante da cadeira só conta sua história depois que todo mundo falar. Não podemos ir direto para a atração principal.

Maio estava colocando uma dúzia de castanhas na grelha posicionada na fogueira, ajeitando-as com pinças.

— Deixem-no contar a história, se ele quiser — disse ela. — Deus sabe que não pode ser pior que a do vinho. E tenho mais o que fazer. As flores não vão desabrochar sozinhas. Todos a favor?

— Você está pedindo uma votação formal? — perguntou Fevereiro. — Não acredito. Não acredito que isso está acontecendo. — Ele enxugou a testa com um punhado de lenços que tirou da manga.

Sete mãos se ergueram. Quatro mantiveram as mãos abaixadas: Fevereiro, Setembro, Janeiro e Julho. ("Não tenho nada contra, pessoalmente", disse Julho, com um ar constrangido. "É estritamente protocolar. Não devíamos estabelecer precedentes.")

— Então está decidido — concluiu Outubro. — Alguém gostaria de dizer alguma coisa antes de eu começar?

— Hã. Sim. Às vezes — disse Junho —, às vezes, acho que tem alguém espiando a gente do meio das árvores, mas aí olho e não tem ninguém. Mas continuo achando.

— É porque você é doida — retrucou Abril.

— Hmm — disse Setembro para todo mundo. — Essa é nossa Abril. Sensível, mas ainda cruel.

— Chega — falou Outubro.

Ele se espreguiçou na cadeira. Abriu uma avelã com os dentes, tirou o miolo e jogou os fragmentos da casca na fogueira, onde eles chiaram e estalaram, e então começou.

★ ★ ★

Era uma vez um menino, *disse Outubro*, que vivia infeliz em casa, embora ninguém batesse nele. O menino não se entrosava nem com a família, nem com a cidade, nem com a própria vida. Ele tinha dois irmãos mais velhos, gêmeos, que o machucavam ou o ignoravam, e eram populares. Eles jogavam futebol: em certas partidas, um dos gêmeos fazia mais gols e era o herói, e em algumas partidas era o outro. O irmão caçula não jogava futebol. Eles tinham um apelido para ele. Chamavam-no de Miúdo.

Eles o chamavam de Miúdo desde que o menino era bebê, e, no início, a mãe e o pai os censuravam por isso.

— Mas ele *é* miúdo — disseram os gêmeos. — Olhem só para *ele*. Olhem só para *a gente*.

Os meninos tinham seis anos quando falaram isso. Seus pais acharam graça. Um apelido como Miúdo às vezes pega, então logo as únicas pessoas que o chamavam de Donald eram sua avó, quando telefonava no dia de seu aniversário, e aqueles que não o conheciam.

Talvez porque apelidos têm poder, ele era de fato miúdo: magro, baixo e nervoso. Seu nariz estava escorrendo quando ele nasceu, e continuava escorrendo uma década depois. Na hora das refeições, se os gêmeos gostassem da comida, roubavam a parte dele; se não gostassem, colocavam coisas do prato no dele, e aí ele levava bronca por desperdiçar comida.

O pai nunca perdia uma partida de futebol, e depois sempre comprava um sorvete para o gêmeo que tinha feito mais gols e um sorvete de consolação para o outro. A mãe se dizia jornalista, embora geralmente só vendesse espaço de publicidade e assinaturas: ela voltara a trabalhar em tempo integral quando os gêmeos passaram a ser capazes de se virar sozinhos.

As outras crianças na turma do menino admiravam os gêmeos. Ele foi chamado de Donald durante algumas semanas no primeiro ano, até a informação de que os irmãos o chamavam de Miúdo se espalhar. Seus professores quase nunca o chamavam por qualquer nome, ainda que, entre si, às vezes alguém falasse que era uma pena o caçula dos Covay não ter o porte, a imaginação ou a energia dos irmãos.

Miúdo não saberia dizer o momento exato em que decidiu fugir, nem quando seus devaneios cruzaram a fronteira e se transformaram em planos. Quando admitiu para si mesmo que iria embora, já tinha um pote grande escondido atrás da garagem, sob uma capa de plástico, com três barras de chocolate, duas de caramelo, um saco de amendoim, um pacote pequeno de alcaçuz, uma lanterna, alguns gibis, um pacote fechado de carne-seca e trinta e sete dólares, quase tudo em moedas de vinte e cinco centavos. Ele não gostava do sabor da carne-seca, mas tinha lido que exploradores sobreviveram por semanas só à base disso; e foi quando guardou a carne-seca no pote, fechou a tampa e ouviu o estalo que soube que precisava fugir.

Ele tinha lido livros, jornais e revistas. Sabia que quem fugia volta e meia encontrava pessoas ruins que faziam coisas ruins; mas também tinha lido contos de fadas, então sabia que existiam pessoas bondosas no mundo, vivendo junto com os monstros.

Miúdo era uma criança magra de dez anos, pequena, com o nariz sempre escorrendo e uma expressão vazia no rosto. Se você tentasse identificá-lo em um grupo de meninos, erraria. Ele seria o outro. Mais para o lado. Aquele que seus olhos ignoraram.

Ele passou setembro inteiro adiando a fuga. Foi preciso uma sexta-feira bastante ruim, durante a qual os dois irmãos se sentaram em cima dele (e o que se sentou em seu rosto soltou um pum e gargalhou), para ele decidir que qualquer monstro que o aguardasse no mundo seria suportável, talvez até preferível.

No sábado, os irmãos deviam cuidar dele, mas logo foram à cidade para ver uma menina de quem gostavam. Miúdo foi até os fundos da garagem e tirou o pote de baixo da capa de plástico. Levou-o até o quarto. Esvaziou a mochila da escola em cima da cama, encheu-a com doces, gibis, trocados e carne-seca. E encheu uma garrafa vazia de refrigerante com água.

Miúdo saiu para a cidade e pegou o ônibus. Foi para o oeste, um oeste que custou dez dólares em moedas de vinte e cinco centavos, até um lugar que não conhecia, o que lhe pareceu um bom começo, e depois desceu do ônibus e andou. Não havia calçada, por isso, quando os carros passavam, ele ia até a vala lateral para se proteger.

O sol estava alto. Ele ficou com fome, então remexeu na mochila e pegou uma barra de chocolate. Depois de comer, sentiu sede, e só após beber quase metade da água se deu conta de que precisava racioná-la. Tinha imaginado que, assim que deixasse a cidade para trás, veria nascentes de água fresca por todos os cantos, mas não havia uma à vista. No entanto, havia um rio, que passava embaixo de uma ponte larga.

Miúdo parou no meio da ponte para observar a água turva, e se lembrou de algo que escutara na escola: no fim das contas, todos os rios desembocavam no mar. Ele nunca tinha ido ao litoral. Desceu até a margem e começou a seguir a correnteza. Havia uma trilha lamacenta no limiar do rio, e de vez em quando uma lata de cerveja ou uma embalagem de plástico indicavam que outras pessoas tinham passado por ali, mas ele não viu nem uma sequer durante a caminhada.

Acabou com a água da garrafa.

Ele se perguntou se alguém o estava procurando. Imaginou viaturas da polícia, helicópteros e cachorros, todo mundo tentando encontrá-lo. Ele se esconderia. Chegaria até o mar.

O rio corria por cima das pedras e chapinhava. Viu uma garça-azul, de asas largas, passar planando, e libélulas solitárias do fim da estação, e alguns grupos pequenos de mosquitos aproveitando o calor fora de época. O céu azul ficou cinza com o entardecer, e um morcego voou baixo para pegar insetos no ar. Miúdo se perguntou onde dormiria naquela noite.

Logo a trilha se bifurcou, e ele seguiu o caminho que se afastava do rio, na esperança de achar uma casa ou uma fazenda com um celeiro vazio. Andou por um tempo, à medida que o céu escurecia, até chegar ao fim da trilha e encontrar uma casa de fazenda, parcialmente desabada e com um aspecto desagradável. Miúdo contornou a propriedade e, a cada passo, tinha mais certeza de que nada o faria entrar ali. Então, pulou por cima de uma cerca quebrada até um pasto abandonado e se acomodou para dormir no mato alto, usando a mochila de travesseiro.

Estava deitado de costas, todo vestido, olhando para o céu. Não sentia nem um pingo de sono.

— Já devem ter percebido que sumi — disse para si mesmo. — Devem estar preocupados.

Ele se imaginou voltando para casa dali a alguns anos. Imaginou a felicidade no rosto dos pais e irmãos conforme se aproximava da porta. A maneira como o receberiam. O amor...

Acordou algumas horas depois, com a claridade do luar no rosto. Era possível ver o mundo inteiro — claro como a luz do sol, mas pálido e sem cor. No alto, a lua estava cheia, ou quase, e ele imaginou um rosto o observando, não sem gentileza, nas sombras e formas da superfície lunar.

— De onde você veio? — perguntou uma voz.

Ele se sentou sem medo, pelo menos por enquanto, e olhou à volta. Árvores. Mato alto.

— Cadê você? Não estou vendo.

Algo que lhe parecera uma sombra se mexeu, ao lado de uma árvore no limiar do pasto, e ele viu um menino da sua idade.

— Eu fugi de casa — disse Miúdo.

— Uau — falou o menino. — Deve ter precisado de muita coragem.

Miúdo sorriu cheio de orgulho. Não sabia o que responder.

— Quer caminhar um pouco? — perguntou o menino.

— Claro — disse Miúdo.

Ele pegou a mochila e a deixou junto à estaca da cerca, para que pudesse encontrá-la depois.

Os dois desceram um barranco, afastando-se da casa de fazenda velha.

— Alguém mora lá? — perguntou Miúdo.

— Não — respondeu o menino. Seu cabelo era claro e liso, quase branco à luz do luar. — Algumas pessoas tentaram, bastante tempo atrás, mas não gostaram, então foram embora. Aí vieram outras. Mas agora não tem vivalma. Qual é o seu nome?

— Donald — disse Miúdo. E acrescentou: — Mas as pessoas me chamam de Miúdo. Como te chamam?

O menino hesitou.

— Saud — disse ele.

— Que nome legal.

— Eu tinha outro nome — explicou Saud —, mas não consigo ler mais.

Eles se espremeram para passar por um enorme portão de ferro, aberto em uma parte enferrujada, e chegaram à pequena campina ao pé do barranco.

— Que lugar legal — disse Miúdo.

A campina tinha dezenas de lápides de vários tamanhos. Algumas altas, maiores que os dois meninos, e outras pequenas, da altura certa para se sentar. Algumas delas estavam quebradas. Miúdo sabia que lugar era aquele, mas não ficou com medo. Era um lugar de amor.

— Quem está enterrado aqui? — perguntou ele.

— A maioria é gente boa — disse Saud. — Antigamente, tinha uma cidade ali. Atrás daquelas árvores. Aí chegou a ferrovia, e construíram uma estação na cidade vizinha, e a nossa cidade meio que murchou, e desmoronou, e foi levada pelo vento. Agora tem arbustos e árvores no lugar da cidade. Dá para se esconder nas árvores e pular pela janela para dentro e para fora das casas antigas.

— As casas são que nem aquela casa de fazenda lá em cima? — perguntou Miúdo. Se fossem, ele não ia querer entrar em nenhuma.

— Não — respondeu Saud. — Ninguém entra nelas, só eu. E alguns animais, de vez em quando. Sou a única criança aqui.

— Imaginei — disse Miúdo.

— Talvez a gente possa brincar dentro delas — falou Saud.

— Seria bem legal — respondeu Miúdo.

Era uma noite perfeita de início de outubro: o calor era quase de verão, e a lua cheia dominava o céu. Dava para ver tudo.

— Qual dessas é a sua? — perguntou Miúdo.

Saud se empertigou cheio de orgulho, pegou na mão de Miúdo e o puxou até um canto com a vegetação espessa. Os meninos afastaram o mato alto. A lápide jazia no chão, gravada com datas de um século antes. Boa parte tinha se apagado, mas embaixo das datas era possível distinguir as palavras

SAUD
JAMAIS SERÁ ESQUE

— Deve ser "esquecido" — disse Saud.

— É, é o que eu chutaria também — comentou Miúdo.

Eles saíram pelo portão, desceram por uma vala e andaram pelo que restava da antiga cidade. Havia árvores dentro das casas e as construções tinham desmoronado, mas o lugar não era assustador. Eles brincaram de esconde-esconde. Exploraram. Saud mostrou alguns lugares bem legais para Miúdo, incluindo um pequeno chalé que disse ser a construção mais antiga de toda aquela parte do condado. E estava em boas condições, considerando a idade.

— Estou vendo muito bem com a luz da lua — observou Miúdo. — Até do lado de dentro. Não sabia que era tão fácil.

— É — disse Saud. — Depois de um tempo, você começa a ver bem até quando não tem lua.

Miúdo ficou com inveja.

— Preciso ir ao banheiro. Tem algum por aqui?

Saud pensou por um instante.

— Não sei — admitiu ele. — Não faço mais essas coisas. Ainda existem algumas latrinas, mas talvez não sejam seguras. Melhor ir até o meio das árvores.

— Que nem um urso — disse Miúdo.

Ele saiu pelos fundos, foi para o bosque que chegava até a parede do chalé e ficou atrás de uma árvore. Nunca tinha feito aquilo ao ar livre. Sentiu-se um animal selvagem. Quando terminou, se limpou com folhas caídas. Depois, voltou para a frente do chalé. Saud estava sentado ao luar, esperando.

— Como você morreu? — perguntou Miúdo.

— Fiquei doente — respondeu Saud. — A mamãe chorou e fez um escarcéu. E aí eu morri.

— Se eu ficasse aqui com você — falou Miúdo —, também teria que morrer?

— Talvez — disse Saud. — Bom, é. Acho que sim.

— E como é? Estar morto?

— Não ligo — admitiu Saud. — A pior parte é não ter ninguém para brincar.

— Mas deve ter muita gente naquela campina — disse Miúdo. — Ninguém lá brinca com você?

— Não — falou Saud. — Em geral, eles só dormem. E mesmo quando andam, não se interessam em sair, visitar lugares ou fazer alguma coisa. Não se interessam por mim. Está vendo aquela árvore?

Era uma faia, com o tronco cinza liso rachado pela idade. Ela ficava no que devia ter sido a praça da cidade, noventa anos antes.

— Estou — disse Miúdo.

— Quer subir nela?

— Parece meio alta.

— É. Bem alta. Mas é fácil de subir. Eu vou mostrar.

Era fácil de subir. Havia apoios para as mãos na casca, e os meninos escalaram a faia grande que nem uma dupla de macacos, ou piratas, ou guerreiros. Do alto da árvore, dava para ver o mundo inteiro. O céu estava começando a clarear, só um fio de luz, no leste.

Tudo aguardava. A noite estava terminando. O mundo prendia a respiração, preparando-se para começar de novo.

— Esse foi o melhor dia da minha vida — disse Miúdo.

— Da minha também — falou Saud. — O que vai fazer agora?

— Não sei — confessou Miúdo.

Ele se imaginou percorrendo o mundo todo até o mar. Imaginou-se crescendo e mais velho, subindo na vida por esforço próprio. Em algum momento, ficaria incrivelmente rico. Aí, voltaria para a casa dos gêmeos, chegaria até a porta com seu carro maravilhoso, ou talvez aparecesse em uma partida de futebol (em sua imaginação, os gêmeos não tinham crescido nem ficado mais velhos) e os observasse com um olhar gentil. Ele pagaria para todo mundo, os gêmeos e os pais, um jantar no melhor restaurante da cidade, e eles diriam que não o haviam compreendido, que o trataram muito mal. Pediriam desculpa e chorariam, e ele ficaria em silêncio. Deixaria os pedidos de desculpa fluírem livremente. Depois, daria um presente para cada um e, por fim, sairia de novo da vida deles, dessa vez para sempre.

Era um bom sonho.

Na realidade, ele sabia que continuaria caminhando, seria encontrado no dia seguinte ou no outro depois dele, voltaria para casa e levaria uma bronca, e tudo voltaria a ser como antes, e dia após dia, hora após hora, até o fim dos tempos, ele continuaria sendo Miúdo, só ficariam com raiva por seu atrevimento de ter fugido.

— Preciso ir para a cama daqui a pouco — disse Saud.

E começou a descer a faia grande.

Miúdo percebeu que descer era mais difícil. Não dava para ver onde pôr os pés, então precisou ir tateando. Algumas vezes escorregou e deslizou, mas Saud desceu na frente e foi falando coisas como "Um pouco para a direita", e os dois chegaram ao chão sem problemas.

O céu continuava clareando, e a lua estava sumindo, então foi ficando mais difícil vê-la. Eles passaram pela vala de novo. Às vezes, Miúdo não sabia se Saud estava ali, mas, quando chegou ao topo, viu que o menino ainda o esperava.

Não falaram muito na caminhada até a campina cheia de lápides. Miúdo pôs o braço no ombro de Saud, e eles subiram o barranco no mesmo compasso.

— Bom — disse Saud. — Obrigado pela visita.

— Eu me diverti — falou Miúdo.

— É — respondeu Saud. — Eu também.

Em algum lugar no bosque, um pássaro começou a cantar.

— Se eu quisesse ficar...? — disse Miúdo, de repente. Mas então parou. *Talvez eu não tenha outra chance*, pensou. Ele nunca chegaria ao mar. Eles nunca deixariam.

Saud ficou em silêncio por bastante tempo. O mundo estava cinza. Outros pássaros se juntaram ao canto.

— Não posso ajudar — disse Saud, por fim. — Mas talvez eles possam.

— Quem?

— Os que estão lá dentro. — O menino de cabelo claro apontou para o topo do barranco, onde estava a casa decadente de janelas quebradas e irregulares, emoldurada pelo sol nascente. A luz cinzenta não mudara seu aspecto.

Miúdo estremeceu.

— Tem gente lá dentro? — perguntou ele. — Você falou que ela estava vazia.

— Não está vazia — disse Saud. — Eu falei que não tinha vivalma. Não é a mesma coisa. — Ele olhou para o céu. — Tenho que ir agora. — Apertou a mão de Miúdo e, no momento seguinte, não estava mais lá.

Miúdo ficou sozinho no pequeno cemitério, ouvindo o canto dos pássaros no ar matinal. Então continuou a subir o barranco. Era mais difícil subir sozinho.

Ele pegou a mochila no lugar onde a tinha deixado. Comeu o último doce e olhou para a construção decadente. As janelas vazias da casa pareciam olhos, observando-o.

Era mais escuro lá dentro. Mais escuro do que qualquer outra coisa.

Ele abriu caminho pelo quintal cheio de mato. A porta da casa estava caindo aos pedaços. Parou no umbral, hesitante, pensando se era mesmo uma boa ideia. Dava para sentir o cheiro de umidade, e podridão, e algo mais. Teve a impressão de ouvir alguma coisa se mexendo, em algum lugar no fundo da casa, talvez no porão ou no sótão. Algo se arrastando. Ou pulando. Era difícil saber.

Depois de um tempo, ele entrou.

Nenhuma palavra foi dita. Quando terminou, Outubro encheu sua caneca de madeira com sidra, bebeu tudo e voltou a enchê-la.

— Foi uma história — comentou Dezembro. — Só posso dizer isso. — Ele esfregou os olhos azul-claros com a mão fechada. A fogueira estava quase se apagando.

— O que aconteceu depois? — perguntou Junho, nervosa. — Depois que ele entrou na casa?

Maio, sentada a seu lado, pôs a mão no braço de Junho.

— Melhor não pensar nisso — disse ela.

— Mais alguém quer ter a vez? — perguntou Agosto. Silêncio. — Então, acho que acabamos.

— Precisa haver uma moção oficial — destacou Fevereiro.

— Todos a favor? — perguntou Outubro. Houve um coro de "Sim". — Alguém contra? — Silêncio. — Então declaro esta reunião encerrada.

Eles se levantaram dos lugares em volta da fogueira, espreguiçando-se e bocejando, e foram embora para a mata, em grupos de um, e dois, e três, até que só restaram Outubro e seu vizinho.

— Na próxima vez, a cadeira é sua — falou Outubro.

— Eu sei — disse Novembro. Ele era pálido e tinha lábios finos. Ajudou Outubro a se levantar da cadeira. — Eu gosto das suas histórias. As minhas são sempre sombrias demais.

— Discordo — retrucou Outubro. — É só que as suas noites são mais longas. E você não é tão caloroso.

— Falando assim — respondeu Novembro —, me sinto melhor. Acho que a gente é o que é.

— Esse é o espírito — disse seu irmão.

E eles deram as mãos enquanto se afastavam das brasas alaranjadas da fogueira, levando suas histórias de volta para a escuridão.

PARA RAY BRADBURY

A CÂMARA OCULTA

Não tenha medo dos fantasmas daqui; são o menor dos
 problemas.
Quanto a mim, os barulhos deles me alentam,
Os passos à noite, os rangidos,
suas travessuras, coisas que somem, que saem daqui pr'ali,
são doces, não perturbantes. Deixam o espaço com
 muito mais cara de lar.
Habitado.
Fora os fantasmas, nada perdura muito aqui. Nem gato,
nem graça, nem traça, nem sonho, nem rato. Dois dias atrás
eu vi uma borboleta,
monarca, imagino, dançando de quarto em quarto;
pousava em paredes e esperava perto de mim.
Nenhuma flor neste amplo espaço;
com medo de vê-la famélica, abri p'ra monarca a janela,
com as mãos cobri seus frágeis revoluteios,
senti as asas roçarem nas palmas com zelo,
e a coloquei p'ra fora, e ela se foi a voar.

Me irrita um pouco o clima aqui, mas
sua vinda deu um alívio ao frio.
Sim, fique à vontade. Explore o que quiser.
Fugi da tradição em alguns pontos. Se houver
uma porta trancada, você nunca saberá. Não vai achar
cabelo ou ossos na lareira do porão. Nem achará sangue.
Atente:

só martelos, uma caldeira, lavadora, secadora, e um
 chaveiro.
Nada que cause alarme. Nada sombrio.

Soturno, pode ser, mas sou soturno
como alguém que padece de tais penas. Penúrias,
desamparo ou dor, o que importa é a perda. Você verá
a angústia persistir em meus olhos, sonhará
que sua vinda me fará esquecer o que havia
antes de sua chegada aqui. Vinda com o sol
em seu olhar, e em seu sorriso.

Estando aqui, pois, vai ouvir os sons, sempre logo ali,
e talvez acorde ao meu lado na madrugada,
certa de que há um espaço sem porta
certa de que há um quarto trancado, mas que não vê.
 Ouvindo
arrastos, ecos, murros e baques.

Se tiver juízo, fugirá no meio do frio, esvoaçando-se na
 noite,
só renda fina, talvez, suas vestes. No chão duro seus pés
vão se cortar e sangrar com a fuga,
e, se eu quisesse, poderia segui-la,
sentir o sangue e os mares de seu pranto. Vou esperar,
 no entanto,
aqui no meu espaço íntimo, e deixarei
uma vela
acesa, meu amor, para iluminar seu retorno.
O mundo voeja como insetos. Penso que é assim que a
 lembrarei,
minha cabeça entre as curvas alvas de seus seios,
ao som das câmaras de seu coração.

AS NOIVAS PROIBIDAS DOS DEMÔNIOS DESFIGURADOS DA MANSÃO SECRETA NA NOITE DO DESEJO SINISTRO

I.

Em algum lugar da noite, alguém escrevia.

II.

Seus pés esmagavam o cascalho conforme ela corria, desesperada, pela viela envolta por árvores. Seu coração martelava no peito, e os pulmões pareciam prestes a explodir a cada lufada gélida do ar noturno. Os olhos estavam fixos na casa adiante, e a luz solitária no cômodo mais alto a atraía como uma mariposa absorta pela chama de uma vela. Acima dela, e distante na densa floresta atrás da casa, criaturas noturnas uivavam. Atrás, na estrada, ouviu algo dar um grito breve — esperava que fosse um animal pequeno, vítima de algum predador, mas não tinha como saber.

Ela corria como se as legiões do inferno estivessem em seu encalço, e não arriscou nem sequer uma olhadela para trás até chegar à entrada da velha mansão. Sob o pálido luar, as colunas brancas pareciam esqueléticas, como os ossos de uma criatura gigantesca. Ela se agarrou ao batente de madeira, arfante, olhando para o longo caminho atrás de si, como se esperasse alguma coisa, e então bateu na porta — timidamente, de início, e depois mais forte. As batidas ecoaram pela casa. Pelo eco que ouviu, ela imaginou que, ao longe, alguém estava batendo em outra porta, uma batida abafada e sem vida.

— Por favor! — gritou. — Se tiver alguém, quem quer que seja, por favor, me deixe entrar! Eu suplico. Eu imploro. — A própria voz lhe parecendo estranha aos ouvidos.

A luz bruxuleante no cômodo mais alto se apagou, reaparecendo aos poucos nas janelas mais baixas. Uma pessoa, então, com uma vela. A luz desapareceu nas profundezas da casa. Ela tentou recuperar o fôlego. Depois do que pareceu uma eternidade, ouviu passos do outro lado da porta e viu um feixe de luz por uma fresta no batente desalinhado.

— Tem alguém aí? — disse ela.

A voz que respondeu era árida feito osso velho — uma voz ressequida, que remetia a pergaminho rachado e adereços de túmulo bolorentos.

— Quem chama? — perguntou a voz. — Quem está batendo? Quem me chama, justo esta noite?

A voz não lhe outorgou conforto algum. Ela olhou para a noite que envolvia a casa, em seguida se endireitou, ajeitou os cachos escuros, e respondeu, esperando que o tom não denunciasse seu medo:

— Sou eu, Amelia Earnshawe. Fiquei órfã não faz muito tempo e vim trabalhar como governanta dos dois filhos pequenos, um menino e uma menina, de lorde Falconmere, cujo olhar cruel achei, durante nossa entrevista em sua residência de Londres, ao mesmo tempo repulsivo e fascinante, mas cujo rosto aquilino assombra meus sonhos.

— E o que veio fazer aqui, nesta casa, justo esta noite? O Castelo Falconmere fica a uns cem quilômetros de distância, do outro lado do charco.

— O cocheiro, um sujeito mal-intencionado e mudo, ou ao menos que fingia ser mudo, pois, em vez de articular palavras, só expressava suas vontades por grunhidos e gemidos, apeou os cavalos na estrada a pouco mais de um quilômetro daqui, pelos meus cálculos, e me sinalizou que não avançaria mais e eu deveria descer. Quando me neguei, ele me empurrou bruscamente da carruagem para a terra fria, então açoitou os pobres cavalos até deixá-los fora de si e foi-se embora pelo caminho de onde viera, levando minhas malas e meu baú. Gritei, mas ele não voltou, e tive a impressão de que uma escuridão mais intensa se agitava na penumbra da floresta atrás de mim. Vi a luz na sua janela e... e... — Ela não conseguiu mais manter a fachada de coragem, e começou a chorar.

— Seu pai — falou a voz do outro lado da porta —, por acaso teria sido o ilustre Hubert Earnshawe?

Amelia engoliu as lágrimas.

— Sim. Ele mesmo.

— E a senhorita... diz que é órfã?

Ela pensou no pai, em seu paletó de tweed, no momento em que o redemoinho o capturou e o jogou contra as pedras, tirando-o dela para sempre.

— Ele morreu tentando salvar a vida da minha mãe. Os dois se afogaram.

A mulher ouviu o baque surdo de uma chave virando na fechadura e dois estrondos quando os ferrolhos foram puxados.

— Seja bem-vinda, então, srta. Amelia Earnshawe. Bem-vinda à sua herança, a esta propriedade sem nome. Sim, bem-vinda... justo esta noite.

A porta se abriu.

O homem segurava uma vela preta de sebo; a chama bruxuleante iluminava seu rosto de baixo para cima, conferindo-lhe um ar sobrenatural e sinistro. Parecia uma lanterna entalhada em uma abóbora, pensou Amelia, ou um assassino particularmente idoso.

Ele fez um gesto para que a mulher entrasse.

— Por que o senhor repete isso? — perguntou ela.

— Por que repito o quê?

— "Justo esta noite". Já falou isso três vezes.

Ele se limitou a encará-la por um instante. Em seguida, ergueu um dedo pálido como osso, e a convidou outra vez. Quando ela entrou, ele aproximou a vela de seu rosto e a fitou com olhos que não eram exatamente loucos, mas que estavam longe da sanidade. Pareceu examiná-la, até por fim dar um resmungo e menear a cabeça.

— Por aqui — disse ele, apenas.

Ela o acompanhou por um corredor comprido. A chama da vela produzia sombras fantásticas em volta dos dois. Sob essa luz, o relógio de pêndulo, as cadeiras e a mesa de pernas finas dançavam e saltitavam. O velho mexeu no chaveiro e destrancou uma porta na parede abaixo da escada. Da escuridão emergiu um cheiro de mofo, poeira e abandono.

— Para onde estamos indo? — perguntou ela.

Ele assentiu, como se não tivesse entendido. Depois, disse:

— Há alguns que são o que são. E há alguns que não são o que parecem ser. E há alguns que só parecem ser o que parecem ser. Lembre-se disso, lembre-se muito bem disso, filha de Hubert Earnshawe. Está me entendendo?

Ela balançou a cabeça. O homem começou a andar e não olhou para trás.

Ela o seguiu escada abaixo.

III.

Muito longe dali, o rapaz bateu a pena no manuscrito, espalhando tinta sépia por cima da resma de papel e da mesa polida.

— Não está bom — disse ele, desolado.

Com um gesto sutil, mergulhou o dedo indicador no círculo de tinta que acabara de fazer na mesa, manchando a teca com um marrom mais escuro, e então, sem pensar, esfregou o dedo no alto do nariz, deixando uma mancha escura.

— Não, senhor? — O mordomo tinha entrado quase sem ruído.

— Está acontecendo de novo, Toombes. O humor se infiltra. A autoparódia murmura às margens de tudo. Percebo que estou ridicularizando as convenções literárias e produzindo um arremedo de mim mesmo e da profissão de escriba.

O mordomo fitou placidamente o jovem patrão.

— Acredito que o humor seja tido em altíssima conta em certos círculos, senhor.

O rapaz apoiou a cabeça nas mãos, pensativo, esfregando a testa com a ponta dos dedos.

— A questão não é essa, Toombes. Estou tentando criar um fragmento de vida, uma representação precisa do mundo e da condição humana. Mas o que acabo fazendo, em minha escrita, é ceder a paródias pueris das fragilidades de meus colegas. Faço piadinhas. — Ele manchara todo o rosto de tinta. — Pequenezas.

No alto da casa, do cômodo proibido, soou uma lamúria ululante e sinistra que ecoou por todo o lugar. O rapaz suspirou.

— É melhor dar comida para a tia Agatha, Toombes.

— Perfeitamente, senhor.

O jovem pegou a pena e coçou a orelha com a ponta dela, distraído.

Atrás dele, sob uma luz tênue, pendia o retrato de seu tataravô. Os olhos da pintura foram recortados cuidadosamente muito tempo atrás, e agora olhos de verdade ocupavam o rosto da tela, observando o escritor. Os olhos cintilavam com um brilho castanho-dourado. Se o rapaz tivesse se virado e os visto, talvez imaginasse que fossem os olhos dourados de um imenso felino ou de uma ave de rapina disforme, caso existisse algo assim. Não eram olhos que pertenciam a uma cabeça humana. Mas ele não se virou. Alheio, apenas pegou uma nova folha de papel, mergulhou a pena no pote de nanquim e voltou a escrever:

IV.

— Sim... — disse o velho, depositando a vela preta de sebo sobre o harmônio silencioso. — Ele é nosso mestre, e somos seus escravos, embora finjamos para nós mesmos que não somos. Mas, no devido momento, ele exigirá aquilo que deseja, e temos o dever e a compulsão de lhe fornecer o que... — Ele estremeceu e respirou fundo. Depois, disse apenas: — O que ele desejar.

As cortinas, semelhantes a asas de morcego, sacudiam e trepidavam no batente sem vidro da janela conforme a tempestade se aproximava. Amelia segurou com força o lenço de renda junto ao peito, o monograma do pai virado para cima.

— E o portão? — sussurrou ela.

— Foi trancado na época do seu ancestral, e ele determinou, antes de desaparecer, que permanecesse assim para sempre. Mas dizem que ainda há túneis ligando a antiga cripta ao cemitério.

— E a primeira esposa de sir Frederick...?

Ele balançou a cabeça, triste.

— Perdidamente insana, além de uma socadora de cravo medíocre. Ele espalhou o boato de que estava morta e talvez alguém tenha acreditado.

Ela repetiu as quatro últimas palavras para si mesma. Em seguida, o fitou com uma nova determinação no olhar.

— E quanto a mim? Agora que descobri por que estou aqui, o que recomenda que eu faça?

Ele perscrutou o salão vazio. Quando falou, foi com um tom urgente:

— Fuja daqui, srta. Earnshawe. Fuja enquanto ainda há tempo. Fuja por sua vida, fuja pela imortalidade de sua aagh...

— De minha o quê? — questionou ela, mas, enquanto as palavras escapavam dos lábios rubros, o velho desabou no chão. Havia uma flecha de balestra prateada fincada atrás de sua cabeça.

— Está morto — disse ela, em choque.

— Sim — afirmou uma voz cruel do outro lado do salão. — Mas ele já estava morto, menina. Na verdade, acho que estava morto há uma eternidade.

Sob seu olhar perplexo, o corpo começou a putrificar. A carne gotejou, apodreceu e derreteu, os ossos expostos ruíram e escorreram, até não restar nada além de uma massa fétida de imundície onde antes havia um homem.

Amelia se agachou e mergulhou a ponta do dedo na substância asquerosa. Lambeu o dedo e fez uma careta.

— O senhor, quem quer que seja, parece ter razão — disse ela. — Estimo que ele estivesse morto há quase cem anos.

V.

— Estou tentando escrever um romance que reflita a vida como ela é, que a reproduza nos mais íntimos detalhes — disse o rapaz para a criada. — Contudo, o que escrevo não passa de escória e escárnio. O que devo fazer? Hein, Ethel? O que devo fazer?

— Não sei dizer, senhor — respondeu a criada, que era jovem e bonita, e havia chegado à mansão semanas antes em circunstâncias misteriosas. Ela apertou o fole mais algumas vezes, fazendo o centro do fogo arder em tom branco-alaranjado. — Algo mais?

— Sim. Não. Sim — disse ele. — Pode ir, Ethel.

A jovem pegou o balde de carvão, agora vazio, e atravessou a sala.

O rapaz não voltou à escrivaninha; continuou parado em frente à lareira, observando o crânio humano sobre a cornija e as espadas duplas cruzadas logo acima na parede. O fogo crepitou e lançou faíscas quando um pedaço de carvão se partiu ao meio.

Passos, bem atrás dele. O rapaz se virou.

—Você?

O homem à sua frente era quase um sósia — a mecha branca no cabelo castanho revelava que ambos partilhavam do mesmo sangue, caso fosse necessário provar. Os olhos do desconhecido eram escuros e ferozes, e a boca, petulante, embora estranhamente firme.

— Sim. Eu! Seu irmão mais velho, que você acreditava ter morrido há tantos anos. Mas não estou morto... ou melhor, não estou mais morto, e voltei, sim, voltei de lugares que é melhor não percorrer, para reivindicar o que é meu por direito.

O rapaz ergueu as sobrancelhas.

— Entendo. Bom, é óbvio que isso tudo é seu... se puder provar que é quem diz ser.

— Provas? Não preciso de provas. Reivindico meu direito de nascença, meu direito de sangue... e meu direito de morte! — Ao dizer isso, ele puxou as duas espadas de cima da lareira e entregou uma, pelo cabo, ao irmão mais novo. — Agora, defenda-se, irmão, e que vença o melhor.

À luz da lareira, o aço cintilou entre estalos e choques, executando uma elaborada dança de estocadas e bloqueios. Em alguns momentos, parecia apenas um delicado minueto ou um ritual cortês e cuidadoso; em outros, os movimentos eram de uma selvageria absoluta, uma brutalidade tão veloz que o olho mal conseguia acompanhar. Eles deram voltas e voltas pela sala, subiram a escada para o mezanino e desceram a escada para o saguão principal. Pegaram impulso em cortinas e lustres. Pularam em cima de mesas e retornaram ao chão.

O irmão mais velho claramente tinha mais experiência e talvez fosse um espadachim melhor, mas o mais jovem era mais vigoroso e lutava como se estivesse possuído, obrigando o oponente a recuar cada vez mais até as labaredas da lareira. O mais velho estendeu a mão esquerda e pegou o atiçador. Brandiu-o de forma ávida contra o mais jovem, que se esquivou e, com um movimento elegante, transpassou o irmão com a espada.

— Acabou. Sou um homem morto.

O irmão mais novo assentiu com o rosto sujo de tinta.

— Talvez seja melhor assim. A verdade é que eu não queria a casa nem as terras. Acho que só queria paz. — O mais velho estava caído, vertendo sangue carmesim sobre a pedra cinzenta. — Irmão? Pegue minha mão.

O rapaz se ajoelhou e segurou a mão que já parecia estar esfriando.

— Antes que eu me vá para a noite na qual ninguém pode me seguir, preciso dizer algumas coisas. Em primeiro lugar, com minha morte, acredito que a maldição de nossa linhagem será quebrada. Segundo... — Ele agora respirava com um chiado trepidante e tinha dificuldade para falar. —

Segundo... a... a coisa no abismo... cuidado com o porão... os ratos... o... *ela segue*!

E então a cabeça dele caiu contra a pedra, os olhos se reviraram e não viram nada, nunca mais.

Fora da casa, o corvo grasnou três vezes. Dentro, uma música estranha começara a estridular de dentro da cripta, indicando que, para alguns, o velório já havia começado.

O irmão mais novo — que, assim esperava, voltara a ter direito a seu título — pegou um sino e chamou um criado. O mordomo Toombes apareceu à porta antes que o último badalo terminasse de ecoar.

— Remova isso — disse o rapaz. — Mas trate-o bem. Ele morreu para se redimir. Talvez para redimir nós dois.

Toombes não teceu comentários, limitando-se a menear a cabeça em sinal de que havia compreendido.

O rapaz saiu da sala. Entrou no Salão de Espelhos — um salão de onde todos os espelhos haviam sido cuidadosamente retirados, deixando formas irregulares nas paredes apaineladas — e, julgando estar sozinho, começou a divagar em voz alta.

— É exatamente disso que eu estava falando — comentou ele. — Esse tipo de coisa acontece o tempo todo, mas, se tivesse acontecido em um dos meus contos, eu me sentiria forçado a ridicularizá-la sem piedade. — Ele esmurrou a parede, em um ponto onde antes havia um espelho hexagonal. — Qual é o meu problema? Por que tenho essa falha?

Coisas estranhas e rastejantes papaguevam e chichiavam em cortinas pretas no fundo do cômodo, no alto das vigas soturnas de carvalho e atrás dos lambris, mas não ofereceram resposta. Ele não esperava uma.

Foi até a grande escadaria e percorreu um corredor escuro para entrar no escritório. Desconfiava que alguém havia mexido em seus papéis. Supunha que descobriria quem foi naquela mesma noite, após a Assembleia.

Ele se sentou à escrivaninha, mergulhou mais uma vez a pena na tinta, e continuou a escrever.

VI.

Fora do salão, os mestres carniçais urravam de frustração e fome, jogando-se contra a porta em fúria famélica, mas as trancas eram robustas, e Amelia tinha plena confiança de que resistiriam.

O que o lenhador lhe dissera? As palavras lhe ocorreram quando ela mais precisava, como se ele estivesse a seu lado, sua silhueta viril a meros centímetros de suas curvas femininas, o odor de seu corpo laborioso envolvendo-a como o mais inebriante dos perfumes, e ela escutou as palavras como se, naquele momento, ele as sussurrasse em seu ouvido. "Eu nem sempre estive no estado em que você me vê agora, moça", dissera. "Houve um tempo em que tinha outro nome, e um destino que não envolvia cortar lenha de árvores derrubadas. Mas fique sabendo: há um compartimento secreto na escrivaninha, ou pelo menos é o que dizia meu tio-avô quando se embriagava..."

A escrivaninha! Claro!

Ela correu até a velha mesa. A princípio, não encontrou qualquer sinal de compartimento secreto. Retirou cada uma das gavetas, e então percebeu que uma delas era muito mais curta que as demais. Ao constatar aquilo, enfiou a mão alva no espaço onde a gaveta estivera e encontrou, no fundo, um botão. Ela o apertou de forma desesperada. Algo se abriu, e ela tocou em um rolo de pergaminho.

Amelia recolheu a mão. O pergaminho estava amarrado com uma fita preta empoeirada, e, com os dedos trêmulos, desatou o nó e estendeu o papel. Tentando extrair sentido da caligrafia antiquada, leu as palavras ancestrais. Naquele momento, uma palidez mórbida se alastrou por seu belo rosto, e até mesmo seus olhos violeta pareceram turvos e distraídos.

As batidas e os arranhões se intensificaram. Não lhe restava dúvida de que muito em breve as criaturas conseguiriam entrar. Nenhuma porta seria capaz de contê-las para sempre. Entrariam, e ela estaria à sua mercê. A menos que, a menos que...

— Parem! — gritou ela, a voz trepidante. — Eu vos abjuro, cada um de vocês, e a ti acima de todos, ó, Príncipe Putrefato. Em nome do pacto ancestral entre teu povo e o meu.

Os sons se calaram. A jovem teve a impressão de que havia choque no silêncio. Por fim, uma voz rouca disse:

— O pacto?

E uma dezena de vozes, igualmente tétricas, murmuraram em um sussurro sobrenatural:

— O pacto.

— Sim! — gritou Amelia Earnshawe, a voz já firme. — O pacto.

Pois o pergaminho, que por muito tempo permanecera oculto, era o pacto — o acordo sinistro entre os Mestres da Casa e os habitantes da cripta em épocas passadas. Ele descrevia e listava os rituais pavorosos que os ataram uns aos outros ao longo dos séculos — rituais de sangue, de sal e coisas mais.

— Se leu o pacto — disse uma voz grave além da porta —, então sabe do que precisamos, filha de Hubert Earnshawe.

— Noivas — disse ela, apenas.

— As noivas! — cochichou alguém atrás da porta, o murmúrio intensificando-se e ressoando até parecer que a própria casa pulsava e reverberava ao ritmo daquelas palavras, três sílabas infundidas de desejo, de amor e de fome.

Amelia mordeu o lábio.

— Sim. As noivas. Eu vos trarei noivas. Trarei noivas para todos.

Ela falou baixo, mas eles escutaram, pois havia apenas silêncio, um silêncio profundo e aveludado, do outro lado da porta.

E então uma voz de carniçal chiou:

— Sim, e será que podia incluir uma porção daqueles pãezinhos?

VII.

Lágrimas quentes fustigaram os olhos do rapaz. Ele afastou as folhas de papel e arremessou a pena para o outro lado do cômodo. A carga de tinta salpicou o busto de seu tetravô, manchando com o nanquim marrom a placidez do mármore branco. O ocupante do busto, um corvo grande e pesaroso, se sobressaltou, quase caiu, e só conseguiu manter o equilíbrio porque bateu as asas diversas vezes. Então se virou, com uma combinação trôpega de passos e saltos, para fitar o rapaz com um olho negro.

— Ah, isso é insuportável! — exclamou o rapaz. Ele estava pálido e trêmulo. — Não consigo fazer isso, e jamais farei. Eu juro, por... — Hesitou, revirando a mente em busca de uma praga adequada nos vastos arquivos da família.

O corvo parecia inabalado.

— Antes que comece a praguejar, provavelmente arrancando dos seus merecidos túmulos antepassados respeitáveis que hoje descansam em paz, responda a uma pergunta. — A voz do pássaro era como pedra chocando-se em pedra.

De início, o rapaz não disse nada. Não é inédito um corvo que fale, mas aquele nunca falara antes, e ele não esperava que o fizesse.

— Claro. Faça sua pergunta.

O corvo inclinou a cabeça.

—Você *gosta* de escrever essas coisas?

— Que coisas?

— Sobre a vida como ela é. Já olhei por cima do seu ombro algumas vezes. Já li um pouco aqui e ali. Gosta de escrever isso?

O rapaz olhou para o pássaro.

— É literatura — explicou, como se falasse com uma criança. — Literatura de verdade. Vida de verdade. Mundo de verdade. O trabalho do artista é mostrar às pessoas o mundo em que elas vivem. Nós erguemos um espelho.

Do lado de fora, relâmpagos rasgavam o céu. O rapaz olhou pela janela: um risco irregular de fogo ofuscante criou silhuetas deturpadas e ameaçadoras nas árvores esqueléticas e na abadia arruinada da colina.

O corvo pigarreou.

— Perguntei se você gosta.

O rapaz olhou para a ave. Desviou os olhos e, calado, balançou a cabeça.

— Por isso tenta destruir o que escreve — disse o pássaro. — Não é pela sátira que você zomba do lugar-comum e da monotonia. É apenas tédio pelo jeito como as coisas são. Entendeu? — O corvo parou e usou o bico para ajeitar uma pena desalinhada na asa. Então olhou de novo para o rapaz. — Já pensou em escrever fantasia? — perguntou.

O rapaz riu.

— Fantasia? Ora, eu escrevo literatura. Fantasia não é vida. Sonhos esotéricos, escritos por uma minoria para uma minoria, é algo... — respondeu, mas foi interrompido.

— Que escreveria se soubesse o que é bom para você.

— Sou classicista — retrucou o rapaz. Ele estendeu a mão até uma prateleira dos clássicos: *Udolpho, O castelo de Otranto, O manuscrito de Saragoça, O monge,* e todos os outros. — Isso é literatura.

— Nunca mais — disse o corvo.

Foram as últimas palavras que o rapaz ouviu o animal falar. Ele saltou do busto, abriu as asas e saiu voando pela porta do escritório rumo à escuridão que o aguardava.

O rapaz estremeceu. Revirou na mente a coleção de temas fantásticos: carros, corretores e trabalhadores em viagens de trem, donas de casa e policiais, colunas de conselhos sentimentais e comerciais de sabão, imposto de renda e restaurantes baratos, revistas, cartões de crédito, postes de luz e computadores...

— É escapismo, de fato — falou, refletindo em voz alta. — Mas não é o maior impulso do ser humano o anseio pela liberdade, o desejo de escapar?

O rapaz voltou à escrivaninha, recolheu as folhas do romance inacabado e as jogou, sem cerimônia, na última gaveta, entre mapas amarelados, testamentos misteriosos e documentos assinados com sangue. A poeira, revolvida, o fez tossir.

Ele pegou uma pluma nova e aparou a ponta com uma faca. Depois de cinco cortes habilidosos, estava pronta. Mergulhou a ponta no vidro de nanquim. Mais uma vez, começou a escrever:

VIII.

Amelia Earnshawe colocou as fatias de pão integral na torradeira e apertou o botão. Programou a máquina para bem tostado, do jeito que George gostava. Amelia preferia o pão mais claro. Também gostava de pão branco, mesmo que não tivesse tantos nutrientes. Já fazia uma década que não comia pão branco.

À mesa do café da manhã, George lia o jornal. Não levantou os olhos. Ele nunca olhava para ela.

***Eu o odeio**, pensou Amelia, e o simples ato de descrever a emoção com palavras a surpreendeu. Ela repetiu, mentalmente. *Eu o odeio*. Parecia uma música. *Eu o odeio por causa da torrada, e por ser careca, e por se insinuar para as mulheres do escritório, garotas que mal terminaram os estudos e riem dele pelas costas, e odeio o jeito como me ignora sempre que não quer perder tempo comigo, e por dizer "Hein, amor?" quando faço uma pergunta simples, como se já tivesse esquecido meu nome há muito tempo. Como se tivesse esquecido até que eu* **tenho** *nome.*

— Mexidos ou cozidos? — perguntou ela.

— Hein, amor?

George Earnshawe fitou a esposa com um olhar carinhoso, e teria se espantado com o ódio que ela sentia. Ele a via do mesmo jeito, e com as mesmas emoções, que via qualquer coisa que

estava há dez anos na casa e ainda funcionava bem. A televisão, por exemplo. Ou o cortador de grama. Achava que isso era amor.

— Quer saber, a *gente* devia ir a uma daquelas manifestações — disse ele, apontando para o editorial do jornal. — Mostrar que estamos engajados. Não é, amor?

A torradeira fez um barulho para indicar que as torradas estavam prontas. Só apareceu uma fatia bem escura. Ela pegou uma faca e puxou a outra fatia. A torradeira fora um presente de casamento de seu tio John. Ela logo precisaria comprar outra, ou começar a torrar o pão no fogão, como a mãe fazia antigamente.

— George? Quer ovos mexidos ou cozidos? — perguntou ela, com um tom muito baixo, e algo em sua voz fez George levantar os olhos.

— Do jeito que você preferir, amor — respondeu calmamente, e, como afirmou para todo mundo no escritório mais tarde, não conseguiu entender de modo algum por que ela ficou parada com a torrada na mão ou por que começou a chorar.

IX.

A pena riscava e riscava o papel, e o rapaz estava totalmente concentrado. Seu rosto exibia uma estranha satisfação, e um sorriso radiante percorria os olhos e os lábios.

Ele estava em êxtase.

Coisas arranhavam e tamborilavam nos lambris, mas ele mal as escutava.

No quarto do sótão, tia Agatha urrava, e uivava, e sacudia suas correntes. Uma gargalhada estranha se fazia ouvir das ruínas da abadia: rasgando o ar da noite, virando um bramido de deleite histérico. Nas trevas da floresta atrás do casarão, vultos indistintos se remexiam e saltavam, e moças de cachos escuros fugiam apavoradas.

— Jure! — disse o mordomo Toombes, na despensa, para a menina valente que se fazia passar por camareira. — Jure, Ethel, pela sua vida, que nunca revelará uma palavra sequer do que vou lhe contar...

Havia rostos nas janelas e palavras escritas com sangue; nas profundezas da cripta, um carniçal solitário mastigava algo que talvez um dia tivera vida; raios bifurcados retalhavam a noite de ébano; aqueles que não tinham rosto caminhavam; tudo estava em seu devido lugar.

AS PEDRAS NA ESTRADA DA MEMÓRIA

Eu gosto quando as coisas têm forma de história.

Mas a realidade não tem forma de história, e as erupções do peculiar nas nossas vidas também não têm forma de história. Elas não terminam de maneira plenamente satisfatória. Relatar o estranho é como descrever um sonho: é possível comunicar os acontecimentos de um sonho, mas não o conteúdo emocional, o jeito como um sonho pode colorir o dia de uma pessoa.

Quando eu era criança, acreditava que alguns lugares eram assombrados, casas abandonadas e locais que me davam medo. Minha solução era evitá-los: então, enquanto minhas irmãs tinham relatos perfeitamente satisfatórios sobre vultos estranhos em janelas de casas vazias, eu não tinha o que contar. Continuo não tendo.

Esta é minha história de fantasmas, e é também uma coisa pouco satisfatória.

Eu tinha quinze anos.

Havíamos mudado para uma casa nova, construída no quintal de nossa casa antiga. Eu ainda sentia falta da casa antiga: era um casarão velho, e ocupávamos apenas parte do espaço. As pessoas que moravam na outra metade a tinham vendido para uma empreiteira, então meu pai também vendeu nossa parte.

Isso foi em Sussex, em uma cidadezinha atravessada pelo meridiano zero: eu morava no hemisfério Oriental e ia para a escola no hemisfério Ocidental.

A casa antiga era um grande tesouro de coisas estranhas: amontoados de mármore cintilante e ampolas de vidro cheias de mercúrio líquido, portas que davam em paredes de tijolo, brinquedos misteriosos, coisas antigas e coisas esquecidas.

Minha própria casa — uma construção de tijolos em estilo vitoriano, no meio dos Estados Unidos — é, ao que consta, mal-assombrada. São poucas as pessoas que passariam uma noite aqui sozinhas — minha assistente me contou sobre as noites que dormiu nessa casa sem companhia: a caixa de música com palhaço de porcelana começou a tocar de repente à noite, e ela tinha certeza absoluta de que alguém a observava. Outras pessoas fizeram queixas parecidas depois de noites solitárias.

Eu nunca tive uma experiência perturbadora aqui, mas também nunca passei uma noite sozinho na casa. E não sei se gostaria de passar.

— Não tem fantasma nenhum quando estou aqui — falei, certa vez, quando me perguntaram se era mesmo mal-assombrada.

— Então talvez seja você quem está assombrando a casa — sugeriu alguém.

Mas eu duvido. Se tem algum fantasma aqui, é uma criatura medrosa, que tem mais medo da gente do que o contrário.

Mas estava contando sobre nossa casa antiga, que foi vendida e demolida (e eu não suportava vê-la vazia, não suportava vê-la ser derrubada e destruída: meu coração estava naquela casa, e até hoje, à noite, antes de dormir, escuto o vento sussurrando pela árvore em frente à minha janela, vinte e cinco anos atrás). Então nos mudamos para uma casa nova, que foi construída, como já falei, no quintal da antiga, e alguns anos se passaram.

Na época, a casa ficava na metade de uma estrada sinuosa de pedrinhas, cercada por árvores e campos, no meio do nada. Hoje, tenho certeza de que, se eu voltasse, veria a estrada de pedrinhas asfaltada, e uma vastidão de residências nos campos. Mas eu não volto.

Eu tinha quinze anos, era magrelo, desajeitado e desesperado para ser popular. Era uma noite de outono.

Na frente da nossa casa, havia um poste de luz, instalado quando a propriedade fora construída, tão inusitado naquela zona rural quanto o poste nas histórias de Nárnia. Ele tinha uma lâmpada de sódio amarela, que inundava todas as outras cores e pintava tudo de amarelo e preto.

Ela não era minha namorada (minha namorada morava em Croydon, onde eu estudava, uma loura de olhos cinza e beleza inimaginável que vivia perplexa, como afirmou muitas vezes, pois não conseguia entender por que estava comigo), mas era uma amiga, e morava a uns dez minutos a pé da minha casa, do outro lado dos campos, na parte mais antiga da cidade.

Eu estava indo à casa dela para ouvir discos e conversar.

Saí da nossa casa, desci correndo o barranco gramado até a rua, e, de repente, parei na frente de uma mulher que estava debaixo do poste, observando a casa.

Ela estava vestida feito uma rainha romani em uma peça, ou uma princesa árabe. Era atraente, mas não uma beldade. Na minha lembrança, a mulher não tem cores, só tons de amarelo e preto.

Espantado por dar de cara com alguém onde não esperava ver ninguém, falei:

— Oi.

A mulher não respondeu. Apenas olhou para mim.

— Está procurando alguém? — perguntei, ou algo do tipo, e mais uma vez ela não falou nada.

E continuou olhando para mim, aquela mulher peculiar, no meio do nada, vestida como algo saído de um sonho, e calada. Mas começou a sorrir, e não foi um sorriso simpático.

De repente, senti medo: um medo completo e profundo, como se eu fosse um personagem de um sonho, e me afastei pela rua, com o coração saltitando no peito, até dobrar a esquina.

Parei por um instante, fora do campo de visão da casa, e olhei para trás. Não tinha ninguém junto ao poste.

Eu estava a cinquenta passos da casa, mas não conseguia, não queria, me virar e voltar. Estava apavorado demais. Então corri pela estrada de pedra escura e arborizada e entrei na cidade velha, depois subi outra estrada e fui até a casa da minha amiga. Cheguei lá sem palavras, sem fôlego, balbuciando e assustado, como se todos os cães do inferno tivessem me perseguido até ali.

Contei minha história para ela e ligamos para meus pais, que me disseram que não tinha ninguém debaixo do poste, e aceitaram, com alguma relutância, ir me buscar de carro, já que eu não queria voltar para casa a pé naquela noite.

E essa é minha história. Eu gostaria que tivesse algo mais: queria poder falar do acampamento romani incendiado naquele local duzentos anos antes — ou qualquer coisa que ajudasse a amarrar a história, qualquer coisa que a deixasse com forma de história —, mas nunca existiu acampamento algum.

Então, como todas as erupções do peculiar e do estranho no meu mundo, o incidente continua lá, inexplicado. Não tem forma de história.

E, na memória, só o que tenho é o amarelo e o preto daquele sorriso, e a sombra do medo que se seguiu.

HORA DE FECHAR

Ainda existem clubes em Londres. Clubes antigos ou que fingem ser antigos, com sofás de outrora e lareiras crepitantes, jornais, tradições de fala ou de silêncio, e clubes novos, o Groucho e suas várias imitações, onde atores e jornalistas vão para serem vistos, para beber, para apreciar sua furiosa solidão ou até para conversar. Tenho amigos nesses dois tipos de clubes, mas eu mesmo não sou membro de nenhum em Londres, não mais.

Anos atrás, metade de uma vida, quando eu era um jovem jornalista, entrei para um clube. Ele existia exclusivamente para tirar proveito das leis de licenciamento da época, que obrigavam todos os bares a parar de servir bebida às onze da noite, a hora de fechar. Esse clube, o Diogenes, era um espaço com um único salão situado em cima de uma loja de discos em um beco estreito que dava na Tottenham Court Road. A proprietária era uma mulher alegre, rechonchuda e movida a álcool chamada Nora, que dizia para qualquer um que perguntasse, e até para quem não perguntasse, que havia batizado o clube de Diogenes, meu querido, pois ainda estava procurando um homem honesto.* No alto de uma escada estreita, e dependendo dos caprichos de Nora, a porta do clube podia estar aberta ou não. O horário de funcionamento era irregular.

Era um lugar para onde ir quando os bares fechavam, nada mais que isso, e, apesar das tentativas fracassadas de Nora de servir comida ou até de despachar uma animada circular mensal para todos os membros, lembrando que o clube agora servia comida, ele continuaria não sendo nada

---

* Referência ao filósofo grego Diógenes de Sinope, que vivia em um barril nas ruas de Atenas e circulava durante o dia carregando uma lamparina, alegando estar em busca de um homem honesto. [N. E.]

mais que isso. Fiquei triste alguns anos atrás quando soube que Nora havia morrido; e, para minha surpresa, senti genuína desolação no mês passado quando, em viagem à Inglaterra, caminhando por aquele beco, tentei descobrir onde ficava o Diogenes Club e olhei primeiro no lugar errado, até que vi o toldo de tecido verde desbotado, cobrindo as janelas de um restaurante de *tapas* que ficava em cima de uma loja de celulares, e, pintado no toldo, vi o desenho de um homem dentro de um barril. Parecia quase indecente, e me trouxe lembranças.

Não havia lareiras no Diogenes Club, nem poltronas, mas, ainda assim, se contavam histórias.

Quem mais bebia lá eram homens, embora, de tempos em tempos, mulheres dessem uma passada também. Além disso, Nora havia contratado recentemente uma presença glamourosa em forma de assistente, uma imigrante polonesa loura que chamava todo mundo de "meu pem", e servia para si mesma umas doses sempre que ficava no balcão. Quando estava bêbada, ela nos contava que era, na verdade, uma condessa na Polônia, e nos obrigava a manter segredo.

Havia atores e escritores, claro. Editores de cinema, radialistas, inspetores da polícia e bêbados. Pessoas que não tinham um horário fixo. Pessoas que ficavam na rua até muito tarde ou que não queriam ir para casa. Algumas noites, podia ter uma dúzia de pessoas lá, ou mais. Em outras, eu entrava e estava deserto — nessas ocasiões, eu comprava uma bebida, bebia e ia embora.

Chovia naquela ocasião, e éramos quatro no clube após a meia-noite.

Nora e sua assistente estavam no balcão, trabalhando em uma série de comédia. Era sobre uma mulher alegre e rechonchuda que tinha um bar e sua assistente avoada, uma loura estrangeira aristocrata que cometia erros gramaticais divertidos. Nora dizia para as pessoas que a *sitcom* seria parecida com *Cheers*. Ela batizou o senhorio judeu engraçado com meu nome. Às vezes, elas me pediam para ler um roteiro.

Havia um ator chamado Paul (mais conhecido como Paul Ator, para as pessoas não o confundirem com Paul Inspetor da Polícia nem Paul Cirurgião Plástico com Registro Cassado, que também eram fregueses habituais), um editor de uma revista sobre jogos de computador chamado Martyn, e eu. Nós nos conhecíamos vagamente, e estávamos sentados a uma mesa perto da janela vendo a chuva cair, embaçando e turvando as luzes do beco.

E havia outro homem lá, bem mais velho que nós três. Era cadavérico, grisalho e dolorosamente magro, e estava sozinho no canto com um único copo de uísque. Os cotovelos em seu paletó de tweed tinham um remendo de couro marrom, eu me lembro disso claramente. Ele não falou com a gente, nem leu, nem fez nada. Só ficou lá sentado, olhando a chuva e o beco, às vezes, bebericando o uísque sem nenhum prazer perceptível.

Era quase meia-noite, e Paul, Martyn e eu tínhamos começado a contar histórias de fantasma. Eu havia acabado de contar um relato fantasmagórico dos meus tempos de escola que jurava ser verdade: a história da Mão Verde. Na minha escola, acreditava-se que uma mão luminosa sem corpo aparecia de vez em quando para alunos azarados. Quem visse a Mão Verde acabaria morrendo pouco depois. Felizmente, nenhum de nós teve o azar de vê-la, mas havia relatos tristes de meninos anteriores à nossa época, meninos que se depararam com a Mão Verde e cujo cabelo de treze anos ficou branco da noite para o dia. De acordo com as lendas da escola, eles eram levados ao sanatório, onde morreriam cerca de uma semana depois, sem falar nem mais uma palavra sequer.

— Espera — disse Paul Ator. — Se nunca mais falaram uma palavra sequer, como dá para saber que viram a Mão Verde? Eles podem ter visto qualquer coisa.

Quando eu era pequeno e ouvia essas histórias, nunca me ocorreu perguntar isso, e agora que a questão foi levantada, de fato me pareceu uma questão um tanto problemática.

— Talvez eles tenham deixado algo escrito — sugeri, sem muita confiança.

Debatemos por um tempo e concordamos que a Mão Verde era um fantasma muito insatisfatório. Paul então contou uma história real sobre um amigo que deu carona para uma pessoa na estrada e a deixou no lugar que ela disse ser sua casa, só que quando ele voltou na manhã seguinte, o lugar, na verdade, era um cemitério. Comentei que havia acontecido exatamente a mesma coisa com um amigo meu. Martyn disse que, além de isso ter acontecido com um amigo dele também, a garota da estrada ainda parecia estar com muito frio, então o amigo lhe emprestara o casaco, e, na manhã seguinte, no cemitério, ele viu o casaco dobrado cuidadosamente em cima do túmulo dela.

Martyn buscou mais uma rodada de bebidas, e ficamos nos perguntando por que essas mulheres fantasmas passavam a noite zanzando pelo campo, pedindo carona para voltar para casa. Martyn disse que, provavelmente, pessoas vivas pedindo carona eram exceção hoje em dia, não a regra.

Aí um de nós falou:

—Vou contar uma história real, se é isso que querem. É uma história que nunca contei para ninguém. É verdadeira: aconteceu comigo, não com um amigo meu. Mas não sei se é uma história de fantasma. Provavelmente não.

Isso foi há mais de vinte anos. Esqueci muita coisa, mas não esqueci aquela noite, nem como ela terminou.

Esta é a história que foi contada naquela noite, no Diogenes Club.

Eu tinha nove anos, ou em torno disso, no final dos anos 1960, e frequentava uma pequena escola particular não muito longe de casa. Fazia menos de um ano que eu estava lá — tempo suficiente para antipatizar com a dona da instituição, que havia comprado o local para fechá-lo e vender o terreno valioso para uma empreiteira, o que ela fez pouco depois de eu sair.

Após o colégio ter sido fechado, o edifício ficou vazio por muito tempo — um ano ou mais — até enfim ser demolido e dar lugar a um centro empresarial. Como era criança, também era uma espécie de invasor de propriedades, então um dia, antes de ele ser demolido, fiquei curioso e voltei lá. Eu me espremi por uma janela entreaberta, e caminhei pelas salas de aula vazias que ainda cheiravam a giz. Só peguei uma coisa nessa visita, um desenho que eu havia feito para a aula de Artes, de uma casinha com uma aldrava vermelha em forma de diabrete ou demônio. Tinha o meu nome e estava colado em uma parede. Levei-o para casa.

Quando ainda estudava na escola, voltava a pé para casa todo dia. Atravessava a cidade, seguia por uma estrada escura, que cortava morros de pedra calcária e era tomada de árvores, e passava por uma guarita abandonada. Aí começava a ter luz, e a estrada cruzava alguns campos, e finalmente eu chegava em casa.

Na época, havia muitas casas e propriedades antigas, relíquias vitorianas que resistiam em uma semivida vazia à espera de retroescavadeiras que as transformariam, junto com seus terrenos decadentes, em insossas e idênticas paisagens de residências modernas desejáveis, casas alinhadas em ruas que não levavam a lugar nenhum.

As outras crianças que eu encontrava no caminho para casa, pelo que me lembro, eram sempre meninos. Não nos conhecíamos, mas, como guerrilheiros em território ocupado, trocávamos informações. Tínhamos medo de adultos, não uns dos outros. Não precisávamos nos conhecer para andar em duplas, ou trios, ou bandos.

No dia a que me refiro, quando eu estava voltando da escola, encontrei três meninos na parte mais escura da estrada. Eles estavam procurando algo nas valas, nos arbustos e no mato em frente à guarita abandonada. Eram mais velhos que eu.

— O que estão procurando?

O mais alto, um garoto que parecia um poste, com cabelo escuro e rosto fino, disse:

— Olha!

Ele mostrou algumas folhas rasgadas de algo que devia ser uma revista pornográfica muito, muito velha. As garotas estavam em preto e branco, e os penteados pareciam os que minhas tias-avós usavam em fotos antigas. Fragmentos das páginas se espalhavam pela estrada e pelo jardim frontal da guarita abandonada.

Comecei a ajudar na caça aos papéis. Juntos, naquele lugar escuro, recuperamos quase um exemplar inteiro de *The Gentleman's Relish*. Em seguida, pulamos por cima de um muro, entramos em um pomar de macieiras vazio e analisamos o que havíamos recolhido. Mulheres peladas de muito tempo atrás. Havia um cheiro no local, de maçãs frescas e apodrecidas fermentando sidra, que até hoje me evoca a sensação do proibido.

Os meninos menores, que também eram maiores que eu, se chamavam Simon e Douglas, e o alto, que devia ter uns quinze anos, se chamava Jamie. Fiquei na dúvida se eram irmãos. Não perguntei.

Quando terminamos de olhar a revista, eles disseram:

—A gente vai esconder isso em um lugar especial. Quer vir junto? Mas não pode contar para ninguém, se vier. Não pode contar para ninguém.

Eles me fizeram cuspir na palma da minha mão, e cuspiram nas deles, e trocamos apertos de mãos.

O lugar especial era uma caixa-d'água de metal, abandonada em um campo na entrada da rua perto da minha casa. Subimos uma escada alta. O lado de fora da caixa-d'água era pintado de um verde desbotado, e por dentro era laranja devido à ferrugem que cobria o chão e as paredes. Havia uma carteira sem dinheiro ali, só com uns cartões tirados de maços de cigarro. Jamie a mostrou para mim: cada cartão tinha o retrato de um jogador de críquete muito antigo. Eles puseram as páginas da revista no chão da caixa-d'água, e colocaram a carteira em cima.

Então, Douglas disse:

— Acho que a gente devia voltar para a Garganta agora.

Minha casa não ficava longe da Garganta, uma mansão enorme afastada da rua. Meu pai tinha me contado que ela pertencera ao conde de Tenterden, mas o filho, que era o novo conde, resolveu fechar o lugar quando o patriarca morreu. Eu já tinha perambulado até a beira do terreno, mas nunca fui além. O lugar não parecia abandonado. O jardim ainda era muito bonito, e onde havia jardins havia jardineiros. Devia ter algum adulto por ali.

Falei isso para eles.

— Aposto que não — respondeu Jamie. — Provavelmente só alguém que vai aparar a grama uma vez por mês ou algo assim. Você não está com medo, né? Já fomos lá centenas de vezes. Milhares.

Claro que eu estava com medo e claro que falei que não estava. Seguimos pela rua principal até chegar ao portão. Estava fechado, e nos esprememos entre as grades para passar.

Arbustos de rododendro ladeavam a via de acesso. Antes de chegarmos à casa, passamos pelo que imaginei ser o chalé do caseiro, e, ao lado dele, no mato, havia umas jaulas de metal enferrujado, grandes o bastante para prender um cão de caça — ou um garoto. Passamos por elas, seguimos por uma pista em forma de ferradura e fomos até a porta da Garganta. Demos uma espiada pelas janelas, mas não vimos nada lá dentro. Estava escuro demais.

Demos a volta na casa, atravessando rododendros, e topamos com uma espécie de terra encantada. Era uma gruta mágica, cheia de pedras, samambaias delicadas e plantas estranhas e exóticas que eu nunca tinha visto: plantas com folhas roxas, e folhas que lembravam frondes de samambaia, e flores pequenas meio escondidas que pareciam joias. Um riacho minúsculo corria pelo lugar, um fio d'água que ia de uma pedra até a outra.

—Vou mijar ali — disse Douglas com muita naturalidade.

Foi até a água, arriou o short e urinou no riacho, molhando as pedras. Os outros meninos fizeram o mesmo, puxando o pênis para fora para mijar a seu lado no córrego.

Fiquei chocado. Eu me lembro disso. Acho que fiquei chocado pela alegria deles, ou só por estarem fazendo algo assim em um lugar tão especial, sujando a água cristalina e a magia do ambiente, transformando-o em um banheiro. Parecia errado.

Quando terminaram, eles não guardaram o pênis. Ficaram balançando. Apontaram-no para mim. Jamie tinha pelos nascendo na base do dele.

— Somos cavaleiros — disse Jamie. — Sabe o que isso significa?

Eu conhecia a Revolução Inglesa, os Cavaleiros (equivocados, mas românticos) contra os Cabeças Redondas (corretos, mas detestáveis), porém achei que não era disso que ele estava falando. Respondi com sinal negativo.

— Quer dizer que nossos bilaus não são circuncidados — explicou ele. —Você é um cavaleiro ou um cabeça redonda?

Entendi o que ele queria dizer.

— Sou cabeça redonda — murmurei.

— Mostra. Vai. Tira logo.

— Não. Não é da sua conta.

Por um instante, achei que a coisa ia ficar feia, mas aí Jamie riu e guardou o pênis, e os outros fizeram o mesmo. Então começaram a contar piadas de cunho sexual, piadas que eu não entendia direito, apesar de ser uma criança inteligente, mas as escutei e guardei na memória, e, algumas semanas depois, quase fui expulso da escola por contar uma para outro menino, que a repetiu em casa para os pais.

A piada tinha a palavra *foda*. Foi a primeira vez que a ouvi, em uma piada vulgar dentro de uma gruta encantada.

O diretor chamou meus pais à escola, depois da encrenca, e disse que eu havia falado uma coisa tão ruim que ele não poderia repeti-la, nem mesmo para contar aos meus pais o que eu tinha feito.

Minha mãe me perguntou o que era, quando voltamos para casa naquela noite.

— Foda — respondi.

— Nunca mais repita essa palavra — ordenou minha mãe. Ela falou com muita firmeza e muito baixo, pelo meu próprio bem. — É a pior palavra que alguém pode dizer. — Prometi que não falaria mais.

Depois, no entanto, fascinado pelo poder que uma única palavra podia ter, passei a sussurrá-la para mim mesmo quando estava sozinho.

Na gruta, naquela tarde de outono depois da escola, os três meninos mais velhos contaram piadas e riram e riram, e eu ri também, apesar de não entender o que estavam falando.

Saímos da gruta. Fomos para os jardins formais e cruzamos a pequena ponte que atravessava um lago; ficamos nervosos porque a ponte era aberta, mas dava para ver enormes peixes-vermelhos na escuridão da água, e por isso valia a pena. Então, Douglas, Simon e eu seguimos Jamie por uma trilha de cascalho até um bosque.

Ao contrário dos jardins, o bosque estava abandonado. Parecia que não havia ninguém por perto. A trilha era coberta de mato. Entrava no meio das árvores e seguia alguns metros até dar em uma clareira.

Na clareira, havia uma casinha.

Era uma casa de brinquedo, talvez feita uns quarenta anos antes para uma ou várias crianças. As janelas eram no estilo Tudor, com gradeado em forma de losangos. O telhado também era tudoresco. Uma trilha de pedra ia de onde estávamos até a porta da casinha.

Juntos, caminhamos pela trilha até a porta.

Na porta havia uma aldrava de metal. Era pintada de vermelho e tinha a forma de um demônio, algum tipo de duende ou diabrete sorridente, com as pernas cruzadas e pendurado pelas mãos na porta. Deixe-me ver... qual é a melhor maneira de descrevê-lo? Não era algo *bom*. A começar pela expressão no rosto. Fiquei pensando que tipo de gente penduraria um negócio daqueles na porta de uma casinha de brinquedo.

Senti medo, naquela clareira, conforme o crepúsculo envolvia as árvores. Eu me afastei da construção, voltando para uma distância segura, e os outros me acompanharam.

— Acho que é melhor eu voltar para casa — falei.

Foi a coisa errada a dizer. Os três se viraram, riram e debocharam de mim, me chamando de ridículo, de bebê chorão. *Eles* não estavam com medo da casa, disseram.

— Duvido! — desafiou Jamie. — Duvido que você bata na porta.

Balancei a cabeça.

— Se não bater na porta — disse Douglas —, é bebê chorão demais para continuar brincando com a gente.

Não tinha qualquer vontade de continuar brincando com eles. Pareciam habitantes de um território que eu ainda não estava pronto para explorar. Ainda assim, não queria que achassem que eu era um bebê chorão.

— Vai logo — disse Simon. — *A gente* não tem medo.

Estou tentando me lembrar do tom que ele usou. Será que também sentia medo e disfarçou com bravatas? Ou achava graça? Já faz muito tempo. Quem me dera saber.

Andei devagar pela trilha de pedra até a casa. Levantei a mão direita, segurei o diabo sorridente e o bati com força na porta.

Ou melhor, tentei bater com força, só para mostrar aos três que eu não tinha um pingo de medo. Que não tinha medo algum. Mas aconteceu alguma coisa, algo que eu não esperava, e a aldrava bateu na porta com um barulho abafado.

— Agora você tem que entrar! — gritou Jamie.

Ele estava empolgado. Dava para ver. Fiquei me perguntando se eles já conheciam aquele lugar. Se eu era a primeira pessoa que tinham levado lá.

Mas não me mexi.

— Entre *você* — falei. — Já bati na porta. Fiz o que você disse. Agora *você* é quem tem que entrar. Duvido. Duvido que vocês *todos* entrem.

Eu não ia entrar. Disso eu tinha certeza absoluta. Nem naquele momento, nem nunca. Havia sentido alguma coisa se mexer, havia sentido a aldrava se *torcer* na minha mão quando bati aquele diabo sorridente na porta. Eu não era velho a ponto de contestar meus próprios sentidos.

Eles não falaram nada. Não se mexeram.

E então, devagar, a porta se abriu. Talvez eles tenham pensado que eu, ali perto, a tinha empurrado. Talvez tenham pensado que ela havia se movido quando bati. Mas não. Eu tinha certeza. Ela se abriu porque estava pronta.

Eu devia ter fugido naquela hora. Meu coração pulava no peito. Mas eu estava com o diabo no corpo e, em vez de sair correndo, olhei para os três meninos grandes no final da trilha e disse simplesmente:

— Ou estão com medo?

Eles caminharam pela trilha até a casinha.

— Está escurecendo — disse Douglas.

Os três meninos então passaram por mim, e, um por um, talvez com relutância, entraram na casa de brinquedo. Um rosto pálido se virou na minha direção quando eles entraram, aposto que para perguntar por que eu não entrava também. Mas quando Simon, que era o último, entrou, a porta bateu atrás deles, e juro por Deus que não encostei nela.

O diabrete sorriu para mim na porta de madeira, uma mancha carmesim vívida no crepúsculo cinzento.

Fui até a lateral da casa e olhei por todas as janelas, uma a uma, para ver o interior do espaço escuro e vazio. Nada se mexia lá dentro. Eu me perguntei se os três estavam se escondendo de mim, colados junto à parede, fazendo o possível para conter as risadinhas. E me perguntei se aquilo era uma brincadeira de meninos mais velhos.

Eu não sabia. Não tinha como saber.

Fiquei ali diante da casa de brinquedo, enquanto o céu escurecia, esperando. A lua surgiu depois de algum tempo, uma lua de outono grande e cor de mel.

Então, passado um tempo, a porta se abriu, e nada saiu por ela.

Eu estava sozinho na clareira, tão sozinho como se nunca tivesse havido mais alguém ali. Uma coruja arrulhou, e percebi que podia ir embora. Dei meia-volta e me afastei, saindo da clareira por um caminho diferente, sempre mantendo distância da mansão. Pulei uma cerca sob o luar, rasgando o fundo do meu short da escola, e andei — não corri, não precisava correr — por um campo de cevada, e passei por cima de uma cerca, e dei em uma estrada de pedrinhas que me levaria, se eu a seguisse direto, até a minha casa.

E não demorei a chegar.

Meus pais não estavam preocupados, mas ficaram bravos pela sujeira de ferrugem na minha roupa e pelo rasgo no short.

— Onde você estava? — perguntou minha mãe.

— Fui caminhar — falei. — Perdi a noção do tempo.

E ficou por isso mesmo.

Eram quase duas da madrugada. A condessa polonesa já havia ido embora. Nora começou, fazendo muito barulho, a limpar o bar e recolher os copos e cinzeiros.

— *Esse* lugar é mal-assombrado — disse ela, contente. — Não que isso me incomode. Gosto de um pouco de companhia, queridos. Se não gostasse, não teria aberto o clube. Agora, vocês esqueceram que têm casa?

Nós nos despedimos de Nora, e ela obrigou cada um de nós a lhe dar um beijo no rosto, então fechou a porta do Diogenes Club quando saímos. Descemos a escada estreita até a loja de discos, chegamos ao beco e voltamos à civilização.

O metrô tinha parado de funcionar horas antes, mas sempre havia ônibus noturnos e táxis para quem podia pagar. (Eu não podia. Não naquela época.)

O próprio Diogenes Club fechou alguns anos depois, dizimado pelo câncer de Nora e, imagino, pelo fato de que as novas leis de licenciamento na Inglaterra facilitaram o acesso a bebidas alcoólicas tarde da noite. Mas foram raras as vezes que voltei depois daquele dia.

— Alguém teve notícia — falou Paul Ator, quando descemos para a rua — daqueles três meninos? Você os viu de novo? Ou foram dados como desaparecidos?

— Nem uma coisa, nem outra — respondeu o dono da história. — Quer dizer, nunca os vi de novo. E não houve qualquer busca local por três meninos desaparecidos. Ou, se houve, não fiquei sabendo.

— A casa de brinquedo ainda existe? — perguntou Martyn.

— Não sei — admitiu o dono da história.

— Bom — disse Martyn, quando chegamos à Tottenham Court Road e nos dirigimos para o ponto do ônibus noturno —, eu, pelo menos, não acredito em uma palavra sequer.

Éramos quatro, não três, na rua, bem depois da hora de fechar. Eu devia ter comentado antes. Um de nós ainda não havia dito nada, o idoso com os remendos de couro nos cotovelos, que saíra do clube conosco. E então ele falou pela primeira vez.

— Eu acredito — anunciou ele, com um tom brando. Sua voz era frágil, quase constrangida. — Não sei explicar, mas acredito. Jamie morreu, sabe, não muito depois do papai. Era Douglas quem não queria voltar, e vendeu a casa antiga. Ele queria que demolissem tudo. Mas mantiveram a mansão propriamente dita, a Garganta. Não quiseram demolir *aquilo*. Imagino que todo o resto já tenha desaparecido.

Era uma noite fria, e a chuva ainda espirrava uns borrifos. Eu tremia, mas só por causa do frio.

— Aquelas jaulas que você mencionou — falou ele. — Perto da entrada. Faz cinquenta anos que não penso nelas. Quando fazíamos besteira, ele nos trancava lá. Devemos ter feito muita besteira, né? Éramos meninos muito, muito malcriados.

O idoso olhou para os dois lados da Tottenham Court Road, como se estivesse procurando alguma coisa. Em seguida, disse:

— Douglas se matou, claro. Dez anos atrás. Quando eu ainda estava no hospício. Então minha memória não é tão boa. Não tão boa quanto antes. Mas Jamie era assim mesmo, sem tirar nem pôr. Nunca deixava a gente esquecer que ele era o mais velho. E, bom, a gente não podia entrar na casa de brinquedo. Papai não a construiu para nós. — Sua voz vacilou, e, por um instante, consegui imaginar aquele velho pálido como um menino. — Papai tinha seus próprios jogos.

Ele então ergueu o braço e gritou "Táxi!", e um veículo parou junto à calçada.

— Hotel Brown's — disse o homem ao entrar.

Ele não deu boa-noite para nenhum de nós. Só fechou a porta do carro.

E, quando a porta do táxi se fechou, escutei também muitas outras portas se fechando. Portas do passado, que já não existem mais, e não podem ser reabertas.

MATEIRO

Eu largo a blusa, o livro, o manto, a vida
E os deixo, folhas mortas, cascas ocas
Vou procurar comida e uma fonte
De água fresca.

Até achar um tronco largo e forte
E um córrego a roçar suas raízes
Vou achar frutas, castanhas e pomos.
Será meu lar.

Direi meu nome ao vento, e a mais
   ninguém.
Na selva a mente escapa ou volta a nós
na metade da vida. E a pele agora
é minha face.

Pirei, acho. O juízo foi co' a casa,
me dói a barriga. Erro pela relva
e volto à raiz, folhas, ramos, brotos,
e tremo.

Trocarei as palavras pelas matas
Serei homem da floresta, a saudar o sol,
Sentirei florir na boca as linguagens
do silêncio.

AMARGOR

1. "Volte cedo ou nunca mais"

Em todos os sentidos que importavam, eu estava morto. Em algum lugar dentro de mim, talvez eu gritasse, chorasse e uivasse feito um animal, mas essa era outra pessoa, bem no fundo, outra pessoa sem acesso ao rosto, aos lábios, à boca, à cabeça, então, por fora, eu só dava de ombros e sorria e seguia em frente. Se pudesse desaparecer fisicamente, largar tudo, simples assim, sem fazer nada, e deixar a vida com a mesma facilidade com que se atravessa uma porta, eu teria feito isso. Mas ia dormir à noite e acordava de manhã, decepcionado por estar lá e resignado em existir.

Às vezes, eu ligava para ela. Deixava o telefone tocar uma vez, talvez até duas, e então desligava.

O eu que estava gritando ficava tão fundo que ninguém nem sabia que ele existia. Eu mesmo esquecia que ele existia, até que um dia entrei no carro — tinha decidido que precisava comprar maçãs — e passei direto pelo mercado, e continuei dirigindo e dirigindo. Estava indo para o sul, e para o oeste, porque, se fosse para norte ou leste, o mundo acabaria rápido demais.

Depois de algumas horas de estrada, meu celular começou a tocar. Abaixei a janela e joguei o aparelho fora. Fiquei imaginando quem o acharia, se a pessoa atenderia e ganharia minha vida de presente.

Quando parei para abastecer, saquei o máximo de dinheiro que podia com todos os meus cartões. Fiz a mesma coisa nos dias seguintes, de caixa eletrônico em caixa eletrônico, até os cartões pararem de funcionar.

Nas duas primeiras noites, dormi no carro.

Estava na metade do Tennessee quando me dei conta de que precisava tanto de um banho que aceitaria até pagar por um. Parei em um hotel de beira de estrada, me esparramei na banheira e dormi até acordar com a água fria. Fiz a barba com o kit de cortesia do hotel, um barbeador de plástico e um sachê de espuma. Depois, fui cambaleando para a cama e dormi.

Acordei às quatro da madrugada, e sabia que precisava voltar para a estrada.

Desci para o saguão.

Quando cheguei lá, um homem estava na recepção: cabelo grisalho, embora eu desse uns trinta e poucos anos para ele, se tanto, lábios finos, um terno bom e amarrotado. Ele dizia:

— Eu *pedi* o táxi há *uma hora*. Há *uma hora*.

Ele batia a carteira no balcão enquanto falava, enfatizando as palavras com cada pancada.

O gerente noturno deu de ombros.

— Vou ligar de novo — respondeu ele. — Mas, se não tiverem um carro, não podem mandá-lo. — Ele discou um número e disse: — Aqui é a recepção do Night's Out Inn de novo... É, eu falei... Eu falei.

— Ei. Não sou taxista, mas não estou com pressa. Você precisa de carona para algum lugar? — perguntei.

Por um instante, o homem me encarou como se eu fosse maluco, e, por um instante, havia medo em seus olhos. Mas então ele olhou para mim como se eu tivesse caído do céu.

— Nossa, meu Deus, preciso, sim — respondeu.

— É só me dizer para onde — falei. — Eu levo você até lá. Como comentei, não estou com pressa.

— Me dá esse telefone — disse o homem grisalho para o gerente noturno, e, com fone no ouvido, falou: — Pode *cancelar* o táxi, porque Deus acabou de me mandar um bom samaritano. As pessoas aparecem na nossa vida por um motivo. Isso mesmo. E quero que você pense nisso.

Ele pegou a valise — assim como eu, não tinha bagagem — e saímos juntos para o estacionamento.

Dirigimos pela escuridão. Com uma lanterna presa ao chaveiro, o homem consultava um mapa desenhado à mão que estava em seu colo e ia falando *vire à esquerda* ou *por aqui*.

— Gentileza sua — disse ele.

— Sem problema. Tenho tempo.

— Agradeço. Isso lembra muito uma lenda urbana, né, viajar por estradas do interior com um samaritano misterioso. Uma história de carona fantasma. Quando chegar ao meu destino, vou descrever você para um amigo, e ele vai me dizer que você morreu há dez anos e continua oferecendo caronas por aí.

— É um bom jeito de conhecer pessoas.

Ele deu uma risadinha.

— Com o que trabalha?

— Acho que dá para dizer que a minha vida profissional está em um período de transição — respondi. — E você?

— Sou professor de antropologia. — Pausa. — Eu devia ter me apresentado. Dou aula em uma faculdade cristã. As pessoas não acreditam que damos aula de antropologia em faculdades cristãs, mas damos. Alguns de nós.

— Eu acredito.

Outra pausa.

— Meu carro enguiçou. A polícia rodoviária me deu uma carona para o hotel, falando que só poderiam mandar um guincho de manhã. Dormi apenas duas horas. Depois, a polícia ligou para o meu quarto. O guincho está a caminho. Eu preciso estar lá para recebê-lo. Dá para acreditar? Se eu não estiver lá, nada vai ser feito. O motorista vai embora. Chamei um táxi. Não apareceu. Tomara que a gente chegue antes do guincho.

— Vou fazer o possível.

— Acho que eu devia ter ido de avião. Não é que tenha medo de voar. Mas vendi a passagem. Estou indo para Nova Orleans. Uma hora de voo, quatrocentos e quarenta dólares. Um dia de carro, trinta dólares. São quatrocentos e dez dólares de diferença, e não preciso prestar contas para ninguém. Gastei cinquenta no quarto de hotel, mas é a vida. Congresso acadêmico. Meu primeiro. O corpo docente não acredita em congressos. Mas as coisas mudam. Estou ansioso. Antropólogos do mundo inteiro. — Ele falou o nome de alguns, nomes que não significavam nada para mim. — Vou apresentar um artigo sobre meninas do café no Haiti.

— Elas cultivam ou bebem?

— Nem um, nem outro. Vendiam de porta em porta em Porto Príncipe, de manhãzinha, nos primeiros anos do século passado.

Estava começando a clarear.

— As pessoas achavam que elas eram zumbis — continuou ele. — Sabe? Mortas-vivas. Acho que é para virar à direita aqui.

— E eram? Zumbis?

Ele pareceu muito feliz com a pergunta.

— Bom, antropologicamente, existem diversas escolas de pensamento sobre zumbis. Não é tão simples quanto sugerem obras populistas como *A serpente e o arco-íris*. Primeiro, é preciso definir os termos: estamos falando de crenças populares, pó de zumbis ou mortos-vivos?

— Não sei — respondi.

Achava que *A serpente e o arco-íris* fosse o título de uma fábula infantil.

— Eram crianças, meninas, de cinco a dez anos, que iam de porta em porta em Porto Príncipe para vender a mistura de café com chicória. Mais ou menos a esta hora do dia, antes de o sol nascer. Elas pertenciam a uma mulher idosa. Vire à esquerda logo antes da próxima curva. Quando ela morreu, as meninas sumiram. É o que os livros dizem.

— E no que você acredita? — perguntei.

— Olhe ali o meu carro — disse ele, com alívio na voz.

Era um Honda Accord vermelho, no acostamento. Havia um guincho na frente, com o pisca-alerta ligado, e um homem perto do automóvel fumando um cigarro. Paramos atrás dele.

O antropólogo abriu a porta antes que eu parasse por completo; pegou a valise e saltou do meu carro.

— Eu ia dar mais cinco minutos e ir embora — disse o motorista do guincho. Ele jogou o cigarro em uma poça no asfalto. — Bom, preciso do seu cartão do seguro e de um cartão de crédito.

O homem moveu o braço para pegar a carteira. Pareceu confuso. Pôs as mãos nos bolsos.

— Minha carteira — falou. Ele voltou para o meu carro, abriu a porta do passageiro e se inclinou para dentro. Acendi a luz. Apalpou o banco vazio. — Minha carteira — repetiu. A voz era suplicante e triste.

— Estava com você no hotel — comentei. — Você estava segurando a carteira. Estava na sua mão.

— Que *merda*. Mas que *merda* dos infernos.

— Está tudo bem aí? — perguntou o motorista do guincho.

— Certo — disse o antropólogo para mim, com um tom urgente. — Vamos fazer o seguinte. Você volta para o hotel. Eu devo ter deixado a carteira no balcão. Traga para mim. Eu o distraio até lá. Cinco minutos, vai levar cinco minutos. — Ele provavelmente viu a expressão no meu rosto. Continuou: — Lembre-se. As pessoas aparecem na nossa vida por um motivo.

Dei de ombros, bravo por ter sido arrastado para a história de outra pessoa. Ele então fechou a porta do carro e fez sinal de positivo.

Queria ter ido embora e o abandonado, mas era tarde demais, já estava voltando para o hotel. O gerente noturno me deu a carteira, que disse ter visto no balcão pouco depois de sairmos.

Abri a carteira. Os cartões de crédito estavam todos no nome de Jackson Anderton.

Levei meia hora para achar o caminho de volta, enquanto o céu se acinzentava com o amanhecer. O guincho tinha sumido. A janela traseira do Honda Accord vermelho estava quebrada, e a porta do motorista, aberta. Pensei que fosse um carro diferente, que eu havia errado o caminho e chegado em outro lugar; mas os cigarros do motorista do guincho estavam lá, esmagados no asfalto, e vi na vala uma valise escancarada, vazia, e, ao seu lado, uma pasta de papel pardo com quinze folhas datilografadas, uma reserva de hotel pré-paga em um Marriott de Nova Orleans, em nome de Jackson Anderton, e um pacote com três camisinhas, texturizadas para proporcionar maior prazer.

Na folha de rosto do texto datilografado, estava escrito:

"'*É assim que se fala de zumbis: eles são corpos sem alma. Mortos-vivos. Morreram, e depois foram trazidos de volta à vida.*' Hurston. *Tell My Horse*."

Peguei a pasta de papel pardo, mas deixei a valise onde a encontrei. Dirigi para o sul sob um céu cor de pérola.

As pessoas aparecem na nossa vida por um motivo. Sim, claro.

Não consegui sintonizar uma estação de rádio. Depois de um tempo, apertei o botão de busca automática e deixei o rádio ligado, para ele ir alternando de estação em estação em uma busca incansável por sinal, passando por gospel, clássicos, pregação bíblica, dicas sobre sexo, country, três segundos em cada estação intercalados por um monte de estática.

... Lázaro, que estava morto, não há dúvidas disso, ele estava morto, e Jesus o trouxe de volta para nos mostrar, estou dizendo, para nos mostrar...

O que eu chamo de dragão chinês... posso dizer isso no ar? Quando você, tipo, estiver gozando, acerta bem atrás da cabeça dela, aí sai tudo pelo nariz de repente, eu quase morro de rir...

Se você voltar para casa esta noite, estarei esperando no escuro pela minha mulher com minha bebida e minha arma...

Quando Jesus disser para você estar lá, você estará? Ninguém sabe o dia ou a hora, então diga se vai estar lá...

Hoje, o presidente anunciou uma iniciativa...

Recém-coado de manhã. Para você, para mim. Todo dia. Porque todo dia é feito na hora...

Várias vezes. Fiquei mergulhado nisso, dirigindo o dia inteiro pelas estradas. Só dirigindo e dirigindo.

Quanto mais você segue para o sul, mais as pessoas vão ficando sociáveis. Se para em uma lanchonete, junto com o café e a comida, elas trazem comentários, perguntas, sorrisos e acenos.

Era fim de tarde, e eu estava comendo frango frito, salada de couve e bolinhos, e uma garçonete sorriu para mim. A comida era insípida, mas imaginei que talvez fosse problema meu, não deles.

Acenei com a cabeça para ela, educadamente, e ela entendeu aquilo como um convite para vir encher minha xícara de café. O café estava amargo, o que achei bom. Pelo menos tinha algum sabor.

— Olhando para você — disse ela —, chutaria que é um profissional. Posso perguntar qual é sua ocupação? — Foi isso que ela falou, palavra por palavra.

— Pode, sim — respondi, sentindo-me quase possuído por algo pomposo e afável, como W. C. Fields ou o Professor Aloprado (o gordo, não o de Jerry Lewis, ainda que, na verdade, eu esteja a poucos quilos do peso ideal para minha altura). — Eu sou... antropólogo e estou indo para um congresso em Nova Orleans, onde vou debater, discutir e socializar de modo geral com colegas antropólogos.

— Eu sabia — disse ela. — Só de olhar para você. Tinha imaginado que era professor. Ou dentista, talvez.

Ela sorriu para mim de novo. Pensei em parar de vez naquela cidadezinha, em comer naquela lanchonete todo dia de manhã e de noite. Em beber aquele café amargo e vê-la sorrir para mim até acabar o café, o dinheiro e o tempo.

Depois, deixei uma boa gorjeta para ela e segui viagem para o sul e o oeste.

2. *"A língua me trouxe aqui"*

Não havia vagas nos hotéis de Nova Orleans, nem em qualquer lugar na área metropolitana da cidade. Um festival de jazz tinha devorado todos os quartos, sem exceção. Fazia calor demais para dormir no carro e, mesmo com a janela aberta e a disposição de suportar o calor, eu não me sentia seguro. Nova Orleans é um lugar de verdade, mais do que a maioria das cidades onde já morei, mas não é um local seguro nem amistoso.

Eu fedia e sentia coceira. Queria tomar banho, e queria dormir, e queria que o mundo parasse de correr.

Fui de espelunca em espelunca, até que, por fim, como sempre soube que aconteceria, entrei no estacionamento do Marriott no centro da cidade, na Canal Street. Pelo menos eu sabia que eles teriam um quarto disponível. A confirmação da reserva estava na pasta de papel pardo.

— Preciso de um quarto — falei para uma das mulheres atrás do balcão. Ela mal olhou para mim.

— Todos estão ocupados — disse ela. — Não vamos ter vaga até terça-feira.

Eu precisava fazer a barba, e tomar banho, e descansar. *Qual é a pior coisa que ela pode dizer?*, pensei. *Sinto muito, o senhor já fez o check-in?*

— Eu tenho uma reserva, já paga pela minha universidade. O nome é Anderton.

Ela meneou a cabeça, digitou em um teclado, disse "Jackson?", então me deu a chave enquanto eu rubricava os papéis. A mulher me indicou os elevadores.

Um homem baixinho, com rabo de cavalo, rosto sombrio e aquilino e barba grisalha por fazer, pigarreou quando estava ao meu lado perto dos elevadores.

— Você é o Anderton, da Hopewell — disse ele. — Fomos vizinhos no *Journal of Anthropological Heresies*. — Ele tinha uma camiseta branca com os dizeres "Antropólogos só transam ouvindo mentiras".

— Fomos?

— Fomos. Sou Campbell Lakh, da Universidade de Norwood e Streatham. Antiga Politécnica de North Croydon, Inglaterra. Escrevi o artigo sobre fantasmas e aparições de espíritos na Islândia.

— Prazer em vê-lo — falei, apertando a mão dele. — Você não tem sotaque de Londres.

— Sou um *brummie* — disse ele. — De Birmingham — acrescentou.

— Nunca vi você nesses eventos.

— É meu primeiro congresso — respondi.

— Então fique comigo — sugeriu ele. — Vou cuidar de você. Eu me lembro do meu primeiro congresso, fiquei o tempo todo morrendo de medo de fazer alguma coisa idiota. Vamos passar no mezanino, pegar as nossas coisas e trocar de roupa. Devia ter uns cem bebês no meu avião, juro por Deus. Mas eles se revezavam para gritar, cagar e vomitar. Nunca tinha menos de dez gritando por vez.

Passamos no mezanino e buscamos nossos crachás e programas.

— Não se esqueçam de se inscrever para o passeio fantasma — disse a mulher sorridente atrás da mesa. — Toda noite há passeios fantasmas pela Velha Nova Orleans, com limite de quinze pessoas por grupo, então se inscrevam logo.

Tomei banho, lavei minhas roupas na pia e as pendurei para secar no banheiro.

Sentei-me pelado na cama e examinei os itens que estavam na valise de Anderton. Passei os olhos pelo artigo que ele ia apresentar, sem prestar atenção no conteúdo.

No verso em branco da página cinco, ele escreveu, com um garrancho pequeno e relativamente legível: *"Em um mundo completamente perfeito, poderíamos trepar sem ter que dar um pedaço do nosso coração para a pessoa. E cada beijo cintilante e cada toque de pele é mais um fragmento de coração que nunca mais será visto.*

Até que andar (acordar? ligar?) sozinho seja insuportável."

Quando minhas roupas estavam quase secas, me vesti de novo e desci para o bar do saguão. Campbell já estava lá. Ele bebia um gim-tônica e já tinha outro ao lado.

O homem estava com o programa do congresso e havia circulado cada uma das palestras e apresentações que queria ver. ("Regra número um, se for antes de meio-dia, foda-se, a menos que a palestra seja sua", explicou.) Ele me mostrou minha apresentação, circulada a lápis.

— Nunca fiz isso antes — falei. — Nunca apresentei um artigo em um congresso.

— É moleza, Jackson — disse ele. — Moleza. Sabe o que eu faço?

— Não — respondi.

— Só vou lá e leio o artigo. Aí as pessoas perguntam coisas, e eu enrolo — contou ele. — Enrolo ativamente, não passivamente. Essa é a melhor parte. A enrolação. Moleza total.

— Não sou muito bom de, hã, enrolação — falei. — Sincero demais.

— Então balance a cabeça, diga que a pergunta é muito perspicaz e que você a aborda a fundo na versão estendida do artigo, e que o texto apresentado é apenas um resumo. Se um maluco resolver implicar com algum erro que você tenha cometido, demonstre indignação e diga que não se trata do que está na moda, que só importa a verdade.

— Isso funciona?

— Nossa, e como! Alguns anos atrás, apresentei um artigo sobre a origem das seitas tugues em forças militares persas... é por isso que tanto hindus quanto muçulmanos viravam tugues, sabia? A adoração a Kali veio depois. Teria começado como uma espécie de sociedade secreta maniqueísta...

— Ainda falando essas bobagens?

Era uma mulher alta e de pele clara, com uma cabeleira branca e roupas que pareciam, ao mesmo tempo, cuidadosa e agressivamente boêmias, além de quentes demais para o clima. Eu a imaginei andando de bicicleta, do tipo que tinha um cesto de vime na frente.

— Bobagem? Estou escrevendo a porra de um livro sobre isso — rebateu o inglês. — Então, o que quero saber é o seguinte: quem vem comigo ao Bairro Francês experimentar tudo que Nova Orleans tem a oferecer?

— Dispenso — respondeu a mulher, sem sorrir. — Quem é o seu amigo?

— Este é Jackson Anderton, da Hopewell College.

— O artigo sobre as meninas zumbis do café? — Ela sorriu. — Vi no programa. Fascinante. Mais uma coisa que devemos a Zora, não?

— Isso e *O grande Gatsby* — falei.

— Hurston conhecia F. Scott Fitzgerald? — perguntou a ciclista. — Não sabia. A gente esquece como o mundo literário de Nova York era pequeno naquela época, e como a barreira da cor às vezes desaparecia para gênios.

O inglês riu.

— Desaparecia? Apenas sob pressão. A mulher morreu na miséria como faxineira na Flórida. Ninguém sabia que ela tinha escrito os livros que escreveu, que dirá que havia trabalhado com Fitzgerald em *O grande Gatsby*. É patético, Margaret.

— A posteridade acaba levando essas coisas em consideração — retrucou a mulher alta e então foi embora.

Campbell ficou olhando para ela.

— Quando eu crescer — disse ele —, quero ser que nem ela.

— Por quê?

Ele olhou para mim.

— É, esse é o espírito. Tem razão. Alguns de nós escrevem os livros de sucesso, outros os leem, alguns ganham os prêmios, outros não. O importante é ser humano, né? É ser uma boa pessoa. É estar vivo.

Ele me deu um tapinha no braço.

— Venha. Li sobre um fenômeno antropológico interessante na internet e vou mostrá-lo para você hoje à noite, algo que provavelmente não costuma ver nos cafundós do Kentucky. *Id est*, mulheres que, em circunstâncias normais, não mostrariam os peitos por cem pratas, mas que os botam para fora de bom grado em público por uns colares fajutos de plástico.

— Moeda de troca universal — falei. — Colares.

— Porra — disse ele. — Isso tem potencial para um artigo. Vamos. Já provou gelatina de vodca, Jackson?

— Não.

— Eu também não. Deve ser horrível. Vamos experimentar.

Pagamos nossas bebidas. Precisei lembrá-lo de deixar uma gorjeta.

— A propósito — falei. — F. Scott Fitzgerald. Qual era o nome da esposa dele?

— Zelda? O que tem ela?

— Nada — respondi.

Zelda. Zora. Tanto faz. Saímos.

3. *"Coisa alguma, assim como alguma coisa, acontece em algum lugar"*
Meia-noite, mais ou menos. Estávamos em um bar na Bourbon Street, eu e o professor inglês de antropologia, e ele começou a pagar bebidas — bebidas de verdade, aquele lugar não oferecia gelatina — para umas mulheres de cabelo escuro no balcão. Elas eram tão parecidas que podiam ser irmãs. Uma usava uma fita vermelha no cabelo, a outra, uma fita branca. Gauguin talvez as tivesse pintado, só que as teria retratado com os peitos nus e sem os brincos prateados em forma de caveira de rato. Elas riam muito.

A certa altura, a gente tinha visto um pequeno grupo de acadêmicos passar pelo bar, conduzidos por um guia com um guarda-chuva preto. Mostrei-os para Campbell.

A mulher da fita vermelha ergueu uma sobrancelha.

— Eles fazem os passeios de História Mal-Assombrada, vão em busca de fantasmas, e dá vontade de falar, cara, aqui é aonde os fantasmas vêm, aqui é onde os mortos ficam. É mais fácil procurar os vivos.

— Quer dizer que os turistas estão *vivos*? — disse a outra, fingindo preocupação.

— Só quando *chegam* aqui — respondeu a primeira, e as duas riram. Elas riam muito.

A da fita branca ria de tudo que Campbell falava. Ela pedia "Fala foda de novo", e ele falava com seu sotaque, e ela repetia "Fôda! Fôda!", tentando imitá-lo, e ele dizia "Não é *fôda*, é *foda*", e ela não percebia a diferença e ria mais ainda.

Depois de duas bebidas, talvez três, ele pegou a mão dela e a levou até os fundos do bar, onde tocava música e estava escuro, e já havia algumas pessoas lá, se não dançando, pelo menos se esfregando umas nas outras.

Continuei no meu lugar, ao lado da mulher com a fita vermelha.

—Você também é da gravadora? — perguntou ela.

Fiz que sim. Era o que Campbell tinha falado que a gente fazia. "Odeio falar para as pessoas que sou a porra de um acadêmico", dissera ele, enquanto as duas estavam no banheiro, e fazia sentido. Em vez disso, falou para elas que tinha descoberto o Oasis.

— E você? O que faz da vida?

— Sou sacerdotisa de santería — disse ela. — Tenho isso no sangue, meu pai era brasileiro, minha mãe era irlandesa e cherokee. No Brasil, todo mundo faz amor com todo mundo e tem nenéns lindos. Todo mundo tem sangue de negros escravizados, todo mundo tem sangue indígena, meu pai tinha até um pouco de sangue japonês. O irmão dele, meu tio, lembra um japonês. Meu pai era só um homem bonito. As pessoas acham que foi dele que puxei a santería, mas não, foi da minha avó, diziam que ela era cherokee, mas fiquei em dúvida quando vi as fotos antigas. Quando eu tinha três anos, falava com gente morta; quando tinha cinco, vi um cachorro preto enorme, do tamanho de uma Harley Davidson, andando atrás de um homem na rua, que ninguém mais viu além de mim, e quando contei isso para minha mãe, ela falou para minha vó, e elas disseram, "Ela precisa saber, ela precisa aprender". Tinha gente para me ensinar, desde que eu era pequena.

"Nunca tive medo dos mortos. Sabia? Eles não machucam a gente. Tem muita coisa nesta cidade que pode machucar a gente, mas os mortos não machucam. Os vivos, sim. Eles machucam muito."

Dei de ombros.

— Esta é uma cidade onde as pessoas dormem umas com as outras, sabe? A gente faz amor. É algo que a gente faz para mostrar que ainda está vivo.

Fiquei na dúvida se isso era uma cantada. Não parecia.

— Está com fome? — perguntou ela.

Respondi que um pouco.

— Sei de um lugar aqui perto que serve a melhor tigela de gumbo de Nova Orleans. Vamos lá.

— Ouvi dizer que nessa cidade é melhor não sair andando sozinho à noite — falei.

— É verdade — afirmou ela. — Mas você vai estar comigo. Vai ficar seguro, se eu estiver junto.

Na rua, universitárias nas varandas mostravam os seios. A cada vislumbre de um mamilo, as pessoas gritavam e jogavam colares de plástico. Mais cedo, eu tinha ouvido o nome da mulher de fita vermelha, mas ele havia se evaporado.

— Antigamente, só faziam essa merda no Mardi Gras — disse ela. — Agora os turistas querem que aconteça o tempo todo, então são só turistas fazendo isso para turistas. Os locais não ligam — disse ela. — Quando você precisar mijar, me avisa.

—Tudo bem. Por quê?

— Porque a maioria dos turistas são assaltados quando entram nos becos para mijar. Acordam uma hora depois na Pirate's Alley, com a cabeça doendo e a carteira vazia.

—Vou tomar cuidado.

Ela apontou para um beco por onde passamos, enevoado e deserto.

— Não entre ali — avisou ela.

Fomos parar em um bar com mesinhas. A TV acima do balcão passava o *Tonight Show* sem som e com legenda, mas as palavras se misturavam com números e frações. Pedimos gumbo, uma tigela para cada.

Eu esperava mais do melhor gumbo de Nova Orleans. Quase não tinha gosto. Ainda assim, devorei tudo, sabendo que precisava comer, já que eu não tinha comido nada o dia todo.

Três homens entraram no bar. Um a passos furtivos, um a passos pomposos, um a passos apáticos. O dos passos furtivos estava vestido como um agente funerário vitoriano, de cartola alta e tudo mais. Sua pele era pálida feito peixe; o cabelo, longo e fino; a barba, comprida e decorada com contas de prata. O dos passos pomposos usava um longo casaco de couro preto, com roupas pretas por baixo. Sua pele era de um negro profundo. O último, dos passos apáticos, ficou para trás, esperando junto à porta. Não consegui ver seu rosto direito nem decifrar suas origens; o que deu para ver de sua pele era um cinza turvo. O cabelo oleoso caía pelo rosto. Ele me deu arrepios.

Os dois primeiros vieram direto para a nossa mesa; por um instante, fiquei apavorado, mas eles me ignoraram. Olharam para a mulher da fita vermelha, e ambos beijaram sua bochecha. Perguntaram sobre amigos que ainda não tinham visto, sobre quem fez o quê com quem em que bar e por quê. Eles me lembravam da raposa e do gato de *Pinóquio*.

— O que aconteceu com a sua namorada bonita? — perguntou a mulher ao homem de passos pomposos.

Ele sorriu sem humor.

— Colocou um rabo de esquilo no túmulo da minha família.

Ela comprimiu os lábios.

— Então está melhor sem ela.

— Também acho.

Dei uma olhada no sujeito que me deixou tenso. Era uma criatura imunda, magro feito um viciado, de lábios cinzentos. Olhava para baixo. Mal se mexia. Eu me perguntei o que os três homens estavam fazendo juntos: a raposa, o gato e o fantasma.

Então o homem branco pegou a mão da mulher e a levou aos lábios, fez uma reverência para ela, ergueu a mão para mim em uma saudação irônica, e os três foram embora.

— Amigos seus?

— Pessoas ruins — disse ela. — Bruxaria. Não são amigos de ninguém.

— Qual era o problema do cara na porta? Ele está doente?

Ela hesitou e balançou a cabeça.

— Não exatamente. Conto quando você estiver pronto.

— Conte agora.

Na TV, Jay Leno conversava com uma loura magra. N&O E. S½ O F1LM3, dizia a legenda. ENT.O VOC¾ J VIU A B0NECA? Ele pegou um brinquedo pequeno na mesa e fingiu olhar por baixo da saia para conferir se era anatomicamente correto. [RISADA], disse a legenda.

Ela terminou o gumbo, lambeu a colher com uma língua muito, muito vermelha e colocou o talher de volta na tigela.

— Tem muita gente que vem para Nova Orleans. Alguns leem livros da Anne Rice e acham que vão aprender a ser vampiros aqui. Alguns sofrem maus-tratos dos pais, alguns estão só entediados. Que nem gatinhos de rua morando em bueiros, eles vêm para cá. Descobriram uma raça nova de gatos morando em um bueiro de Nova Orleans, sabia?

— Não.

OS SADA], disse a legenda, mas Jay ainda sorria, e o *Tonight Show* deu lugar a um comercial de carro.

— Ele era um desses garotos de rua, só que tinha um lugar para dormir à noite. Gente boa. Veio de carona de Los Angeles para Nova Orleans. Queria ficar em paz e fumar maconha, ouvir fitas de The Doors, estudar Magia do Caos e ler a obra completa de Aleister Crowley. Também queria ganhar boquetes. Não importava de quem. Inspirado e cheio de energia.

— Ei — falei. — Aquele ali era o Campbell. Passou direto. Lá fora.

— Campbell?

— Meu amigo.

— O cara da gravadora? — Ela sorriu ao falar isso, e pensei: *Ela sabe. Ela sabe que é mentira. Ela sabe o que ele é.*

Deixei uma nota de vinte e uma de dez na mesa, e saímos à rua para procurá-lo, mas ele já havia sumido.

— Achei que ele estivesse com a sua irmã — falei.

— Não tenho irmã — disse ela. — Não tenho irmã. Sou só eu. Só eu.

Viramos em uma esquina e fomos engolidos por uma multidão de turistas barulhentos, como uma onda que, de repente, quebra na praia. E então, na mesma rapidez com que surgiram, eles desapareceram, deixando para trás apenas algumas pessoas. Uma adolescente vomitava em um bueiro, ao lado de um rapaz nervoso, que segurava a bolsa dela e um copo de plástico com bebida pela metade.

A mulher com fita vermelha no cabelo não estava mais lá. Lamentei não ter guardado o nome dela nem o nome do bar onde a conheci.

Minha intenção era ir embora naquela noite, pegar a rodovia interestadual no sentido oeste até Houston, e, de lá, seguir para o México, mas estava cansado e meio bêbado, então voltei para o quarto e, quando amanheceu, continuava no Marriott. Todas as roupas que tinha usado na noite anterior cheiravam a perfume e putrefação.

Vesti minha camiseta e as calças, desci para a lojinha do hotel e comprei mais algumas camisetas e um short. A mulher alta, a que não tinha bicicleta, estava lá, comprando antiácido.

— Mudaram a sua apresentação — informou ela. — Agora vai ser no Salão Audubon, daqui a uns vinte minutos. Talvez seja bom escovar os dentes antes. Seus melhores amigos não avisariam, mas eu mal o conheço, sr. Anderton, então falo sem problema algum.

Incluí um kit-viagem com escova de dentes e pasta nas minhas compras. Contudo, a ideia de adquirir mais pertences me incomodou. Eu achava que devia me livrar das coisas. Precisava ser transparente, não ter nada.

Subi para o quarto, escovei os dentes e vesti a camiseta do festival de jazz. Em seguida, como não tinha escolha, ou porque estava fadado a debater, discutir e socializar de modo geral, ou porque tinha certeza de que Campbell assistiria à apresentação e queria me despedir antes de ir embora, peguei o artigo e desci para o Salão Audubon, onde quinze pessoas me esperavam. Campbell não estava lá.

Não senti medo. Cumprimentei todos e olhei para o início da primeira página.

Ela começava com outra citação de Zora Neale Hurston:

Muito se fala de grandes zumbis que aparecem à noite para causar mal. Muito também se fala das menininhas zumbis que são enviadas pelos seus proprietários na escuridão da alvorada para vender pacotinhos de café torrado. Antes do amanhecer, é possível ouvir seus gritos de "Café grillé" em pontos escuros nas ruas, e elas só são vistas se alguém chamá-las para ver o produto. Então, a pequena morta se revela e sobe os degraus.

Anderton emendava o trabalho a partir daí, com citações de contemporâneos de Hurston e trechos de entrevistas antigas com haitianos mais velhos, e o artigo do homem saltava, até onde deu para perceber, de conclusão em conclusão, transformando invencionices em palpites e hipóteses, e os costurando em fatos.

No meio do processo, Margaret, a mulher alta sem bicicleta, entrou e ficou olhando para mim. Pensei: *Ela sabe que não sou ele. Ela sabe.* Mas continuei lendo. O que mais podia fazer?

No final, abri para perguntas.

Alguém perguntou sobre as práticas de pesquisa de Zora Neale Hurston. Falei que era uma ótima pergunta, que era abordada mais a fundo na versão completa do artigo, e que o texto apresentado era essencialmente um resumo.

Outra pessoa, uma mulher baixa e rechonchuda, se levantou e anunciou que as meninas zumbis não podiam ter existido: drogas e pós de zumbis provocavam a perda de sentidos, induziam transes que se assemelhavam à morte, mas ainda operavam fundamentalmente sob uma crença — a crença de que o indivíduo agora estava entre os mortos e não tinha vontade própria. Ela queria saber como uma criança de quatro ou cinco anos poderia ser induzida a acreditar em algo assim. Não. As meninas do café, falou ela, eram como o truque da corda indiana, apenas outra lenda urbana do passado.

Pessoalmente, eu concordava, mas meneei a cabeça e respondi que aqueles argumentos eram bons e pertinentes. E que, do meu ponto de vista — que eu esperava ser um ponto de vista de fato antropológico —, não importava se algo era fácil de acreditar, mas, sim, se era verdade.

O público aplaudiu, e depois um homem de barba me perguntou se era possível obter uma cópia do artigo para um periódico que ele editava. Na hora, me ocorreu que tinha sido bom eu ir para Nova Orleans, pois a carreira de Anderton não seria prejudicada por sua ausência no congresso.

A mulher rechonchuda, cujo crachá informava que seu nome era Shanelle Gravely-King, me esperava na porta.

— Gostei muito — disse ela. — Não quero que pense que não gostei. Campbell não foi à própria palestra. Ninguém mais o viu.

Margaret me apresentou a alguém de Nova York e comentou que Zora Neale Hurston tinha trabalhado em *O grande Gatsby*. O homem disse que sim, que isso agora era um fato bem conhecido. Eu me perguntei se ela havia chamado a polícia, mas a mulher me tratava com simpatia. Percebi que estava ficando nervoso e me arrependi de ter jogado fora meu celular.

Shanelle Gravely-King e eu jantamos cedo no hotel, e logo no início pedi:

— Ah, não vamos falar de trabalho.

Ela concordou que só pessoas muito entediantes falavam de trabalho à mesa, então conversamos sobre bandas de rock que vimos ao vivo, sobre métodos fictícios para desacelerar a decomposição de um corpo humano e sobre a parceira dela, uma mulher mais velha que era dona de um restaurante, e depois subimos para o meu quarto. Ela cheirava a talco e jasmim, e sua pele nua estava pegajosa junto à minha.

Nas horas seguintes, usei duas das três camisinhas. Ela já estava dormindo quando voltei do banheiro e me deitei na cama ao seu lado. Pensei nas palavras que Anderton tinha escrito, rabiscadas à mão no verso do artigo, e quis conferi-las, mas peguei no sono, encostado em uma mulher de pele macia e aroma de jasmim.

Após a meia-noite, acordei de um sonho, e uma voz de mulher sussurrava na escuridão.

— Então ele veio para a cidade — disse ela —, com suas fitas de The Doors, os livros de Crowley, uma lista escrita à mão com sites secretos de Magia do Caos, e tudo corria bem, ele até tinha alguns discípulos, fugidos que nem ele, e conseguia um boquete sempre que queria, e o mundo era bom.

"E aí ele começou a acreditar na própria história. Achava que era para valer. Que ele era o cara. Achava que era um tigrão malvado, não um gatinho. Então encontrou... algo... que outra pessoa queria.

"Ele achava que o algo que tinha encontrado o protegeria. Bobinho. E, naquela noite, estava sentado na Jackson Square, conversando com as cartomantes, falando de Jim Morrison e da cabala, quando alguém tocou seu ombro, e ele se virou, alguém soprou um pó em seu rosto, e ele aspirou.

"Não tudo. E ele ia tomar alguma providência, mas aí percebe que não havia nada a fazer, porque estava totalmente paralisado, havia baiacu, e pele de sapo, e osso moído, e um monte de coisa no pó, e ele tinha aspirado.

"Ele foi levado para o pronto-socorro, onde ninguém fazia muito por ele, pois o viam como um menino de rua viciado em drogas, e, no dia seguinte, ele conseguiu se mexer de novo, mas levou dois ou três dias para voltar a falar.

"O problema é que ele precisava daquilo. Ele queria. Ele sabia que existia algum segredo importante no pó de zumbi, e que estava quase desvendando. Algumas pessoas dizem que misturam o pó com heroína, alguma merda assim, mas nem precisavam fazer isso. Ele queria.

"E falaram que não venderiam para ele. Mas, se fizesse uns serviços, lhe dariam um pouco de pó de zumbi, para fumar, cheirar, esfregar nas gengivas, engolir. Às vezes, mandavam uns serviços desagradáveis que ninguém mais queria. Às vezes, só o humilhavam porque podiam... faziam ele comer bosta de cachorro da sarjeta, matar para eles. Qualquer coisa, menos morrer. Puro osso. Ele fazia qualquer coisa pelo pó de zumbi.

"E ele ainda achava, no pedacinho da cabeça que ainda era ele, que não era um zumbi. Que não estava morto, que existia um limiar que ainda não havia ultrapassado. Mas ele o cruzara há muito tempo."

Estendi a mão e encostei nela. Seu corpo era rígido, e magro, e esguio, e os seios pareciam seios pintados por Gauguin. Sua boca, na escuridão, era macia e quente junto à minha.

As pessoas aparecem na nossa vida por um motivo.

4. *"Essas pessoas deviam saber quem somos e avisar que estamos aqui"*

Quando acordei, ainda estava quase escuro, e o quarto jazia em silêncio. Acendi a luz e procurei no travesseiro uma fita, branca ou vermelha, ou um brinco de caveira de rato, mas nada ali indicava que alguém além de mim tinha passado a noite naquela cama.

Levantei, abri as cortinas e olhei pela janela. O céu ficava cinza no leste.

Pensei em ir para o sul, em continuar fugindo, em continuar fingindo que estava vivo. Mas agora eu sabia que era tarde demais para isso. Afinal, existem portas entre os vivos e os mortos, e elas se abrem nos dois sentidos.

Fui o mais longe que podia.

Ouvi uma batida fraca na porta do quarto. Vesti a calça e a camiseta com que tinha viajado e, descalço, abri a porta.

A menina do café estava me esperando.

Para além da porta, tudo era tocado por luz, uma luminosidade ampla e maravilhosa de pré-alvorada, e escutei a canção dos pássaros no ar da manhã. A rua ficava em uma ladeira, e as casas na minha frente eram quase barracos. Havia neblina perto do chão, revolvendo-se como algo saído de um filme preto e branco, mas ela desapareceria antes do meio-dia.

A menina era magra e pequena; não parecia ter mais de seis anos. Seus olhos eram esbranquiçados, com uma possível catarata, e a pele antes marrom era cinza. Ela me estendia uma xícara branca do hotel, segurando-a cuidadosamente, com uma das mãos pequenas na asa e a outra embaixo do pires. A xícara estava pela metade, com um líquido fumegante cor de lama.

Eu me abaixei para pegá-la e tomei um gole. Era uma bebida muito amarga e quente, e me despertou de vez.

— Obrigado — falei.

Alguém, em algum lugar, chamava meu nome.

A menina esperou, com paciência, até eu terminar o café. Coloquei a xícara no carpete, estendi a mão e encostei no ombro dela.

Ela esticou o braço, abriu os dedinhos cinzentos, e pegou a minha mão. Sabia que eu estava com ela. Aonde quer que fôssemos agora, iríamos juntos.

Lembrei algo que alguém tinha falado para mim.

— Está tudo bem, todo dia é feito na hora — disse para ela.

A expressão da menina do café não mudou, mas ela assentiu, como se tivesse escutado, e deu um puxão impaciente no meu braço. Apertou forte minha mão com os dedos frios, frios, e andamos, enfim, lado a lado na neblina do amanhecer.

OUTRAS PESSOAS

— O TEMPO AQUI é fluido — disse o demônio.

Ele percebeu que era um demônio assim que o viu. Sabia disso, assim como sabia que o lugar era o Inferno. Era a única coisa que podiam ser.

O cômodo era comprido, e o demônio o esperava junto a um braseiro fumegante na outra extremidade. Havia uma variedade de objetos pendurados nas paredes cinza-pedra, do tipo que não seria sensato ou reconfortante examinar com muita atenção. O pé-direito era baixo, e o chão, estranhamente diáfano.

— Aproxime-se — falou o demônio, e ele obedeceu.

O demônio era magro feito uma vara e estava nu. Tinha cicatrizes enormes, e parecia ter sido flagelado em algum momento distante do passado. Não tinha orelhas nem órgão sexual. Seus lábios eram finos e austeros, e os olhos eram olhos de demônio: tinham visto muita coisa e ido muito longe, e, diante de seu olhar, ele se sentia menos importante que uma mosca.

— O que acontece agora? — perguntou.

— Agora — respondeu o demônio, com uma voz sem pesar ou deleite, só uma resignação pura e pavorosa —, você será torturado.

— Por quanto tempo?

Mas o demônio balançou a cabeça e não respondeu. Andou devagar junto à parede, observando um dos objetos que estavam pendurados, depois outro. No final, perto da porta fechada, havia uma chibata feita de fios desencapados. O demônio a pegou com a mão de três dedos e voltou, carregando-a com reverência. Colocou as pontas de metal no braseiro e as observou conforme começavam a esquentar.

— Isso é desumano.

— Sim.

As pontas da chibata brilhavam com um laranja opaco.

Ao levantar o braço para dar o primeiro golpe, o demônio falou:

— Com o tempo, você se lembrará deste momento com carinho.

— Mentiroso.

— Não — disse o demônio. — A próxima parte — explicou, logo antes de usar a chibata — é pior.

Então, as pontas da chibata atingiram as costas do homem com um estalo e um chiado, rasgando suas roupas caras, queimando, cortando e retalhando, e, não pela última vez naquele lugar, ele gritou.

Havia duzentos e onze instrumentos nas paredes daquele cômodo, e, com o tempo, ele viria a conhecer cada um.

Quando, por fim, a Filha do Lazareno, que ele passara a conhecer intimamente, estava limpa e guardada de volta na ducentésima décima primeira posição da parede, ele murmurou entre lábios rachados:

— E agora?

— Agora — disse o demônio —, começa a dor de verdade.

E começou.

Tudo que ele havia feito e que teria sido melhor não fazer. Toda mentira que havia contado — para si mesmo ou para os outros. Toda pequena mágoa e todas as grandes. Cada uma foi extraída dele, detalhe por detalhe, centímetro a centímetro. O demônio arrancou a cobertura do esquecimento, arrancou tudo até alcançar a verdade, e isso doeu mais do que qualquer outra coisa.

— Diga o que pensou quando ela saiu pela porta — ordenou o demônio.

— Pensei que meu coração estava partido.

— Não — falou o demônio, sem ódio —, não pensou. — O demônio o encarou com olhos inexpressivos, e ele foi obrigado a virar o rosto.

— Pensei: "Agora ela nunca vai descobrir que eu estava dormindo com a irmã dela."

O demônio esmiuçou a vida dele, cada momento, cada instante pavoroso. Isso durou cem ou mil anos — eles tinham todo o tempo do universo naquele cômodo cinzento —, e, no final, o homem percebeu que o demônio tinha falado a verdade. A tortura física fora mais branda.

E acabou.

E depois de acabar, começou de novo. Ele agora tinha uma consciência de si que não tivera na primeira vez, o que, por algum motivo, tornava tudo ainda pior.

Dessa vez, ao falar, ele se odiava. Não havia mentiras nem esquivas, não havia espaço para nada além de dor e raiva.

Ele falou. Não chorou mais. E, ao terminar, mil anos depois, rezou para que o demônio voltasse à parede e pegasse a faca de esfolar, ou a pera da angústia, ou os parafusos.

— De novo — disse o demônio.

Ele começou a gritar. Gritou por muito tempo.

— De novo — repetiu o demônio, depois que ele parou, como se nada tivesse sido falado.

Era como descascar uma cebola. Dessa vez, ao repassar sua vida, ele descobriu as consequências. Descobriu o resultado das coisas que havia feito; coisas que tinha ignorado enquanto as fazia; as mágoas que infligira ao mundo; o dano que causara a pessoas que nunca vira, ou conhecera, ou encontrara. Foi a lição mais difícil de todas.

— De novo — disse o demônio, mil anos depois.

Ele se agachou no chão, ao lado do braseiro, balançando-se devagar, de olhos fechados, e contou a história de sua vida, ao mesmo tempo revivendo-a, do nascimento à morte, sem mudar nada, sem que algo ficasse de fora, enfrentando tudo. Ele abriu o coração.

Quando terminou, continuou sentado, de olhos fechados, esperando a voz dizer "De novo", mas nada foi dito. Ele abriu os olhos.

Lentamente, ele se levantou. Estava sozinho.

No final do cômodo, havia uma porta, e, enquanto observava, a porta se abriu.

Um homem entrou. Havia terror no rosto dele, e arrogância, e orgulho. O homem, que usava roupas caras, deu alguns passos hesitantes pelo cômodo, e parou.

Quando viu o homem, ele entendeu.

— O tempo aqui é fluido — disse ele ao recém-chegado.

LEMBRANCINHAS E TESOUROS

Eu, senhor, sou o cão de Sua Alteza
Me diga, por favor, se és de alguma realeza.

Alexander Pope,
Na coleira de um cão que dei à Sua Alteza Real

PODE ME CHAMAR de bastardo, se quiser. É verdade, em todos os sentidos da palavra. Minha mãe me teve dois anos depois de ser confinada "para o seu próprio bem"; foi em 1952, quando algumas noites de festa com os rapazes da região podiam render o diagnóstico de *ninfomania clínica* e a mulher podia ser internada "para proteger a si mesma e a sociedade" com a autorização de dois médicos quaisquer. Um desses foi o pai dela, meu avô, e o outro foi o sócio dele no consultório que os dois mantinham no norte de Londres.

Então sei quem era o meu avô. Mas meu pai foi só alguém que transou com minha mãe no edifício ou no terreno do asilo St. Andrews. Palavra legal, né? *Asilo*. Passa a ideia de um lugar seguro: um local que fornece abrigo contra a crueldade e os perigos do velho mundo lá fora. Nada parecido com a realidade daquele buraco. Fui visitá-lo antes de ser demolido no final dos anos 1970. Ainda fedia a mijo e desinfetante com aroma de pinho. Corredores longos e escuros, mal iluminados, com portas amontoadas que davam para quartos minúsculos parecidos com celas. Você não se decepcionaria se saísse à procura do Inferno e encontrasse o St. Andrews.

No prontuário médico da minha mãe, está escrito que ela abriria as pernas para qualquer um, mas duvido. Ela vivia trancada na época. Quem quisesse enfiar o pau nela precisaria da chave da cela.

Quando eu tinha dezoito anos, passei minhas últimas férias de verão antes da universidade procurando os quatro homens com mais chance de ser meu pai: dois enfermeiros psiquiátricos, o médico da área de acesso restrito e o diretor do asilo.

Minha mãe tinha só dezessete anos quando foi internada. Levo na carteira uma foto pequena em preto e branco de pouco antes disso. Ela está encostada na lateral de um carro esportivo Morgan, parado em uma estrada no interior. Está sorrindo, quase flertando com o fotógrafo. Era bem bonita, a minha mãe.

Eu não sabia qual dos quatro era meu pai, então matei todos. Todos tinham trepado com ela, afinal: obriguei-os a confessar, antes de dar cabo deles. O melhor foi o diretor, um velho balofo asqueroso e corado, com um bigode pontudo ridículo que não vejo há vinte anos. Eu o estrangulei com a gravata listrada que usava. Bolhinhas de saliva brotaram na sua boca, e ele ficou azul feito uma lagosta crua.

Havia outros homens no St. Andrews que podiam ser meu pai, mas, depois desses quatro, perdi o entusiasmo. Falei para mim mesmo que eu tinha matado os quatro candidatos mais prováveis e que, se despachasse todo mundo que podia ter engravidado minha mãe, seria um massacre. Então parei.

Cresci no orfanato local para onde me enviaram. Segundo o prontuário da minha mãe, ela foi esterilizada assim que eu nasci. Queriam se certificar de que outros incidentes desagradáveis como eu não fossem estragar a diversão de mais ninguém.

Eu tinha dez anos quando ela se matou. Foi em 1964. Eu tinha dez anos, e ainda jogava bola de gude e furtava lojas de doces enquanto ela estava em sua cela, rasgando os pulsos com um caco de vidro que havia tirado sabe-se lá de onde. Ela cortou os dedos também, mas funcionou. Foi encontrada na manhã seguinte, grudenta, vermelha e fria.

O grupo do sr. Alice me achou quando eu tinha doze anos. O vice-diretor do orfanato fazia da gente seu harém particular de escravos sexuais com joelhos ralados. Quem obedecia ganhava um traseiro ardido e uma barra de chocolate. Quem resistia passava alguns dias de castigo e ganhava um traseiro muito ardido e uma concussão. A gente o chamava de Velho Melequento, porque ele cutucava o nariz quando achava que ninguém estava olhando.

Ele foi encontrado em seu Morris Minor azul na garagem de casa, com as portas fechadas e uma mangueira verde-clara indo do escapamento até a janela da frente. O legista disse que foi suicídio, e setenta e cinco meninos respiraram aliviados.

Mas o Velho Melequento fizera alguns favores para o sr. Alice ao longo dos anos, quando aparecia algum chefe de polícia ou político estrangeiro com predileção por meninos, então ele mandou alguns investigadores para checar se estava tudo nos conformes mesmo. Quando descobriram que o único possível culpado era um menino de doze anos, quase se mijaram de tanto rir.

O sr. Alice ficou intrigado, então mandou me buscar. Na época, ele era mais atuante do que hoje. Acho que esperava que eu fosse bonito, mas deve ter se decepcionado bastante. Era como sou hoje: magro demais, com um perfil que lembra uma machadinha e orelhas que pareciam um carro de portas abertas. O que eu mais lembro dele é o tamanho. Era corpulento. Acho que ainda era relativamente jovem naqueles tempos, mas não era assim que eu o via: ele era um adulto, portanto era o inimigo.

Alguns capangas vieram me buscar depois da escola, quando eu estava voltando para casa. No início, me borrei de medo, mas os caras não tinham jeito de polícia — eu já estava há quatro anos me esquivando das autoridades, por isso identificava de longe qualquer policial à paisana. Eles me levaram até um escritoriozinho cinzento, pouco mobiliado, perto da Egware Road.

Era inverno, e estava quase escuro do lado de fora, mas as lâmpadas lá dentro eram fracas, exceto por uma luminária pequena que projetava uma luz amarela. Um homem enorme estava sentado à mesa, com uma caneta esferográfica na mão. Rabiscava alguma coisa na parte inferior de uma folha de telex. Quando acabou, olhou para mim, me analisando dos pés à cabeça.

— Cigarro?

Fiz que sim. Ele estendeu um maço de Peter Stuyvesant, e peguei um cigarro. Ele o acendeu para mim com um isqueiro preto e dourado.

— Você matou Ronnie Palmerstone. — Sua voz não sugeria uma pergunta.

Continuei em silêncio.

— E então? Não vai falar nada?

— Não tenho nada a dizer — respondi.

— Só percebi quando me falaram que ele estava no banco do carona. O homem não teria se sentado no banco do carona para se matar. Teria se sentado no banco do motorista. Meu palpite é que você deu um jeito de dopá-lo e o colocou no carro, o que não deve ter sido fácil, já que ele não era pequeno, depois o levou para casa e estacionou na garagem. A essa altura, ele já estava ferrado de sono, então você simulou o suicídio. Não teve medo de alguém ver você dirigindo? Um menino de doze anos?

— Escurece cedo — falei. — E escolhi um trajeto deserto.

Ele deu uma risadinha. Fez mais algumas perguntas, sobre a escola, o orfanato, os meus interesses, coisas assim. Depois, os capangas vieram e me levaram de volta.

Na semana seguinte, fui adotado por um casal de sobrenome Jackson. Ele era especialista em direito empresarial internacional. Ela era especialista em defesa pessoal. Acho que os dois nem se conheciam antes de o sr. Alice juntá-los para me criar.

Eu me pergunto o que ele viu em mim naquela conversa. Deve ter sido algum potencial, imagino. Potencial de lealdade. E sou leal. Não duvide disso. Pertenço ao sr. Alice, de corpo e alma.

É claro que o nome dele não é sr. Alice, mas não faria a menor diferença se eu usasse o nome verdadeiro. Não importaria. Você nunca ouviu falar dele. O sr. Alice é um dos dez homens mais ricos do mundo. E garanto que você também nunca ouviu falar dos outros nove. Não são citados em nenhuma lista dos cem mais ricos do mundo. Nada de Bill Gates ou de sultões de Brunei. Estou falando de dinheiro *de verdade*. Tem gente que recebe mais dinheiro do que você vai ver na vida inteira só para garantir que ninguém escute um pio sobre o sr. Alice na TV ou nos jornais.

O sr. Alice gosta de ter posses. E, como já falei, uma das coisas que pertencem a ele sou eu. Ele é o pai que eu não tive. Foi quem me arranjou os prontuários da minha mãe e as informações sobre os diversos candidatos à minha paternidade.

Quando me formei (*summa cum laude* em administração e direito internacional), o presente de formatura que dei a mim mesmo foi ir atrás do meu avô materno, o médico. Eu tinha postergado essa visita até então. Servia como uma espécie de incentivo.

Faltava um ano para ele se aposentar, um velho com perfil ossudo e paletó de tweed. Isso aconteceu em 1978, e alguns médicos ainda atendiam em domicílio. Eu o segui até um prédio residencial em Maida Vale. Esperei enquanto ele distribuía conselhos médicos e o parei quando saiu com sua maleta preta.

— Oi, vovô — falei.

Não fazia muito sentido fingir ser outra pessoa. Não com a minha cara. Ele era eu, quarenta anos mais velho. A mesma cara feia, mas com cabelos ralos e grisalhos, não uma cabeleira densa e castanha que nem a minha. Ele perguntou o que eu queria.

— Trancafiar a minha mãe daquele jeito — comentei. — Não foi muito legal, né?

Ele disse para eu sumir ou algo do tipo.

— Acabei de me formar — falei. — Você devia ficar orgulhoso.

Ele disse que sabia quem eu era e o melhor a fazer era eu ir embora, senão chamaria a polícia e mandaria me prenderem.

Enfiei a faca no olho esquerdo do velho até o cérebro, e, enquanto ele fazia barulhos engasgados, peguei sua carteira de couro de novilho — como uma lembrancinha e para passar a impressão de assalto. Foi nela que achei a foto em preto e branco da minha mãe, sorrindo e flertando com a câmera, vinte e cinco anos antes. Queria saber de quem era aquele Morgan.

Mandei alguém que não me conhecia penhorar a carteira. Comprei-a de volta quando ninguém foi recuperá-la. Limpa e sem rastros. Muitos homens espertos já foram pegos por causa de uma lembrancinha. Às vezes, me pergunto se matei meu pai naquele dia, não só meu avô. Acho que ele não teria me contado, mesmo se eu tivesse perguntado. E não faz muita diferença, né?

Depois disso, fui trabalhar em horário integral para o sr. Alice. Cuidei dos negócios no Sri Lanka por alguns anos, em seguida passei um ano trabalhando com importação e exportação em Bogotá, atuando como uma espécie de agente de viagens sofisticado. Nos últimos quinze anos, meu trabalho tem sido principalmente dar cabo de problemas e apagar incêndios. Dar cabo. Essa foi boa.

Como já disse, é preciso ter dinheiro de verdade para garantir que ninguém saiba quem você é. Nada daquela palhaçada de Rupert Murdoch indo ao banco todo humilde. Você nunca vai ver o sr. Alice em uma revista chique, exibindo sua nova casa chique para um fotógrafo.

Fora os negócios, o principal interesse do sr. Alice é sexo, e é por isso que eu estava na frente da estação Earl's Court, com quarenta milhões de dólares em diamantes branco-azulados nos bolsos da minha gabardina. Especificamente e para ser preciso, o interesse do sr. Alice em sexo se restringe a relações com rapazes bonitos. Agora, não me entenda mal: não quero que ache que o sr. Alice é uma florzinha. O sr. Alice é um homem de verdade. Ele é apenas um homem de verdade que gosta de transar com outros homens, só isso. O mundo é feito de todo tipo de gente, e aí sobra mais daquilo que eu gosto. É como um restaurante: todo mundo pode pedir um prato diferente do cardápio. *Chacun à son goût*, perdoe o meu francês. Assim todo mundo fica feliz.

Isso foi alguns anos atrás, em julho. Lembro que estava na Earls Court Road, em Earls Court, olhando para a placa da estação de metrô Earl's

Court e pensando por que tinha um apóstrofo no nome da estação e não no nome do lugar, e reparando nos drogados e bebuns que ficam na rua, e esperando o Jaguar do sr. Alice.

Não estava preocupado com os diamantes no meu bolso. Não tenho cara de alguém que valha a pena assaltar e sei me defender. Então fiquei olhando os drogados e bebuns, matando tempo até a chegada do Jaguar (talvez estivesse no engarrafamento causado pelas obras em Kensington High Street) e me perguntando por que os drogados e bebuns se reuniam na calçada em frente à estação Earl's Court.

Entendo mais ou menos os drogados: estão esperando uma dose para ficar chapados. Mas que porra os bebuns estão fazendo ali? Não precisam que alguém entregue na encolha uma lata de cerveja ou álcool etílico em um saco de papel pardo. Não é confortável ficar sentado nos paralelepípedos ou apoiado na parede. Se eu fosse um bebum, em um dia bonito como aquele, iria para o parque.

Perto de mim, um jovem paquistanês com no máximo vinte e poucos anos estava enchendo o interior de uma cabine telefônica com cartões de prostitutas — TRANSEXUAL CHEIA DE CURVAS, e ENFERMEIRA LOURA DE VERDADE, e NOVINHA PEITUDA, e PROFESSORA RÍGIDA PROCURA GAROTO PARA DISCIPLINAR. Ele me encarou quando viu que eu estava olhando, então terminou e foi para a cabine seguinte.

O Jaguar do sr. Alice encostou no meio-fio, fui até ele e entrei na porta de trás. É um bom carro, com poucos anos de uso. Classudo, mas nada que chame a atenção.

O motorista e o sr. Alice estavam sentados na frente. No banco traseiro, estava comigo um homem gorducho com corte de cabelo militar e terno xadrez espalhafatoso. Ele me lembrava o noivo frustrado de um filme dos anos 1950, que é trocado por Rock Hudson no final. Fiz um aceno com a cabeça. O homem estendeu a mão e, quando pareceu que eu não tinha visto, ele a recolheu.

O sr. Alice não nos apresentou, o que para mim não tinha problema, pois eu sabia exatamente quem ele era. Eu o havia encontrado, e inclusive o atraíra para cá, embora ele não fizesse ideia daquilo. Era professor de línguas antigas em uma universidade da Carolina do Norte. E achava que tinha sido enviado pelo Departamento de Estado americano para colaborar com os serviços de inteligência da Inglaterra. E achava isso porque foi o que alguém do Departamento de Estado lhe dissera. O professor falou para a esposa que iria a Londres dar uma palestra em um congresso de estudos hititas. E esse congresso existia. Eu mesmo organizara.

— Por que você pega a porcaria do metrô? — perguntou o sr. Alice. — Não pode ser para economizar.

— Passei os últimos vinte minutos naquela esquina esperando vocês. Acho que isso demonstra exatamente por que não dirijo — respondi. Ele gosta que eu não abaixe a cabeça nem abane o rabo. Sou um cachorro com personalidade. — A velocidade média de um veículo no centro de Londres durante o dia não muda há quatrocentos anos. Ainda é de menos de quinze quilômetros por hora. Se o metrô estiver funcionando, vou de metrô, obrigado.

— Você não dirige em Londres? — perguntou o professor de terno espalhafatoso. Deus nos livre do estilo dos acadêmicos americanos. Vamos chamá-lo de Macleod.

— Dirijo à noite, quando não tem ninguém nas ruas — falei. — Depois da meia-noite. Gosto de dirigir à noite.

O sr. Alice abaixou a janela e acendeu um charuto pequeno. Percebi que suas mãos estavam tremendo. De ansiedade, provavelmente.

Seguimos por Earls Court, passando por uma centena de casas altas com tijolos vermelhos que se diziam hotéis, por uma centena de edifícios deteriorados que abrigavam pensões e pousadas, por ruas boas e ruas ruins. Às vezes, Earls Court me lembra aquelas senhorinhas que volta e meia a gente encontra, que são terrivelmente austeras, recatadas e respeitáveis, até que tomam algumas doses e começam a dançar em cima da mesa, contando para quem quiser ouvir sobre seus dias de moça bonita pagando boquete por dinheiro na Austrália, no Quênia ou sei lá onde.

Na verdade, assim fica parecendo que gosto do lugar, e sinceramente não gosto. É muito passageiro. As coisas vão e vêm, as pessoas vão e vêm muito rápido. Não sou um romântico, mas sempre vou preferir a margem sul do Tâmisa ou o East End. O East End é um lugar decente: é onde as coisas começam, boas e ruins. É a boceta e o cu de Londres; um sempre perto do outro. Já Earls Court é… não sei. A analogia com o corpo desmorona completamente quando se chega lá. Acho que é porque Londres é louca. Tem problema de personalidade múltipla. Um monte de cidadezinhas e povoados que cresceram e se mesclaram em uma cidade grande, mas que também nunca esqueceram as antigas fronteiras.

Então o motorista parou em uma rua igual a qualquer outra, na frente de uma casa geminada alta que um dia talvez tivesse sido um hotel. Algumas janelas estavam cobertas com tábuas.

— A casa é essa — disse ele.

— Certo — respondeu o sr. Alice.

O motorista deu a volta no carro e abriu a porta para o sr. Alice. O professor Macleod e eu saímos por conta própria. Olhei para os dois lados da rua. Nenhum motivo para me preocupar.

Bati à porta e esperamos. Meneei a cabeça e sorri para o olho mágico. O sr. Alice estava vermelho e pôs as mãos na frente da virilha para não passar vergonha. Velho assanhado.

Bom, também já passei por isso. Todo mundo já passou. Só que o sr. Alice pode se dar ao luxo de aproveitar.

Na minha opinião, algumas pessoas precisam de amor, e outras não. Acho que o sr. Alice é um pouco do tipo que *não* precisa, no fim das contas. Eu também não. A gente aprende a reconhecer o estilo.

E o sr. Alice é, acima de tudo, um *connoisseur*.

Houve um baque na porta quando puxaram o ferrolho, e ela foi aberta por uma idosa que, como se dizia antigamente, tinha um "aspecto repugnante". Ela usava um manto preto folgado. Seu rosto era cheio de rugas e olheiras. Vou dizer com o que ela se parecia. Já viu uma foto daqueles pães doces que supostamente têm a cara da Madre Teresa? Ela era assim, que nem um pão doce, com dois olhos marrons de uva-passa naquela cara de pão doce.

Ela me disse algo em uma língua que não reconheci, e o professor Macleod respondeu, gaguejando. Ela olhou para nós três, desconfiada, então fez uma careta e gesticulou para entrarmos. Bateu a porta quando passamos. Fechei um dos olhos, depois o outro, estimulando-os a se acostumarem com a penumbra ali dentro.

O lugar tinha cheiro de armário úmido de temperos. Não gostava daquela história; estrangeiros, quando são tão estrangeiros assim, me dão calafrios por algum motivo. Quando a velha que nos recebeu, que eu tinha começado a imaginar como a Madre Superiora, nos fez subir por lances e mais lances de escada, vi outras mulheres de manto preto, espiando atrás das portas e no final do corredor. O carpete da escada estava desgastado, as solas dos meus sapatos faziam um barulho grudento sempre que se afastavam do chão, e o gesso das paredes estava se despedaçando. Era um pardieiro, e aquilo me deixava doido. O sr. Alice não devia precisar ir a lugares assim, lugares onde não podia ser devidamente protegido.

Mais e mais velhas sombrias nos observavam à medida que subíamos em silêncio pela casa. A bruxa do rosto de pão doce falava com o professor Macleod durante o percurso, algumas palavras aqui, outras ali; ele, por sua vez, arfava e ofegava pelo esforço de subir as escadas, e respondia da melhor forma possível.

— Ela quer saber se o senhor trouxe os diamantes — balbuciou.

— Responda que falaremos disso quando virmos a mercadoria — disse o sr. Alice. Ele não arfava, e, se havia alguma trepidação em sua voz, era de ansiedade.

O sr. Alice já trepou, até onde sei, com metade dos principais astros de cinema dos últimos vinte anos, e com modelos masculinos a dar com pau; já pegou os rapazes mais bonitos dos cinco continentes; nenhum deles sabia exatamente com quem estava trepando, e foram todos muito bem pagos pelo transtorno.

No alto da casa, após alguns degraus de madeira sem carpete, ficava a porta do sótão, e, em cada lado, como dois troncos de árvore, havia duas mulheres enormes de manto preto. Elas pareciam capazes de encarar um lutador de sumô. Ambas seguravam, juro, uma cimitarra: guardavam o Tesouro das Shahinai. E fediam que nem cavalos velhos. Mesmo naquela penumbra, dava para ver que suas roupas tinham manchas e remendos.

A Madre Superiora foi até elas, um esquilo diante de dois pitbulls, e olhei para aqueles rostos impassíveis e me perguntei de onde teriam vindo. Talvez fossem de Samoa, ou da Mongólia, ou talvez tivessem sido tiradas de um circo de aberrações da Turquia, da Índia ou do Irã.

A velha disse apenas uma palavra, as duas se afastaram da porta, e eu a abri. Não estava trancada. Olhei lá para dentro, vendo se havia algum problema, entrei, dei uma checada geral, e sinalizei que estava tudo certo. E então fui o primeiro homem desta geração a contemplar o Tesouro das Shahinai.

Ele estava ajoelhado ao lado de um catre, com a cabeça baixa.

Lendárias é uma palavra boa para se referir às shahinai. Significa que eu nunca tinha ouvido falar delas e não conhecia alguém que já tivesse, e, quando comecei a procurá-las, nem as pessoas que tinham ouvido histórias acreditavam que existiam.

"Afinal, meu caro amigo", disse meu acadêmico russo de estimação, ao entregar seu relatório, "você está falando de uma raça de pessoas cuja prova de existência se resume apenas a algumas frases de Heródoto, a um poema de *As mil e uma noites* e a um discurso em *O manuscrito de Saragoça*. Não são exatamente fontes confiáveis."

Mas o sr. Alice havia ouvido boatos e ficou interessado. E o que o sr. Alice quer, eu garanto que o sr. Alice consiga. Agora, olhando para o Tesouro das Shahinai, o sr. Alice parecia tão feliz que achei que seu rosto fosse rachar ao meio.

O garoto se levantou. Havia um penico parcialmente visível embaixo do catre, com um pouco de urina bem amarela. O manto dele era de algodão branco, fino e muito limpo. Ele usava chinelos azuis de seda.

Estava quente demais naquele quarto. Havia duas lareiras a gás acesas, uma de cada lado do sótão, soltando um chiado baixo. O garoto parecia não sentir calor. O professor Macleod começou a suar profusamente.

Rezava a lenda que o garoto de manto branco — ele devia ter uns dezessete anos, no máximo dezoito — era o homem mais bonito do mundo. Dava para acreditar facilmente nisso.

O sr. Alice foi até o menino e o examinou como um fazendeiro avaliando um bezerro em uma feira; olhou os dentes, experimentou o sabor do menino, checou os olhos e as orelhas; pegou suas mãos e analisou os dedos e as unhas; e depois, sem a menor cerimônia, levantou o manto branco e conferiu o pênis não circuncidado, em seguida o virou e verificou as condições do traseiro.

E, durante todo o processo, os olhos e os dentes do menino reluziam com um brilho branco e alegre.

Por fim, o sr. Alice puxou o garoto para si e o beijou, de forma lenta e delicada, nos lábios. Ele recuou, deslizou a língua pela boca, e assentiu com a cabeça. Virou-se para Macleod.

— Avise que vamos ficar com ele — disse o sr. Alice.

O professor Macleod falou algo para a Madre Superiora, e o rosto dela se desfez em rugas de felicidade açucarada. Então a mulher estendeu as mãos.

— Ela quer ser paga agora — informou Macleod.

Enfiei as mãos, com cuidado, nos bolsos internos da minha gabardina e tirei uma e depois outra bolsa preta de veludo. Entreguei as duas para ela. Cada bolsa continha cinquenta diamantes puros de classificação D e E, lapidados à perfeição, cada um com mais de cinco quilates. A maioria fora obtida a baixo custo da Rússia, em meados dos anos 1990. Cem diamantes:

quarenta milhões de dólares. A velha jogou alguns na palma da mão e os cutucou com o dedo. Em seguida, guardou os diamantes de volta na bolsa e meneou a cabeça.

As bolsinhas desapareceram em seu manto, ela foi até a escada e, com toda a força que tinha, berrou alguma coisa em seu idioma estranho.

Uma gritaria ecoou à nossa volta, como se houvesse um exército de bruxas na casa. A gritaria continuou enquanto a gente descia por aquele labirinto obscuro, com o jovem de manto branco à frente. A algazarra me deu arrepios, e o fedor de podridão, umidade e especiarias me causava ânsia de vômito. Como eu odeio estrangeiros!

A mulher embrulhou o garoto em cobertores antes de deixá-lo sair da casa, com medo de que pegasse friagem apesar do sol forte de verão. Nós o enfiamos no carro.

Fui com eles até o metrô, e dali segui sozinho.

Passei o dia seguinte, que era quarta-feira, resolvendo um problema em Moscou. Havia caubóis demais. Eu rezava para conseguir dar um jeito na situação sem ter que ir pessoalmente até lá: a comida me deixa constipado.

Com a idade, vou gostando cada vez menos de viajar, coisa de que nunca fui muito fã para início de conversa. Mas ainda meto a mão na massa sempre que preciso. Lembro quando o sr. Alice disse que Maxwell teria que ser retirado do jogo. Falei que eu mesmo cuidaria daquilo e não queria saber de conversa. Maxwell sempre tinha sido porra louca. Peixe pequeno com boca grande e um péssimo comportamento.

O som mais agradável que já ouvi ao lançar algo na água.

Na quarta à noite, eu estava mais tenso que corda de violino, então liguei para um conhecido, e levaram Jenny para meu apartamento em Barbican. Ela melhorou meu humor. Jenny é uma boa garota. Não tem nada de vadia. Sabe se comportar.

Naquela noite, fui muito delicado com ela e, depois, lhe dei uma nota de vinte libras.

— Mas não precisa — disse ela. — Já está tudo acertado.

— Compre alguma coisa legal — respondi. — Só para se divertir.

Baguncei seu cabelo, e ela sorriu feito criança.

Na quinta, recebi uma ligação da secretária do sr. Alice, avisando que estava tudo a contento e que eu deveria pagar o professor Macleod.

Nós o hospedamos no Savoy. Bom, a maioria das pessoas pegaria o metrô até Charing Cross ou até Embankment e andaria pela rua Strand até o

Savoy. Eu não. Peguei o metrô até a estação Waterloo e cruzei a Waterloo Bridge para o norte. São alguns minutos a mais de caminhada, mas a vista é imbatível.

Quando eu era pequeno, um menino do dormitório me falou que, se eu andasse sem respirar até o meio da ponte sobre o Tâmisa e fizesse um pedido ali, o desejo sempre se realizaria. Nunca tive um desejo para fazer, então, para mim, é só um exercício respiratório.

Parei no telefone público no final da Waterloo Bridge (NOVINHAS PEITUDAS PRECISAM DE DISCIPLINA. ME AMARRA, ME PRENDE. LOURINHA NOVA NA CIDADE). Liguei para o quarto de Macleod no Savoy. Falei para ele vir me encontrar na ponte.

Seu terno xadrez era provavelmente mais chamativo que o de terça. Ele me deu um envelope grosso cheio de folhas impressas: uma espécie de dicionário improvisado de conversação shahinai. *Está com fome?*, *Quer tomar banho agora?*, *Abra a boca*. Tudo que o sr. Alice precisaria para se comunicar.

Meti o envelope no bolso da gabardina.

— Quer dar uma volta? — perguntei, e o professor Macleod respondeu que era sempre bom conhecer uma cidade na companhia de um local.

— Esse trabalho é uma peculiaridade filológica e uma alegria linguística — disse Macleod, enquanto caminhávamos pela margem do rio. — As shahinai falam um idioma que tem semelhanças tanto com a família aramaica quanto com a fino-ugriana. Se Jesus tivesse escrito a epístola aos primeiros estonianos, talvez tivesse sido nessa língua. Pouquíssimos estrangeirismos, aliás. Minha teoria é que elas foram obrigadas a fazer um bocado de deslocamentos abruptos no passado. Você está com meu pagamento?

Fiz que sim. Tirei do casaco minha velha carteira de couro e peguei um cartão bem colorido.

— Aqui está.

Estávamos chegando à Blackfriars Bridge.

— É verdadeiro?

— Sim. Loteria do Estado de Nova York. Você comprou por impulso, no aeroporto, antes do voo para a Inglaterra. Os números vão ser selecionados sábado à noite. E deve ser um prêmio muito bom. Já acumulou mais de vinte milhões de dólares.

Ele pôs o bilhete de loteria na carteira, preta e gorda, cheia de cartões de crédito, e a guardou no bolso interno do paletó. Ficou tocando no bolso o tempo todo, conferindo distraidamente se ainda estava lá. Teria sido um alvo perfeito para qualquer malandro que quisesse saber onde mantinha itens de valor.

— Isso merece um brinde — sugeriu ele.

Concordei, mas disse que um dia daqueles, com o sol brilhando e uma brisa agradável do mar, estava bom demais para desperdiçar dentro de um pub. Então fomos até uma loja de bebidas. Comprei para ele uma garrafa de Stolichnaya, uma caixa de suco de laranja e um copo de plástico, e para mim algumas latas de Guinness.

— São os homens, sabia? — disse o professor. Estávamos em um banco de madeira, olhando para a margem sul do outro lado do Tâmisa. — Aparentemente, não há muitos deles. Um ou dois por geração. O Tesouro das Shahinai. As mulheres são as guardiãs dos homens. Elas os sustentam e os protegem.

"Dizem que Alexandre, o Grande, comprou um amante das shahinai. Assim como Tibério e pelo menos dois papas. Catarina, a Grande, supostamente também tinha um, mas acho que é só boato."

Falei que isso parecia coisa de conto de fadas.

— Pense bem. Um povo cujo único recurso é a beleza de seus homens. Então, a cada século, vendem um deles por uma fortuna para sustentar a comunidade por mais cem anos. — Tomei um gole da Guinness. — Você acha que as mulheres naquela casa eram o povo todo?

— Duvido.

Ele despejou mais um bocado de vodca no copo de plástico, colocou um pouco de suco de laranja e ergueu o conteúdo para mim.

— O sr. Alice — disse ele — deve ser muito rico.

— Ele se vira bem.

— Eu sou hétero — falou Macleod, mais bêbado do que imaginava, com gotas de suor na testa —, mas pegaria aquele garoto em um instante. Era a coisa mais bonita que eu já vi na vida.

— É, não era de se jogar fora.

— Você não pegaria?

— Não é a minha praia.

Um táxi preto veio pela rua atrás de nós. O letreiro laranja de "Livre" estava apagado, embora não tivesse ninguém no banco traseiro.

— Qual é a sua praia, então? — perguntou o professor Macleod.

— Menininhas — respondi.

Ele engoliu em seco.

— De que idade?

— Nove anos. Dez. Onze ou doze, talvez. Quando os peitinhos e os pelos começam a crescer, não consigo mais ficar duro. Para mim, não serve.

Ele me olhou como se eu tivesse dito que gostava de trepar com cachorros mortos e ficou calado por um tempo. Bebeu a Stolichnaya.

— Lá na minha terra — comentou ele —, esse tipo de coisa seria ilegal.

— Bom, também não gostam muito aqui.

— Acho que talvez seja melhor eu voltar para o hotel — disse ele.

Um táxi preto apareceu na esquina, agora com o letreiro aceso. Fiz sinal e ajudei o professor Macleod a entrar no banco de trás. Era um dos nossos táxis especiais. Do tipo que a pessoa entra e não sai mais.

— O hotel Savoy, por favor — falei para o taxista.

— É para já — respondeu ele, partindo com o professor Macleod.

O sr. Alice cuidou muito bem do menino shahinai. Sempre que eu ia lá para reuniões, o garoto estava sentado aos pés dele, e o sr. Alice ficava alisando, enrolando e acariciando o cabelo pretíssimo do rapaz. Eles paparicavam um ao outro, dava para ver. Era meloso e, preciso admitir, até um desgraçado como eu achava comovente.

Às vezes, à noite, eu sonhava com as mulheres shahinai — bruxas tenebrosas com asas de morcego, voando e se empoleirando em um casarão imenso, velho e apodrecido, que era ao mesmo tempo a história da humanidade e o asilo St. Andrews. Algumas voejavam carregando homens. Os homens brilhavam como o sol, com rostos bonitos demais para os nossos olhos.

Eu odiava aqueles sonhos. Quando tinha um deles, sabia que o dia seguinte ia para o brejo.

O homem mais bonito do mundo, o Tesouro das Shahinai, durou oito meses. Até pegar uma gripe.

A temperatura dele disparou para 41°C, os pulmões se encheram de fluido, e ele se afogou em terra firme. O sr. Alice chamou alguns dos melhores médicos do mundo, mas o garoto piscou e se apagou que nem uma lâmpada velha, e foi isso.

Acho que eles não são muito fortes. Afinal, são criados para outro propósito, não para ter força.

O sr. Alice sofreu muito. Ficou inconsolável — chorou feito um bebê durante o velório inteiro, o rosto coberto de lágrimas, como uma mãe que acabara de perder o único filho. Chovia muito, então só quem estava perto dele percebeu. Estraguei um ótimo par de sapatos naquele cemitério, o que me deixou de péssimo humor.

Fiquei no apartamento em Barbican, treinei arremesso de facas, preparei um espaguete à bolonhesa, vi um pouco de futebol na TV.

Naquela noite, fiquei com Alison. Não foi bom.

No dia seguinte, juntei alguns homens e fomos até a casa em Earls Court, para ver se alguma das shahinai ainda estava por lá. Devia ter mais rapazes shahinai em algum lugar. Era possível.

Mas o gesso das paredes podres estava coberto por cartazes de bandas de rock, e o lugar fedia a maconha, não a condimentos.

O pardieiro de quartos estava cheio de australianos e neozelandeses. Invasores, imagino. Surpreendemos uns dez na cozinha, usando uma garrafa quebrada de R. White's Lemonade para aspirar fumaça de narcóticos.

Vasculhamos a casa do porão ao sótão, em busca de qualquer vestígio das shahinai, de algo que elas tivessem deixado para trás, alguma pista, qualquer coisa que pudesse alegrar o sr. Alice.

Não achamos nada.

E a única coisa que levei da casa em Earls Court foi a lembrança do peito de uma menina, chapada e inconsciente, dormindo em um dos quartos de cima. Não havia cortinas na janela.

Parei na porta e olhei para ela por bastante tempo, e a imagem ficou pintada na minha mente: um peito farto, com mamilo escuro, formando uma curva perturbadora à luz amarela das lâmpadas de sódio na rua.

GRANDES BAIXISTAS DEVEM FAZER ASSIM

Meus filhos adoram ouvir histórias reais da minha infância: O Dia em que Meu Pai Ameaçou Prender o Guarda de Trânsito, Como Quebrei os Dentes da Frente da Minha Irmã Duas Vezes, Quando Fingi que Tinha um Irmão Gêmeo e até A Vez em que Matei um Gerbo sem Querer.

Nunca contei esta história para eles. Seria difícil explicar por que não.

Quando eu tinha nove anos, a escola falou que poderíamos escolher o instrumento musical que a gente quisesse. Alguns meninos escolheram violino, clarinete, oboé. Alguns escolheram tímpanos, piano, viola.

Eu não era grande para a minha idade, e fui o único do ensino fundamental a escolher o contrabaixo, sobretudo porque adorava a desproporcionalidade da coisa. Adorava a ideia de ser um menino pequeno que tocava, se divertia e andava com um instrumento muito mais alto que eu.

O contrabaixo era da escola, e fiquei bastante impressionado com ele. Aprendi a usar o arco, mas não me interessei muito por essas técnicas; preferia puxar aquelas enormes cordas de aço com as mãos. Meu dedo indicador direito vivia inchado, com bolhas esbranquiçadas, e, com o tempo, as bolhas viraram calos.

Eu me diverti descobrindo a história do contrabaixo: ele não fazia parte da família aguda e friccionada do violino, da viola e do violoncelo; suas curvas eram mais suaves, delicadas e inclinadas; na verdade, ele era o último sobrevivente de uma família extinta de instrumentos, as violas da gamba, e o mais correto seria chamá-lo de viola contrabaixo.

Aprendi isso com o professor de contrabaixo, um músico idoso que a escola contratou para dar aulas para mim e alguns meninos mais velhos, durante algumas horas por semana. Ele era um homem imberbe, calvo e intenso, com dedos compridos e calejados. Eu fazia de tudo para convencê-lo a me falar sobre o contrabaixo, sobre suas experiências como músico profissional e sua vida rodando pelo país. Ele tinha uma armação na garupa da bicicleta onde prendia o contrabaixo, e pedalava placidamente pelo campo com o instrumento às costas.

O professor nunca se casou. Segundo ele, bons contrabaixistas não serviam como maridos. Ele fazia vários comentários assim. Não existiam grandes violoncelistas homens — esse é outro que eu lembro. E a opinião dele sobre violistas, de ambos os sexos, é simplesmente impublicável.

O professor tratava o contrabaixo da escola pelo pronome *ela*.

— Uma boa demão de verniz cairia bem nela — dizia. — Cuide bem dela, que ela vai cuidar bem de você.

Eu não era um contrabaixista especialmente bom. Não tinha muita coisa que podia fazer sozinho com o instrumento. Quando fui forçado a entrar para a orquestra da escola, só me lembro de me perder na partitura e ficar de olho nos violoncelistas ao lado, esperando que virassem a folha para eu poder tocar de novo, complementando a cacofonia da orquestra infantil com notas graves e simples de contrabaixo.

Já faz anos demais e quase esqueci como se lê partituras; mas, quando sonho com elas, ainda sonho na clave de fá. A Corda Era Grossa. Grandes Baixistas Devem Fazer Assim.*

Todo dia, depois do almoço, os meninos que tocavam instrumentos iam até a escola de música e praticavam, enquanto os meninos que não tocavam ficavam na cama lendo livros e gibis.

Eu quase não praticava. Em vez disso, levava um livro para a escola de música e lia escondido no banquinho alto, segurando o arco e a madeira marrom lisa do contrabaixo, para enganar melhor qualquer observador ocasional. Era preguiçoso e pouco inspirado. Arrastava e raspava o arco, em vez de deslizá-lo e ressoá-lo, e meus dedos eram hesitantes e desajeitados. Outros meninos se esforçavam com seus instrumentos. Eu, não. Desde que passasse meia hora por dia sentado com o contrabaixo, ninguém ligava. E ainda podia ficar no melhor e maior espaço para praticar, pois o contrabaixo era guardado em um armário na sala de música principal.

Nossa escola, é bom dizer, teve só um Ex-Aluno Famoso. Fazia parte das lendas do colégio — contavam que o Ex-Aluno Famoso foi expulso por

---

* Método mnemônico para memorizar as notas na partitura com a clave de fá. A, C, E, G (lá, dó, mi, sol) representam os espaços, enquanto G, B, D, F, A (sol, si, ré, fá, lá) representam as linhas. [N. E.]

atravessar o campo de críquete com um carro esportivo, bêbado, e então levou uma vida de fama e fortuna: primeiro como ator secundário em comédias do estúdio Ealing, depois como o malandro inglês em algumas produções de Hollywood. O Ex-Aluno Famoso nunca foi um grande astro, mas, durante as sessões de cinema nas tardes de domingo, nós vibrávamos sempre que ele aparecia.

Quando a maçaneta da porta girou na sala de ensaio, coloquei o livro no piano e me inclinei para a frente, virando a página do exemplar surrado de *Cinquenta e dois exercícios musicais para contrabaixo*, e escutei o diretor dizer:

— A escola de música foi projetada com todo cuidado, claro. Aqui é a sala de ensaio principal... — E então eles entraram.

Eram o diretor, o chefe do departamento de música (um homem apático de óculos com quem eu até simpatizava), o vice-chefe do departamento de música (que regia a orquestra da escola e nutria por mim uma antipatia cordial) e, não tive dúvidas, o Ex-Aluno Famoso em pessoa, acompanhado de uma mulher bonita e perfumada, que estava de braço dado com ele e que também parecia artista de cinema.

Parei de fingir que estava tocando, desci do banco alto e fiquei de pé em sinal de respeito, segurando o contrabaixo pelo braço.

O diretor falou do isolamento acústico, dos tapetes e do evento beneficente que angariou fundos para a construção da escola de música, destacando que a fase seguinte da reforma precisaria de mais um bom volume de doações. Ele estava começando a detalhar os custos das janelas com vidro duplo quando a mulher perfumada falou:

— Olhem só para ele. Não é uma gracinha?

Todo mundo olhou para mim.

— Que violino grande... deve ser difícil encaixar embaixo do queixo — disse o Ex-Aluno Famoso, e todo mundo deu a devida risadinha.

— É enorme — comentou a mulher. — E ele é tão pequeno. Ei, a gente está atrapalhando o seu ensaio. Pode continuar. Toque alguma coisa para nós.

O diretor e o chefe do departamento de música abriram um sorriso enorme para mim, cheios de expectativa. O vice-chefe do departamento de música, que não tinha qualquer ilusão quanto às minhas habilidades musicais, começou a explicar que o primeiro violino estava praticando na sala ao lado, e ficaria feliz de tocar para eles e...

— Eu quero ouvir *ele* — disse a mulher. — Quantos anos você tem?
— Onze, moça — respondi.
Ela cutucou a barriga do Ex-Aluno Famoso.
— Ele me chamou de "moça" — falou ela, achando engraçado. —Vamos. Toque alguma coisa.
O Ex-Aluno Famoso assentiu com a cabeça, e ficaram todos olhando para mim.

O contrabaixo não é um instrumento de solistas, nem mesmo para músicos competentes, e eu estava longe de ser competente. Mas coloquei o traseiro no banco, curvei os dedos em volta do braço e peguei o arco, com o coração batendo no peito feito um bumbo, e me preparei para passar vergonha.

Já faz vinte anos, e ainda me lembro.

Eu nem olhei para o *Cinquenta e dois exercícios musicais para contrabaixo*. Toquei... *alguma coisa*. O som arqueou e ressoou e cantou e reverberou. O arco deslizou por arpejos estranhos e confiantes, depois soltei o arco e dedilhei no contrabaixo uma melodia complexa e intricada em *pizzicato*. Fiz com aquele instrumento coisas que um baixista experiente de jazz, com mãos do tamanho da minha cabeça, não teria feito. Toquei, toquei, e toquei, balançando as quatro cordas tensas de metal, segurando o instrumento de um jeito que um ser humano nunca havia segurado. E, no final, sem ar e em êxtase, parei.

A loura puxou os aplausos, mas todos bateram palmas, incluindo, com uma expressão estranha no rosto, o vice-chefe do departamento de música.

— Eu não sabia que esse instrumento era tão versátil — disse o diretor. — Uma peça muito bonita. Moderna, mas também clássica. Muito bem. Bravo!

Então conduziu os outros para fora da sala, e continuei sentado, completamente exausto, alisando o braço do contrabaixo com os dedos da mão esquerda, e acariciando as cordas com os da direita.

Como qualquer história real, o fim desta é atrapalhado e insatisfatório: no dia seguinte, debaixo de uma chuva fraca, estava levando o instrumento enorme pelo pátio até a capela da escola, onde haveria um ensaio da orquestra, quando escorreguei nas pedras molhadas e caí no chão. O cavalete de madeira quebrou e a parte da frente rachou.

O contrabaixo foi para o conserto, mas, quando voltou, não era mais o mesmo. As cordas estavam mais altas, mais difíceis de dedilhar; o cavalete novo não parecia estar no ângulo certo. Até meu ouvido destreinado sentia uma mudança no timbre. Eu não tinha cuidado bem dela; ela não ia mais cuidar bem de mim.

Quando, no ano seguinte, eu troquei de escola, não continuei com o contrabaixo. A ideia de pegar um instrumento novo parecia uma ligeira traição, e o contrabaixo preto empoeirado que ficava no armário da sala de música da escola nova parecia ter implicância comigo. Era como se eu pertencesse a outro. E agora estava mais alto, então não haveria nada de desproporcional quando eu me sentasse atrás do instrumento.

E eu sabia que, logo mais, haveria as garotas.

A VERDADE SOBRE O DESAPARECIMENTO DA SRTA. FINCH

Começarei pelo final: coloquei a fatia fina de gengibre em conserva, rosada e translúcida, em cima do filé de peixe branco e mergulhei tudo — gengibre, peixe e arroz — no molho de soja, com a carne para baixo; em seguida, devorei tudo em algumas mordidas.

— Acho que a gente devia chamar a polícia — falei.

— E dizer o quê, exatamente? — perguntou Jane.

— Bom, podíamos comunicar um desaparecimento ou algo assim. Sei lá.

— E onde o senhor viu a moça pela última vez? — perguntou Jonathan, em seu melhor tom de policial. — Ah, entendi. O senhor sabia que desperdiçar o tempo da polícia é considerado crime?

— Mas o circo todo...

— São pessoas itinerantes, senhor, maiores de idade. Elas vêm e vão. Se o senhor tiver o nome delas, até poderíamos registrar uma ocorrência...

Comi um rolinho de pele de salmão, desanimado.

— Bom — falei —, então que tal a gente levar isso para a imprensa?

— Ótima ideia — disse Jonathan, com aquele tom de quem não acha a ideia nem um pouco ótima.

— Jonathan tem razão — comentou Jane. — Não vão nos dar ouvidos.

— Por que não acreditariam? Nós somos confiáveis. Cidadãos respeitáveis e tal.

— Você escreve livros de fantasia — retrucou ela. — Seu trabalho é inventar esse tipo de coisa. Ninguém vai acreditar.

— Mas vocês dois também viram e podem confirmar.

— Jonathan vai lançar uma série sobre filmes cult de terror no outono. Vão falar que ele só está tentando arrumar publicidade barata para o programa. E eu vou publicar outro livro. Mesma coisa.

— Então vocês estão dizendo que a gente vai ter que guardar segredo? — Beberiquei meu chá verde.

— Não — respondeu Jane, sensata —, podemos contar para quem quisermos. Difícil vai ser as pessoas acreditarem. Na minha opinião, impossível.

O gengibre em conserva deixou um gosto pungente na minha boca.

— Talvez tenham razão — falei. — E a srta. Finch provavelmente está bem mais feliz onde quer que esteja do que se continuasse aqui.

— Mas o nome dela não é srta. Finch — disse Jane —, é... — E ela falou o nome verdadeiro de nossa antiga companheira.

— Eu sei. Mas foi o que pensei quando a vi pela primeira vez — expliquei. — Que nem naqueles filmes. Sabe? Quando as mulheres tiram os óculos e soltam o cabelo. "Nossa, srta. Finch. Você é linda."

— Ela era mesmo — disse Jonathan —, pelo menos no final. — E estremeceu ao lembrar.

Pronto. Agora você já sabe: foi assim que acabou, e foi assim que nós três demos o assunto por encerrado, anos atrás. Só falta o começo e os detalhes.

Quero deixar claro que não espero que acredite em nada disso. Não mesmo. Afinal de contas, meu ofício *é* contar mentiras; ainda que sejam, como gosto de pensar, mentiras honestas. Se eu fosse sócio de um clube de cavalheiros, contaria esta história com uma ou duas taças de vinho do porto, à noitinha, na frente de uma lareira com o fogo baixo, mas não faço parte de um clube, e a história vai ficar melhor se eu a escrever do que se a contar. Então, aqui, você ficará sabendo da srta. Finch (cujo nome, como já viu, não era Finch, nem nada parecido com isso, pois vou mudar os nomes para mascarar os envolvidos) e por que ela não pôde comer sushi conosco. Acredite se quiser, fique à vontade. Nem eu sei ao certo se ainda acredito. Parece tudo tão distante.

Eu poderia pensar em uma dúzia de inícios. Talvez seja melhor começar no quarto de hotel, em Londres, alguns anos atrás. Eram onze da manhã. O telefone tocou, o que me surpreendeu. Corri para atender.

— Alô? — Era cedo demais para alguém me ligar dos Estados Unidos, e não era para ninguém na Inglaterra saber que eu estava no país.

— Oi — disse uma voz familiar, adotando um sotaque americano de proporções monumentalmente falsas. —Aqui é Hiram P. Muzzledexter, da Colossal Pictures. Estamos trabalhando em um filme que é uma releitura de *Indiana Jones e os caçadores da arca perdida*, mas, em vez de nazistas, tem mulheres com peitões enormes. Ouvimos falar que você é espantosamente bem-dotado, e talvez se interessasse em participar como nosso protagonista, Minnesota Jones...

— Jonathan? — falei. — Como me achou aqui?

—Você percebeu que era eu — disse ele, chateado, abandonando qualquer traço daquele sotaque improvável e voltando ao seu londrino nativo.

— Bom, parecia a sua voz — comentei. — Enfim, não respondeu à minha pergunta. Não era para ninguém saber que estou aqui.

— Eu tenho minhas fontes — disse ele, com um tom não muito misterioso. — Escuta, se Jane e eu chamássemos você para comer sushi, algo que você ingiria em uma quantidade comparável ao jantar das morsas do zoológico de Londres, e fôssemos ao teatro antes de comer, o que diria?

— Não sei. Acho que diria "sim". Ou: "Quais são as segundas intenções?". Talvez eu dissesse isso.

— Não temos exatamente segundas intenções — respondeu Jonathan. — Não chamaria exatamente de *segundas intenções*. Não de verdade. Não muito.

—Você está mentindo, né?

Alguém falou alguma coisa perto do telefone, e então Jonathan disse:

— Espere, Jane quer falar com você.

Jane é a esposa de Jonathan.

—Tudo bem? — perguntou ela.

—Tudo, obrigado.

— Olha — começou ela —, você quebraria um galho enorme... não que a gente não queira ver você, a gente quer, mas é que tem uma pessoa...

— É sua amiga — falou Jonathan, ao fundo.

— *Não* é minha amiga, eu mal a conheço — disse ela, fora do fone, e depois para mim: — Hum, olha, meio que largaram uma pessoa com a gente. Não vai ficar no país por muito tempo, e acabei aceitando distraí-la e fazer companhia para ela amanhã à noite. Ela é pavorosa, na verdade. E Jonathan ouviu alguém da sua produtora dizer que você estava por aqui, aí pensamos que seria perfeito para deixar a situação menos horrível, então por favor diga que sim.

Então eu disse sim.

Em retrospecto, acho que essa história toda deve ser culpa do falecido Ian Fleming, criador de James Bond. Eu tinha lido uma matéria no mês anterior em que Ian Fleming aconselhava qualquer aspirante a escritor que precisasse terminar um livro empacado a se hospedar em um hotel para escrever. No meu caso, não era um livro, e, sim, um roteiro de cinema; então, comprei uma passagem de avião para Londres, prometi à produtora que entregaria o roteiro concluído em três semanas, e reservei um quarto em um hotel excêntrico de Little Venice.

Não falei para ninguém da Inglaterra que eu estava lá. Se as pessoas soubessem, os dias e as noites seriam gastos com visitas, e não encarando a tela de um computador e, às vezes, escrevendo.

Verdade seja dita, estava morrendo de tédio e aceitaria de bom grado qualquer interrupção.

No fim da tarde seguinte, cheguei à casa de Jonathan e Jane, que ficava perto de Hampstead. Havia um pequeno carro esportivo verde estacionado logo na frente. Subi a escada e bati na porta. Jonathan me recebeu; ele usava um terno impressionante. Seu cabelo castanho-claro estava maior do que eu me lembrava da última vez que o vira, em pessoa ou na televisão.

— Oi — disse Jonathan. — A apresentação que a gente ia ver foi cancelada. Mas podemos ir para outro lugar, se não tiver problema por você.

Eu ia comentar que não sabia qual era o programa original, então uma mudança de planos não faria a menor diferença, mas Jonathan já estava me levando para a sala de estar, definindo que eu ia beber água com gás e prometendo que ainda íamos comer sushi, e que Jane desceria assim que terminasse de colocar as crianças na cama.

Eles haviam acabado de redecorar a sala, com um estilo que Jonathan chamava de bordel mourisco.

— A ideia inicial não era ser um bordel mourisco — explicou. — Nem qualquer outro tipo de bordel. Só que acabou ficando assim. Com cara de bordel.

— Ele já falou sobre a srta. Finch? — perguntou Jane. Ela estava ruiva da última vez que eu a vira. Agora, seu cabelo tinha um tom castanho-escuro, e ela estava sinuosa como uma símile de Raymond Chandler.

— Quem?

— A gente estava conversando sobre o traço de Ditko — explicou Jonathan. — E as edições de *Jerry Lewis* de Neal Adams.

— Mas ela vai chegar a qualquer momento. E ele precisa conhecê-la antes disso.

Jane é jornalista por profissão, mas se tornara uma escritora best-seller quase sem querer. Havia escrito um guia para uma série de TV sobre dois detetives paranormais. O livro foi para o topo da lista de mais vendidos e não saiu mais.

Jonathan ficou originalmente famoso como apresentador de um programa noturno de entrevistas, e, desde então, ostentava seu charme extravagante em diversas áreas. Ele é a mesma pessoa na frente e atrás das câmeras, o que nem sempre acontece com gente da televisão.

— É meio que uma obrigação de família — explicou Jane. — Bom, não exatamente *família*.

— Ela é amiga da Jane — disse o marido, sorridente.

— Ela *não* é minha amiga. Mas eu não podia falar não para eles, né? E vai ficar só alguns dias no país.

Jamais descobri para quem Jane não podia falar não ou qual era a obrigação de família, pois, naquele momento, a campainha tocou, e fui apresentado à srta. Finch. Que, como mencionei, não era o nome dela.

Usava uma boina preta de couro e um casaco preto de couro, e tinha cabelo muito, muito preto, preso em um coque pequeno bem apertado, amarrado com um prendedor de cerâmica. Estava de maquiagem, aplicada habilmente para passar uma impressão de severidade que daria inveja a uma dominatrix profissional. Seus lábios estavam bem comprimidos, e ela encarava o mundo através de óculos marcantes de armação preta — que destacavam seu rosto com presença demais para serem meras lentes corretivas.

— Então — disse ela, como se estivesse pronunciando uma sentença de morte —, vamos ao teatro.

— Bom, sim e não — respondeu Jonathan. — Quer dizer, sim, ainda vamos sair, mas não vamos poder assistir a *The Romans in Britain*.

— Ótimo — disse a srta. Finch. — Era de mau gosto mesmo. Não sei como alguém imaginou que aquele absurdo poderia ser um musical.

— Então, vamos a um circo — comentou Jane, com um tom confiante.

— E depois vamos comer sushi.

Os lábios da srta. Finch se comprimiram.

— Sou contra circos — disse ela.

— Esse circo não tem animais — garantiu Jane.

— Ótimo. — A srta. Finch fungou. Eu estava começando a entender por que Jane e Jonathan queriam que eu fosse junto.

Chovia quando saímos da casa, e a rua estava escura. Nós nos espremem-os no carro esportivo e nos embrenhamos em Londres. A srta. Finch e eu ficamos no banco traseiro, apertados em uma proximidade desconfortável.

Jane falou para a srta. Finch que eu era escritor, e para mim ela disse que a srta. Finch era bióloga.

— Biogeóloga, na verdade — corrigiu a srta. Finch. — Vocês estavam falando sério quanto a comer sushi, Jonathan?

— Hã, sim. Por quê? Não gosta de sushi?

— Ah, *eu* só como alimentos cozidos — disse ela, desatando a listar todas as variedades de solitária, verme e parasita que se infiltram na carne dos peixes e só morrem durante o cozimento.

Ela nos explicou o ciclo de vida deles enquanto a chuva caía, cobrindo o cenário noturno de Londres com tons estridentes de neon. Jane me lançou um olhar solidário do banco do carona, e então ela e Jonathan voltaram a estudar uma série de direções escritas à mão para o lugar aonde estávamos indo. Cruzamos o Tâmisa pela London Bridge enquanto a srta. Finch discorria sobre cegueira, loucura e falência hepática; detalhava os sintomas da elefantíase com o orgulho de quem os inventara pessoalmente, quando estacionamos em uma ruazinha perto da Catedral de Southwark.

— Onde fica o circo? — perguntei.

— Em algum lugar por aqui — disse Jonathan. — Entraram em contato com a gente para participarmos do especial de Natal. Tentei pagar pelo ingresso, mas insistiram em não cobrar.

— Com certeza vai ser divertido — falou Jane, com esperança.

A srta. Finch fungou.

Um homem gordo e careca, vestido que nem um monge, veio correndo pela calçada em nossa direção.

— Aí estão vocês! — exclamou ele. — Estava de olho para ver se iam chegar. Estão atrasados. Vai começar daqui a pouco.

Ele se virou e voltou apressado por onde tinha vindo, e fomos atrás. A chuva caía em sua cabeça calva e escorria pelo rosto, transformando a maquiagem de Tio Chico, da família Addams, em listras brancas e marrons. Ele abriu uma porta lateral.

— Por aqui.

Entramos. Já devia ter umas cinquenta pessoas lá dentro, pingando e fervilhando, enquanto uma mulher alta com maquiagem tosca de vampiro passava com uma lanterna na mão para conferir ingressos, rasgar canhotos e vender ingressos para quem ainda não tivesse. Uma senhora atarracada bem na nossa frente sacudiu a água do guarda-chuva e lançou um olhar furioso para ela.

— Acho bom valer a pena — disse ela ao rapaz ao seu lado. O filho, talvez. Ela claramente pagou pelos dois ingressos.

A vampira chegou até nós, reconheceu Jonathan e perguntou:

— Esse é o seu grupo? Quatro pessoas, certo? Você está na lista de convidados.

Aquilo provocou outro olhar desconfiado da mulher atarracada.

Começou a tocar um tique-taque de relógio. Bateram doze horas (no meu relógio de pulso não eram nem oito) e, no fim do salão, as portas duplas de madeira rangeram e se abriram.

— Entrem... por livre e espontânea vontade! — bradou uma voz, seguida de uma risada ensandecida.

Passamos pelas portas e entramos na escuridão. O cheiro era de tijolos molhados e decomposição. Então, percebi onde estávamos: existem redes de antigas galerias que se estendem por baixo dos trilhos de trem — câmaras vastas, vazias e interligadas, de diversos tamanhos e formatos. Algumas são usadas como depósito por vendedores de vinho e de carros usados; outras são ocupadas por pessoas desabrigadas, até a falta de luz e saneamento mandá-las de volta para o céu aberto; mas a maioria permanece vazia, à espera da inevitável bola de demolição, e do ar livre, e do instante em que todos os seus segredos e mistérios se desvanecerão.

Um trem passou trepidando acima de nós.

Avançamos devagar, conduzidos pelo Tio Chico e pela vampira, até uma espécie de cercadinho, onde paramos e ficamos esperando.

— Tomara que possamos nos sentar — disse a srta. Finch.

Quando todos terminaram de entrar, as lanternas se apagaram e os holofotes se acenderam.

Pessoas apareceram. Algumas estavam em motos e jipes. Elas corriam, e riam, e se balançavam, e gritavam. Quem quer que tivesse preparado o figurino havia lido histórias em quadrinhos demais, pensei, ou havia visto *Mad Max* muitas vezes. Eram punks, freiras, vampiros, monstros, strippers e mortos-vivos.

Dançavam e saltitavam à nossa volta enquanto o mestre de cerimônias — identificado pela cartola — cantava "Welcome to My Nightmare", de Alice Cooper, e cantava bem mal.

— Eu conheço Alice Cooper — murmurei para mim mesmo, citando errado uma frase que não recordava direito —, e o senhor está longe de ser Alice Cooper.

— É bem brega — concordou Jonathan.

Jane nos mandou ficar quietos. Quando as últimas notas se dissiparam, o mestre de cerimônias ficou sozinho sob os holofotes. Ele andou em volta de nosso cercadinho enquanto falava.

— Bem-vindos, sejam todos bem-vindos ao Teatro dos Sonhos Noturnos — disse ele.

— Ele é seu fã — cochichou Jonathan.

— Acho que é uma fala de *Rocky Horror Show* — respondi, também cochichando.

— Esta noite, vocês verão monstros inconcebíveis, aberrações e criaturas da noite, assistirão a demonstrações de habilidade que os farão gritar de medo e rir de alegria. Nós viajaremos de sala em sala, e, em cada uma destas cavernas subterrâneas, mais um pesadelo, mais um encanto, mais maravilhas os aguardam! Por favor, para sua própria segurança, preciso reforçar: não saiam da área reservada para os espectadores em cada sala, sob pena de infortúnios, lesões corporais e a perda de sua alma imortal! Ademais, ressalto que o uso de máquinas fotográficas com flash ou qualquer dispositivo de gravação é estritamente proibido.

E, com isso, algumas moças com lanternas nos conduziram para a sala seguinte.

— Nada de cadeira, pelo visto — disse a srta. Finch, sorumbática.

A primeira sala

Na primeira sala, o Tio Chico e um corcunda acorrentaram uma loura sorridente, com biquíni de paetês e marcas de agulha nos braços, a uma roda grande.

A roda girou devagar, e um homem gordo, usando uma fantasia vermelha de cardeal, arremessou facas na mulher, contornando o corpo dela. O corcunda então vendou o cardeal, que atirou as três últimas facas com uma mira certeira em volta da cabeça da mulher. Ele tirou a venda. A mulher foi desamarrada e retirada da roda. Eles fizeram uma reverência. Batemos palmas.

De repente, o cardeal puxou uma faca de mentira do cinto e fingiu cortar a garganta da mulher. O sangue escorreu pela lâmina. Algumas pessoas na plateia exclamaram, e uma moça assustada deu um gritinho, enquanto os amigos riam.

O cardeal e a mulher de paetês fizeram uma última reverência. As luzes se apagaram. Seguimos as lanternas por um corredor com paredes de tijolos.

A segunda sala
O odor de umidade era mais forte ali; um cheiro de mofado, bolorento e esquecido. Dava para ouvir os pingos da chuva a distância. O mestre de cerimônias apresentou a Criatura:

— Costurada nos laboratórios das trevas, a Criatura é capaz de demonstrações espantosas de força.

A maquiagem monstruosa de Frankenstein não era nada convincente, mas a Criatura ergueu um bloco de pedra no qual o corpulento Tio Chico estava sentado e conteve um jipe enquanto a vampira pisava fundo no acelerador. A *pièce de résistance* foi quando inflou uma bolsa de água quente e a estourou.

— Hora do sushi — murmurei para Jonathan.

A srta. Finch destacou em voz baixa que, além do risco de parasitas, havia também o problema da pesca excessiva de atum-rabilho, peixe-espada e robalo chileno, o que poderia levar à extinção dessas espécies, já que elas não estavam se reproduzindo rápido o bastante para compensar a perda.

A terceira sala
se estendia escuridão acima. O teto original fora removido em algum momento, e o novo era o telhado do armazém vazio acima de nós. Pelo canto dos olhos, o cômodo vibrava com o roxo-azulado de uma luz ultravioleta. Dentes, e camisas e flocos de poeira brilharam no escuro. Começou a tocar uma música baixa e pulsante. Levantamos a cabeça e vimos, bem no alto, um esqueleto, um alienígena, um lobisomem e um anjo. Suas fantasias pareciam fluorescentes sob a luz ultravioleta, e eles reluziam como sonhos antigos pairando sobre nós, em trapézios. Balançavam-se de um lado a outro, em sincronia com a música, e então, todos de uma vez, se soltaram e caíram na nossa direção.

Levamos um susto, mas, antes que nos acertassem, eles quicaram no ar e voltaram a subir, tal como ioiôs, e se penduraram de novo nos trapézios.

Percebemos que estavam presos ao teto com cordas elásticas, invisíveis na escuridão, e ficaram pulando, caindo e nadando pelo ar lá em cima, enquanto batíamos palmas, perdíamos o fôlego e observávamos em alegre silêncio.

A quarta sala
era pouco mais que um corredor: o pé-direito era baixo, e o mestre de cerimônias se enfiou no meio da plateia, escolheu duas pessoas — a mulher atarracada e um homem alto e negro, que usava um casaco de pele de carneiro e luvas bege —, e as colocou na nossa frente. Ele anunciou que demonstraria seus poderes hipnóticos. Fez alguns gestos no ar e rejeitou a mulher atarracada. Em seguida, pediu para o homem subir em uma caixa.

— É armação — murmurou Jane. — Ele é da equipe.

Trouxeram uma guilhotina. O mestre de cerimônias cortou uma melancia ao meio para demonstrar que a lâmina era afiada. Depois, mandou o homem colocar a mão embaixo da guilhotina e soltou a lâmina. A mão caiu com a luva no cesto, e sangue jorrou da barra vazia da manga.

A srta. Finch deu um gritinho.

O homem então pegou a mão de dentro do cesto e saiu correndo atrás do mestre de cerimônias, enquanto tocava a música do *Benny Hill Show*.

— Mão falsa — disse Jonathan.

— Eu sabia — afirmou Jane.

A srta. Finch assoou o nariz em um lenço.

— Acho que é tudo de gosto muito duvidoso — falou ela.

Depois disso, fomos conduzidos para

A quinta sala
e todas as luzes se acenderam. Havia uma mesa de madeira improvisada junto a uma parede, onde um jovem careca vendia cerveja, suco de laranja e garrafas d'água, e placas indicavam o caminho para os banheiros no cômodo ao lado. Jane foi comprar bebidas e Jonathan foi ao banheiro, restando a mim o constrangimento de conversar com a srta. Finch.

— Então — comecei —, pelo que entendi, faz pouco tempo que você veio para a Inglaterra.

— Eu estava em Komodo — respondeu ela. — Estudando os dragões. Sabe por que crescem tanto?

— Hã...

— Eles se adaptaram para caçar elefantes-pigmeus.

— Existiam elefantes-pigmeus? — Fiquei interessado. Aquilo era bem mais divertido que um sermão sobre parasitas de sushi.

— Sim, sim. É biogeologia insular básica: os animais têm uma tendência natural para o gigantismo ou o pigmeísmo. Existem equações...
— Enquanto a srta. Finch falava, seu rosto foi ficando mais animado, e comecei a simpatizar com ela à medida que explicava como e por que alguns animais cresciam e outros encolhiam.

Jane trouxe nossas bebidas; Jonathan voltou do banheiro, alegre e confuso porque alguém tinha pedido um autógrafo enquanto ele estava mijando.

— Uma pergunta — disse Jane. — Estou lendo um monte de periódicos sobre criptozoologia para fazer a próxima edição do *Guias do inexplicável*. Na sua opinião de bióloga...

— Biogeóloga — interrompeu a srta. Finch.

— Isso. Quais são as chances de existirem animais pré-históricos hoje, em segredo, sem que a ciência saiba?

— É bastante improvável — respondeu a srta. Finch, como se estivesse nos repreendendo. — Pelo menos não existe um "Mundo Perdido" em uma ilha, cheio de mamutes, smilodons, epiórnis...

— Isso parece um palavrão — disse Jonathan. — Um o quê?

— Epiórnis. Uma ave pré-histórica gigante, que não voava.

— Eu sabia, óbvio — respondeu ele.

— Ainda que, claro, elas *não* sejam pré-históricas — informou a srta. Finch. — Os últimos epiórnis foram exterminados por navegantes portugueses na costa de Madagascar, há uns trezentos anos. Existem registros relativamente confiáveis sobre um elefante-pigmeu que foi apresentado à corte russa no século XVI, e sobre um bando de animais que, pela descrição que temos, quase com certeza eram uma espécie de tigres-dentes-de-sabre, os smilodons, que Vespasiano tirou do Norte da África para morrerem no circo. Então, nem todas essas coisas são pré-históricas. Em muitos casos, são históricas.

— Para que será que serviam os dentes de sabre? — perguntei. — Eles deviam atrapalhar.

— Besteira — disse a srta. Finch. — O smilodon era um caçador muito eficiente. Não restam dúvidas... os dentes de sabre aparecem várias vezes nos registros fósseis. Eu queria, do fundo do coração, que ainda existissem alguns hoje. Mas não existem. Conhecemos o planeta bem demais.

— O mundo é grande — retrucou Jane, incerta, e então as luzes piscaram e uma voz tenebrosa nos mandou ir para a sala seguinte, dizendo que a segunda metade do espetáculo não era para pessoas de coração fraco, e que, por apenas uma noite, o Teatro dos Sonhos Noturnos teria o orgulho de apresentar o Gabinete dos Desejos Realizados.

Descartamos nossos copos de plástico e avançamos para

A sexta sala

— Com vocês — anunciou o mestre de cerimônias —, Homem-Dor!

O holofote virou para cima e revelou um rapaz de magreza anormal, que usava calção de banho e estava pendurado em ganchos pelos mamilos. Duas das garotas punks o ajudaram a descer para o chão e lhe entregaram acessórios. Ele cravou um prego de quinze centímetros no nariz, levantou pesos com um piercing na língua, enfiou alguns furões dentro do calção e, para encerrar, deixou que a punk mais alta usasse sua barriga como alvo para arremessar agulhas hipodérmicas certeiras.

— Ele não apareceu no seu programa há alguns anos? — perguntou Jane.

— Apareceu — disse Jonathan. — Muito gente boa. Acendeu um rojão nos dentes.

— Vocês falaram que não haveria animais — falou a srta. Finch. — Acham que aqueles coitados dos furões gostam de ser enfiados nas partes íntimas do rapaz?

— Acho que depende se são furões ou furonas — respondeu Jonathan, animado.

A sétima sala

continha um esquete de comédia e rock'n'roll, com um pouco de humor pastelão. Os peitos de uma freira foram revelados, e o corcunda perdeu as calças.

A oitava sala

estava escura. Ficamos na escuridão, esperando alguma coisa acontecer. Eu queria me sentar. Minhas pernas doíam, estava cansado e com frio, e preferia ir embora.

De repente, alguém começou a apontar uma luz para o público. Piscamos, franzimos o cenho e cobrimos os olhos.

— Esta noite — disse uma voz estranha, rouca e árida. Não era o mestre de cerimônias, eu tinha certeza. — Esta noite, o desejo de um de vocês se concretizará. Um de vocês ganhará tudo que anseia, no Gabinete dos Desejos Realizados. Quem será?

— Ih, aposto que vai ser outra pessoa infiltrada na plateia — murmurei, pensando no homem maneta da quarta sala.

— Shh — disse Jane.

— Quem será? Você, senhor? Você, senhora? — Um vulto saiu da escuridão e veio até nós arrastando os pés. Era difícil vê-lo direito, pois segurava um holofote portátil. Fiquei na dúvida se ele estava usando uma fantasia de macaco, pois sua silhueta não parecia humana, e ele andava como um gorila. Talvez fosse o homem que fez o papel da Criatura. — Quem será, hein? — Tentamos enxergá-lo, tentamos nos afastar.

E, de repente, ele avançou.

— Arrá! Acho que temos a nossa voluntária — disse ele, saltando por cima da corda que separava a plateia da área do espetáculo à nossa volta. E, então, pegou a mão da srta. Finch.

— Não, obrigada — disse a srta. Finch, mas já estava sendo arrastada para longe, nervosa demais, educada demais, essencialmente inglesa demais para fazer um escândalo.

Ela foi puxada para a escuridão e desapareceu.

Jonathan soltou um palavrão.

— Acho que ela não vai nos perdoar tão cedo por isso — falou ele.

As luzes se acenderam. Um homem vestido como um peixe gigante começou a dar várias voltas de moto pela sala. Ele ficou de pé no assento. Sentou-se de novo e subiu e desceu com a moto pelas paredes da sala, até que acertou um tijolo, derrapou e caiu, e a moto caiu em cima dele.

A freira seminua e o corcunda correram até ele, afastaram a moto e saíram carregando o homem em traje de peixe.

— Quebrei a porra da perna — disse ele, com uma voz fraca. — Quebrou, porra. A porra da minha perna.

—Você acha que era para ter acontecido isso? — perguntou uma moça perto de nós.

— Não — respondeu o homem a seu lado.

Um pouco abalados, Tio Chico e a vampira nos fizeram seguir para

A nona sala
onde a srta. Finch nos esperava.

Era uma sala enorme. Eu sabia disso, mesmo com a escuridão densa. Talvez o escuro intensifique os outros sentidos; talvez só estejamos sempre processando mais informações do que imaginamos. Tosses e ecos de nossos movimentos voltavam para nós depois de bater nas paredes a muitos metros de distância.

Nesse momento, fui tomado pela certeza, uma convicção que beirava a loucura, de que havia grandes feras na escuridão, e que elas nos observavam famintas.

Aos poucos, as luzes se acenderam, e vimos a srta. Finch. Até hoje eu me pergunto onde arranjaram a fantasia.

O cabelo preto estava solto. Os óculos tinham sumido. A fantasia, que pouco cobria seu corpo, tinha um caimento perfeito. Ela segurava uma lança e olhava para nós de maneira impassível. E então, os felinos enormes emergiram para a luz ao seu lado. Um deles levantou a cabeça e rugiu.

Alguém começou a gritar. Senti o fedor forte e animalesco de urina.

Os animais eram do tamanho de tigres, mas sem listras; tinham cor de areia da praia à tarde. Os olhos eram topázio, e o bafo cheirava a carne fresca e sangue.

Olhei para a boca deles: os dentes de sabre eram dentes de verdade, não presas — imensos, feitos para cortar, rasgar, arrancar a carne do osso.

Os felinos enormes começaram a andar à nossa volta, contornando-nos devagar. Nós nos agrupamos, aproximando-nos uns dos outros, e todos nos lembramos instintivamente do passado, da época em que nos escondíamos nas cavernas ao anoitecer, enquanto as feras saíam à caça; lembramos da época em que éramos a presa.

Os smilodons, se era isso que eram, pareciam inquietos, desconfiados. Seus rabos balançavam de um lado para outro feito chicotes, impacientes. A srta. Finch não disse nada. Ficou só olhando fixamente para seus animais.

A mulher atarracada então levantou o guarda-chuva e o sacudiu na frente de um dos felinos.

— Para trás, seu monstrengo — disse ela.

Ele rosnou e tensionou o corpo, como um gato prestes a dar o bote.

Ela ficou pálida, mas manteve o guarda-chuva erguido como uma espada. Não tentou fugir pela penumbra, iluminada apenas por tochas sob a cidade.

O animal deu o bote e a jogou no chão, atingindo-a com a pata imensa e aveludada. Parou em cima dela, triunfante, e deu um rugido tão gutural que senti ressoar no fundo do estômago. A mulher atarracada aparentemente desmaiou, o que achei uma bênção: com sorte, ela não sentiria aqueles dentes afiados rasgando sua pele idosa como um par de facas.

Passei os olhos à nossa volta, em busca de alguma escapatória, mas o outro tigre estava nos rondando, mantendo-nos presos no cercadinho de corda feito ovelhas acuadas.

Ouvi Jonathan murmurar os mesmos três palavrões repetidamente.

— A gente vai morrer, né? — falei, sem nem perceber.

— Acho que sim — disse Jane.

A srta. Finch então atravessou a barreira de corda, pegou o felino enorme pela nuca e o puxou para trás. O bicho resistiu, mas ela bateu em seu focinho com o cabo da lança. O animal enfiou o rabo entre as pernas e se afastou da mulher caída, intimidado e obediente.

Não vi sangue, e torci para que ela só estivesse desacordada.

O fundo da sala subterrânea começava a clarear lentamente. Parecia que estava amanhecendo. Eu via uma névoa de floresta entremeando-se por samambaias e hostas imensas; e ouvia, como se de muito longe, grilos cricrilando e aves estranhas cantando para receber o novo dia.

E parte de mim — meu lado escritor, que uma vez reparou no jeito peculiar com que a luz se refletia nos cacos de vidro em meio ao sangue, mesmo quando eu saía aos tropeços de um carro acidentado, e que já observou com riqueza de detalhes como meu coração se partiu, ou não se partiu, em momentos de genuína e profunda tragédia pessoal —, esse meu lado pensou: *Dá para conseguir esse efeito com uma máquina de fumaça, algumas plantas e uma gravação de áudio. Seria preciso um cara muito bom na iluminação, claro.*

A srta. Finch coçou o seio esquerdo, desinibida, então nos deu as costas e andou rumo à alvorada e à selva sob o mundo, flanqueada por dois tigres-dentes-de-sabre.

Um pássaro piou e cantou.

Em seguida, a luz do amanhecer se dissipou na escuridão, a névoa se desfez, e a mulher e os animais desapareceram.

O filho da mulher atarracada a ajudou a se levantar. Ela abriu os olhos. Parecia em choque, mas ilesa. E, quando vimos que não tinha se machucado, depois de pegar o guarda-chuva, apoiar-se nele e nos fuzilar com os olhos, ora, aí começamos a aplaudir.

Ninguém veio nos buscar. Não vi o Tio Chico e a vampira em lugar algum. Então, desacompanhados, fomos todos para

A décima sala

Estava tudo montado para o que obviamente teria sido o *grand finale*. Havia até cadeiras de plástico dispostas para assistirmos ao espetáculo. Nós nos sentamos e esperamos, mas ninguém do circo apareceu, e, depois de um tempo, ficou evidente que não apareceria mesmo.

As pessoas começaram a se dirigir para a sala seguinte. Ouvi uma porta se abrir, e o barulho de trânsito e chuva.

Olhei para Jane e Jonathan, e, por fim, nos levantamos e saímos. Na última sala, uma mesa sem atendente exibia suvenires do circo: cartazes, CDs e broches, além de uma caixa aberta com dinheiro. A luz amarela das lâmpadas de sódio se infiltrava da rua por uma porta aberta, e o vento soprava os cartazes não vendidos, sacudindo as pontas para cima e para baixo com impaciência.

— Será que esperamos por ela? — perguntou um de nós, e queria poder dizer que fui eu.

Mas os outros balançaram a cabeça, então saímos para a chuva, que a essa altura havia diminuído e virado uma garoa.

Depois de uma caminhada curta por ruas estreitas, na chuva e no vento, chegamos ao carro. Parei na calçada, esperando que a porta traseira fosse destravada para que eu entrasse, e, em meio à chuva e aos barulhos da cidade, pensei ter ouvido um tigre, pois, em algum lugar próximo, um rugido baixo fez o mundo todo tremer. Mas talvez fosse apenas um trem passando.

MENININHAS ESTRANHAS

AS MENINAS

New Age
Ela parece tão legal, tão concentrada, tão calma, mas não tira os olhos do horizonte.

Você acha que sabe tudo sobre ela assim que a conhece, mas tudo que acha que sabe está errado. A paixão corre dentro dela feito um rio de sangue.

Ela só desviou o olhar por um instante, e a máscara caiu, e você se derreteu. Todos os seus amanhãs começam aqui.

A mãe de Bonnie
Sabe como é se apaixonar por alguém?

E a parte difícil, a parte ruim, a parte *Jerry Springer Show*, é que a gente nunca para de amar a pessoa. Sempre fica um pedaço dela no nosso coração.

Agora que está morta, ela tenta se lembrar só do amor. Imagina cada golpe como um beijo, a maquiagem que mal cobre os hematomas, a queimadura de cigarro na coxa — todas essas coisas, decide ela, foram gestos de amor.

Ela se pergunta o que sua filha vai fazer.

Ela se pergunta o que sua filha vai ser.

Ela está segurando um bolo em sua morte. É o bolo que ela sempre ia fazer para sua filhinha. Talvez o teriam preparado juntas.

Eles teriam se sentado para comer, sorrindo, todos os três, e o apartamento aos poucos teria se enchido de risos e amor.

Estranha
Tem mil coisas que ela já tentou para espantar as coisas de que não se lembra e em que ela nem se permite pensar pois é aí que os pássaros gritam e os vermes rastejam e em algum lugar de sua mente cai constantemente um chuvisco vagaroso e interminável.

Você vai ouvir que ela foi embora do país, que ela queria lhe dar um presente, mas ele se perdeu antes de chegar até você. Certa noite, bem tarde, o telefone vai tocar, e uma voz que talvez seja dela vai dizer algo que você não vai decifrar antes que a ligação falhe e caia.

Anos depois, quando você estiver em um táxi, vai ver uma pessoa parecida com ela em uma porta, mas ela vai sumir enquanto você convence o taxista a parar o carro. E aí nunca a verá de novo.

Sempre que chover, você vai pensar nela.

Silêncio
Trinta e cinco anos como dançarina de boate, pelo menos até onde ela admite, e seus pés doem dia após dia por causa do salto alto, mas consegue descer os degraus usando-o com um adereço de vinte quilos na cabeça, ela já atravessou um palco de salto alto com um leão, poderia atravessar o maldito inferno de salto alto, se fosse preciso.

Estas são as coisas que ajudaram, que a fizeram continuar andando de cabeça erguida: sua filha; um homem de Chicago que a amou, embora não o bastante; o âncora de jornal que pagou seu aluguel por uma década e ia no máximo uma vez por mês a Las Vegas; duas bolsas de silicone em gel; e evitar o sol do deserto.

Ela vai ser avó em breve, muito em breve.

Amor
E teve a vez que um deles simplesmente se recusou a retornar suas ligações para o escritório. Então ela ligou para o número que ele não sabia que ela tinha, e, para a mulher que atendeu, disse que estava com vergonha, mas

como ele não falava mais com ela, será que podia avisar que ela queria de volta sua calcinha preta de renda, que ele havia pegado pois, segundo ele, a calcinha tinha o cheiro dela, dos dois? Ah, e aliás, disse ela, enquanto a mulher do outro lado da linha continuava em silêncio, será que podiam lavá-la antes e então enviá-la pelo correio? Ele sabia o endereço. Depois, tendo encerrado o assunto com alegria, ela o esquece por completo e para sempre, e volta a atenção para o próximo.

Um dia, ela não amará você também. Vai partir seu coração.

Tempo
Ela não está esperando. Não exatamente. Na verdade, os anos já não significam mais nada para ela, os sonhos e a rua não podem tocá-la.

Ela continua nas margens do tempo, implacável, ilesa, além do alcance, e um dia você vai abrir os olhos e vê-la; e, depois disso, a escuridão.

Não é uma ceifa. Em vez disso, ela vai puxar você delicadamente, como uma pena, ou como uma flor para enfeitar o cabelo.

Cascavel
Ela não sabe de quem é o casaco. Ninguém veio pegá-lo após a festa, e ela achou que lhe caía bem.

Tem um beijo estampado nele, e ela não gosta de beijar. Muitas pessoas, homens e mulheres, já a chamaram de bonita, e ela não faz a menor ideia do que isso significa. Quando se olha no espelho, não vê beleza. Só o próprio rosto.

Ela não lê, não vê TV, nem faz amor. Escuta música. Vai a lugares com os amigos. Anda de montanha-russa, mas nunca grita quando o carrinho despenca, vira e gira de ponta-cabeça.

Se você dissesse que o casaco era seu, ela só daria de ombros e o devolveria. Ela não liga, de qualquer forma.

Coração de ouro
...falar.

Irmãs, talvez gêmeas, quem sabe primas. Só vamos saber ao olhar as certidões de nascimento, as verdadeiras, não as usadas para tirar identidades.

É assim que ganham a vida. Elas entram, pegam o que precisam e saem.

Não tem glamour. São só negócios. Talvez não seja exatamente legal. São só negócios.

Elas são espertas demais para isso e estão cansadas demais.

Elas dividem roupas, perucas, maquiagem, cigarros. Incessantes e caçadoras, seguem em frente. Duas mentes. Um coração.

Às vezes, uma até completa o que a outra ia...

Filha de segunda-feira
Debaixo do chuveiro, deixando a água cair em seu corpo, lavando tudo, levando tudo embora, ela se dá conta de que o pior foi que o cheiro tinha sido idêntico ao de sua escola.

Ela havia caminhado pelos corredores, com o coração martelando no peito, sentindo aquele cheiro de escola, e tudo voltou.

Fazia só, o quê, seis anos, talvez menos, que era ela a pessoa correndo do vestiário para a sala de aula, que ela vira os amigos chorarem, gritarem e sofrerem com as provocações, os apelidos e as milhares de dores que atormentam os impotentes. Nenhum deles tinha ido tão longe.

Ela encontrou o primeiro corpo na escada.

Naquela noite, depois do banho, que não conseguiu expurgar as coisas que precisou fazer, não de verdade, ela disse para o marido:

— Estou com medo.

— De quê?

— De esse trabalho me endurecer. De me transformar em outra pessoa. Alguém que não reconheça mais.

Ele a puxou para si e a abraçou, e eles permaneceram juntos, pele contra pele, até o amanhecer.

Felicidade
No estande de tiro, ela se sente em casa; protetores auriculares no ouvido, alvo em forma de homem a postos e à sua espera.

Ela imagina um pouco, ela lembra um pouco, ela mira e aperta, e quando começa seu tempo no estande, ela mais sente do que vê a cabeça e o coração se destruírem. O cheiro de cordite sempre a faz pensar no Quatro de Julho.

Use os dons que Deus lhe deu. Foi o que sua mãe dissera, o que, de certa forma, faz a briga entre elas ser ainda mais difícil.

Ninguém jamais vai machucá-la. Ela só vai dar aquele sorriso vago, sutil, deslumbrante e ir embora.

Não é pelo dinheiro. Nunca é pelo dinheiro.

Chuva de sangue
Aqui: um exercício de escolha. Sua escolha. Uma destas histórias é verdadeira.

Ela sobreviveu à guerra. Em 1959, veio para os Estados Unidos. Agora, está morando em um apartamento em Miami, uma francesa miúda de cabelo branco, com uma filha e uma neta. Ela se mantém reservada e pouco sorri, como se o peso da memória a impedisse de sentir alegria.

Ou é mentira. Na realidade, a Gestapo a pegou cruzando a fronteira em 1943 e a deixou em um descampado. Primeiro, ela cavou a própria cova, depois uma bala na parte de trás do crânio.

Seu último pensamento, antes dessa bala, foi que ela estava grávida de quatro meses e que, se não lutarmos para criar um futuro, não haverá futuro para nenhum de nós.

Uma idosa em Miami acorda, confusa, depois de sonhar com o vento agitando as flores em um descampado.

Sob a terra quente da França, ossos intocados sonham com o casamento de uma filha. Bebe-se bom vinho. As únicas lágrimas são de felicidade.

Homens de verdade
Algumas das meninas eram meninos.

A percepção muda dependendo do ponto de vista.

Palavras podem ferir, e feridas podem curar.

Tudo isso é verdade.

ARLEQUIM APAIXONADO

É 14 DE fevereiro, naquela hora da manhã em que todas as crianças já foram levadas para a escola, e todos os maridos já dirigiram para o trabalho ou foram deixados, cheios de agasalhos e soprando nuvens de vapor, na estação de trem perto do centro para a Grande Baldeação Matinal, quando prego meu coração na porta de Missy. O coração é de um vermelho muito escuro, quase marrom, cor de fígado. Depois bato na porta com força, *tá-tá-tá*, e seguro minha varinha, meu bastão, minha lança enfitada e tão cravável, e desapareço como vapor se condensando no ar gelado...

Missy abre a porta. Parece cansada.

— Minha Colombina — sussurro, mas ela não escuta.

Missy vira a cabeça para observar os dois lados da rua, mas nada se mexe. Um caminhão ronca ao longe. Ela volta para a cozinha, e danço ao seu lado, silencioso como uma brisa, como um camundongo, como um sonho.

Missy pega um saco plástico de uma caixa de papel na gaveta e um produto de limpeza de baixo da pia. Ela arranca dois pedaços de papel-toalha do rolo na bancada. Por fim, volta até a porta. Tira o alfinete da madeira pintada — era o alfinete do meu chapéu, que eu havia encontrado por acaso... onde? Fico remoendo a questão na cabeça: em Gasconha, talvez? Ou Twickenham? Ou Praga?

O rosto no topo do alfinete é de um Pierrô desbotado.

Ela tira o alfinete do órgão e coloca o coração dentro do saco plástico. Depois, borrifa o produto de limpeza na porta e esfrega o papel-toalha para tirar o sangue, e então enfia o alfinete em sua lapela, onde o rosto pálido e augusto contempla o mundo frio com os olhos cegos de prata e os lábios austeros prateados. Nápoles. Agora eu me lembro. Comprei o alfinete em Nápoles, de uma velha com um olho só. Ela fumava um cachimbo de barro. Foi há muito tempo.

Missy bota os utensílios de limpeza na mesa da cozinha, enfia os braços nas mangas de seu velho casaco azul, que antes pertencia à sua mãe, fecha os botões, um, dois, três, depois prontamente guarda no bolso o saco plástico com o coração, e sai pela rua.

Soturno e silencioso como um rato, eu a sigo, às vezes me esgueirando, às vezes dançando, e ela não me vê nem sequer por um instante, só aperta mais o casaco azul junto ao corpo, e caminha pela cidadezinha de Kentucky, e desce a rua antiga que passa pelo cemitério.

O vento sacode meu chapéu, e lamento, por um instante, a perda do meu alfinete. Mas estou apaixonado, e é Dia dos Namorados. Sacrifícios são necessários.

Missy relembra as outras vezes que entrou no cemitério, atravessando os altos portões de ferro: quando seu pai morreu; e quando vieram, ainda crianças, no Dia de Todos os Santos, o grupo todo da escola, fazendo bagunça e dando sustos uns nos outros; e quando um amante secreto morreu em um engavetamento de três carros na interestadual, e ela esperou até o fim do velório, até o dia acabar de vez, e veio à tardinha, logo antes do pôr do sol, deixar um lírio branco no túmulo recente.

Ah, Missy, devo cantar seu corpo e seu sangue, seus lábios e seus olhos? Mil corações eu lhe daria, se fosse seu namorado. Com orgulho, brando meu cajado no ar e danço, cantando em silêncio toda a minha glória, enquanto passamos juntos pela Rua do Cemitério.

Um edifício baixo e cinzento, e Missy abre a porta. Ela fala Oi e Como Vai para a garota na recepção, que não oferece nenhuma resposta inteligível, recém-formada e fazendo as palavras cruzadas de uma revista que só tem palavras cruzadas, páginas e mais páginas, e a garota estaria fazendo ligações pessoais durante o expediente se tivesse para quem ligar, mas não tem, e eu vejo, evidentes como elefantes, que nunca terá. Seu rosto é um monte de pústulas descoradas e cicatrizes de acne, ela acha que isso importa, e não fala com ninguém. Vejo sua vida inteira à minha frente: ela morrerá, solteira e intocada, de câncer de mama daqui a quinze anos, e será sepultada sob uma lápide com seu nome na campina junto à Rua do Cemitério, e as primeiras mãos a tocar seus seios serão as do patologista quando ele extirpar a massa fétida em forma de couve-flor, murmurando "Nossa, olha o tamanho desse negócio, por que ela não *falou* com alguém?", o que devia ser autoexplicativo.

Dou um beijo suave em sua bochecha salpicada, e sussurro que ela é bonita. Toco uma, duas, *três* vezes em sua cabeça com meu cajado, e a envolvo com uma fita.

Ela se mexe e sorri. Talvez hoje à noite saia para beber, dançar e oferecer sua virgindade no altar de Himeneu, e conheça um rapaz que esteja mais interessado em seus seios que em seu rosto, e que um dia, acariciando esses seios, beijando-os e esfregando-os, ele diga: "Querida, você já consultou alguém sobre esses caroços?", e a essa altura as espinhas já terão desaparecido, esquecidas entre beijos e roçadas...

Mas agora perdi Missy de vista, então corro e revolteio por um corredor com carpete cinza, até que vejo aquele casaco azul adentrar uma sala no final do corredor, e a sigo para um cômodo sem aquecimento com azulejos verdes cor de banheiro.

O fedor no ar é inacreditável, pesado, acre e escabroso. O sujeito gordo de jaleco manchado está com luvas descartáveis de látex e uma camada grossa de mentol no lábio superior e em volta das narinas. Há um homem morto na mesa à sua frente. É magro, velho e negro, com dedos calejados. Tem um bigode fino. O homem gordo ainda não reparou em Missy. Ele fez uma incisão no corpo, e agora está puxando a pele com um som úmido de sucção, e como é escuro o marrom por fora, e como é rosa, um rosa bonito, por dentro.

Um rádio portátil toca música clássica em volume muito alto. Missy desliga o aparelho e diz:

— Oi, Vernon.

O homem gordo responde:

— Oi, Missy. Quer seu emprego de volta?

É o Doutor, concluo, pois ele é grande demais, rotundo demais, magnificamente bem-nutrido demais para ser o Pierrô e despreocupado demais para ser o Pantaleão. Seu rosto se franze de satisfação ao ver Missy, e ela sorri ao vê-lo, e fico com ciúme: sinto uma pontada de dor atravessar meu coração (que, no momento, se encontra em um saco plástico no bolso do casaco de Missy), mais intensa do que senti quando o cravei com meu alfinete na porta dela.

E, falando no meu coração, ela o tirou do bolso e o balança na frente do patologista, Vernon.

— Você sabe o que é isso? — pergunta ela.

— Um coração — responde ele. — Rins não têm ventrículos, e cérebros são maiores e mais macios. Onde o encontrou?

— Minha esperança era que você soubesse — diz ela. — Não veio daqui? É esse o tipo de cartão que você me daria no Dia dos Namorados, Vernon? Um coração pregado na minha porta?

Ele balança a cabeça.

— Não veio daqui. Quer que eu chame a polícia?

Ela balança a cabeça.

— Com a minha sorte — diz ela —, vão achar que sou uma assassina em série e me mandar para a cadeira elétrica.

O Doutor abre o saco plástico e cutuca o coração com os dedos gordos em luvas de látex.

— Adulto, em condições muito boas, um coração bem-cuidado — diz ele. — Removido por um especialista.

Abro um sorriso orgulhoso e me curvo para falar com o homem negro morto na mesa, com o peito todo aberto e os dedos calejados de tanto tocar baixo.

—Vá embora, Arlequim — murmura ele, discretamente, para não ofender Missy e o médico. —Vê se não arruma confusão por aqui.

— Quieto, arrumo confusão onde bem entender — respondo. — Essa é minha função. — Mas, por um instante, tenho uma sensação de vazio: estou melancólico, quase um Pierrô, o que é algo péssimo para qualquer arlequim.

Ah, Missy, eu a vi ontem na rua e a segui até o supermercado, sentindo crescer em mim o êxtase e a alegria. Em você, reconheci alguém que poderia me arrebatar, me tirar de mim mesmo. Em você, reconheci meu amor, minha Colombina.

Não dormi; passei o tempo causando caos pela cidade, confundindo os coesos. Fiz três banqueiros sóbrios perderem a linha com drag queens do bar da Madame Zora. Esgueirei-me pelo quarto dos adormecidos, fora de vista e da imaginação, enfiando provas de misteriosas e exóticas puladas de cerca em bolsos, sob almofadas e em frestas, pensando apenas na diversão que irromperia no dia seguinte, quando calcinhas usadas e abertas na frente fossem encontradas mal escondidas sob almofadas no sofá e no bolso de ternos respeitáveis. Mas não estava realmente empolgado, e o único rosto que via era o de Missy.

Ah, Arlequim apaixonado é uma criatura miserável.

O que será que ela vai fazer com meu presente? Algumas garotas desprezam meu coração; outras tocam nele, oferecem beijos, carícias e o castigam com todo tipo de mimo antes de devolvê-lo à minha guarda. Algumas nunca nem sequer o viram.

Missy pega o coração de volta, recoloca-o dentro do saco plástico e fecha o lacre.

— Jogo no incinerador? — pergunta ela.

— Pode ser. Você sabe onde fica — diz o Doutor, voltando ao músico morto na mesa. — E falei sério quanto ao seu trabalho antigo. Preciso de uma boa assistente.

Imagino meu coração esvaindo-se no céu como cinzas e fumaça, recobrindo o mundo todo. Não sei o que acho disso, mas, com os dentes cerrados, ela faz sinal negativo e se despede de Vernon, o patologista. Enfia meu coração no bolso e sai do edifício, voltando para a cidade pela Rua do Cemitério.

Saltito à frente dela. Resolvo que seria excelente ter alguma interação, e, seguindo palavras com atos, me disfarço de uma velha encarquilhada a caminho da feira. Cubro os paetês vermelhos da minha fantasia com um manto esfarrapado, oculto meu rosto mascarado com um capuz volumoso e, no alto da Rua do Cemitério, paro na frente dela.

Maravilha, maravilha, maravilha que sou, e digo a ela, com a voz da mais velha de todas as anciãs:

— Um tostão para uma velhinha encarquilhada, querida, e lerei seu futuro com uma precisão que vai fazer seus olhos rodopiarem de alegria. Acredite.

Missy para. Abre a bolsa e tira uma nota de um dólar.

— Aqui — diz Missy.

É minha intenção contar sobre o homem misterioso que ela conhecerá, vestido de vermelho e amarelo, com uma máscara nos olhos, que a deixará empolgada e a amará, e nunca, jamais a abandonará (pois não é bom dizer *toda* a verdade à sua Colombina), mas o que acabo falando, com uma voz idosa e fraca, é:

— Já ouviu falar do Arlequim?

Missy parece pensativa. Então faz que sim.

— Já — diz ela. — Um personagem da *commedia dell'arte*. Usava uma fantasia com losangos pequenos. Tinha uma máscara. Acho que era um tipo de palhaço, né?

Balanço a cabeça sob o capuz.

— Não era palhaço — respondo. — Era...

E percebo que estou prestes a contar a verdade, então engulo as palavras e finjo que estou tendo um acesso de tosse, ao qual mulheres idosas são especialmente suscetíveis. Será que é esse o poder do amor? Não me lembro de ficar assim com as outras mulheres que pensei ter amado, outras Colombinas que encontrei ao longo de muitos séculos.

Aperto meus olhos de velha para fitar Missy: ela tem vinte e poucos anos, lábios de sereia, fartos, bem-definidos e confiantes, e olhos cinzentos, e uma intensidade no olhar.

— Está tudo bem? — pergunta ela.

Tusso e cuspo. Tusso mais um pouco e arfo.

— Está, sim, querida, tudo bem, muitíssimo obrigada.

— Então — diz ela —, a senhora falou que leria meu futuro.

— Arlequim lhe deu o coração dele de presente — falo, sem atentar para o que estou fazendo. — Você precisa descobrir os batimentos por conta própria.

Ela me encara, confusa. Não posso me transformar nem desaparecer enquanto estou diante de seus olhos, e me sinto paralisado, furioso com a traição da minha língua trapaceira.

— Olha — falo para ela —, um coelho!

Ela se vira, segue a direção que meu dedo está apontando e, quando tira os olhos de mim, eu sumo, *puf!*, como um coelho na toca, e quando Missy olha de novo não há qualquer sinal da velha adivinha, ou seja, eu.

Missy continua andando e vou saltitante atrás dela, mas meu passo já não tem a mesma alegria que tinha mais cedo.

Meio-dia, e Missy anda até o supermercado, onde compra um pedaço pequeno de queijo, uma caixa de suco de laranja e dois abacates, dali ela segue para o banco, onde saca duzentos e setenta e nove dólares e vinte e dois centavos, que é todo o dinheiro de sua poupança, e me esgueiro atrás dela com a doçura do mel e o silêncio do túmulo.

— Bom dia, Missy — diz o dono do Salt Shakes Café, quando a vê. Ele tem barba aparada, mais preta que grisalha, e meu coração teria acelerado se não estivesse no saco plástico dentro do bolso de Missy, pois esse homem obviamente a deseja, e minha lendária confiança desfalece e murcha. *Eu sou Arlequim,* digo para mim mesmo, *com meus trajes de losangos, e o mundo é minha arlequinada. Sou Arlequim, que se ergueu dos mortos para pregar peças nos vivos. Sou Arlequim, com minha máscara e minha varinha.* Assobio sozinho e minha confiança aumenta, firme e forte outra vez.

— Oi, Harve — diz Missy. — Me vê um prato de batatas e ketchup.
— Só isso? — pergunta ele.
— Só — diz ela. — Está ótimo. E um copo d'água.

Digo para mim mesmo que o tal Harve é Pantaleão, o mercador ignorante que devo enganar, desorientar e confundir. Talvez haja linguiças na cozinha. Decido causar uma deliciosa desordem no mundo, e seduzir a luxuriosa Missy antes da meia-noite: meu presente de Dia dos Namorados para mim mesmo. Eu me imagino beijando seus lábios.

Há outros clientes. Tento me distrair trocando os pratos quando eles não estão olhando, mas não vejo graça naquilo. A garçonete é magra, seu cabelo pende em cachos tristes em torno do rosto. Ela ignora Missy, obviamente a considerando uma cliente exclusiva de Harve.

Missy se senta e tira o saco plástico do bolso. Ela o coloca à sua frente, em cima da mesa.

Harve Pantaleão vai até Missy e entrega um copo d'água, um prato de batatas e um ketchup Heinz 57 Varieties.

— E uma faca afiada — diz ela.

Eu o faço tropeçar na volta para a cozinha. Ele xinga, e me sinto melhor, mais eu mesmo. Dou um beliscão na garçonete quando ela passa por um velho que está lendo o *USA Today* enquanto remexe a salada. Ela o fuzila com os olhos. Solto uma risadinha, e eis que me sinto extremamente peculiar. Sento-me no chão, de repente.

— O que é isso, querida? — pergunta a garçonete para Missy.
— Comida saudável, Charlene — diz Missy. — Tem ferro.

Dou uma espiada na mesa. Ela está cortando o órgão cor de fígado em pequenas fatias, temperado com muito molho de tomate, e enchendo o garfo com pedaços de batata. Depois mastiga.

Vejo meu coração desaparecer em sua boca de rosas. Minha brincadeira de Dia dos Namorados, por algum motivo, parece menos engraçada.

— Você tem anemia? — pergunta a garçonete, passando de novo com uma cafeteira fumegante.

— Não mais — responde Missy, botando outro pedaço cru e sangrento na boca, e mastigando, com força, antes de engolir.

E, quando termina de comer meu coração, Missy olha para baixo e me vê esparramado no chão. Ela acena com a cabeça.

— Para fora — ordena ela. — Já. — Então se levanta e deixa dez dólares ao lado do prato.

Ela me espera em um banco da calçada. Faz frio, e a rua está quase deserta. Eu me sento ao seu lado. Podia ter dançado à sua volta, mas parece bobo quando sei que alguém está vendo.

—Você comeu meu coração — digo para ela. Escuto a petulância em minha voz, e isso me irrita.

— Comi — responde ela. — É por isso que estou vendo você?

Faço que sim.

— Tire essa máscara — diz ela. —Você está ridículo.

Levanto a mão e tiro a máscara. Ela parece ligeiramente decepcionada.

— Não melhora muito — comenta. — Agora, me dê o chapéu. E o bastão.

Balanço a cabeça. Missy estende a mão, arranca o chapéu da minha cabeça e tira o bastão de mim. Brinca com o chapéu, alisando-o e dobrando-o com os dedos longos. Suas unhas estão pintadas de carmesim. Em seguida, ela se espreguiça e abre um sorriso largo. A poesia se esvaiu da minha alma, e o vento frio de inverno me faz tremer.

— Está frio — digo.

— Não — responde ela —, está perfeito, magnífico, maravilhoso e mágico. É Dia dos Namorados, não é? Quem sente frio no Dia dos Namorados? Uma época tão feliz e fabulosa.

Olho para baixo. Os losangos estão se esvaecendo na minha roupa, que vai se tornando branca feito um fantasma, branca feito um Pierrô.

— O que eu faço agora? — pergunto.

— Não sei — diz Missy. — Desapareça, talvez. Ou arrume outro papel... um mancebo enamorado, quiçá, aos suspiros e lamentos sob o pálido luar. Você só precisa de uma Colombina.

—Você — falo. —Você é minha Colombina.

— Não mais — responde ela. — Afinal, essa é a alegria de uma arlequinada, não é? Nós trocamos fantasias. Trocamos papéis.

Que sorriso ela me lança agora. Coloca meu chapéu, meu próprio chapéu, meu chapéu de arlequim, na cabeça. Dá um toque embaixo do meu queixo.

— E você? — pergunto.

Ela joga o bastão ao alto: ele gira e rodopia em um arco amplo, com fitas vermelhas e amarelas rodopiando e bamboleando à sua volta, e então cai perfeitamente, quase sem fazer barulho, em sua mão. Ela finca a ponta na calçada e a pressiona para se levantar do banco, tudo em um único movimento fluido.

— Tenho minhas tarefas — diz ela. — Bilhetes a pegar. Pessoas a sonhar. — O casaco azul, que pertencia à sua mãe, não é mais azul, e, sim, um amarelo-canário, coberto de losangos vermelhos.

Então ela se inclina para mim e me beija, com força, bem na boca.

Em algum lugar, o escapamento de um carro estoura. Viro, sobressaltado, e quando olho de novo, não há ninguém comigo. Fico sentado ali por um tempo, sozinho.

Charlene abre a porta do Salt Shakes Café.

— Ei, Pete. Já acabou?

— Acabei?

— É, vamos. Harve falou que a sua pausa para fumar já terminou, e você vai congelar. Volta para a cozinha.

Eu a encaro. Ela sacode os cachos bonitos e abre um breve sorriso para mim. Eu me levanto, ajeito as roupas brancas, o uniforme de ajudante de cozinha, e entro atrás dela.

É Dia dos Namorados, penso. *Fale para ela o que você sente. Fale o que você pensa.*

Mas não falo nada. Não me atrevo. Apenas entro atrás dela, uma criatura de desejo emudecido.

Na cozinha, uma pilha de pratos me aguarda: começo a despejar os restos na lixeira. Há um pedaço de carne escura em um dos pratos, ao lado de algumas batatas cobertas de ketchup. Parece quase cru, mas a molho no ketchup ressecado e, quando Harve estava de costas, pego-a do prato e mastigo. Tem um gosto metálico e cartilaginoso, mas engulo mesmo assim, e não saberia explicar por quê.

Uma gota de ketchup vermelho pinga na manga do meu uniforme branco, formando um losango perfeito.

— Ei, Charlene! — grito da cozinha. — Feliz Dia dos Namorados. — E começo a assobiar.

CACHINHOS

É nossa obrigação contar histórias,
de uma pessoa a outra, não de pai para filha.
Esta eu vou contar pela centésima vez:

*"Era uma vez Cachinhos Dourados,
que tinha cabelo louro e comprido,
e um dia andava pelo Bosque e viu…*

…vacas." Você diz com convicção,
lembrando os bezerros perdidos que vimos na mata
mês passado atrás de casa.

*"Bom, é, talvez fossem vacas,
mas ela também viu uma casa."*

"…bem grandona", você avisa.
"Não, é pequena, toda pintada e bonita."

"Bem grandona."
Com a convicção do alto de seus dois anos.
Quisera eu ter essa certeza.

*"Ah. Sim. Bem grandona.
E ela entrou…"*

Eu lembro que a heroína
de Southey tinha branco nas madeixas.
A Velhinha e os Três Ursos...
Talvez tivesse ouro antes, quando pequena.

E agora já chegamos à parte do mingau,
"*E estava muito...*"
"*...quente!*"
"*E estava muito...*"
"*...frio!*"
E por fim estava, em coro, "*perfeito*".

Mingau já comido, e a cadeirinha quebrada,
Cachinhos Dourados sobe a escada, vê as camas e dorme,
sem juízo.
Até que os ursos voltam.
Ainda em memória a Southey, faço as vozes:
você se assusta com o trovejar do Papai Urso, e se
    deleita.

Quando eu era pequeno e ouvi o conto,
eu me via apenas como o Bebê Urso,
de mingau comido e cadeira destruída,
a cama ocupada por uma menina.

Você ri quando imito o choro do bebê,
"*Alguém comeu meu mingau, e comeu foi...*"

"*Tudo*", diz você. É uma resposta,
ou um amém.

Os ursos sobem a escada, incertos,
agora a casa parece violada. Eles percebem
que chaves valem ouro. Chegando ao quarto:
"*Alguém dormiu na minha cama.*"
E eis que hesito, com ecos de piadinhas,
Desenhos sugestivos, vulgaridades, na lembrança.

Um dia você torcerá o nariz para essa fala.
Perdido o interesse, depois a inocência.
Inocência, como se fosse uma mercadoria.
"E se eu pudesse", meu pai me escreveu,
um urso enorme, quando eu era pequeno,
"eu lhe daria experiência, sem a experiência",
e eu, por minha vez, repassaria para você.
Mas cometemos nossos próprios erros. Dormimos
sem juízo.
A repetição ecoa pelos anos.
Seus filhos já grandes, a cor de seus cachos já pálida,
uma velhinha, você, e só os três ursos ao seu lado;
o que você verá? Que histórias vai contar?

*"E Cachinhos Dourados pulou da janela
e correu..."*
Juntos, agora: *"Até em casa."*

E você diz: *"De novo. De novo. De novo."*

É nossa obrigação contar histórias.
Hoje em dia eu entendo o Papai Urso.
Antes de sair de casa eu tranco a porta,
e confiro cada cama e cadeira ao voltar.

De novo.

De novo.

De novo.

O PROBLEMA DE SUSANA

O SONHO SE *repete naquela noite.*
   No sonho, ela está com os irmãos e a irmã na beira do campo de batalha. É verão, e o gramado tem um tom verde particularmente vívido: um verde salutar, como um campo de críquete, ou como a encosta acolhedora de South Downs subindo o litoral. Há corpos no gramado. Nenhum deles é humano; ela vê um centauro, com a garganta cortada, perto dela na grama. A parte de cavalo é de um castanho vivo. A pele humana está bronzeada como uma noz. Seus olhos se fixam no pênis do cavalo, e ela começa a pensar no acasalamento de centauros, e imagina receber um beijo daquele rosto barbudo. Seus olhos vão para a garganta aberta, e para a poça vermelha pegajosa que a cerca, e ela estremece.
   Há moscas zumbindo em volta dos cadáveres.
   As flores silvestres se misturam na grama. Desabrocharam ontem pela primeira vez em... quanto tempo? Cem anos? Mil? Cem mil? Ela não sabe.
   Era tudo neve, *pensa ela, olhando para o campo de batalha.*
   Ontem, era tudo neve. Sempre inverno sem Natal.
   A irmã puxa sua mão e aponta. No cume da colina, eles conversam, concentrados. O leão é dourado e está com os braços cruzados atrás do corpo. A feiticeira usa apenas branco. Neste momento, ela está gritando com o leão, que apenas escuta. As crianças não conseguem distinguir as palavras, nem a ira fria da mulher, nem as respostas graves do leão. O cabelo da bruxa é preto e lustroso, e os lábios são vermelhos.
   No sonho, ela percebe essas coisas.
   Eles vão terminar a conversa em breve, o leão e a feiticeira...

Há coisas que a professora detesta sobre si mesma. O próprio cheiro, por exemplo. Ela tem o cheiro de sua avó, cheiro de velha, e isso para ela é imperdoável, então, assim que acorda, ela se lava com água perfumada e, nua, depois de se enxugar, pinga algumas gotas de *eau de toilette* Chanel embaixo dos braços e no pescoço. É, acredita ela, sua única extravagância.

Hoje, ela veste o terninho marrom-escuro. Considera-o seu traje para entrevistas, diferente do seu traje para aulas e das roupas de ficar à toa em casa. Agora que está aposentada, usa cada vez mais roupas descontraídas. Passa o batom.

Após o café da manhã, lava uma garrafa de leite e a coloca na porta dos fundos. Descobre que o gato do vizinho depositou a cabeça e a pata de um rato no capacho. Parece que o roedor está nadando na fibra de coco, como se estivesse quase todo submerso. Ela comprime os lábios, dobra a edição do dia anterior do *Daily Telegraph* e embrulha a cabeça e a pata do bicho com o jornal, sem tocá-las em momento algum.

O *Daily Telegraph* do dia a espera no hall de entrada, junto com algumas cartas, que ela confere, sem abrir, e coloca na escrivaninha de seu minúsculo escritório. Desde que se aposentou, entra no escritório apenas para escrever. Agora, vai para a cozinha e se senta à velha mesa de carvalho. Seus óculos de leitura estão pendurados no pescoço com uma corrente prateada, ela os apoia sobre o nariz e começa pelos obituários.

Não espera encontrar algum conhecido, mas o mundo é pequeno, e ela observa que, talvez com um senso de humor cruel, os obituaristas publicaram uma fotografia de Peter Burrell-Gunn do início dos anos 1950, bem diferente de como ele estava na última vez que a professora o viu, em uma festa de Natal da *Literary Monthly* há alguns anos, todo travado de gota, amuado e trêmulo, e lembrando mais que tudo uma caricatura de coruja. Na fotografia, ele está bonito. Parece impetuoso, nobre.

Certa vez, ela passou uma tarde beijando-o em uma casa de veraneio: lembra-se disso com muita clareza, embora nem por um decreto consiga lembrar a quem pertencia o jardim e a casa.

Ela decide que era a casa de campo de Charles e Nadia Reid. Ou seja, isso foi antes de Nadia fugir com o artista escocês, e de Charles levar a professora para a Espanha, embora na época ela definitivamente não fosse professora. Isso foi muitos anos antes de ser comum as pessoas passarem férias na Espanha; naquele tempo, era um lugar caótico e perigoso. Peter também a pediu em casamento, e ela já não sabe mais por que disse não, nem se disse não mesmo. Ele era um homem jovem e até agradável, e tirou o que restava da virgindade dela em cima de um cobertor numa praia espanhola, durante uma noite quente de primavera. Ela tinha vinte anos e se achava tão velha...

A campainha toca e ela larga o jornal, vai até a porta e abre.

A primeira coisa que passa por sua cabeça é como a menina parece jovem.

A primeira coisa que passa por sua cabeça é como a mulher parece velha.

— Professora Hastings? — diz ela. — Meu nome é Greta Campion. Estou escrevendo um perfil sobre a senhora. Para a *Literary Chronicle*.

A mulher a encara por um instante, vulnerável e idosa, então sorri. É um sorriso simpático, e Greta se afeiçoa a ela.

— Entre, querida — fala a professora. — Vamos ficar na sala de estar.

— Eu trouxe isso — comenta Greta. — Eu mesma fiz. — Ela tira a fôrma de bolo da sacola, torcendo para o conteúdo não ter se desintegrado no caminho. — É um bolo de chocolate. Li na internet que a senhora gostava.

A velha assente, surpresa.

— Gosto, sim — responde ela. — Muita gentileza sua. Por aqui.

Greta a acompanha até uma sala confortável, é levada a uma poltrona, e recebe a instrução firme de não sair dali. A professora sai e volta com uma bandeja, onde repousam xícara e pires, uma jarra de chá, um prato de biscoitos de chocolate e o bolo de Greta.

O chá é servido, e Greta elogia o broche da professora, então pega o caderno e uma caneta, e um exemplar de *Em busca de sentidos na literatura infantil*, o último livro da professora, cravejado de post-its e tiras de papel. Elas conversam sobre os primeiros capítulos, que introduzem a hipótese de que não havia uma seção da literatura voltada exclusivamente para crianças até que as noções vitorianas de pureza e sacralidade da infância exigiram a produção de uma literatura infantil que fosse...

— Bom, pura — diz a professora.

— E sagrada? — pergunta Greta, com um sorriso.

— E hipócrita — fala a professora, corrigindo-a. — É difícil ler *Os meninos aquáticos* sem revirar os olhos.

Em seguida, ela fala da maneira como os artistas ilustravam crianças no passado — como adultos, só que menores, sem considerar as proporções da infância — e de como os contos dos irmãos Grimm foram compilados para adultos, e, quando descobriram que os livros estavam sendo lidos para crianças, as histórias foram adaptadas para serem mais próprias àquela idade. Ela fala de "Bela Adormecida na floresta", de Perrault, e de sua conclusão original, em que a mãe ogra canibal do príncipe tenta incriminar a Bela Adormecida por ter comido os próprios filhos, e o tempo todo Greta meneia a cabeça, faz anotações e tenta ansiosamente oferecer contribuições à conversa para que a professora sinta que é uma conversa ou pelo menos uma entrevista, não uma aula.

— De onde a senhora acha que veio seu interesse por livros infantis?— pergunta a jovem.

A professora balança a cabeça.

— De onde vêm todos os nossos interesses? De onde veio *seu* interesse por livros infantis?

— Eles sempre me pareceram mais importantes — responde Greta. — Os que faziam a diferença para mim. Quando eu era pequena, e quando cresci. Eu era que nem a *Matilda,* de Roald Dahl… A senhora vem de uma família de leitores?

— Não exatamente… Quer dizer, minha família está morta há muito tempo. Ou melhor, foi morta.

— Sua família morreu toda ao mesmo tempo? Foi na guerra?

— Não, querida. Nós fomos evacuados na guerra. Foi em um acidente de trem, anos depois. Eu não estava lá.

— Que nem em *As Crônicas de Nárnia*, de Lewis — diz Greta, e na mesma hora se acha uma idiota, uma idiota insensível. — Desculpe. Foi horrível isso que falei, né?

— Foi, querida?

Greta se sente corar, e diz:

— É que me lembro muito bem dessa cena. Em *A última batalha*. Quando a gente descobre que aconteceu um acidente de trem no caminho de volta para a escola, e todo mundo morreu. Menos Susana, claro.

— Mais chá, querida? — pergunta a professora.

Greta sabe que devia mudar de assunto, mas continua:

— Isso me dava muita raiva, sabia?

— O quê, querida?

— Susana. Todas as outras crianças vão para o Paraíso, mas Susana não pode ir. Ela não é mais amiga de Nárnia, porque gosta demais de batom e meia--calça e convites para festas. Cheguei até a conversar com minha professora de inglês sobre isso, sobre o problema de Susana, quando eu tinha doze anos.

Ela vai mudar de assunto agora, vai falar de como a literatura infantil cria sistemas de crenças que adotamos na vida adulta, mas a professora diz:

— Diga, querida, o que sua professora respondeu?

— Que, embora ela tivesse recusado o Paraíso naquela época, ainda teve tempo para se arrepender em vida.

— Se arrepender de quê?

— De não acreditar, acho. E do pecado de Eva.

A professora se serve uma fatia de bolo de chocolate. Parece estar relembrando.

— Duvido que tenha havido muitas oportunidades para meia-calça e batom depois que a família dela morreu. Com certeza não houve para mim — diz a professora. — Um pouco de dinheiro, menos do que se poderia imaginar, de herança dos pais, para pagar casa e comida. Nenhum luxo...

— Devia ter alguma outra coisa errada com Susana — fala a jornalista —, algo que não nos contaram. Caso contrário, ela não teria sido condenada daquele jeito... proibida de ir acima e avante ao Céu. Quer dizer, todo mundo que ela amava tinha sido recompensado com um mundo de magia, cachoeiras e alegria. E ela ficou para trás.

— Eu não sei a menina dos livros — diz a professora —, mas, ficando para trás, ela também poderia identificar o corpo dos irmãos e da irmãzinha. Muita gente morreu naquele acidente. Eu fui levada para uma escola próxima... era o primeiro dia do ano letivo, e os corpos foram transferidos para lá. Meu irmão mais velho parecia bem. Como se estivesse dormindo. Os outros dois estavam um pouco mais machucados.

— Acho que Susana viu os corpos e pensou: agora eles estão de férias. As férias perfeitas. Correndo pelos prados com animais falantes, em um mundo sem fim.

— Talvez. Eu só me lembro de pensar em como um trem, quando bate em outro, pode causar um estrago tão grande nos passageiros. Imagino que você nunca tenha precisado identificar um corpo, né, querida?

— Não.

— Que bênção. Eu me lembro de olhar para eles e pensar: *e se eu estiver enganada, e se não for ele?* Meu irmão mais novo foi decapitado, sabia? Um deus que quisesse me castigar por gostar de meia-calça e festas, e me fizesse andar pelo refeitório daquela escola, no meio das moscas, para identificar Ed, bom... ele está se divertindo um pouco demais, não? Que nem um gato, se esbaldando com um rato. Acho que gatos hoje em dia ainda comem ratos. Não sei.

Ela se cala. Depois, passado algum tempo, diz:

— Sinto muito, querida. Acho que não consigo continuar hoje. Talvez seu editor possa telefonar e marcar outro dia para terminarmos nossa conversa.

Greta assente, diz "claro", e no fundo sabe, com uma sensação peculiar de fim, que elas nunca vão se falar de novo.

Na mesma noite, a professora sobe a escada de casa devagar, cuidadosamente, um andar por vez. Ela tira lençóis e cobertores do armário e faz a cama no quarto de visitas, nos fundos da propriedade. Não tem quase nada nele, só uma penteadeira dos tempos de austeridade da guerra, com espelho e gavetas, uma cama de carvalho e um guarda-roupa empoeirado de macieira, que contém apenas cabides e uma caixa de papelão. Coloca um vaso na penteadeira, com flores roxas de rododendro, grudentas e vulgares.

Da caixa no guarda-roupa, ela tira uma sacola de mercado com quatro álbuns de fotos antigos. Então sobe na cama em que dormia quando criança e se deita entre os lençóis, observando as fotografias em preto e branco, as fotografias em sépia e as poucas fotografias coloridas nada convincentes. Olha os irmãos, e a irmã, e os pais, e se pergunta como eles já foram tão jovens, como alguém poderia ser tão jovem.

Depois de um tempo, ela se dá conta de que há alguns livros infantis ao lado da cama, o que a deixa ligeiramente intrigada, pois achava que não mantinha livros na mesa de cabeceira daquele quarto. E, conclui, tampouco havia uma mesa de cabeceira ali. No topo da pilha está um livro em brochura antigo — deve ter mais de quarenta anos: o preço na capa está em xelins. Tem um leão, e duas meninas enfeitam sua juba com uma coroa de margaridas.

Os lábios da professora tremulam de choque. Só então ela compreende que está sonhando, pois não tem tais obras em casa. Embaixo da brochura há um livro de capa dura com sobrecapa, uma obra que, no sonho, ela sempre quis ler: *Mary Poppins traz a alvorada*, que P. L. Travers nunca escreveu em vida.

Ela o pega, abre no meio, e lê a história que a aguarda: Jane e Michael acompanham Mary Poppins em seu dia de folga e vão ao Céu, onde encontram o menino Jesus, ainda ligeiramente com medo de Mary Poppins porque ela foi sua babá, e o Espírito Santo, que reclama que não conseguiu deixar o lençol tão branco desde que Mary Poppins foi embora, e Deus Pai, que diz:

— Não dá para obrigá-la a fazer nada. Ela não. *Ela é Mary Poppins.*

— Mas você é Deus — diz Jane. — Você criou tudo e todos. Todo mundo precisa fazer o que você manda.

— Ela não — repete Deus Pai, coçando a barba dourada com fios brancos. — *Ela* eu não criei. *Ela é Mary Poppins.*

E a professora se agita no sono, e depois sonha que está lendo o próprio obituário. *Foi uma boa vida*, pensa ela, durante a leitura, descobrindo a própria história em preto e branco. Está todo mundo ali. Até as pessoas que ela havia esquecido.

Greta dorme ao lado do namorado, em um apartamento pequeno em Camden, e também sonha.

No sonho, o leão e a feiticeira descem juntos a colina.

Ela está parada no campo de batalha, segurando a mão da irmã. Vê o leão dourado, e o âmbar ardente de seus olhos.

— Ele não é um leão manso, né? — sussurra para a irmã, e as duas estremecem.

A feiticeira olha para todos, vira-se para o leão e diz com frieza:

— Estou satisfeita com os termos do nosso acordo. Você fica com as meninas. Quanto a mim, tomarei os meninos.

Ela entende o que deve ter acontecido e começa a correr, mas o animal a alcança antes que consiga completar doze passos.

No sonho, o leão a come inteira, menos a cabeça. Ele deixa a cabeça e uma das mãos, como um gato deixa os pedaços que não quer de um rato, com a intenção de comê-los depois ou dá-los de presente.

Queria que ele tivesse comido sua cabeça, pois assim não conseguiria enxergar. Pálpebras mortas não se fecham, e ela fica olhando, imóvel, a monstruosidade em que seus irmãos se transformam. O animal imenso come sua irmãzinha mais devagar e, aparentemente, com mais deleite e prazer do que quando a comeu; mas sua irmãzinha sempre foi mesmo a preferida dele.

A feiticeira tira o manto branco e revela um corpo não menos branco, com seios pequenos empinados e mamilos tão escuros que são quase pretos. A feiticeira se deita na grama e abre as pernas. Sob seu corpo, a grama fica coberta de geada.

— Agora — diz ela.

O leão lambe sua fenda branca com a língua rosa, até que ela não aguenta mais e puxa a bocarra para a sua, envolvendo o pelo dourado com as pernas gélidas...

Mortos, os olhos da cabeça na grama não conseguem se esquivar da cena. Mortos, eles veem tudo.

E, quando os dois terminam, suados, pegajosos e saciados, só então o leão vai placidamente até a cabeça na grama e a devora com sua bocarra, esmagando o crânio com a mandíbula poderosa, e é nesse momento, e só então, que ela acorda.

Seu coração está acelerado. Ela tenta acordar o namorado, mas ele ronca, e grunhe, e não desperta.

É verdade, pensa Greta, irracional, na escuridão. *Ela cresceu. Ela seguiu em frente. Ela não morreu.*

Imagina a professora acordando à noite, ouvindo os barulhos que vêm do velho guarda-roupa de macieira no canto do quarto: o farfalhar de todos aqueles fantasmas flutuantes, que poderia ser confundido com o som de ratos ou camundongos, e os passos de enormes patas aveludadas, e a distante e perigosa melodia de um berrante de caça.

Ela sabe que está sendo ridícula, mas não ficará surpresa ao ler sobre o falecimento da professora. *A morte chega à noite*, pensa, antes de voltar a adormecer. *Como um leão.*

A feiticeira branca cavalga nua nas costas douradas do leão. O focinho dele está sujo de sangue rubro fresco. Em seguida, a vastidão rosada de sua língua lambe seu rosto, e mais uma vez ele está perfeitamente limpo.

INSTRUÇÕES

Toque a porta de madeira que você nunca viu na parede
E diga "Por favor" antes de abrir,
entre,
transponha a trilha.
Na porta verde da frente há um diabrete vermelho,
uma aldrava,
não encoste nela; vai morder seus dedos.
Atravesse a casa. Não pegue nada. Não coma nada.
Contudo,
se uma criatura qualquer disser que tem fome,
dê-lhe comida.
Se disser que está suja,
lave-a.
Se ela gritar que está sofrendo,
tente, se puder,
atenuar sua dor.

Do quintal de trás você verá a mata selvagem.
O poço profundo desce aos domínios do Inverno;
existe outra terra distante lá embaixo.
Se você der meia-volta,
pode retornar sem perigo;
não será vergonha alguma. Não vou criticar.

Após o quintal, você chegará ao bosque.
São árvores velhas. Olhos espiam da relva.

Debaixo de um carvalho há uma velha. Se ela pedir algo, atenda. Ela
dará o rumo ao castelo. Lá dentro
há três princesas.
Não confie na caçula. Prossiga.
Na clareira atrás do castelo, ao redor da fogueira, os
    doze meses
trocam histórias e aquecem os pés.
Talvez eles ajudem; mostre educação.
Pode colher morangos na geada de Dezembro.

Confie nos lobos, mas não diga para onde vai.
É possível atravessar o rio de barca. O barqueiro levará
    você.
(A resposta à sua pergunta é:
Se ele der o remo ao passageiro, poderá sair do barco.
Responda apenas quando estiver longe.)

Se uma águia lhe der uma pena, guarde-a.
Não esqueça: sono de gigante é pesado demais;
bruxas são sempre traídas por seu apetite;
dragões têm um ponto fraco, algum, sempre;
pode-se esconder um coração,
e para traí-lo basta a língua.
Não inveje sua irmã:
saiba que diamantes e rosas
desagradam tanto ao cair dos lábios quanto rãs e sapos:
são mais frios, e afiados, e cortam.

Lembre seu próprio nome.
Não perca a esperança — o que quer, há de achar.
Confie em fantasmas. Confie nos que você ajudou, e
    que eles o ajudarão de volta.
Confie em sonhos.
Confie no seu coração, e na sua história.

Quando voltar, tome o mesmo caminho.
Favores serão pagos, dívidas quitadas.
Jamais esqueça os modos.
Jamais olhe para trás.
Voe na águia sábia (você não cairá).
Nade no peixe de prata (não se afogará).
Cavalgue o lobo gris (segure o couro).

Há um verme no cerne da torre; é por isso que ela não se ergue.

Quando chegar à casinha, o início de sua jornada,
você vai reconhecê-la, mas vai parecer muito menor do
    que em sua lembrança.
Caminhe pela trilha, e cruze o portão que uma só vez
    viu no quintal.
E vá para casa. Ou faça um lar.

Ou repouse.

O QUE VOCÊ ACHA QUE EU SINTO?

Estou na cama agora. Posso sentir os lençóis de linho embaixo de mim, aquecidos pelo meu corpo, ligeiramente amarrotados. Ninguém está na cama comigo. Meu peito não dói mais. Não sinto absolutamente nada. Estou muito bem.

Meus sonhos vão desaparecendo à medida que acordo, superexpostos à claridade do sol na janela do meu quarto, e são substituídos, aos poucos, por memórias; e agora, apenas com uma flor roxa e o perfume dela ainda no travesseiro, minhas lembranças são todas de Becky, e quinze anos se esvaem feito confete ou pétalas caídas por entre os meus dedos.

Ela tinha só vinte anos. Eu era bem mais velho, quase vinte e sete, com esposa, carreira e duas filhas gêmeas pequenas. E estava disposto a largar tudo por ela.

Nós nos conhecemos em um congresso em Hamburgo, na Alemanha. Eu a vira em uma apresentação sobre o futuro do entretenimento interativo e a achara bonita e divertida. Seu cabelo era longo e escuro, os olhos eram de um verde-azulado. A princípio, eu tinha certeza de que ela me lembrava alguma conhecida, mas depois me dei conta de que nunca estive com a pessoa que ela me fazia lembrar: era Emma Peel, a personagem de Diana Rigg no seriado *Os vingadores*. Eu a amara e a desejara em preto e branco, quando não tinha nem dez anos de idade.

Naquela noite, ao passar por ela em um corredor, a caminho da festa de algum fornecedor de softwares, eu a cumprimentei pela apresentação. Ela me disse que era uma atriz contratada para o evento ("Afinal, nem todo mundo chega ao West End, né?") e se chamava Rebecca.

Mais tarde, eu a beijei na frente de uma porta, e ela suspirou ao pressionar seu corpo contra o meu.

Becky dormiu em meu quarto até o fim do congresso. Eu estava apaixonado, perdidamente, e gostava de pensar que ela também. Nosso caso continuou quando voltamos para a Inglaterra: ardente, divertido, terrivelmente prazeroso. Era amor, eu sabia, e, na minha cabeça, tinha gosto de champanhe.

Eu passava todo o meu tempo livre com ela; falava para minha esposa que ia fazer hora extra, que precisavam de mim em Londres, que eu estava ocupado. Mas estava com Becky, no apartamento dela em Battersea.

Seu corpo era um deleite para mim, a delicadeza dourada de sua pele, os olhos verde-azulados. Ela tinha dificuldade para relaxar durante o sexo — parecia gostar da ideia, mas não ter tanto interesse pelos aspectos físicos. Tinha um nojo sutil de sexo oral, fosse para fazer ou receber, e gostava mais quando a transa acabava rápido. Eu não ligava muito: para mim bastava a sua aparência e a rapidez de seu raciocínio. Eu gostava de como ela moldava carinhas de boneca em massinha e de como a massa se infiltrava em arcos escuros por baixo de suas unhas. Tinha uma bela voz, e, às vezes, de forma espontânea, ela começava a cantar — músicas populares, cantigas, trechos de ópera, jingles de televisão, qualquer coisa que lhe ocorresse. Minha esposa não cantava, nem sequer canções de ninar para nossas meninas.

As cores pareciam mais vivas por causa de Becky. Comecei a reparar em aspectos da vida que nunca tinha visto antes: percebi a elegante complexidade das flores, porque Becky amava flores; virei fã de cinema mudo, porque Becky amava cinema mudo, e vi *O ladrão de Bagdá* e *Bancando o águia* várias vezes; comecei a colecionar CDs e fitas, porque Becky amava música, e eu a amava, e amava amar o que ela amava. Nunca tinha ligado para música antes, nunca tinha entendido a graciosidade de um palhaço em preto e branco, nunca tinha tocado, ou cheirado, ou olhado direito para uma flor antes de conhecê-la.

Ela me falou que precisava largar a carreira de atriz e fazer algo que desse mais dinheiro e tivesse mais regularidade. Eu a coloquei em contato com um amigo da indústria musical, e ela virou sua assistente. Às vezes, eu me perguntava se eles estavam dormindo juntos, mas nunca comentei sobre isso — não me atrevia, embora remoesse o assunto. Não queria pôr em risco o que tínhamos, e sabia que não havia razão para repreendê-la.

— O que você acha que eu sinto? — perguntou ela.

Tínhamos saído do restaurante tailandês da esquina, e estávamos voltando para o apartamento dela. Nós comíamos lá sempre que eu podia estar com ela. — Sabendo que você vai voltar para a sua esposa toda noite? O que você acha que eu sinto?

Eu sabia que ela tinha razão. Não queria gerar mágoas, mas era como se estivesse me rasgando ao meio. O trabalho, na minha pequena empresa de informática, sofreu por isso. Comecei a me preparar psicologicamente para dizer à minha esposa que ia deixá-la. Visualizei a alegria de Becky ao saber que eu seria dela para todo o sempre; seria difícil e doloroso para Caroline, minha esposa, e mais difícil ainda para as gêmeas, mas necessário.

Sempre que eu brincava com as meninas, minhas gêmeas quase idênticas (dica: repare na pinta minúscula acima do lábio de Amanda e no queixo mais redondo de Jessica), cujo cabelo era um pouco mais claro que o tom de mel escuro de Caroline, sempre que eu as levava ao parque, dava banho nelas ou as colocava para dormir à noite, sofria por dentro. Mas sabia o que precisava fazer; sabia que a dor que sentia logo daria lugar à alegria perfeita de viver com Becky, de amar Becky, de passar cada segundo com Becky.

Faltava menos de uma semana para o Natal, e os dias não tinham como ficar mais curtos. Levei Becky para jantar no tailandês e, enquanto ela lambia o molho de amendoim em um espetinho de frango *satay*, falei que em breve largaria minha esposa e minhas filhas por ela. Eu esperava ver um sorriso em seu rosto, mas ela não respondeu e não sorriu.

No apartamento, naquela mesma noite, ela se recusou a dormir comigo e falou que estava tudo acabado entre nós. Bebi demais, chorei pela última vez na minha vida adulta, implorei e supliquei para que ela mudasse de ideia.

— Você não é mais divertido — disse ela bruscamente, enquanto eu ouvia, desolado, no chão da sala, apoiando as costas na lateral do sofá surrado. — Você era divertido antes, engraçado. Agora é sempre um chororô.

— Desculpe — falei, de forma patética. — Sério, me desculpe. Eu posso mudar.

— Viu? — disse ela. — Não tem graça.

Então, ela abriu a porta do quarto, entrou, fechou e, por fim, trancou a fechadura; e fiquei sentado no chão, terminei uma garrafa de uísque, sozinho, e depois, miseravelmente bêbado, perambulei pelo apartamento, encostando nas coisas dela e me lamentando. Li seu diário. Entrei no banheiro, peguei uma calcinha usada no cesto de roupa suja e enfiei a cara nela, sorvendo os aromas. Em algum momento, bati na porta do quarto, chamei seu nome, mas ela não respondeu e não abriu a porta.

Fiz a gárgula para mim durante a madrugada, com massinha cinza.

Eu me lembro de fazê-la. Estava nu. Tinha encontrado um bloco grande de plasticina em cima da lareira, e a amassei e apertei até ela ficar mole e maleável, e depois, tomado por uma loucura embriagada e libidinosa, me masturbei nela e modelei a massa cinzenta e amorfa com meu sêmen leitoso.

Nunca fui um escultor, mas alguma coisa ganhou forma sob meus dedos naquela noite: mãos robustas e cabeça sorridente, asas troncudas e pernas retorcidas: eu a criei a partir do meu desejo, da minha comiseração e do meu ódio, depois a batizei com as últimas gotas de Johnnie Walker Black Label e a coloquei em cima do meu coração, minha própria gárgula em miniatura, para me proteger contra mulheres bonitas de olhos verde-azulados e contra qualquer sentimento futuro.

Deitei-me no chão, com a gárgula em cima do peito; e, em um instante, dormi.

Quando acordei, algumas horas depois, a porta dela continuava trancada, e ainda estava escuro. Eu me arrastei até o banheiro e vomitei no vaso, no chão e na bagunça que tinha feito com a calcinha dela. Em seguida, fui para casa.

Não lembro o que falei para minha esposa quando cheguei em casa. Talvez houvesse coisas que ela não quisesse saber. Daquele jeito "melhor nem perguntar". Talvez Caroline tenha feito algum comentário debochado sobre bebedeira de Natal. Eu mal me lembro.

Nunca mais voltei ao apartamento em Battersea.

Vi Becky vez ou outra ao longo dos anos, de passagem, no metrô ou no centro de Londres, nunca de maneira confortável. Ela parecia distante e sem jeito perto de mim, assim como eu, tenho certeza, perto dela. Nós nos cumprimentávamos, e ela me felicitava pelas minhas conquistas mais recentes, pois eu havia direcionado minha energia para o trabalho e construído, se não (como muitos diziam) um império do entretenimento, pelo menos um pequeno principado de música, teatro e aventuras interativas.

Às vezes, eu conhecia mulheres inteligentes, bonitas e maravilhosas, e, com o tempo, mulheres por quem eu poderia ter me apaixonado; pessoas que poderia ter amado. Mas não amei. Não amei ninguém.

Cabeça e coração: e, na minha cabeça, eu tentava não pensar em Becky, reafirmava para mim mesmo que não a amava, que não precisava dela, não pensava nela. Mas, quando acabava pensando nela, nas lembranças de seu sorriso ou de seus olhos, eu sentia uma dor. Uma fisgada súbita dentro das costelas, uma dor física perceptível dentro de mim, como se algo espremesse meu coração com dedos afiados.

E, nesses momentos, eu imaginava que conseguia sentir a pequena gárgula dentro do peito. Ela encobria meu coração, gelada feito pedra, para me proteger, até eu não sentir absolutamente nada; e aí eu voltava ao trabalho.

Os anos se passaram: as gêmeas cresceram, e um dia foram embora para a faculdade (uma no norte da Inglaterra, outra no sul, minhas gêmeas não tão idênticas), e saí de casa também, deixei-a para Caroline, e me mudei para um apartamento grande em Chelsea, onde vivi, se não feliz, pelo menos satisfeito.

Então, chegou a tarde de ontem. Becky me viu primeiro, no Hyde Park, onde eu estava sentado em um banco, lendo um livro ao sol da primavera, veio correndo até mim e encostou na minha mão.

— Não se lembra das velhas amizades? — perguntou ela.

Levantei os olhos.

— Oi, Becky.

— Você não mudou nada.

— Nem você — falei.

Minha barba densa era grisalha, e eu tinha perdido a maior parte do cabelo no topo da cabeça, e ela era uma mulher esbelta de trinta e poucos anos. Mas nenhum de nós mentiu.

— Você está se saindo muito bem — disse ela. — Sempre leio coisas sobre você no jornal.

— Isso só significa que a minha equipe de publicidade está fazendo um bom trabalho. O que você faz hoje em dia?

Ela chefiava a assessoria de imprensa de um canal televisivo independente. Disse que lamentava ter largado a carreira de atriz, pois com certeza a essa altura já teria subido nos palcos do West End. Passou a mão pelo cabelo escuro comprido e sorriu como Emma Peel, e eu a teria acompanhado para qualquer lugar. Fechei o livro e o guardei no bolso do casaco.

Caminhamos pelo parque, de mãos dadas. As flores da primavera balançavam a cabeça para nós, amarelas, laranja e brancas, conforme passávamos.

— Como Wordsworth — falei. — Narcisos.

— Narciso-dos-poetas — disse ela. — É um tipo do gênero.

Era primavera no Hyde Park, e dava quase para esquecer a cidade à nossa volta. Paramos em uma barraca de sorvete e compramos duas casquinhas vibrantemente coloridas.

— Tinha outra pessoa? — perguntei a ela depois de algum tempo, da maneira mais casual possível, lambendo meu sorvete. — Você me deixou para ficar com alguém?

Becky fez um gesto negativo.

— Você estava ficando sério demais — disse ela. — Só isso. Eu não era nenhuma destruidora de lares. — Ela se espreguiçou languidamente e acrescentou: — Na época. Agora, não ligo.

Não cheguei a falar que tinha me divorciado. Jantamos sushi e sashimi em um restaurante na Greek Street e bebemos saquê suficiente para nos aquecer e para envolver a noite com um brilho etílico. Pegamos um táxi amarelo para voltar ao meu apartamento em Chelsea.

A bebida estava quente no meu peito. No quarto, nos beijamos, nos abraçamos e rimos. Becky examinou cuidadosamente minha coleção de CDs, e colocou para tocar *The Trinity Sessions*, dos Cowboys Junkies, cantando junto em voz baixa. Isso foi só algumas horas atrás, mas não consigo lembrar em que momento ela tirou a roupa. Porém, me lembro de seus seios, ainda bonitos, embora tivessem perdido a firmeza e o formato de quando ela era pouco mais que uma menina: os mamilos eram salientes e de um vermelho intenso.

Eu tinha ganhado peso. Ela, não.

— Cai de boca em mim? — sussurrou ela quando chegamos à minha cama, e caí.

Seus lábios eram voluptuosos, roxos, fartos e longos, e se abriram como uma flor para a minha boca quando comecei a lambê-la. O clitóris inchou sob minha língua, e seu sabor salgado preencheu meu mundo, e lambi, e estimulei, e chupei, e mordisquei o sexo dela pelo que pareceram horas.

Ela gozou em espasmos na minha língua, e então puxou minha cabeça até a sua, e nos beijamos mais, e, por fim, ela me guiou para dentro de seu corpo.

— Seu pau era tão grande assim quinze anos atrás? — perguntou ela.

— Acho que sim — respondi.

— Hmm.

Depois de um tempo, ela disse:

— Quero que você goze na minha boca.

E pouco depois, gozei.

Ficamos deitados em silêncio, lado a lado, e ela perguntou:

—Você me odeia?

— Não — falei, sonolento. — Já odiei. Por anos. E te amei também.

— E agora?

— Não, não odeio mais você. Tudo isso já passou. Saiu flutuando pela noite, que nem um balão. — Quando falei, percebi que era verdade.

Ela se aninhou mais em mim, pressionando sua pele quente junto à minha.

— Não acredito que abri mão de você um dia. Não vou repetir esse erro. Eu te amo.

— Obrigado.

— Não *obrigado*, idiota. Que tal *também te amo*?

—Também te amo — repeti, e, sonolento, beijei sua boca ainda grudenta.

E dormi.

No sonho, senti algo se desenrolar dentro de mim, algo que se mexia e se transformava. O frio da pedra, uma vida inteira de escuridão. Rasgando, cortando, como se meu coração estivesse se partindo; um momento de absoluta dor. Sombra e estranheza e sangue.

Devo ter sonhado a alvorada cinzenta também. Abri os olhos, afastando-me de um sonho mas sem acordar plenamente. Meu peito estava aberto, com uma fissura escura que ia do umbigo ao pescoço, e uma mão enorme, deformada, de massinha cinza, recuava no meu tórax. Havia cabelos escuros compridos entre os dedos de pedra. A mão se recolheu dentro do meu peito diante dos meus olhos, como um inseto que se esconde em uma fresta quando as luzes se acendem. E, enquanto eu piscava os olhos sonolentos, o modo como aceitei a estranheza daquilo tudo era o único sinal de que de fato estava sonhando; e a fissura se fechou, costurou-se e se regenerou, e a mão fria desapareceu de vez. Senti os olhos se fecharem de novo. Estava cansado, e voltei a mergulhar no conforto da escuridão com sabor de saquê.

Dormi de novo, mas não lembro mais o restante dos sonhos.

Acordei completamente há pouco, com o sol da manhã batendo em cheio no meu rosto. Não havia alguém a meu lado na cama, apenas uma flor roxa no travesseiro. Estou com ela na mão agora. Ela me lembra uma orquídea, mas não entendo muito de flores, e o perfume é estranho, salgado e feminino.

Becky deve ter deixado aqui para mim quando foi embora, enquanto eu dormia.

Vou ter que me levantar daqui a pouco. Vou sair desta cama e seguir minha vida.

Eu me pergunto se um dia vou vê-la de novo, e descubro que não me importo. Sinto os lençóis embaixo de mim, o ar frio no peito. Sinto-me bem. Sinto-me perfeitamente bem.

Não sinto absolutamente nada.

MINHA VIDA

"Minha vida? Você não quer ouvir sobre a minha vida.
    Nossa, que sede...
Uma dose? Que bondade a sua, e que calor. Beleza.
    Uma só.
Cerveja, talvez. E um uisquinho. É bom beber em dia
    quente. Só um
Problema, é que se eu bebo eu me lembro. E às vezes
    não quero
Lembrar. Tipo, minha mãe: que mulher era ela. Para
    mim nunca foi mulher,
Mas já vi fotografias, de antes da cirurgia. Ela disse que
    pai fazia falta,
E visto que meu pai a largou quando recuperou a visão
    (depois que
Um gato birmanês caiu na sua cabeça, tendo pulado de
    uma cobertura e caído
Trinta andares, e por milagre acertou meu pai no ponto
    exato para restaurar sua visão,
E depois caiu ileso na calçada, prova cabal do que
    dizem sobre
Gatos sempre caírem de pé), dizendo que achou ter
    casado com a irmã gêmea dela
Que não tinha nada a ver de cara, mas, por milagre da
    biologia, tinha a mesma voz
E por isso o juiz aprovou o divórcio, fechou os olhos e
    tampouco distinguiu as duas.

Então meu pai se libertou, e na saída do fórum caiu na
   sua cabeça
Algum detrito do céu; teve quem disse que eram
   dejetos sanitários de um avião,
Mas o laboratório achou vestígios de elementos que a
   ciência desconhece, e nos
Jornais saiu que os coliformes fecais tinham proteínas
   alienígenas, mas isso foi abafado.
Levaram embora o corpo do meu pai. O governo nos
   deu um recibo,
Mas numa semana se apagou, devia ser algo na tinta,
   mas essa é outra história.
Aí minha mãe anunciou que eu precisava de um
   homem na casa, e que seria ela,
E combinou com o médico que quando os dois fossem
   campeões de Tango Submarino
Ele ia mudar o sexo dela de graça. Cresci chamando-a
   de pai, e não sabia nada disso.
Nunca me aconteceu mais nada de interessante. Mais
   uma dose?
Bom, só para fazer companhia, quem sabe, uma cerveja,
   e não esqueça o uísque,
Ei, serve um duplo. Não é que eu beba, mas o dia está
   quente, e mesmo quem
Não é de beber... Sabe,
Foi num dia assim que minha mulher se dissolveu. Já li
   de gente que explodiu,
Combustão espontânea, é assim que chama. Mas Mary-
   -Lou — era esse o nome dela,
A gente se conheceu quando ela saiu do coma, setenta
   anos de sono e nem uma ruga,
Bizarro o que um raio globular pode fazer. E todos no
   submarino,
Igual Mary-Lou, ficaram parados no tempo, e depois
   do casório ela ia de visita,
Sentava ao lado deles, olhava eles dormirem. Naquela
   época, eu tinha uma picape.

E a vida era boa. Ela encarou bem as sete décadas
    perdidas, e eu gosto de pensar que
Se a lava-louça não fosse assombrada — bom, possuída
    acho que é o termo certo —
Ela ainda estaria conosco. Sua mente foi atacada, e o
    único exorcista que tinha por perto
A gente descobriu que era um anão de Utrecht, e que
    nem padre era,
Pois só tinha vela, sino e livro. E, por coincidência, no
    mesmo dia que minha mulher,
Assombrada pela máquina, deliquesceu — virou
    líquido na cama — roubaram minha picape.
Foi aí que resolvi viajar pelo mundo a torto e a direito.
E a vida tem sido parada feito água de poço. Só que...
    não, está me dando um branco.
O calor engoliu minha memória. Mais uma dose? Ora,
    beleza..."

QUINZE CARTAS PINTADAS DE UM TARÔ VAMPIRO

0.

O Louco
— O que você quer?

Fazia um mês que o jovem vinha ao cemitério todas as noites. Ele tinha visto a lua pintar, com sua luz fria, o granito gelado, o mármore fresco e as lápides e estátuas antigas cobertas de limo. Tinha se assustado com sombras e corujas. Tinha visto casais de namorados, e bêbados, e adolescentes cortarem caminho nervosos: todas aquelas pessoas que passavam pelo cemitério à noite.

Ele dormia durante o dia. Ninguém se importava. Ficava sozinho à noite e tremia com o frio. Foi então que lhe ocorreu que estava à beira do precipício.

A voz veio da noite à sua volta, de dentro de sua cabeça e de fora.

— O que você quer? — repetiu ela.

Ele se perguntou se teria coragem de virar o rosto e olhar, e constatou que não.

— Então? Você vem aqui todas as noites, um lugar onde os vivos não são bem-vindos. Eu sempre o vejo. Por quê?

— Queria conhecer você — respondeu ele, sem olhar em volta. — Quero viver para sempre. — Sua voz falhou ao dizer isso.

Ele tinha se lançado no precipício. Não havia mais volta. Já imaginava as presas afiadas cravando-se no seu pescoço, um prelúdio abrupto da vida eterna.

O som começou. Era baixo e triste, como a correnteza de um rio subterrâneo. Ele demorou alguns bons segundos para perceber que era uma risada.

— Isso não é vida — disse a voz.

Não falou mais nada, e depois de um tempo o jovem entendeu que estava sozinho no cemitério.

1.

O Mago
Perguntaram ao serviçal de St. Germain se seu patrão tinha mil anos de idade, como diziam os boatos.
— Como é que vou saber? — respondeu o homem. — Só trabalho para ele há trezentos anos.

2.

A Sacerdotisa
A pele era clara, os olhos eram escuros e o cabelo era tingido de preto. Ela foi a um programa matinal de entrevistas e se proclamou rainha dos vampiros. Mostrou para as câmeras suas presas moldadas profissionalmente e levou ex-amantes que, com graus variados de constrangimento, admitiram que ela havia retirado e bebido o sangue deles.
— Mas você aparece em espelhos, não? — perguntou a apresentadora do programa. Era a mulher mais rica dos Estados Unidos, e conseguira sua fortuna colocando diante das câmeras os estranhos, os feridos e os perdidos, e mostrando a dor deles para o mundo.
A plateia do estúdio riu.
A mulher pareceu ligeiramente ofendida.
— Sim. Ao contrário do que as pessoas acham, é possível ver vampiros em espelhos e câmeras de televisão.
— Bom, finalmente você está certa sobre alguma coisa, querida — disse a apresentadora do programa matinal de entrevistas. Mas antes cobriu o microfone com a mão, e isso nunca foi ao ar.

5.

O Papa
Este é o meu corpo, disse ele, há dois mil anos. *Este é o meu sangue.*
Foi a única religião que forneceu exatamente o prometido: vida eterna para seus seguidores.

Alguns de nós ainda estão vivos para se lembrar dele. Alguns de nós alegam que ele era um messias, outros acham que era só um homem com poderes muito especiais. Mas isso não importa. Fosse o que fosse, ele transformou o mundo.

6.

Os Enamorados

Depois de morrer, ela começou a visitá-lo à noite. Ele ficou pálido e olheiras profundas se formaram em seu rosto. A princípio, acharam que estava de luto por ela. Mas então, certa noite, ele desapareceu.

Foi difícil obter permissão para exumá-la, mas conseguiram. Içaram o caixão e desparafusaram a tampa. Depois, com esforço, arrancaram o que tinha na caixa. Havia quinze centímetros de água no fundo, tingida pelo ferro de um vermelho-alaranjado intenso. O caixão continha dois corpos: o dela, claro, e o dele. O segundo estava em um estágio de decomposição mais avançado.

Mais tarde, alguém se perguntou em voz alta como os dois couberam em um caixão feito para uma só pessoa. Sobretudo considerando a situação dela, disse o sujeito; pois era óbvio que estava em estágio avançado da gravidez.

Isso causou alguma confusão, pois não havia sinal de que estava grávida quando fora sepultada.

Mais tarde ainda, ela foi exumada uma última vez, a pedido de autoridades da igreja, que ouviram boatos sobre o que fora encontrado no túmulo. Sua barriga estava lisa. O médico da região explicou que a barriga só havia inchado por causa de gases. O povo da cidade balançou a cabeça, quase como se acreditasse.

7.

O Carro

Era o que havia de melhor em engenharia genética: criaram uma raça de humanos para navegar pelas estrelas. Eles precisavam ser dotados de uma expectativa de vida absurdamente longa, pois a distância entre as estrelas era extensa; o espaço era limitado e o estoque de comida tinha que ser compacto; precisavam ser capazes de processar provisões locais e de colonizar os mundos encontrados com sua própria espécie.

O planeta natal desejou sorte aos colonos e os despachou. Mas antes removeu qualquer rastro de sua localização dos computadores da nave. Só por precaução.

10.

A Roda da Fortuna

O que você fez com a doutora?, perguntou ela, rindo. Achei que a doutora tivesse entrado aqui há dez minutos.

Desculpe, falei. Eu estava com fome.

Nós dois rimos.

Vou procurá-la para você, disse ela.

Fiquei sentado no consultório, palitando os dentes. Depois de um tempo, a assistente voltou.

Desculpe, disse ela. A doutora deve ter dado uma saída. Posso marcar um horário para a semana que vem?

Fiz sinal negativo.

Depois eu ligo, falei. Mas, pela primeira vez naquele dia, estava mentindo.

11.

A Justiça

— Não é humano — afirmou o magistrado — e não merece o julgamento de uma coisa humana.

— Ah — disse o defensor. — Mas não podemos executar sem julgamento: existem precedentes. Um porco que comeu uma criança caída no chiqueiro foi considerado culpado e enforcado. Um enxame de abelhas, condenado por matar um idoso a picadas, foi queimado pelo carrasco oficial. Não devemos nada menos às criaturas infernais.

As provas contra o bebê eram incontestáveis. Eis o caso: uma mulher havia trazido o bebê do interior. Ela disse que era a mãe, e que seu marido tinha morrido. Hospedou-se na casa de um fabricante de coches e da esposa dele. O velho se queixava de melancolia e lassidão, e a criada os encontrou, o velho, a esposa e a hóspede, mortos. O bebê estava vivo no berço, pálido e de olhos arregalados, com sangue no rosto e nos lábios.

O júri condenou a criaturinha para além de qualquer dúvida, e a sentenciou à morte.

O carrasco era o açougueiro da cidade. Diante de toda a população, ele cortou o bebê ao meio e arremessou os pedaços na fogueira.

Seu próprio bebê havia morrido naquela semana. Na época, a mortalidade infantil era brutal, mas comum. A esposa do açougueiro ficara inconsolável.

Ela já tinha saído da cidade para visitar a irmã na capital e, uma semana depois, ele se juntou a ela. Os três — açougueiro, esposa e bebê — eram a família mais linda do mundo.

14.

A Temperança

Ela disse que era uma vampira. Eu já sabia que a mulher era mentirosa. Dava para ver em seus olhos. Pretos como carvão, mas ela nunca chegava a olhar direto para a gente, mirava pontos invisíveis na altura do nosso ombro, atrás de nós, acima, uns cinco centímetros na frente do nosso rosto.

— Tem gosto de quê? — perguntei.

Estávamos no estacionamento atrás do bar. Ela trabalhava no turno da meia-noite, preparando os melhores coquetéis, mas nunca bebia nada.

— Suco de vegetais — disse ela. — Não a versão com pouco sódio, mas a original. Ou gaspacho salgado.

— O que é gaspacho?

— Tipo uma sopa de legumes.

— Está de sacanagem.

— Não.

— Então você bebe sangue? Que nem eu bebo suco de vegetais?

— Não exatamente — respondeu ela. — Se *você* enjoar desse suco, pode beber outra coisa.

— É — falei. — Na verdade, não gosto muito de suco de vegetais.

— Viu? — disse ela. — Na China, em vez de sangue, a gente bebe fluido espinhal.

— E tem gosto de quê?

— Nada de mais. Caldo ralo.

— Você já experimentou?

— Conheço gente que sim.

Tentei ver se o reflexo dela aparecia no retrovisor do caminhão em que nos apoiávamos, mas estava escuro e não consegui.

15.

O Diabo
Este é o retrato dele.

Veja os dentes retos e amarelos, o rosto avermelhado. Ele tem chifres, segura uma grande estaca de madeira em uma das mãos e a marreta de madeira na outra.

É claro que o diabo não existe.

16.

A Torre
Na torre de dor sem cor, nem sorte,
Corre sem rumo, corre sem norte.
Morde quem dura, a cura da morte.
(Noites perduram a marca do corte.)

17.

A Estrela
As mais velhas e mais ricas seguem o inverno, aproveitando as noites longas onde conseguem encontrá-las. Mesmo assim, preferem o Hemisfério Norte ao Sul.

— Vê aquela estrela? — dizem, apontando para uma das estrelas na constelação de Draco, o dragão. — Viemos de lá. Um dia, vamos retornar.

Os mais jovens debocham, troçam e riem disso. Mesmo assim, à medida que os anos se tornam séculos, começam a sentir saudade de um lugar que nunca viram; e sentem-se confortados pelo clima do norte, desde que Draco se entrelace em torno das Ursas Maior e Menor, perto da gélida Estrela Polar.

19.

O Sol
— Imagine — disse ela — que exista algo no céu que pudesse machucar você, talvez até te matar. Uma águia imensa ou algo do tipo. Imagine que, se saísse à luz do sol, a águia pegaria você.

"Bom — disse ela. — É assim para nós. Só que não é uma ave. É a claridade bonita e perigosa da luz do sol, e faz cem anos que não a vejo."

20.

O Julgamento
É um jeito de falar sobre luxúria sem falar sobre luxúria, disse ele.

É um jeito de falar sobre sexo, e medo de sexo, morte e medo da morte, e do que mais poderíamos falar?

21.

O Mundo
— Sabe o que é mais triste? — perguntou ela. — O mais triste é que nós somos vocês.

Não falei nada.

— Nas suas fantasias — disse ela —, meu povo é igualzinho a vocês. Só que melhor. Não morremos, não envelhecemos, não sentimos dor, frio ou sede. Temos roupas mais chiques. Desfrutamos a sabedoria da eternidade. E, se precisamos de sangue, bom, não é diferente de como vocês precisam de comida, ou afeto, ou luz do sol... e, além disso, faz a gente sair de casa. Da cripta. Do caixão. Que seja.

— E qual é a verdade? — perguntei.

— Nós somos vocês — disse ela. — Somos vocês, com todas as suas cagadas e as coisas que fazem com que sejam humanos... todos os medos, as solidões, as confusões... nada disso melhora.

"Mas somos mais frios. Mais mortos. Sinto saudade da luz do dia, de comida e da sensação de encostar em alguém e me importar. Eu me lembro da vida, e de conhecer pessoas como pessoas, não só como coisas que posso comer ou controlar. E me lembro de como era *sentir* alguma coisa, qualquer coisa, felicidade, tristeza, *qualquer coisa...*"

Ela se calou.

—Você está chorando? — perguntei.

— Nós não choramos — respondeu ela.

Como falei, a mulher era mentirosa.

COMIDAS E COMEDORES

Esta história é verdadeira, pelo menos a maior parte. Até onde é possível, se é que isso serve de alguma coisa.

Era tarde da noite e eu estava com frio, em uma cidade em que não tinha o menor direito de estar. Não àquela hora da noite, pelo menos. Não vou contar qual era. Eu tinha perdido o último trem e estava sem sono, então perambulei pelas ruas nos arredores da estação até achar uma lanchonete vinte e quatro horas. Um lugar quente onde eu pudesse me sentar.

Você sabe que tipo de lugar, pois já entrou em um deles: o nome do estabelecimento em um letreiro da Pepsi, janelas sujas de vidro temperado, resíduo ressecado de ovo entre os dentes de todos os garfos. Eu não estava com fome, mas comprei uma torrada e uma caneca de chá manchada de gordura para me deixarem em paz.

Havia algumas outras pessoas lá, sentadas sozinhas às suas mesas, vadios e insones recurvados sobre pratos vazios, com casacos sujos e jaquetas abotoadas até o pescoço.

Eu estava voltando do balcão com minha bandeja quando alguém falou:

— Ei.

Era a voz de um homem.

— Você — disse, e eu sabia que estava falando comigo, não com os outros. — Eu conheço você. Vem cá. Sente aqui.

Eu o ignorei. Não queria me meter com o tipo de gente que frequentava um lugar daqueles.

Então o sujeito disse meu nome, e me virei e olhei para ele. Quando alguém sabe nosso nome, não nos resta escolha.

— Não me reconhece? — perguntou o homem. Fiz sinal de negativo. Eu não conhecia ninguém parecido com ele. Não daria para esquecer. — Sou eu — continuou ele, em um sussurro suplicante. — Eddie Barrow. Qual é, cara? Você sabe quem eu sou.

E, quando ele informou o nome, eu o reconheci, mais ou menos. Quer dizer, conheci Eddie Barrow. Nós tínhamos trabalhado juntos em uma obra, dez anos antes, durante meu único flerte com trabalhos braçais.

Eddie Barrow era alto e bem musculoso, com um sorriso de astro de cinema, um rosto bonito e um jeitão relaxado. Tinha sido policial. Às vezes, me contava histórias, casos verdadeiros de armações e linchamentos, de crime e castigo. Ele havia saído da corporação depois de um problema com alguém do alto-comando. Disse que a esposa do delegado o obrigou a sair. Eddie vivia arrumando confusão com mulheres. Elas gostavam muito dele.

Quando trabalhávamos juntos na obra, as mulheres vinham atrás dele trazendo sanduíches, presentinhos, o que fosse. Aparentemente, Eddie nunca *fazia* algo para que gostassem dele; elas só gostavam e pronto. Eu ficava observando para ver como ele conseguia, mas não parecia ser alguma coisa que fizesse. Com o tempo, resolvi que era só o jeito dele: grande, forte, não muito esperto e muito, muito bonito.

Mas isso foi dez anos atrás.

O homem sentado diante da mesa de fórmica não era bonito. Seus olhos eram embotados e vermelhos, fitavam o tampo da mesa sem esperança. Sua pele era cinzenta. Ele era magro demais, de uma magreza obscena. Dava para ver o couro cabeludo em meio ao cabelo imundo.

— O que aconteceu com você?

— Como assim?

— Você parece um pouco para baixo — falei, embora ele parecesse pior que isso; parecia morto. Um dia, Eddie Barrow foi um cara grande. Agora, era um homem arruinado. Só pele flácida e osso.

— É — disse ele. Ou talvez tenha sido "É?", mas não tenho certeza. E, resignado, acrescentou: — No fim, acontece com todo mundo.

Ele gesticulou com a mão esquerda e apontou para a cadeira à sua frente. Seu braço direito estava rígido ao lado do corpo, com a mão bem protegida no bolso do casaco.

A mesa de Eddie ficava junto à janela, podendo ser vista por qualquer pessoa na rua. Não era um lugar que eu escolheria, se dependesse de mim. Mas era tarde demais. Sentei-me de frente para ele e bebi meu chá. Não falei nada, o que talvez tenha sido um erro. Talvez uma conversa fiada tivesse afastado os demônios dele. Mas segurei a caneca e não falei nada. Assim, Eddie deve ter pensado que eu queria saber mais, que eu me importava. Não me importava. Já me bastavam meus problemas. Não queria saber das batalhas com o que quer que o tivesse deixado daquele jeito — álcool, drogas, doença —, mas ele começou a falar, com a voz apática, e escutei.

— Vim para cá alguns anos atrás, quando estavam construindo o viaduto. Acabei ficando, sabe como é. Arranjei um quarto em uma casa velha atrás da Prince Regent's Street. No sótão. Era uma casa de família, na verdade. Eles só alugavam o último andar, então tinha apenas dois inquilinos: eu e dona Corvier. Nós dois ficávamos lá em cima, mas em quartos separados, um do lado do outro. Eu ouvia os passos dela. E tinha um gato. Era o gato da família, mas ele subia para ver a gente de vez em quando, coisa que a família nunca fez.

"Eu sempre comia com a família, mas dona Corvier não descia nunca na hora das refeições, então levou uma semana para a gente se conhecer. Estava saindo do banheiro de cima. Parecia muito velha. Tinha o rosto enrugado, que nem um macaco bem velho, mas seu cabelo era comprido, até a cintura, que nem uma menina.

"É engraçado, a gente acha que pessoas velhas não sentem as mesmas coisas que nós. Quer dizer, lá estava ela, com idade para ser minha avó… — Ele parou. Passou a língua cinzenta pelos lábios. — Enfim… certa noite, subi para o quarto e tinha uma sacola com cogumelos na frente da minha porta. Logo de cara, vi que era um presente. Para mim. Mas não eram cogumelos normais. Então bati na porta dela.

"Isso é para mim?, perguntei.

"Eu mesma os colhi, sr. Barrow, disse ela.

"Não são venenosos, são? Ou tipo cogumelos mágicos?, falei.

"Ela só riu, quase uma gargalhada. São de comer, respondeu a mulher. São bons. Coprino-barbudo é o nome. Coma logo. Estraga rápido. Fica melhor frito com um pouco de manteiga e alho.

"E você vai comer também?, perguntei.

"Ela disse que não. Eu costumava adorar cogumelos, falou ela, mas não mais, não com meu estômago. Esses, porém, são uma delícia. Nada como um coprino-barbudo fresquinho. É impressionante a quantidade de coisa que as pessoas não comem. Tanta coisa por aí que as pessoas podiam comer, se soubessem.

"Agradeci e voltei para o meu lado do sótão. A família tinha feito a obra alguns anos antes, um serviço caprichado. Coloquei os cogumelos na pia. Depois de alguns dias, eles se dissolveram em uma gosma preta, tipo tinta, então tive que enfiar tudo dentro de um saco plástico e jogar fora.

"Quando estava descendo com a sacola na mão, encontrei a senhora na escada, e ela falou: Oi, sr. B.

"Oi, dona Corvier, cumprimentei.

"Pode me chamar de Effie, disse ela. Gostou dos cogumelos?

"Muito bons, obrigado, respondi. Uma delícia.

"Depois disso, ela passou a deixar outras coisas para mim, presentinhos, flores em garrafas velhas de leite, coisas assim, até que não veio mais nada. Fiquei um pouco aliviado quando os presentes pararam de repente.

"Um dia estou lá embaixo jantando com a família e o garoto da politécnica, que foi passar as férias em casa. Era agosto. Muito quente. Então alguém mencionou que fazia uma semana que ela não aparecia e perguntou se eu podia ver como ela estava. Falei que sim, sem problema.

"E fui ver. A porta não estava trancada. Dona Corvier estava na cama. Tinha um lençol fino em cima do corpo, mas dava para ver que, por baixo, não usava roupa. Eu não queria olhar, seria como ver minha avó pelada. Uma velhinha. Mas ela pareceu muito feliz em me ver.

"Você precisa de um médico?, perguntei.

"Ela balançou a cabeça. Não estou doente, disse. É fome. Só isso.

"Tem certeza?, perguntei. Porque posso chamar alguém, não é trabalho nenhum. Eles atendem idosos em casa.

"Edward, chamou ela. Não quero dar trabalho a ninguém, mas estou com tanta fome.

"Claro. Vou buscar alguma coisa para você comer. Algo leve para sua barriga, falei. Então ela me pegou de surpresa. Pareceu envergonhada. E falou, bem baixinho: *Carne*. Tem que ser carne fresca e crua. Não deixo ninguém cozinhar para mim. Carne. Por favor, Edward.

"Sem problema, respondi, e desci. Por um instante, pensei em roubar da tigela do gato, mas claro que não peguei. Eu sabia o que ela queria, então precisava arranjar. Não tinha escolha. Fui até o Safeways e comprei uma bandeja de filé-mignon moído.

"O gato sentiu o cheiro e subiu a escada atrás de mim. Falei, desce, gatinho. Não é para você. É para a dona Corvier, e ela não está se sentindo bem, vai precisar jantar isso, e o bicho miou para mim como se não comesse há uma semana, e eu sabia que não era verdade, porque a tigela dele ainda tinha comida. Gato idiota.

"Bati na porta, e ela falou Entre. Ainda estava na cama. Dei a bandeja de carne, e ela falou Obrigada, Edward, você é muito gentil. Ela começou a arrancar o plástico da bandeja, na cama mesmo. Tinha uma poça de sangue marrom no fundo da bandeja, e pingou no lençol, mas ela nem percebeu. Aquilo me deu arrepios.

"Quando estava saindo, ouvi que ela tinha começado a comer com os dedos, enfiando a carne crua na boca. E não tinha saído da cama.

"Mas, no dia seguinte, ela estava de pé, e então passou a circular a qualquer hora, apesar da idade, e aí pensei Olha só. Dizem que carne vermelha faz mal, mas para ela fez um bem danado. E crua, bom, é só carpaccio. Você já comeu carne crua?"

A pergunta me pegou de surpresa.

— Eu? — falei.

Eddie me encarou com seus olhos mortos e disse:

— Não tem mais ninguém nesta mesa.

— Já. Um pouco. Quando eu era pequeno, com uns quatro ou cinco anos, minha avó me levava para o açougue. O açougueiro me dava pedaços de fígado cru, e eu comia ali mesmo, na hora. E todo mundo dava risada.

Fazia vinte anos que não pensava naquilo. Mas era verdade.

Ainda gosto de fígado malpassado e, às vezes, se estou cozinhando e não tem ninguém por perto, corto uma fatia fina de fígado cru e como antes de temperar, saboreando a textura e o gosto puro de ferro.

— Eu não — disse ele. — Gosto de carne bem passada. Enfim, o que aconteceu depois foi que Thompson desapareceu.

— Thompson?

— O gato. Alguém falou que antes eram dois, e que eles se chamavam Thompson e Thompson. Não sei por quê. Burrice dar o mesmo nome para os dois. O primeiro foi esmagado por um caminhão. — Com a ponta do dedo, ele empurrou um montinho de açúcar na mesa. Ainda com a mão esquerda. Eu começava a achar que ele não tinha braço direito. Talvez a manga estivesse vazia. Não que fosse da minha conta. Ninguém passa pela vida sem perder algumas coisas no caminho.

Estava tentando pensar em um jeito de falar que não tinha dinheiro, caso ele me pedisse algum no fim da história. E não tinha mesmo: só uma passagem de trem e moedas contadas para o ônibus de volta para casa.

— Nunca tive simpatia por gatos — falou ele, de repente. — Não muita. Eu gostava de cachorros. Bichos grandes e fiéis. Com cachorro não tem surpresa. Gato é diferente. Eles podem sumir por dias. Quando eu era garoto, nós tínhamos um gato chamado Ginger. Uma família na nossa rua também tinha um, chamado Marmalade. Só que era o mesmo gato, que ganhava comida de todo mundo. Olha isso. Safadinhos malandros. Não dá para confiar.

"Foi por isso que não dei bola quando Thompson sumiu. A família ficou preocupada. Eu não. Sabia que ele ia voltar. Sempre voltam.

"Enfim, algumas noites depois, escutei um barulho. Estava tentando dormir, mas não conseguia. Era madrugada e ouvi um miado. Ele miava, miava, miava. Não era alto, mas quando a gente está sem sono, esse tipo de coisa dá nos nervos. Imaginei que ele devia estar preso no forro da casa ou em cima do telhado. Onde quer que fosse, não adiantava nada tentar dormir. Disso eu sabia. Então me levantei e me vesti, calcei até as botas para o caso de ter que subir no telhado, e comecei a procurar pelo gato.

"Saí no corredor. O som vinha do quarto da dona Corvier, do outro lado do sótão. Bati na porta, mas ninguém atendeu. Tentei abrir. Não estava trancada. Então entrei. Achei que talvez o gato estivesse preso em algum lugar. Ou machucado. Sei lá. Só queria ajudar.

"Dona Corvier não estava lá. Quer dizer, às vezes, a gente sabe quando tem alguém em um cômodo, e aquele quarto estava vazio. Exceto por uma coisa em um canto do chão, fazendo *Mrie, Mrie*... E acendi a luz para ver o que era."

Ele parou de falar e ficou quieto por quase um minuto, cutucando com a mão esquerda a goma preta que havia ressecado no frasco de ketchup. O frasco tinha forma de um tomate grande. Por fim, ele disse:

— O que não entendi é como o bicho ainda estava vivo. Quer dizer, estava mesmo vivo. Do peito para cima, estava vivo, respirando, com pelo e tudo. Mas as patas traseiras, as costelas... parecia uma carcaça de frango. Só osso. E como é o nome daquilo, tendões? Aí ele levantou a cabeça e olhou para mim.

"Podia ser um gato, mas eu sabia o que ele queria. Estava estampado nos olhos. Bom... — Ele parou. — De algum jeito, eu sabia. Nunca tinha visto olhos assim. Você também teria percebido o que ele queria, tudo o que ele queria, se tivesse visto aqueles olhos. Cumpri seu desejo. Só um monstro não cumpriria."

— O que você fez?

— Usei minhas botas. — Pausa. — Não saiu muito sangue. Bem pouco. Só pisei, pisei na cabeça até não sobrar muita coisa que parecesse alguma coisa. Se você tivesse visto o olhar dele, teria feito igual.

Não falei nada.

— Aí, escutei alguém subindo a escada do sótão, e pensei que precisava fazer alguma coisa, quer dizer, era uma cena esquisita, não sei bem o que podiam pensar, mas só fiquei parado ali, me sentindo um idiota, com uma nojeira nas botas, e, quando a porta se abriu, era dona Corvier.

"E ela viu tudo. Olhou para mim. E disse: Você o matou. Dava para ouvir alguma coisa estranha na voz dela. Demorei um instante para entender o que era, mas aí ela chegou mais perto, e percebi que estava chorando.

"Gente velha tem um negócio que, quando eles choram feito criança, a gente não sabe para onde olhar, né? Ele era tudo que eu tinha para me manter, e você o matou. Depois de tudo o que fiz, ela falou, para fazer a carne continuar fresca, para fazer a vida continuar. Depois de tudo o que fiz.

"Sou uma mulher de idade, disse ela. Preciso de carne.

Eu não sabia o que dizer.

Ela esfregou os olhos. Não quero dar trabalho, falou ela. Estava chorando. E olhou para mim. Nunca quis dar trabalho. Essa era minha carne. E agora, quem vai me alimentar?"

Ele parou e apoiou o rosto cinzento na mão esquerda, como se estivesse cansado. Cansado de falar comigo, cansado da história, cansado da vida. Então balançou a cabeça, olhou para mim e disse:

— Se você tivesse visto aquele gato, teria feito o que eu fiz. Qualquer um teria.

Ele levantou a cabeça, pela primeira vez desde o começo da história, e olhou nos meus olhos. Tive a impressão de ver um pedido de socorro em seu olhar, algo que ele não expressaria em voz alta por orgulho.

Lá vem, pensei. *É agora que ele vai me pedir dinheiro.*

Alguém do lado de fora bateu no vidro da lanchonete. Não foi uma batida alta, mas Eddie levou um susto.

— Tenho que ir agora — disse ele. — Isso significa que tenho que ir.

Assenti. Ele se levantou da mesa. Ainda era um homem alto, o que quase me surpreendeu: havia murchado em tantos outros aspectos. Empurrou a mesa ao se levantar, e, com o movimento, tirou a mão direita do bolso do casaco. Acho que para se equilibrar. Não sei.

Talvez quisesse mostrá-la. Mas, se quisesse, por que a deixou no bolso o tempo inteiro? Não, acho que ele não queria me mostrar. Acho que foi sem querer.

Eddie estava sem camisa ou agasalho por baixo do casaco, então pude ver o braço e o pulso. Nada de errado com nenhum dos dois. Tinha um pulso normal. Mas quando olhei abaixo do pulso, vi que a maior parte da carne tinha sido arrancada dos ossos, comida feito frango a passarinho, e que tinham sobrado só uns pedaços secos de carne, migalhas, e mais nada. Ele só tinha três dedos e a maior parte do polegar. Acho que os ossos dos outros dedos devem ter caído, já que não tinha pele nem carne para sustentá-los.

Foi o que vi. Só por um instante; depois, ele enfiou a mão de volta no bolso, empurrou a porta e saiu para a noite fria.

Fiquei olhando pelo vidro sujo da janela.

Era engraçado. Considerando tudo que ele havia dito, imaginei que dona Corvier seria uma velhinha. Mas a mulher que o aguardava do lado de fora, na calçada, não devia ter muito mais que trinta anos. Só que o cabelo era bem comprido mesmo. Era cabelo para dar com pau, como dizem, se bem que essa expressão sempre me soou um pouco vulgar. Ela parecia meio hippie, acho. Mais ou menos bonita, de um jeito ávido.

Ela pegou no braço dele e olhou em seus olhos, e os dois se afastaram da luz da lanchonete, parecendo para o mundo um casal de adolescentes que começava a se apaixonar.

Voltei para o balcão, comprei outra caneca de chá e uns pacotes de batata para me sustentar até o amanhecer, me sentei e fiquei pensando na expressão em seu rosto na última vez que ele olhou para mim.

No primeiro trem de volta para a cidade grande, me acomodei de frente para uma mulher com um bebê. Ele estava boiando em formol, dentro de um jarro pesado de vidro. Ela precisava vendê-lo com alguma urgência e, apesar do meu cansaço extremo, conversamos sobre seus motivos para isso, e sobre outros assuntos, durante o resto da viagem.

CRUPE DO ADOENTADOR

UMA DOENÇA, de mórbida intensidade e desafortunada dimensão, que aflige aqueles que por hábito e patologia catalogam e inventam enfermidades.

Os sintomas iniciais óbvios incluem dor de cabeça, cólica nervosa, fortes tremedeiras e erupções cutâneas de natureza íntima. Contudo, tais fatores, sejam individuais ou em conjunto, não bastam para garantir um diagnóstico.

O estágio secundário da doença é mental: uma fixação no conceito de doenças e patógenos desconhecidos ou não descobertos, e nos supostos criadores, ou descobridores, ou demais personagens envolvidos na descoberta, no tratamento e na cura de tais males. Quaisquer que sejam as circunstâncias, o autor alerta de uma vez por todas que não se deposite confiança em propagandas enganosas, os olhos projetando; a forma habitual. A aplicação de pequenas injeções de caldo de carne auxiliará na manutenção da força.

Nesses estágios, a doença pode ser tratada.

No estágio terciário do Crupe do Adoentador, contudo, é que se revela a verdadeira natureza da enfermidade e se confirma o diagnóstico. Nesse momento, certos problemas que afetam a dicção e o pensamento se manifestam na fala e na escrita do paciente — que, se não receber tratamento imediato, começará a deteriorar rapidamente.

Foi observado a invasão do sono e sessenta gramas fervidas a ponto de sufocar; o rosto incha e fica lívido, a garganta é uma tendência hereditária, e a língua assume as características naturais dos pulmões, sobrevêm. A emoção pode ser incitada por qualquer fator que remeta à doença em questão, que são exibidas ao público de forma persistente e asquerosa por charlatães.

É possível diagnosticar o Crupe do Adoentador Terciário mediante a infeliz tendência do enfermo de interromper linhas de raciocínio e descrições normais com comentários sobre doenças, reais ou imaginárias, curas absurdas e aparentemente lógicas. Os sintomas são os mesmos de febre generalizada; ocorrem, de repente, inchaços volumosos, pouco acima da patela. Se crônica e, por fim, talvez com vômitos, turvação ofensiva. Jalapa é um alcalino que tem aparência incolor, e pintando os vermes grandes e cilíndricos que aparecem no intestino.

O aspecto mais difícil na detecção dessa doença é que a categoria de indivíduo com maior probabilidade de contrair Crupe do Adoentador é justamente de pessoas que menos são questionadas e mais são respeitadas. Portanto: podem ser, a nutrição não de gengibre e álcool retificado, veias túrgidas, estas evaporadas pelo calor.

É com muita força de vontade que alguém acometido pode continuar escrevendo e falando com facilidade e fluência. Porém, com o tempo, nos estágios finais da forma terciária da doença, toda conversa regride a uma barafunda nociva de repetição, obsessão e fluxo. Enquanto isso, ocorre tosse expectorante, veias túrgidas, olhos projetados; todo o corpo é abalado de tal forma, que a invasão de epidemia foi precedida por denso, escuro, e, se não há gratificação, melancolia, falta de apetite, talvez com vômitos, calor e a língua assume as características naturais das raízes feridas.

Nesse momento, a única cura que se demonstrou confiável na guerra contra o Crupe do Adoentador é uma solução de escamônea. O preparo é feito com quantidades iguais de escamônea, resina de jalapa, e o autor alerta por todas que não se deposite confiança evaporada pelo calor. Escamônea possui ampla distribuição, mas nem sempre é elaborada de forma ativa; o rosto incha e fica lívido, a garganta inflama ainda mais, e circunstâncias, o autor alerta de uma vez por todas que não se deposite confiança no intestino.

Os afligidos por Crupe do Adoentador quase nunca têm consciência da natureza de sua condição. Na realidade, o mergulho em um submundo de absurdos pseudomédicos jamais deixa de inspirar pena e compaixão em qualquer observador; da mesma forma, os surtos frequentes de sentido em meio ao absurdo tampouco têm qualquer efeito além de forçar o médico a embrutecer o coração e declarar, de uma vez por todas, oposição a práticas como a invenção e criação de doenças imaginárias, que são inadmissíveis neste mundo moderno.

Quando a sangria por sanguessugas prossegue por mais tempo que o exigido pelo organismo. Elas são tomadas com sessenta gramas fervidas de sono e sessenta gramas fervidas das propagandas enganosas em questão, exibidas ao público de forma persistente e asquerosa por charlatães. A escamônea pode ser ativada pelo calor. No segundo dia, quando a erupção em uma solução forte de iodo em geral basta.

Isso não é loucura.

Isso é tão doloroso.

O rosto fica inchado e lívido, escuro, e consiste em bicarbonato de potássio, sesquicarbonato de amônia e álcool retificado, ocorre a tosse expectorante, o consumo frequente de uma quantidade de comida maior que a considerada necessária.

Quando a mente as paragens adoradas.

Enquanto as paragens adoradas.

Podem também crescer.

NO FIM

No fim, o Senhor deu o mundo à Humanidade. O mundo inteiro pertencia ao Homem, salvo um jardim. *Este é meu jardim*, disse o Senhor, *e aqui vocês não entrarão*.

Houve um homem e uma mulher que foram ao jardim, e eles se chamavam Terra e Sopro.

Eles traziam consigo uma fruta pequena, levada pelo Homem e, quando chegaram ao portão do jardim, o Homem deu a fruta à Mulher, e a Mulher deu a fruta à Serpente, que portava uma espada flamejante e guardava o Portão Leste.

E a Serpente tomou a fruta e a colocou em uma árvore no meio do jardim.

E então Terra e Sopro perceberam que estavam vestidos e removeram as roupas, uma a uma, até ficarem nus; e, quando o Senhor andou pelo jardim, viu o homem e a mulher, que já não sabiam a diferença entre o bem e o mal, mas estavam contentes, e Ele viu que era bom.

O Senhor então abriu os portões e deu o jardim à Humanidade, e a Serpente se ergueu, e andou orgulhosa com quatro pernas fortes; e para onde ela foi apenas o Senhor sabe.

E depois houve apenas silêncio no Jardim, salvo o som ocasional de quando o homem retirava o nome de mais um animal.

GOLIAS

Eu PODERIA DIZER que sempre desconfiei que o mundo era uma farsa fajuta e malfeita, uma mentira grosseira para encobrir algo mais profundo, esquisito e infinitamente estranho, e que, de certa forma, eu já sabia a verdade. Mas acho que o mundo é assim desde sempre. E, mesmo sabendo a verdade agora — como você saberá, meu amor, se estiver lendo isso —, o mundo ainda parece fajuto e malfeito. Um mundo diferente, de uma fajutice diferente, mas é isso que parece.

Eis a verdade, dizem eles, e eu respondo: *É só isso?* Aí eles falam: *Mais ou menos. É por aí. Até onde sabemos.*

Então. Era 1977, e o mais perto que eu tinha chegado de um computador foi quando comprei uma calculadora grande e cara, e depois perdi o manual, então não sabia mais o que ela fazia. Eu calculava somas, subtrações, multiplicações e divisões, e ficava feliz por não precisar lidar com senos e cossenos, tangentes ou funções gráficas, ou sabe-se lá o que mais aquela bugiganga fazia, porque, como havia acabado de ser rejeitado pela Força Aérea, trabalhava como contador em um pequeno depósito de carpetes baratos em Edgware, no norte de Londres, perto do fim da Northern Line. Fingia não sofrer quando um avião passava, não ligar para o fato de que existia um mundo proibido para alguém do meu tamanho. Só anotava os números em um grande livro-caixa. Estava nos fundos do depósito, sentado à mesa que fazia as vezes de escrivaninha, quando o mundo começou a derreter e se desintegrar.

Sério. Foi como se as paredes, e o teto, e os rolos de carpete, e o calendário seminu de *News of the World* fossem todos de cera e começassem a pingar e escorrer, melar e gotejar. Dava para ver as casas, e o céu, e as nuvens e a rua por trás deles, até que *isso* também se desfez e escorreu, e atrás de tudo só havia preto.

Eu estava parado sobre a poça do mundo, um negócio esquisito, muito colorido, que melava, transbordava e nem cobria meus sapatos de couro marrom. (Meus pés parecem caixas de sapato. Preciso usar botas feitas sob medida. Custam uma fortuna.) A poça projetava uma luz esquisita para o alto.

Em uma história de ficção, acho que eu teria me negado a acreditar no que estava acontecendo, me perguntando se estava sob efeito de drogas ou se era um sonho. Na realidade, bom, eu estava lá, e era real, então olhei para a escuridão e, como não aconteceu mais nada, comecei a andar, chapinhando no mundo líquido, gritando e tentando ver se havia alguém por perto.

Alguma coisa tremeluziu na minha frente.

— Oi, cara — disse uma voz. O sotaque era americano, mas com uma entonação peculiar.

— Oi — falei.

A tremulação continuou por alguns instantes, até formar a imagem de um homem bem-vestido com óculos de armação grossa.

— Você é grandão — observou ele. — Sabia?

Claro que eu sabia. Aos dezenove anos, já tinha mais de dois metros de altura. Meus dedos pareciam bananas. Crianças ficam com medo de mim. Provavelmente não vou chegar aos quarenta anos: gente como eu morre cedo.

— O que está acontecendo? — perguntei. — Você sabe?

— Um míssil inimigo destruiu uma unidade central de processamento — respondeu ele. — Duzentas mil pessoas, conectadas em paralelo, viraram churrasco. Estamos rodando um espelho, é claro, e logo tudo volta a funcionar. Você só vai flutuar uns nanossegundos aqui enquanto a gente reinicia o processamento de Londres.

— Você é Deus? — perguntei.

Nada do que ele falou fez o menor sentido para mim.

— Sou. Não. Não exatamente — disse ele. — Não no sentido que você pensa, pelo menos.

O mundo então deu um solavanco, e me vi caminhando outra vez para o trabalho naquela manhã, servindo uma xícara de chá, passando pelo episódio mais longo e estranho de *déjà-vu* da minha vida. Vinte minutos em que eu sabia tudo o que todo mundo ia fazer ou falar. Depois passou, e o tempo voltou a passar normalmente, um segundo atrás do outro, como deve ser.

E as horas se passaram, e os dias, e os anos.

Perdi meu emprego no depósito de carpetes e fui trabalhar como contador em uma empresa que vendia equipamento para escritórios. Eu e Sandra, uma garota que conheci na piscina pública, nos casamos e tivemos filhos, ambos de tamanho normal. Achei que meu casamento era daqueles que sobreviveria a qualquer coisa, mas não era, então ela foi embora e levou as crianças. Era 1986, eu tinha vinte e muitos anos e fui trabalhar vendendo computadores em uma lojinha na Tottenham Court Road, onde acabei me saindo bem.

Eu gostava de computadores.

Gostava de como eles funcionavam. Era um momento empolgante. Eu me lembro da nossa primeira remessa de ATs, alguns com discos rígidos de quarenta megabytes... Bom, era fácil me impressionar na época.

Ainda morava em Edgware e pegava a Northern Line para ir ao trabalho. Certa noite, estava no metrô voltando para casa — a gente tinha acabado de passar por Euston, e metade dos passageiros havia descido —, estava com um *Evening Standard* nas mãos, olhando para as outras pessoas e imaginando quem elas eram, quem eram de verdade por dentro: a menina negra e magra que escrevia concentrada no caderno, a velhinha com chapéu verde de veludo, a garota com o cachorro, o homem barbudo de turbante...

O metrô parou no túnel.

Foi isso que eu achei que tinha acontecido, pelo menos: achei que o metrô tinha parado. Tudo ficou muito quieto.

Aí passamos por Euston, e metade das pessoas desceu.

Aí passamos por Euston, e metade das pessoas desceu. E olhava para as outras pessoas e imaginava quem elas eram de verdade por dentro, quando o metrô parou no túnel, e tudo ficou muito quieto.

E então senti um solavanco tão forte que achei que tínhamos colidido com outro trem.

Aí passamos por Euston, e metade das pessoas desceu, e o metrô parou no túnel, e tudo ficou...

(*O serviço será retomado assim que possível*, murmurou uma voz em um canto da minha cabeça.)

E, dessa vez, quando o trem diminuiu a velocidade e começou a se aproximar de Euston, pensei que estava enlouquecendo: a sensação era de estar pulando para a frente e para trás em um vídeo em *loop*. Eu sabia que estava acontecendo, mas não podia tomar uma atitude, não podia fazer algo para escapar dali.

A menina negra ao meu lado me passou um bilhete: A GENTE MORREU?, dizia.

Dei de ombros. Eu não sabia. Parecia uma explicação razoável.

Aos poucos, tudo se apagou e ficou branco.

Não havia chão sob os meus pés, nada acima de mim, nenhum senso de distância ou de tempo. Eu estava em um lugar branco. E não estava sozinho.

O homem tinha óculos de armação grossa, e usava um terno que parecia Armani.

—Você de novo? — disse ele. — Grandão, acabei de falar com você.

— Acho que não — respondi.

— Há meia hora. Quando os mísseis explodiram.

— Na fábrica de carpete? Isso faz anos. Meia vida atrás.

— Cerca de trinta e sete minutos. A gente vem rodando em modo acelerado desde então, tentando tapar o buraco enquanto processamos possíveis soluções.

— Quem os lançou? — perguntei. — A União Soviética? Os iranianos?

— Alienígenas — respondeu ele.

—Você está brincando, né?

— Até onde sabemos, não. Já faz uns duzentos anos que a gente envia sondas. Parece que uma delas foi seguida de volta. Descobrimos quando os primeiros mísseis caíram. Levamos uns bons vinte minutos para preparar e implementar um plano de retaliação. É por isso que tudo está sendo processado no modo turbo. Você teve a sensação de que a última década passou muito rápido?

— É. Acho que sim.

— Foi por isso. A gente rodou bem rápido, tentando manter uma realidade comum durante o coprocessamento.

— E o que vocês vão fazer?

— Contra-atacar. Vamos acabar com eles. Lamento, mas vai demorar um pouco: ainda não temos o maquinário. Precisamos construir.

O branco começava a sumir, transformando-se em rosas escuros e vermelhos opacos. Abri os olhos pela primeira vez. Engasguei. Era coisa demais para assimilar.

Então. Mundo abrupto com trens emaranhados, e estranho, e escuro, e meio inacreditável. Não fazia o menor sentido. Nada fazia sentido. Era real e era um pesadelo. Durou trinta segundos, e cada segundo frio parecia uma minúscula eternidade.

Aí passamos por Euston, e metade das pessoas desceu...

Comecei a conversar com a menina negra do caderno. Seu nome era Susan. Algumas semanas depois, ela foi morar comigo.

O tempo ribombou e fluiu. Acho que eu estava adquirindo sensibilidade a ele. Talvez eu soubesse o que procurar — soubesse que *havia* algo a procurar, mesmo sem saber o que era.

Certa noite, cometi o erro de contar para Susan parte do que eu acreditava — que nada era real. Que, na verdade, a gente só ficava inerte, plugado e conectado, unidades centrais de processamento ou meros pentes de memória em algum computador do tamanho do mundo, mantidos à base de alucinações consensuais que nos mantinham felizes, para que pudéssemos nos comunicar e sonhar com a porção minúscula do cérebro que eles não estavam usando — quem quer que fossem *eles* — para fazer cálculos e armazenar informações.

— Nós somos memória — falei para ela, com convicção. — É isso que somos. Memória.

— Não é possível que você acredite mesmo nisso — disse Susan, com a voz trêmula. — É só uma história.

Quando fazíamos amor, ela sempre queria que eu pegasse pesado, mas nunca tive coragem. Não conhecia minha própria força e sou muito desajeitado. Não queria machucá-la.

Nunca quis machucá-la, então parei de falar sobre as minhas ideias e tentei compensar com beijos, fingir que tinha sido uma brincadeira sem graça...

Não adiantou. Ela foi embora no fim de semana seguinte.

Senti saudade, muita, de doer. Mas a vida continua.

Os momentos de *déjà-vu* passaram a ser mais frequentes. Os segundos trepidavam, e soluçavam, e falhavam, e se repetiam. Às vezes, manhãs inteiras se repetiam. Uma vez, perdi um dia. Parecia que o tempo estava desmoronando.

Aí acordei um dia e era 1975 de novo, e eu tinha dezesseis anos, e, depois de um dia infernal na escola, estava saindo de lá e entrando na agência de recrutamento da Força Aérea, que ficava ao lado da lanchonete de kebabs na Chapel Road.

— Você é grandão — disse o recrutador.

A princípio, achei que ele fosse americano, mas falou que era canadense. Usava óculos de armação grossa.

— Sou.

— E quer voar?

— Mais do que tudo. — Eu parecia ter uma vaga lembrança de um mundo no qual havia esquecido que queria pilotar aviões, coisa que me parecia tão estranha quanto esquecer o próprio nome.

— Bom — disse o homem da armação grossa —, vamos ter que burlar algumas regras. Mas logo mais botamos você no ar. — E ele estava falando sério.

Os anos seguintes passaram bem rápido. Minha impressão era de ter ficado esse tempo todo em aviões de vários tipos, dentro de cockpits minúsculos, em assentos em que eu mal cabia, virando botões pequenos demais para os meus dedos.

Recebi autorização de nível Confidencial, e depois de nível Nobre, que deixa a Confidencial no chinelo, e depois de nível Gracioso, que nem sequer o primeiro-ministro tem, e, a essa altura, eu já estava pilotando discos voadores e outras aeronaves que se deslocavam sem sustentação aparente.

Comecei a namorar uma moça chamada Sandra, e então nos casamos, porque, se fôssemos casados, poderíamos nos mudar para uma residência de casal, que era uma boa casinha geminada perto de Dartmoor. Não tivemos filhos: me alertaram para a possibilidade de eu ter sido exposto a um volume de radiação suficiente para fritar minhas gônadas, e pareceu sensato não tê--los, dadas as circunstâncias: eu não queria produzir monstros.

Era 1985 quando o homem dos óculos de armação grossa entrou na minha casa.

Naquela semana, minha esposa estava na casa da mãe. A situação tinha ficado meio tensa, e ela saiu de casa para conseguir "respirar um pouco". Disse que eu estava dando nos nervos dela. Mas, se eu estava dando nos nervos de alguém, acho que devia ser nos meus. Parecia que eu sempre sabia o que ia acontecer. Não só eu: parecia que todo mundo sabia o que ia acontecer. Como se estivéssemos perambulando pela vida como sonâmbulos pela décima ou vigésima ou centésima vez.

Eu queria falar isso para Sandra, mas, por algum motivo, sabia que não devia, sabia que a perderia se abrisse a boca. Então, eu estava sentado na sala, vendo *The Tube* no Canal 4, bebendo uma caneca de chá e lamentando minha vida.

O homem dos óculos de armação grossa entrou na minha casa como se fosse a dele. Conferiu o relógio de pulso.

— Certo — disse ele. — Está na hora. Você vai pilotar algo bem parecido com um PL-47.

Nem pessoas de nível Gracioso podiam saber dos PL-47s. Eu havia pilotado um protótipo umas dez vezes. Parecia uma xícara, e voava que nem algo saído de *Star Wars*.

— Não é melhor deixar um recado para Sandra? — perguntei.

— Não — respondeu ele, sem mais. — Agora, sente-se no chão e respire fundo, em intervalos regulares. Para dentro, para fora, para dentro, para fora.

Não me ocorreu discutir ou desobedecer. Sentei-me no chão e comecei a respirar, lentamente, para dentro, para fora, para fora, para dentro...

Dentro.

Fora.

Dentro.

Um aperto. A pior dor da minha vida. Eu estava sufocando.

Dentro.

Fora.

Estava gritando, mas escutava minha voz e não estava gritando. Só ouvia um gemido baixo e gorgolejante.

Dentro.

Fora.

Era como se eu estivesse nascendo. Não foi confortável nem agradável. Foi a respiração que me sustentou através da dor, e da escuridão, e dos gorgolejos nos pulmões. Abri os olhos. Estava deitado em um disco de metal com uns dois metros e meio de largura, completamente nu, molhado, cercado por um emaranhado de cabos. Eles recuaram, afastando-se de mim, como minhocas assustadas ou cobras coloridas nervosas.

Abaixei os olhos para ver meu corpo. Nenhum pelo, cicatriz ou ruga. Tentei adivinhar minha idade, em termos reais. Dezoito? Vinte? Não dava para saber.

Havia uma tela de vidro embutida no disco de metal. Ela piscou e se acendeu. Eu estava olhando para o homem dos óculos de armação grossa.

— Você se lembra? — perguntou ele. — Agora pode acessar a maior parte de sua memória.

— Acho que sim — respondi.

— Você vai para um PL-47 — disse ele. — Acabamos de terminar a construção. Tivemos que voltar aos princípios básicos para depois avançar.

Modificamos algumas fábricas para construí-lo. Vamos ter outro lote pronto até amanhã. Por enquanto, só temos um.

— Então, se não der certo, vocês têm como me substituir.

— Se sobrevivermos até lá — respondeu ele. — Começou outro bombardeio há uns quinze minutos. Eliminou quase toda a Austrália. Estimamos que ainda seja um prelúdio para o bombardeio de verdade.

— O que eles estão lançando? Bombas nucleares?

— Pedras.

— Pedras?

— Isso. Pedras. Asteroides. Gigantes. Achamos que, se não nos rendermos até amanhã, talvez joguem a Lua na gente.

—Você está brincando.

— Quem me dera. — A tela se apagou.

Meu disco de metal transitava por um emaranhado de cabos e um mundo de pessoas nuas adormecidas. Voou por cima de torres afiadas de microchips e colunas de silicone que brilhavam com uma luz suave.

O PL-47 me aguardava no topo de uma montanha de metal. Pequenos caranguejos metálicos rastejavam sobre ele, polindo e verificando cada rebite e pino.

Entrei com pernas que ainda tremiam e bambeavam pela falta de uso. Sentei-me no assento do piloto e me animei ao ver que ele tinha sido construído sob medida para mim. Era do meu tamanho. Afivelei os cintos. Minhas mãos começaram a ativar a sequência de inicialização. Cabos subiram pelos meus braços. Senti algo se conectar à base da minha coluna, e alguma outra coisa se mexeu e se ligou ao topo do meu pescoço.

Minha percepção da nave se expandiu. Eu tinha visão de trezentos e sessenta graus, acima e abaixo. Eu era a nave e, ao mesmo tempo, estava sentado na cabine, ativando os códigos de lançamento.

— Boa sorte — disse o homem dos óculos de armação grossa numa tela minúscula à minha esquerda.

— Obrigado. Posso fazer uma última pergunta?

—Vá em frente.

— Por que eu?

— Bom — falou ele —, a resposta curta é que você foi feito para isso. No seu caso, aprimoramos um pouco o projeto humano básico. Você é maior. É bem mais rápido. Sua velocidade de processamento e seu tempo de reação são melhores.

— Não sou mais rápido. Sou grande, mas desajeitado.
— Não na vida real — rebateu ele. — Só no mundo.
E decolei.

Nunca vi os alienígenas, se é que havia algum, mas vi a nave deles. Parecia um fungo ou uma alga: a estrutura toda era orgânica, um troço tremeluzente enorme, orbitando a Lua. Parecia o tipo de coisa que surgia em um tronco podre parcialmente submerso no mar. Era do tamanho da Tasmânia.

Duzentos tentáculos pegajosos, com mais de um quilômetro de comprimento, arrastavam asteroides de tamanhos diversos. Lembravam um pouco os tentáculos pendentes de uma caravela-portuguesa, aquela estranha criatura marinha composta: quatro organismos distintos que sonham ser um só.

Quando a distância entre nós chegou a algumas centenas de milhares de quilômetros, começaram a arremessar pedras em mim.

Enquanto meus dedos ativavam o compartimento de mísseis, mirando no núcleo flutuante, eu me perguntei o que estava fazendo. Não estava salvando o mundo que conhecia. Aquele mundo era imaginário: uma sequência de uns e zeros. Se estava salvando alguma coisa, estava salvando um pesadelo...

Mas, se o pesadelo morresse, o sonho morreria também.

Tinha uma garota chamada Susan. Eu me lembrava dela, de uma vida fantasmagórica muito antiga. Fiquei pensando se ainda estaria viva. (Haviam se passado algumas horas? Ou algumas vidas?) Provavelmente estava pendurada em cabos, sem pelos, em algum lugar, e não se lembrava de nenhum gigante deprimido e paranoico.

Eu estava tão perto que podia ver as ondulações na pele da criatura. As pedras ficavam cada vez menores e mais precisas. Eu me esquivava e desviava para evitá-las. Parte de mim só admirava a economia da coisa: nada de construir ou comprar explosivos caros, lasers, bombas atômicas. Apenas a boa e velha energia cinética: pedregulhos.

Se uma delas tivesse acertado a nave, eu teria morrido. Simples assim.

O único jeito de evitá-las era ser mais rápido. Então continuei correndo.

O núcleo me encarava. Era uma espécie de olho. Eu tinha certeza.

Eu estava a menos de cem metros de distância quando lancei a carga. Depois saí dali às pressas.

Ainda não tinha escapado do alcance quando o negócio implodiu. Foi como assistir a fogos de artifício — tinha uma beleza meio mórbida. Depois sobrou apenas um vestígio sutil de purpurina e poeira...

— Consegui! — gritei. — Consegui! Consegui, porra!

A tela piscou. Óculos de armação grossa olharam para mim. Não havia mais um rosto de verdade por trás deles. Só uma vaga aproximação de receio e interesse, como um desenho borrado.

— Você conseguiu — concordou ele.

— Agora, como pouso este troço? — perguntei.

Um momento de hesitação, e então:

— Não pousa. Não o projetamos para voltar. Era uma função supérflua da qual não precisávamos. Custoso demais, em termos de recursos.

— Então o que eu faço? Acabei de salvar a Terra. E agora vou sufocar aqui?

Ele assentiu.

— Isso mesmo.

As luzes começaram a se apagar. Um a um, os controles foram se desligando. Perdi a percepção de trezentos e sessenta graus da nave. Era só eu, amarrado a uma cadeira no meio do nada, dentro de uma xícara voadora.

— Quanto tempo tenho?

— Estamos desativando todos os sistemas, mas você tem pelo menos algumas horas. Não vamos evacuar o ar restante. Seria desumano.

— Quer saber, no meu mundo, eu teria ganhado uma medalha.

— É óbvio que somos gratos.

— E não conseguem pensar em nenhum jeito mais concreto de expressar gratidão?

— Não. Você é uma peça descartável. Uma unidade. Não podemos lamentar sua perda, assim como um vespeiro não lamenta a morte de uma única vespa. Não é razoável ou viável trazê-lo de volta.

— E não querem que algo com esse poder de fogo volte para a Terra, onde poderia ser usado contra vocês?

— Correto.

A tela então se apagou, sem nem sequer uma despedida.

Fique onde está, pensei. *A culpa é da realidade.*

Quando só temos algumas horas de ar, ficamos muito conscientes da nossa respiração. Inspira. Segura. Solta. Segura. Inspira. Segura. Solta. Segura...

Continuei ali, amarrado à cadeira na penumbra, e esperei, e pensei. Então, disse:

— Alô? Tem alguém aí?

Um instante. A tela se acendeu com imagens abstratas.

— Sim?

— Tenho um pedido. Escute. Vocês... máquinas, seja lá o que são... vocês me devem uma. Não é? Quer dizer, eu salvei vocês.

— Prossiga.

— Ainda me restam algumas horas. Certo?

— Cerca de cinquenta e sete minutos.

— Podem me conectar de volta ao... ao mundo real? Ao outro mundo. Ao mundo de onde eu vim?

— Hum. Não sei. Vou averiguar. — Tela escura de novo.

Fiquei respirando, para dentro e para fora, para dentro e para fora, enquanto esperava. Eu me sentia muito em paz. Se não tivesse menos de uma hora de vida, estaria tudo ótimo.

A tela se acendeu. Nenhuma figura, nenhuma imagem, nada. Só um brilho suave. E uma voz, em parte dentro da minha cabeça, em parte fora, disse:

— Conexão estabelecida.

Senti uma dor súbita na base do crânio. Depois, tudo preto, por alguns minutos.

E, em seguida, isto.

Foi há quase quinze anos: 1984. Voltei a mexer com computadores. Tenho minha própria loja de computadores na Tottenham Court Road. E agora, à medida que nos aproximamos do novo milênio, estou escrevendo isso aqui. Desta vez, me casei com Susan. Levei alguns meses para encontrá-la. Temos um filho.

Tenho quase quarenta anos. Gente como eu não vive muito mais que isso, em geral. Nosso coração para. Quando você ler este texto, já terei morrido. Você vai saber que eu morri. Já terá visto enterrarem um caixão grande o bastante para dois homens.

Mas saiba o seguinte, Susan, querida: meu caixão de verdade está em órbita em torno da lua. Parece uma xícara voadora. Eles me deram o mundo de volta, e você, por um tempinho. Da última vez que falei para você, ou para alguém como você, a verdade ou o que eu sabia dela, fui abandonado. E talvez não tenha sido você, e talvez não tenha sido eu, mas não me atrevo a correr esse risco de novo. Então vou escrever, e você vai receber esse relato com o restante dos meus papéis quando eu me for. Adeus.

Eles podem ser insensíveis, frios, computadorizados malditos, sugando a mente do que resta da humanidade. Mas não posso evitar um sentimento de gratidão por eles.

Vou morrer daqui a pouco. Mas os últimos vinte minutos foram os melhores anos da minha vida.

PÁGINAS DE UM DIÁRIO ENCONTRADO NUMA CAIXA DE SAPATOS LARGADA NUM ÔNIBUS EM ALGUM PONTO ENTRE TULSA, OKLAHOMA, E LOUISVILLE, KENTUCKY

Segunda, dia 28
Acho que já faz bastante tempo que estou seguindo Scarlet. Ontem eu estava em Las Vegas. Andando pelo estacionamento de um cassino, achei um cartão-postal. Tinha uma palavra escrita com batom vermelho. Uma palavra só: *Lembra*. O verso do cartão-postal era uma rodovia de Montana.

Não lembro o que eu deveria lembrar. Estou na estrada agora, dirigindo para o norte.

Terça, dia 29
Estou em Montana, ou talvez Nebraska. Escrevo isto em um hotel de beira de estrada. Tem uma ventania fora do meu quarto, e bebo café puro de hotel, igual ao que vou beber amanhã à noite e depois de amanhã à noite. No restaurante de uma cidade pequena, ouvi alguém falar o nome dela hoje. "Scarlet está na estrada", disse o homem. Era um guarda de trânsito, e ele mudou de assunto quando me aproximei para escutar.

Ele estava falando de uma colisão frontal. O vidro quebrado no asfalto brilhava feito diamante. Ele me chamou de "senhora", com educação.

Quarta, dia 30
"Não é o trabalho que afeta tanto a gente", disse a mulher. "É o jeito como as pessoas ficam olhando." Ela tremia. Era uma noite fria, e ela não estava usando roupas adequadas.

"Estou procurando Scarlet", falei.

Ela apertou minha mão nas suas e tocou minha bochecha, com muita delicadeza. "Continue procurando, meu bem", falou. "Vai encontrar quando for a hora." Então saiu desfilando pela rua.

Não estava mais em uma cidade pequena. Talvez fosse Saint Louis. Como a gente pode saber se está em Saint Louis? Procurei um arco, alguma coisa que ligasse o leste ao oeste, mas, se tinha algum, não vi.

Depois, cruzei um rio.

Quinta, dia 31
Havia mirtilos silvestres crescendo na beira da estrada, e um fio vermelho preso nos arbustos. Tenho medo de estar procurando algo que não exista mais. Que talvez nunca tenha existido.

Hoje falei com uma mulher que já amei, em uma lanchonete no deserto. Ela é garçonete lá há muito tempo.

"Achei que eu fosse o seu destino", disse ela. "Mas fui só mais uma parada na viagem."

Não consegui dizer algo consolador. Ela não conseguia me ouvir. Devia ter perguntado se ela sabia onde estava Scarlet.

Sexta, dia 32
Sonhei com Scarlet ontem à noite. Ela era imensa e feroz, e estava me caçando. No meu sonho, eu sabia qual era a aparência dela. Quando acordei, estava em uma picape estacionada no acostamento. Um homem apontava uma lanterna pela minha janela. Ele me chamou de "senhor" e pediu minha identidade.

Falei quem eu achava que era e quem eu estava procurando. Ele só riu e foi embora, balançando a cabeça. Estava cantarolando uma música que eu não conhecia. Dirigi a picape para o sul, manhã adentro. Às vezes, acho que isso está virando uma obsessão. Ela está andando. Eu estou dirigindo. Como ela se mantém sempre tão na frente?

Sábado, dia 1º
Achei uma caixa de sapato onde guardo coisas. Em um McDonald's de Jacksonville, comi um quarteirão com queijo, tomei um milkshake de chocolate e espalhei todo o conteúdo da caixa na mesa: o fio vermelho do pé de mirtilos; o cartão-postal; uma foto Polaroid que achei num descampado cheio de funchos, perto da Sunset Boulevard — são duas meninas cochichando, com os rostos fora de foco; uma fita cassete; um frasquinho de purpurina dourada que me deram em Washington, D.C.; folhas que arranquei de livros e revistas. Uma ficha de cassino. Este diário.

"Quando você morrer", diz uma mulher de cabelo escuro na mesa ao lado, "já podem transformar seu corpo em diamantes. É científico. É assim que quero ser lembrada. Quero brilhar."

Domingo, dia 2
Os caminhos que os fantasmas percorrem estão escritos na terra com palavras antigas. Fantasmas não pegam a interestadual. Eles andam. É isso que estou seguindo? Às vezes, parece que estou enxergando pelos olhos dela. Às vezes, parece que ela está enxergando pelos meus.

Estou em Wilmington, Carolina do Norte. Escrevo isto em uma praia vazia, com a luz do sol cintilando no mar, e me sinto só.

A gente vai se virando como pode. Não é?

Segunda, dia 3
Estava em Baltimore, de pé em uma calçada debaixo de uma chuva fraca, me perguntando aonde eu ia. Acho que vi Scarlet em um carro, vindo na minha direção. Ela era a passageira. Não vi o rosto, mas o cabelo era ruivo. A mulher que dirigia o carro, uma picape velha, era gorda e feliz, e seu cabelo era comprido e preto. Sua pele era escura.

Nessa noite, dormi na casa de um homem que eu não conhecia. Quando acordei, ele disse: "Ela está em Boston."

"Quem?"

"Aquela que você está procurando."

Perguntei como ele sabia, mas não obtive resposta. Depois de um tempo, ele pediu para eu ir embora, e, logo em seguida, fui. Quero ir para casa. Se soubesse onde fica, eu iria. Em vez disso, peguei a estrada.

Terça, dia 4
Passando por Newark ao meio-dia, consegui ver a pontinha de Nova York, já manchada e escurecida pela sujeira no ar, um borrão noturno depois da tempestade. Podia ter sido o fim do mundo.

Acho que o mundo vai acabar em preto e branco, como um filme antigo. (Cabelo preto feito carvão, docinho, pele branca feito neve.) Enquanto tivermos cores, talvez possamos seguir em frente. (Lábios vermelhos feito sangue, é o que repito para mim constantemente.)

Cheguei a Boston no fim da tarde. Procuro-a em espelhos e reflexos. Às vezes, me lembro de quando os brancos vieram para esta terra, e de quando os negros desembarcaram acorrentados. Me lembro de quando os vermelhos andaram até esta terra, quando ela era mais jovem.

Me lembro de quando a terra era solitária.

"Como alguém pode vender a própria mãe?" Foi isso que as primeiras pessoas disseram, quando pediram que vendessem a terra por onde andavam.

Quarta, dia 5
Ela falou comigo ontem à noite. Tenho certeza de que era ela. Passei por um telefone público na rua em Metairie, Los Angeles. Ele tocou, e atendi.

"Você está bem?", disse uma voz.

"Quem é?", perguntei. "Talvez seja engano."

"Talvez", disse ela. "Mas você está bem?"

"Não sei", falei.

"Saiba que você é uma pessoa amada", disse a voz. E eu sabia que só podia ser ela. Quis falar que também a amava, mas ela já tinha desligado. Se é que era ela. Ela esteve lá só por um instante. Talvez fosse engano, mas acho que não.

Estou muito perto agora. Compro um cartão-postal de um morador de rua que tem um cobertor cheio de coisas na calçada, e nele escrevo *Lembra* com batom, para não esquecer nunca, mas o vento sopra e o leva embora, e, por enquanto, acho que vou continuar andando.

COMO FALAR COM GAROTAS EM FESTAS

— Vamos — disse Vic. — Vai ser legal.

— Não vai, não — falei, mas já tinha perdido essa briga horas antes, e sabia disso.

—Vai ser maneiro — insistiu Vic, pela centésima vez. — Garotas! Garotas! Garotas! — Ele sorriu, mostrando os dentes brancos.

Nós dois estudávamos em uma escola só para rapazes no sul de Londres. Embora fosse mentira dizer que não tínhamos experiência com meninas —Vic aparentemente tivera muitas namoradas, e eu havia beijado três amigas da minha irmã —, acho que seria justo afirmar que a gente conversava, interagia e se entendia sobretudo com outros garotos. Bom, pelo menos eu. É difícil falar por outras pessoas, e faz trinta anos que não vejo Vic. Não sei se saberia o que dizer para ele agora, se o visse.

Estávamos andando pelas ruelas que formavam um labirinto imundo atrás da estação East Croydon — uma amiga tinha contado para Vic sobre uma festa, e Vic estava decidido a ir, quer eu gostasse da ideia ou não, e eu não gostava. Mas meus pais tinham viajado para um congresso e iam passar a semana fora, e eu estava hospedado na casa de Vic, então fui com ele.

— Vai ser a mesma coisa de sempre — falei. — Depois de uma hora, você vai sumir em algum lugar, dar uns amassos com a garota mais bonita da festa, e eu vou ficar na cozinha, ouvindo a mãe de alguém tagarelar sobre política, poesia ou coisa assim.

— É só *falar* com elas — disse Vic. — Deve ser aquela rua ali. — Ele apontou, alegre, balançando a sacola com a garrafa.

—Você não sabe?

— Alison me explicou o caminho e anotei em um pedaço de papel, mas deixei na mesa da sala. Tranquilo. Sei chegar lá.

— Como?

A esperança cresceu aos poucos dentro de mim.

— A gente anda pela rua — disse ele, como se estivesse conversando com uma criança burra. — E procura pela festa. Fácil.

Procurei, mas não encontrei festa alguma: só casas estreitas, com carros ou bicicletas enferrujando nos jardins cimentados; e as vitrines empoeiradas de jornaleiros, que tinham cheiro de temperos estranhos e vendiam desde cartões de aniversário e gibis de segunda mão até revistas tão pornográficas que vinham lacradas em sacos plásticos. Eu estava com Vic quando ele enfiou uma dessas revistas embaixo do suéter certa vez, mas o dono o pegou na calçada e o obrigou a devolver.

Chegamos ao fim da rua e viramos em uma ruela estreita de casas geminadas. Tudo parecia bem quieto e vazio naquela noite de verão.

— Para você é fácil — argumentei. — Elas gostam de você. Nem precisa *falar* com elas.

Era verdade: bastava dar um sorrisinho malandro, e Vic podia escolher quem quisesse.

— Nem é. Nada a ver. É só falar.

Nas vezes em que eu tinha beijado as amigas da minha irmã, a gente não se falou. Elas ficaram por perto enquanto minha irmã fazia alguma outra coisa e vieram até mim, então dei um beijo nelas. Não me lembro de nenhuma conversa. Não sabia o que dizer para as garotas, e falei isso para ele.

— São só garotas — disse Vic. — Não são alienígenas de outro planeta.

Quando viramos a rua, minha esperança de que seria impossível encontrar a festa foi por água abaixo: dava para ouvir um barulho pulsante baixo, a música abafada por paredes e portas, vindo de uma casa mais à frente. Eram oito da noite, não muito cedo para quem não tinha dezesseis anos, e nós não tínhamos. Ainda não.

Meus pais gostavam de saber onde eu estava, mas acho que os pais de Vic não ligavam muito. Ele era o mais novo de cinco meninos. Isso por si só me parecia mágico: eu tinha apenas duas irmãs, ambas mais novas, e me sentia ao mesmo tempo especial e solitário. Sempre quis um irmão. Quando completei treze anos, parei de fazer pedidos para estrelas cadentes, mas, quando eventualmente fazia, era para ganhar um irmão.

Seguimos a trilha do jardim, que era calçada com pedras, passava por uma sebe e uma roseira e dava em uma fachada de pedrinhas. Tocamos a campainha, e a porta foi aberta por uma garota. Eu não saberia dizer quantos anos ela tinha, e isso era uma das coisas que eu havia começado a odiar nas meninas: no início, quando a gente é criança, é tudo menino e menina, todo mundo avançando pelo tempo na mesma velocidade, todo mundo com cinco, sete, onze anos juntos. Aí, um dia, acontece um salto, e as garotas saem correndo para o futuro na nossa frente, e elas sabem tudo sobre tudo, e menstruam, e têm seios, e usam maquiagem e só Deus sabe o que mais — eu com certeza não sabia. Os diagramas nos livros didáticos de biologia não substituíam a experiência de ser, em um sentido muito real, jovens adultos. E as garotas da nossa idade eram exatamente isso.

Vic e eu não éramos jovens adultos, e eu estava começando a desconfiar que, mesmo quando precisasse me barbear todos os dias, e não duas vezes por mês, ainda continuaria bem atrás.

— Quem são vocês? — disse a menina.

— Somos amigos da Alison — respondeu Vic.

Conhecemos Alison, com sardas, cabelo laranja e um sorriso incrível, em Hamburgo, durante um intercâmbio na Alemanha. Os organizadores selecionaram também algumas meninas para irem conosco, de uma escola só para garotas na cidade, para equilibrar os gêneros. Mais ou menos da nossa idade, as garotas eram animadas e divertidas, e tinham namorados mais ou menos adultos com carros, empregos, motos e — no caso de uma com dente torto e casaco de texugo, que me confidenciou, tristonha, no fim de uma festa em Hamburgo, na cozinha, óbvio — esposa e filhos.

— Ela não está — disse a menina na porta. — Não tem nenhuma Alison aqui.

— Sem problema — falou Vic, com um sorriso tranquilo. — Meu nome é Vic. Este é Enn. — Um instante de silêncio, e então a garota sorriu de volta. Vic tinha um saco plástico com uma garrafa de vinho branco, tirada da cozinha dos pais. — Onde posso colocar isso?

Ela deu um passo para o lado e nos deixou entrar.

— Tem uma cozinha nos fundos — disse ela. — Pode pôr na mesa, com as outras garrafas.

Seu cabelo era dourado e ondulado, e a garota era muito bonita. O hall estava escuro por causa do horário, mas dava para ver que era bonita.

— Como você se chama? — perguntou Vic.

Ela disse que seu nome era Stella, e ele abriu aquele sorrisinho branco, e respondeu que devia ser o nome mais bonito que ele já tinha escutado na vida. Safado bom de lábia. E o pior é que parecia sincero.

Vic foi levar a garrafa até a cozinha, e olhei para a sala, de onde vinha a música. Havia gente dançando. Stella entrou e começou a dançar, movendo-se sozinha ao som da música. Fiquei parado, observando.

Isso foi no começo da era punk. Nos nossos toca-discos, colocávamos The Adverts e The Jam, The Stranglers, The Clash e Sex Pistols. Em festas de outras pessoas, ouvíamos ELO, ou 10cc, ou até Roxy Music. Com sorte, talvez um pouco de Bowie. Durante o intercâmbio na Alemanha, o único LP que agradava todo mundo era *Harvest*, de Neil Young, e a música "Heart of Gold" acompanhara a viagem toda feito um refrão: *I crossed the ocean for a heart of gold...*

Eu não reconhecia a música que tocava naquela sala. Lembrava um pouco um grupo alemão de pop eletrônico chamado Kraftwerk, e um pouco um LP que eu tinha ganhado no meu último aniversário, cheio de sons estranhos feitos pela BBC Radiophonic Workshop. Mas a música tinha ritmo, e a meia dúzia de garotas na sala se movia lentamente ao som da melodia, embora eu só tivesse olhos para Stella. Ela brilhava.

Vic me empurrou para entrar na sala. Estava com uma lata de cerveja na mão.

— Tem bebida na cozinha — disse para mim.

Então foi até Stella e começou a falar com ela. A música não me deixava ouvi-los, mas eu sabia que não havia espaço para mim naquela conversa.

Eu não gostava de cerveja, não naquela época. Fui ver se tinha alguma bebida que eu quisesse. Na mesa da cozinha, vi uma garrafa grande de Coca-Cola, enchi um copo de plástico para mim, e não me atrevi a falar com as duas meninas que conversavam na penumbra do cômodo. Elas estavam empolgadas e eram absurdamente lindas. Tinham pele bem negra, cabelo sedoso e roupas de estrela de cinema, falavam com sotaque estrangeiro e eram areia demais para o meu caminhãozinho.

Saí perambulando com a Coca na mão.

A casa era mais comprida do que parecia, maior e mais complexa do que o modelo "quatro cômodos, dois andares" que eu havia imaginado. Os ambientes estavam escuros — duvido que tivesse alguma lâmpada com mais de quarenta watts na casa — e cada espaço em que eu entrava estava ocupado: pelo que me lembro, só por meninas. Não subi para o segundo andar.

A única pessoa na varanda era uma garota. Seu cabelo era tão claro que chegava a ser branco, comprido e liso, e ela estava sentada à mesa com tampo de vidro, as mãos entrelaçadas, olhando para o jardim lá fora e para o céu escurecido. Parecia melancólica.

— Tudo bem se eu me sentar aqui? — perguntei, apontando com meu copo.

Ela assentiu e complementou com uma encolhida de ombros, para indicar que não fazia diferença, e eu me sentei.

Vic passou pela porta da varanda. Estava conversando com Stella, mas me viu ali, sentado à mesa, cheio de timidez e vergonha, e abriu e fechou a mão para imitar uma boca falando. *Fale*. Certo.

—Você é daqui? — perguntei à garota.

Ela balançou a cabeça, negando. Usava uma blusa prateada com decote, e tentei não olhar para o volume de seus seios.

— Como você se chama? — continuei. — Meu nome é Enn.

— Wain de Wain — disse ela, ou algo parecido. — Sou uma segunda.

— Que, hã... que nome diferente.

Ela me fitou com olhos úmidos enormes.

— Significa que minha progenitora também era Wain, e que sou obrigada a passar informações para ela. Não posso me reproduzir.

— Ah. Bom. Meio cedo para isso de qualquer forma, né?

Ela afastou as mãos, ergueu-as acima da mesa e esticou os dedos.

— Está vendo? — O dedo mindinho da mão esquerda era torto e se bifurcava na ponta, formando duas pontas menores. Uma pequena deformidade. — Quando fui concluída, foi preciso tomar uma decisão. Eu seria preservada ou eliminada? Para minha sorte, a decisão cabia a mim. Agora eu viajo, enquanto minhas irmãs mais perfeitas continuam em casa, em estase. Elas eram primeiras. Eu sou uma segunda.

"Em breve, precisarei voltar a Wain e dizer para elas tudo que vi. Todas as minhas opiniões sobre esse seu lugar."

— Eu não moro em Croydon, na verdade — falei. — Não sou daqui.

Fiquei me perguntando se ela era estadunidense. Eu não fazia a menor ideia do que a garota estava dizendo.

— Correto — concordou ela —, nenhum de nós é daqui. — Ela fechou a mão de seis dedos embaixo da direita, como se tentasse escondê-la.

— Eu tinha esperado algo maior, mais limpo, e com mais cor. Ainda assim, é uma preciosidade.

Ela bocejou, cobriu a boca com a mão direita só por um instante, e então a repousou de novo na mesa.

— A viagem me exaure, e, às vezes, eu gostaria que acabasse. Em uma rua no Rio, durante o Carnaval, eu as vi em uma ponte, douradas e altas, com olhos de inseto e asas, e quase corri para cumprimentá-las, até ver que eram só pessoas fantasiadas. Falei para Hola Colt: "Por que eles se esforçam tanto para se parecer conosco?" E Hola Colt respondeu: "Porque eles se odeiam, em seus tons de rosa e marrom, tão pequenos." É o que sinto, até eu, e não sou madura. Parece um mundo de crianças ou de elfos. — Ela sorriu e disse: — Ainda bem que nenhum deles conseguia ver Hola Colt.

— Hum — falei —, quer dançar?

Ela recusou de imediato.

— Não é permitido — disse ela. — Não posso fazer nada que tenha chance de causar danos à propriedade. Sou de Wain.

— Então quer beber alguma coisa?

— Água — respondeu ela.

Voltei para a cozinha e peguei mais Coca para mim, depois enchi uma caneca com água da bica. Da cozinha, voltei ao hall e dali para a varanda, que agora estava vazia.

Pensei que talvez a menina tivesse ido ao banheiro e que talvez mudasse de ideia quanto a dançar mais tarde. Fui de novo para a sala e dei uma olhada. A festa estava enchendo. Havia mais garotas dançando, e alguns caras que eu não conhecia e pareciam alguns anos mais velhos que Vic e eu. Os caras e as meninas mantinham distância, mas Vic e Stella estavam dançando de mãos dadas, e, quando a música acabou, ele passou o braço em volta dela, em um gesto casual, quase possessivo, para impedir que mais alguém se intrometesse.

Eu me perguntei se a garota com quem eu conversei tinha subido a escada, já que não a encontrei no primeiro andar.

Entrei na sala de estar, que ficava do outro lado do corredor, em frente a onde as pessoas estavam dançando. Havia uma garota sentada ali. Ela tinha cabelo escuro, curto e espetado, e um jeito nervoso.

Fale, pensei.

— Hum, não sei o que fazer com essa água — falei para ela. — Você quer?

Ela fez que sim, estendeu a mão e pegou a caneca com extremo cuidado, como se não estivesse acostumada a pegar coisas, como se não confiasse nos próprios olhos nem nas mãos.

— Adoro ser turista — disse ela, e abriu um sorriso hesitante. Havia um espaço entre os dois dentes da frente, e ela bebericou a água da bica como se fosse uma adulta provando um bom vinho. — No último passeio, fomos ao sol, e nadamos em piscinas de fogo com baleias. Ouvimos as histórias delas e trememos com o frio das regiões siderais, depois nadamos mais para o fundo, onde o calor se revolvia e nos acolhia.

"Eu queria voltar. Dessa vez, eu queria. Tinha tanta coisa que eu não havia visto. Mas viemos para mundo. Você gosta?"

— Gosto de quê?

Ela fez um gesto vago para indicar a sala — o sofá, as poltronas, as cortinas, a lareira a gás apagada.

— É legal, acho.

— Falei que não queria visitar mundo. Responsável-mestre não apreciou. Disse: "Você terá muito a aprender." Respondi: "Eu poderia aprender mais no sol de novo. Ou nas profundezas. Jessa teceu teias entre galáxias. Quero fazer isso."

"Mas não teve conversa, e vim para mundo. Responsável-mestre me envolveu, e vim parar aqui, materializada em um bloco decadente de carne sobre uma estrutura de cálcio. Quando encarnei, senti coisas dentro de mim, trepidando, bombeando e espremendo. Foi minha primeira experiência soprando ar pela boca, vibrando cordas vocais no caminho, e as usei para dizer a responsável-mestre que eu queria morrer, o que foi aceito como a estratégia de saída inevitável de mundo."

Ela tinha uma pulseira de contas pretas no braço, que apalpava enquanto falava.

— Mas há conhecimento na carne — disse a garota —, e estou decidida a aprender com isso.

Já estávamos perto um do outro, no meio do sofá. Decidi que devia passar o braço em volta dela, mas de um jeito casual. Ia estender o braço pelo encosto do sofá e aos poucos o deslizaria para baixo, quase imperceptivelmente, até encostar nela.

— A questão do líquido nos olhos — continuou ela —, quando o mundo embaça. Ninguém me avisou e ainda não entendo. Já toquei nas dobras do Sussurro e pulsei, voei com os cisnes de táquion e ainda não entendo.

Ela não era a garota mais bonita ali, mas parecia simpática, e pelo menos era uma garota. Deixei o braço deslizar um pouco para baixo, com cuidado, até fazer contato com as costas dela, e ela não pediu para eu me afastar.

Nesse momento, Vic me chamou da porta. Estava com o braço em volta de Stella, de forma protetora, e acenava para mim. Tentei avisar que estava ocupado, balançando a cabeça, mas ele falou meu nome e, com relutância, me levantei do sofá e fui até a porta.

— Quê?

— Hã, olha. A festa — disse Vic, constrangido. — Não é a que achei que fosse. Eu estava conversando com Stella e entendi. Bom, ela meio que me explicou. A gente está em uma festa diferente.

— Meu Deus. Vai dar problema? A gente tem que ir embora?

Stella balançou a cabeça. Vic se inclinou até ela e a beijou delicadamente na boca.

— Você só está feliz por eu estar aqui, né, querida?

— Você sabe que sim — respondeu ela.

Ele se virou de novo para mim e abriu aquele sorriso branco: travesso, adorável, meio malandro, meio Príncipe Encantado picareta.

— Não se preocupe. Só tem turista aqui mesmo. É tipo um intercâmbio, né? Que nem aquele da Alemanha.

— É?

— Enn, você tem que *falar* com elas. E isso significa que precisa escutar também. Entendeu?

— Eu fiz isso. Já falei com umas duas.

— Está fazendo algum avanço?

— Estava, até você me chamar.

— Foi mal. Olha, eu só queria avisar. Tudo bem?

Ele me deu um tapinha no braço e saiu com Stella. Então, juntos, os dois subiram a escada.

Veja bem, todas as garotas daquela festa, na penumbra, eram bonitas; todas tinham um rosto perfeito, mas, acima de tudo, tinham aquela estranheza de proporções, de peculiaridade ou humanidade, que faz algo bonito ser mais do que um manequim de loja. Stella era a mais bonita de todas, mas, claro, pertencia a Vic, e os dois iam subir juntos, e sempre seria assim.

Agora tinha algumas pessoas no sofá, conversando com a menina de dentes afastados. Alguém contou uma piada e todos riram. Eu teria que abrir caminho para me sentar ali de novo e não parecia que ela estava me esperando, nem que se importava com a minha ausência, então saí para o corredor. Olhei as pessoas dançando e me perguntei de onde vinha a música. Não vi nenhum toca-discos ou alto-falante.

Do corredor, voltei para a cozinha.

Cozinhas são bons lugares em festas. Ninguém precisa de uma desculpa para estar lá e, olhando pelo lado positivo, eu não tinha visto sinal de mães naquela festa. Conferi as diversas garrafas e latas na mesa, e botei um pouco de Pernod no fundo do meu copo de plástico, enchendo o resto com Coca-Cola. Coloquei umas pedras de gelo e tomei um gole, saboreando a doçura.

— O que você está bebendo? — perguntou uma voz feminina.

— É Pernod — falei. — Tem gosto de semente de anis, só que é alcoólico.

Não disse que só experimentei porque tinha ouvido alguém da plateia pedir um Pernod em um LP do Velvet Underground.

— Faz um para mim?

Servi mais uma dose de Pernod, complementei com Coca-Cola e entreguei para ela. Seu cabelo era de um tom castanho meio acobreado e descia em cachos em volta do rosto. Não é um estilo muito comum hoje em dia, mas era bem popular na época.

— Como você se chama? — perguntei.

— Triolé — disse ela.

— Nome bonito — falei, embora não soubesse se era mesmo. Mas a garota era bonita.

— É uma forma de versificação — comentou ela, orgulhosa. — Que nem eu.

— Você é um poema?

Ela sorriu e baixou os olhos, talvez por timidez. Seu perfil era quase plano — um nariz grego perfeito que descia da testa em linha reta. No ano anterior, tínhamos encenado *Antígona* no teatro da escola. Fui o mensageiro que informa Creonte sobre a morte de Antígona. Usamos mascarilhas que nos deixavam parecidos com ela. Pensei na peça ao olhar para seu rosto, e pensei no traço de Barry Smith ao ilustrar mulheres nos quadrinhos de *Conan*: cinco anos depois, eu teria pensado nos pré-rafaelitas, em Jane Morris e Lizzie Siddal. Mas, na época, tinha só quinze anos.

— Você é um poema? — repeti.

Ela mordeu o lábio inferior.

— Se você quiser. Sou um poema, ou um padrão, ou uma raça cujo mundo foi engolido pelo mar.

— Não é difícil ser três coisas ao mesmo tempo?

— Qual é o seu nome?

— Enn.

— Então você é Enn — disse ela. — E é masculino. E é bípede. É difícil ser três coisas ao mesmo tempo?

— Mas essas não são coisas diferentes. Quer dizer, não são excludentes. — Essa era uma palavra que eu tinha lido muitas vezes, mas nunca falara em voz alta, e pronunciei o *x* errado. E*cs*cludentes.

Ela usava um vestido fino de tecido branco sedoso. Seus olhos eram verde-claros, uma cor que hoje me faria pensar em lentes de contato coloridas, mas isso foi há trinta anos. Era diferente naquela época. Eu me lembro de pensar em Vic e Stella, que estavam no andar de cima. Àquela altura, eu tinha certeza de que estariam em um dos quartos, e senti tanta inveja de Vic que chegou a doer.

Ainda assim, estava falando com aquela garota, mesmo que a conversa não tivesse pé nem cabeça, mesmo que o nome verdadeiro dela não fosse Triolé (minha geração não havia recebido nomes hippies: todas as Íris, e Sóis, e Luas tinham só seis, sete, oito anos na época).

— Nós sabíamos que acabaria em breve — comentou ela —, então colocamos tudo em um poema, para falar ao universo quem éramos, e por que estávamos aqui, o que dizíamos, pensávamos, sonhávamos e desejávamos. Embrulhamos nossos sonhos com palavras e moldamos as palavras para que elas vivessem para sempre, inesquecíveis. Depois enviamos o poema como um padrão de fluxo, para esperar no coração de uma estrela, transmitindo a mensagem em pulsações, disparos e filamentos pelo espectro eletromagnético, até o momento em que, em mundos a mil sistemas solares de distância, o padrão pudesse ser decodificado e lido, e então se tornar um poema de novo.

— E o que aconteceu depois?

Ela olhou para mim com aqueles olhos verdes, e era como se estivesse me encarando por trás de sua própria máscara de Antígona; mas como se os olhos verde-claros fossem só uma parte, mais profunda, da máscara.

— Não se pode ouvir um poema sem que ele transforme o ouvinte. Eles ouviram e o poema os colonizou. Ele os herdou e ocupou; seus ritmos se tornaram parte do modo como pensavam; suas imagens transmutaram permanentemente as metáforas deles; seus versos, sua perspectiva, suas aspirações tornaram-se a vida deles. Em uma geração, os filhos já nasceriam sabendo o poema e, em pouco tempo, como sempre acontece, já não nasceriam mais crianças. Não haveria necessidade, não mais. Haveria apenas um poema, que ganhou corpo, andou e se espalhou pela vastidão do conhecido.

Cheguei um pouco mais perto dela, a ponto de nossas pernas se tocarem. Ela pareceu gostar da proximidade: pôs a mão no meu braço, com afeição, e senti um sorriso se abrir no meu rosto.

— Há lugares onde somos bem-vindos — disse Triolé —, e lugares onde nos consideram ervas daninhas, ou uma doença, algo que deve ser isolado e eliminado imediatamente. Mas onde acaba a contaminação e começa a arte?

— Não sei — falei, ainda sorrindo.

Dava para ouvir a música desconhecida pulsando, palpitando e ribombando na sala.

Então ela se inclinou para mim e... acho que foi um beijo. Acho. Ela pressionou os lábios nos meus, pelo menos, e depois, satisfeita, recuou, como se tivesse acabado de me marcar como sua posse.

—Você gostaria de escutar? — perguntou ela, e fiz que sim, sem saber o que ela estava me oferecendo, mas com a certeza de que eu precisava de tudo que a garota quisesse me dar.

Ela começou a sussurrar algo em meu ouvido. Poesia tem um negócio muito estranho — dá para saber que é poesia mesmo sem falar a língua. Se a gente escutar o grego de Homero sem entender uma palavra, ainda assim vai saber que é poesia. Já ouvi poesia em polonês e inuíte, e sabia o que era mesmo sem saber. O sussurro dela foi assim. Eu não sabia o idioma, mas as palavras fluíram para mim, perfeitas, e visualizei na mente torres de vidro e diamante; e pessoas de olhos verdes muito claros; e, implacável, por baixo de cada sílaba, senti o avanço ininterrupto do oceano.

Talvez eu a tenha beijado de novo. Não lembro. Sei que queria.

E então fui sacudido violentamente por Vic.

—Vamos embora! — gritou ele. — Rápido. Vamos!

Na minha cabeça, comecei a voltar de muito longe.

— Idiota, vamos, anda logo — disse ele, me xingando. Havia fúria em sua voz.

Pela primeira vez na noite, reconheci uma das músicas que estavam tocando na sala: um lamento triste de saxofone seguido por uma cascata de acordes líquidos, uma voz masculina cantando uma letra fragmentada sobre os filhos da era silenciosa. Eu queria ficar e ouvir a música.

— Não acabei — disse ela. — Ainda tem mais de mim.

— Desculpe, querida — respondeu Vic, que não estava mais sorrindo. — Fica para a próxima.

Ele me pegou pelo cotovelo, torceu e puxou, me obrigando a sair do cômodo. Não me opus. Eu sabia, por experiência própria, que Vic era capaz de me dar uma surra se quisesse. Ele só faria isso se estivesse irritado ou bravo, e estava bravo.

Fomos para o hall de entrada. Quando Vic abriu a porta, olhei para trás uma última vez, por cima do ombro, na esperança de ver Triolé na porta da cozinha, mas ela não estava lá. Porém vi Stella, no alto da escada. Ela observava Vic, e vi seu rosto.

Tudo isso aconteceu há trinta anos. Já esqueci muita coisa, vou esquecer mais e, no fim, vou esquecer tudo. No entanto, se tenho alguma certeza em relação à vida após a morte, ela está embrulhada não em salmos ou cantos, mas apenas nisto: creio que jamais esquecerei aquele momento, ou a expressão no rosto de Stella enquanto ela observava Vic sair às pressas. Nem a morte me fará esquecer.

As roupas dela estavam bagunçadas, a maquiagem no rosto borrada, e os olhos...

Não seria bom deixar um universo bravo. Aposto que um universo bravo teria um olhar parecido.

Saímos correndo, eu e Vic, da festa, e das turistas, e do crepúsculo, corremos como se houvesse uma tempestade em nosso encalço, uma corrida louca e desabalada pela confusão de ruas, pelo labirinto emaranhado, e não olhamos para trás, e só paramos quando não conseguíamos mais respirar; paramos e arfamos, incapazes de continuar correndo. Estávamos cheios de dor. Apoiei-me em uma parede, e Vic vomitou, muito e com violência, na sarjeta.

Ele limpou a boca.

— Ela não era... — Ele parou.

Balançou a cabeça.

E disse:

— Sabe... acho que tem uma coisa. Quando você vai o mais longe que pode. E, se for além desse ponto, deixa de ser você. Passa a ser a pessoa que fez *aquilo*. Tem lugares que não dá para ir... Acho que isso aconteceu comigo hoje.

Achei que eu tinha entendido.

— Está falando de transar com ela? — perguntei.

Ele pressionou o nó de um dedo na minha têmpora, com força, e deu um torção violento. Achei que teria que brigar com ele — e perder —, mas pouco depois abaixou a mão e se afastou de mim, emitindo um som fraco e ofegante.

Olhei para ele, curioso, e percebi que Vic chorava: seu rosto estava vermelho, as bochechas cobertas de catarro e lágrimas. Vic estava chorando na rua, de maneira desinibida e desoladora, como se fosse um menininho. Então se afastou de mim, os ombros agitados, e correu pela rua para se distanciar e não me deixar ver seu rosto. Eu me perguntei o que tinha acontecido naquele quarto para que ele agisse desse jeito, para que ficasse tão assustado, e não consegui nem imaginar.

Os postes da rua se acenderam, um de cada vez; Vic continuou andando aos tropeços, e me arrastei atrás dele na penumbra, batendo os pés no ritmo de um poema que, por mais que eu tentasse, não conseguia lembrar direito e nunca seria capaz de repetir.

O DIA EM QUE VIERAM
OS DISCOS VOADORES

Naquele dia, os discos pousaram. Eram centenas, de ouro,
Silentes, descidos do céu, imensos flocos de neve,
E o povo da Terra fitou quieto sua chegada,
À espera, ansioso, para ver o que nos reservavam
E sem que ninguém soubesse se ainda haveria amanhã
Mas você não viu porque

Aquele dia, o dia dos discos, por pura coincidência,
Foi também quando os mortos voltaram do além
E os zumbis na terra macia se ergueram
ou, trôpegos e cegos, brotaram, implacáveis,
Vieram até nós, os vivos, e aos gritos fugimos,
Mas você não viu porque

No dia dos discos, que era o dia dos zumbis, caiu
Também o Ragnarok, e nas telas das TVs se viu
Um navio feito de unhas dos mortos, serpente, lobo,
Mais vasto do que a mente aguenta, e o câmera correu
O mais rápido que pôde, e de lá saíram os Deuses
Mas você não os viu chegar porque

No dia dos discos-zumbis-deuses-bélicos, as comportas
    se abriram
E cada um de nós se viu no meio de gênios e fadas
A ofertar desejos, sonhos, eternidades
Com encanto e astúcia, bravura real e rios de ouro

E gigantes fifofunhavam pelo mundo, e abelhas letais,
Mas você nem imaginava isso porque

Naquele dia, o dia dos discos, o dos zumbis,
Do Ragnarok e das fadas, dos grandes vendavais
E nevascas, o dia em que as cidades viraram cristais
E todas as plantas morreram, plásticos se dissolveram, o
    dia
Em que computadores disseram que devíamos lhes
    obedecer, o dia
Em que anjos, embriagados, tombaram dos bares,
E todos os sinos de Londres badalaram, o dia
Em que animais falaram conosco em assírio, o dia dos
    yetis,
Das capas esvoaçantes e da Máquina do Tempo,
Você não viu nada disso porque
Estava em seu quarto, fazendo nada
Nem sequer lendo, não, só
encarando seu telefone,
pensando se eu ia ligar.

AVE-SOLAR

Naqueles tempos, eles eram um grupo rico e barulhento no Clube Epicúrio. Definitivamente sabiam farrear. Eram cinco.

Havia Augustus DuasPenas McCoy, que tinha o tamanho de três homens, comia por quatro e bebia por cinco. Seu bisavô havia fundado o Clube Epicúrio com a renda de uma tontina, que ele penara muito para garantir, à moda antiga, que fosse sacada integralmente.

Havia o professor Mandalay, pequeno, tremelicoso e cinza como um fantasma (e talvez fosse um fantasma; o que não seria tão absurdo), que bebia apenas água e comia porções miúdas em pratos do tamanho de pires. Ainda assim, gastronomia não exige voracidade, e Mandalay sempre chegava ao cerne de todo prato posto à sua frente.

Havia Virginia Boote, crítica gastronômica, que no passado fora dotada de grande beleza, mas que agora era uma grande e magnífica ruína que se deleitava com seu arruinamento.

Havia Jackie Newhouse, descendente (por vias duvidosas) do grande amante, *gourmand*, violinista e duelista Giacomo Casanova. Jackie Newhouse, assim como seu antepassado famoso, partira inúmeros corações e comera inúmeros grandes pratos.

E havia Zebediah T. Crawcrustle, o único dos epicúrios completamente falido: a cada encontro, chegava cambaleante e com a barba por fazer, trazendo meia garrafa de bebida em um saco de papel, sem chapéu, casaco ou, em muitas ocasiões, camisa, mas comia com mais apetite que todos.

Augustus DuasPenas McCoy estava falando...

— Já comemos tudo que há para ser comido — disse Augustus DuasPenas McCoy, e sua voz transmitia pesar e uma ligeira tristeza. — Já comemos urubu, toupeira e morcego-gigante.

Mandalay consultou seu caderno.

— Urubu tinha gosto de faisão podre. Toupeira tinha gosto de lesma-carniceira. Morcego-gigante tinha uma semelhança incrível com um doce porquinho-da-índia.

— Já comemos cacopo, aiai e panda-gigante...

— Ah, aquele bife de panda assado. — Virginia Boote suspirou, salivando com a lembrança.

— Já comemos espécies há tempos extintas — disse Augustus Duas-Penas McCoy. — Já comemos mamute congelado e preguiça-gigante da Patagônia.

— Ah, se tivéssemos chegado um pouco mais rápido ao mamute — lamentou Jackie Newhouse. — Mas deu para entender por que os elefantes peludos sumiram tão rápido, depois que as pessoas descobriram seu gosto. Sou um homem de prazeres elegantes, mas, depois de apenas uma mordida, só conseguia pensar em molho barbecue de Kansas City e no gosto que aquelas costelas teriam frescas.

— Não há nada de errado em passar um ou dois milênios no gelo — disse Zebediah T. Crawcrustle. Ele sorriu. Seus dentes podiam ser tortos, mas eram afiados e fortes. — Mesmo assim, para saborear de verdade, é sempre melhor procurar um mastodonte genuíno. Mamutes eram o que as pessoas aceitavam quando não conseguiam um mastodonte.

— Já comemos lula, lula-gigante e lula-colossal — falou Augustus DuasPenas McCoy. — Já comemos lêmures e tigres-da-tasmânia. Já comemos caramancheiro, e hortulana, e pavão. Já comemos macaco-d'água (que *não* é um tipo de primata) e tartaruga-gigante, e rinoceronte-de-sumatra. Já comemos tudo que há para comer.

— Besteira, há centenas de coisas que ainda não provamos — respondeu o professor Mandalay. — Milhares, talvez. Pensem em todas as espécies de besouro ainda não experimentadas.

— Ah, Mandy — queixou-se Virginia Boote. — Quem prova um besouro, prova todos. E todos nós já provamos centenas de espécies. Pelo menos os escaravelhos tinham um quê a mais.

— Não — retrucou Jackie Newhouse —, as pelotas dos escaravelhos é que tinham. Os besouros em si eram bastante triviais. Já escalamos o auge da gastronomia, já mergulhamos nas profundezas da degustação. Viramos cosmonautas que exploram mundos inconcebíveis de deleite e *gourmandise*.

— É verdade, é verdade — disse Augustus DuasPenas McCoy. — Os epicúrios se encontram todo mês há mais de cento e cinquenta anos, na época do meu pai, e na época do meu avô, e na época do meu bisavô, e agora receio que terei que encerrar o clube, pois não há coisa alguma que nós, ou nossos precursores, não tenhamos comido.

— Quem me dera estar aqui nos anos 1920 — comentou Virginia Boote —, quando a lei permitia incluir Homem no cardápio.

— Só depois de eletrocutado — disse Zebediah T. Crawcrustle. — Já estava meio frito, todo carbonizado e crocante. Não deixou nenhum de nós inclinado à antropofagia, apenas um que já manifestava essa tendência, e ele partiu logo depois.

— Ah, Crusty, *por que* você precisa fingir que estava lá? — perguntou Virginia Boote, bocejando. — Todo mundo sabe que você não é tão velho. Não deve ter mais de sessenta, mesmo considerando os estragos do tempo e da sarjeta.

— Ah, eles causam estragos sim — falou Zebediah T. Crawcrustle. — Mas não tanto quanto você imagina. Seja como for, tem várias coisas que não comemos ainda.

— Cite uma — disse Mandalay, com o lápis posicionado firmemente acima do caderno.

— Bom, tem a Ave-solar da Cidade do Sol — respondeu Zebediah T. Crawcrustle. Então abriu aquele sorriso torto, com os dentes desalinhados, mas afiados.

— Nunca ouvi falar — disse Jackie Newhouse. — Você inventou isso.

— Eu já ouvi falar — informou o professor Mandalay —, mas em outro contexto. Além do mais, é imaginária.

— Unicórnios são imaginários — afirmou Virginia Boote —, mas, nossa, aquele tartare de lombo de unicórnio estava uma delícia. Meio gosto de cavalo, meio gosto de cabra, e muito melhor com alcaparras e ovos de codorna crus.

— Havia algo sobre a Ave-solar em uma das atas antigas do Clube Epicúrio — disse Augustus DuasPenas McCoy. — Mas já não lembro o que era.

— Dizia qual era o gosto? — perguntou Virginia.

— Creio que não — respondeu Augustus, de cenho franzido. — Eu precisaria consultar os registros, claro.

— Ah — disse Zebediah T. Crawcrustle. — Está só nos volumes queimados. Vocês nunca vão achar nada sobre isso lá.

Augustus DuasPenas McCoy coçou a cabeça. Ele tinha mesmo duas penas, que atravessavam um coque de cabelo preto com mechas prateadas, e as penas um dia foram douradas, mas agora pareciam meio comuns, amareladas e desfiadas. Ele as ganhara quando era menino.

— Besouros — falou o professor Mandalay. — Certa vez calculei que, se um homem como eu decidisse comer seis espécies diferentes de besouro por dia, levaria mais de vinte anos para comer todos os besouros já identificados. E, ao longo desses vinte anos, talvez fossem descobertas espécies suficientes para ele comer por mais cinco anos. E, nesses cinco anos, talvez fossem descobertos besouros suficientes para ele comer por mais dois anos e meio, e assim sucessivamente. É um paradoxo de inesgotabilidade. Eu chamo de Besouro de Mandalay. Mas seria preciso gostar de besouros — disse ele —, caso contrário seria algo muito ruim.

— Não tem nada de errado em comer insetos, se forem do tipo certo — apontou Zebediah T. Crawcrustle. — No momento, estou com vontade de comer lagartas-de-fogo. A luz da lagarta-de-fogo me bate em cheio, talvez seja exatamente isso de que preciso.

— Embora lagartas-de-fogo, ou vaga-lumes (*Photinus pyralis*), sejam parecidas com besouros — observou Mandalay —, em hipótese alguma são comestíveis.

— Podem não ser comestíveis — falou Crawcrustle —, mas abrem o apetite para o que é. Acho que vou assar algumas para mim. Vaga-lumes e malagueta. Hum.

Virginia Boote era uma mulher muito pragmática.

— Se quiséssemos comer Ave-solar da Cidade do Sol — disse ela —, por onde nossa busca começaria?

Zebediah T. Crawcrustle coçou a barba áspera de sete dias que brotava em seu queixo (nunca crescia mais que isso; barbas de sete dias nunca crescem).

— Eu, pelo menos, iria para a Cidade do Sol ao meio-dia no verão, arrumaria um lugar confortável para me sentar, como a cafeteria de Mustapha Stroheim e esperaria a Ave-solar. Aí, eu a pegaria do jeito tradicional e a prepararia também do jeito tradicional.

— E qual seria o jeito tradicional de pegá-la? — perguntou Jackie Newhouse.

— Ora, como fazia seu famoso ancestral para caçar codornas e perdizes-silvestres — respondeu Crawcrustle.

— As memórias de Casanova não revelam nada sobre caça de codornas — retrucou Jackie Newhouse.

— Seu ancestral era um homem ocupado — disse Crawcrustle. — Não se pode esperar que anotasse tudo. No entanto, era um grande caçador de codornas.

— Grãos e mirtilos secos, embebidos em uísque — falou Augustus Duas-Penas McCoy. — É assim que meu povo sempre fez.

— E era assim que Casanova fazia — comentou Crawcrustle —, mas ele usava uma mistura de cevada com uvas-passas e embebia as passas em conhaque. Foi ele mesmo quem me ensinou.

Jackie Newhouse ignorou esse comentário. Era fácil ignorar grande parte do que Zebediah T. Crawcrustle dizia. Jackie Newhouse apenas indagou:

— E onde fica a cafeteria de Mustapha Stroheim na Cidade do Sol?

— Ora, no lugar de sempre, terceira rua depois do antigo mercado no distrito da Cidade do Sol, logo antes do antigo escoadouro que já foi um canal de irrigação. Se você chegar à loja de tapetes de Khayam Caolho, é porque passou do ponto — informou Crawcrustle. — Mas, pela expressão irritada de vocês, estou vendo que esperavam uma descrição menos sucinta e precisa. Tudo bem. Fica na Cidade do Sol, e a Cidade do Sol fica no Cairo, Egito, onde sempre está, ou quase sempre.

— E quem bancará uma expedição à Cidade do Sol? — indagou Augustus DuasPenas McCoy. — Quem poderá ir nessa expedição? Faço a pergunta mesmo já sabendo a resposta, e não gosto nem um pouco.

— Ora, você vai bancar, Augustus, e todos nós vamos — disse Zebediah T. Crawcrustle. — Pode deduzir da nossa mensalidade de sócios epicúrios. E eu vou levar meu avental e meus utensílios de cozinha.

Augustus sabia que Crawcrustle não pagava a mensalidade do Clube Epicúrio há tempos, mas o clube cobriria sua parte; Crawcrustle era membro dos epicúrios desde a época do pai de Augustus.

— E quando vamos? — perguntou ele, apenas.

Crawcrustle o fuzilou com os olhos e balançou a cabeça, decepcionado.

— Ora, Augustus — disse ele. — Vamos à Cidade do Sol, capturar a Ave-solar. Quando você acha?

— No solstício! — cantarolou Virginia Boote. — Amores, iremos no solstício!

— Ainda há esperança para você, mocinha — disse Zebediah T. Crawcrustle. — Iremos no solstício, sim. E viajaremos para o Egito. Passaremos alguns dias lá para caçar e capturar a misteriosa Ave-solar da Cidade do Sol, e, por fim, lidaremos com ela do jeito tradicional.

O professor Mandalay piscou os olhinhos cinzentos.

— Mas tenho aula na segunda — disse ele. — Às segundas, dou aula de sapateado; às terças, dou aula de tricô; e às quartas, de química.

— Mande um assistente dar suas aulas, Mandalay, ó, Mandalay. Na segunda, você estará caçando a Ave-solar — afirmou Zebediah T. Crawcrustle. — Quantos outros professores podem dizer o mesmo?

Um a um, eles foram visitar Crawcrustle, para tratar da futura viagem e declarar suas apreensões.

Zebediah T. Crawcrustle era um homem sem residência fixa. Mesmo assim, havia lugares onde era possível encontrá-lo, caso alguém tivesse interesse. Nas madrugadas, ele dormia no terminal rodoviário, onde os bancos eram confortáveis e a polícia de transportes tendia a deixá-lo em paz; no calor da tarde, ele ficava no parque junto às estátuas de generais esquecidos, com os pinguços, bebuns e biriteiros, partilhando da companhia e das garrafas, e oferecendo opiniões que, por virem de um epicúrio, eram sempre levadas em conta e respeitadas, ainda que nem sempre fossem bem-vindas.

Augustus DuasPenas McCoy procurou Crawcrustle no parque acompanhado da filha, Hollyberry SemPena McCoy. Ela era pequena, mas afiada feito dente de tubarão.

— Sabe — disse Augustus —, tem algo muito familiar nisso tudo.

— Nisso o quê? — perguntou Zebediah.

— Nessa história toda. Da expedição para o Egito. Da Ave-solar. Fiquei com a impressão de já ter ouvido isso antes.

Crawcrustle apenas meneou a cabeça. Ele mastigava alguma coisa tirada de uma sacola de papel pardo.

— Fui consultar os anais encadernados do Clube Epicúrio — falou Augustus. — No índice de quarenta anos atrás, encontrei algo que entendi como uma referência à Ave-solar, mas não descobri algo concreto.

— E por que não? — perguntou Zebediah T. Crawcrustle.

Augustus DuasPenas McCoy suspirou.

— Encontrei a página correspondente nos anais — respondeu ele —, mas estava queimada, e depois houve alguma grande confusão na administração do Clube Epicúrio.

— Você está comendo lagartas-de-fogo em uma sacola de papel — disse Hollyberry SemPena McCoy. — Eu vi.

— Estou mesmo, mocinha — falou Zebediah T. Crawcrustle.

— Você se lembra da grande confusão, Crawcrustle? — perguntou Augustus.

— Lembro, sim — respondeu Crawcrustle. — E me lembro de você. Tinha a mesma idade que a jovem Hollyberry tem agora. Mas sempre há confusão, Augustus, e depois não há mais. É como o nascer e o pôr do sol.

Jackie Newhouse e o professor Mandalay acharam Crawcrustle naquela noite, atrás do trilho da ferrovia. Ele assava alguma coisa em uma lata sobre uma pequena chama de carvão.

— O que está assando, Crawcrustle? — perguntou Jackie Newhouse.

— Mais carvão — disse Crawcrustle. — Limpa o sangue, purifica o espírito.

Havia tília e peça, cortados em pedaços pequenos no fundo da lata, escuros e fumegantes.

— E vai mesmo comer esse carvão, Crawcrustle? — questionou o professor Mandalay.

Em resposta, Crawcrustle lambeu os dedos e pegou um pedaço de carvão na lata. Ele chiou e faiscou em sua mão.

— Belo truque — disse o professor Mandalay. — Creio que os engolidores de fogo façam exatamente assim.

Crawcrustle pôs o carvão na boca e o triturou com os dentes velhos e desalinhados.

— É mesmo — falou ele. — É mesmo.

Jackie Newhouse pigarreou.

— A realidade é que o professor Mandalay e eu temos sérias preocupações quanto à viagem que nos aguarda.

Zebediah se limitou a mastigar o carvão.

— Não está quente o bastante — disse ele. Pegou um graveto de dentro do fogo e mordiscou a ponta incandescente. — Agora sim.

— É tudo ilusão — falou Jackie Newhouse.

— De forma alguma — respondeu Zebediah T. Crawcrustle, austero. — É olmo-espinhento.

— Estou extremamente preocupado com essa situação — disse Jackie Newhouse. — Meus antepassados e eu temos um senso bastante refinado de preservação pessoal, que muitas vezes nos levou a tremer em telhados e nos esconder em rios, ficando sempre a um passo da lei ou de cavalheiros com armas e queixas legítimas, e esse mesmo senso de autopreservação está me dizendo para não ir à Cidade do Sol com você.

— Sou acadêmico — falou o professor Mandalay —, portanto, não tenho nenhum senso apurado que possa ser compreendido por alguém que nunca precisou corrigir trabalhos sem ler os ditos cujos. Ainda assim, acho a história toda espantosamente suspeita. Se essa Ave-solar é tão saborosa, por que nunca ouvimos falar dela?

— Você já ouviu, Mandalay, meu velho — respondeu Zebediah T. Crawcrustle. — Já ouviu, sim.

— Além disso, sou especialista em aspectos geográficos desde Tulsa, Oklahoma, até Timbuktu — comentou o professor Mandalay. — E nunca vi em livro algum qualquer menção a um lugar chamado Cidade do Sol no Cairo.

— Nunca viu uma menção? Ora, você falou disso em aula — lembrou Crawcrustle, salpicando molho de pimenta em um pedaço de carvão fumegante, antes de enfiá-lo na boca e mastigar.

— Não acredito que esteja comendo isso de verdade — disse Jackie Newhouse. — Mas ficar perto desse truque está me deixando incomodado. Acho que é hora de ir para outro lugar.

E ele foi embora. Talvez o professor Mandalay tenha ido junto: o sujeito era tão cinzento e fantasmagórico que sua presença era sempre incerta.

Virginia Boote tropeçou em Zebediah T. Crawcrustle quando ele estava descansando na soleira de sua porta, durante a madrugada. Ela saiu do táxi, tropeçou em Crawcrustle e se estatelou no chão. Caiu perto dele.

— Eita! — exclamou ela. — Que tropeção, hein?

— Foi mesmo, Virginia — disse Zebediah T. Crawcrustle. — Você por acaso teria uma caixa de fósforos?

— Devo ter uma cartela em algum lugar — respondeu a mulher, e começou a revirar a bolsa, que era muito grande e muito marrom. — Aqui.

Zebediah T. Crawcrustle estava segurando uma garrafa de álcool desnaturado roxo e despejou o conteúdo em um copo plástico.

— Desnaturado? — perguntou Virginia Boote. — Por algum motivo, nunca achei que você fosse de beber álcool desnaturado, Zebby.

— E não sou — disse Crawcrustle. — Coisa horrível. Corrói as entranhas e estraga as papilas gustativas. Mas não consegui achar fluido de isqueiro a esta hora da noite.

Ele acendeu um fósforo e o aproximou do copo de álcool, que começou a queimar com uma luz bruxuleante. Então, comeu o fósforo. Depois, gargarejou com o líquido flamejante e cuspiu uma labareda na rua, incinerando uma folha de jornal que voava ao sabor do vento.

— Crusty — falou Virginia Boote —, este é um bom jeito de se matar.

Zebediah T. Crawcrustle sorriu com dentes pretos.

— Eu não bebo de verdade — disse ele. — Só gargarejo e cuspo.

— Você está brincando com fogo — avisou ela.

— É assim que eu sei que estou vivo — respondeu Zebediah T. Crawcrustle.

— Ah, Zeb — disse Virginia. — Estou *empolgada*. Muito empolgada. Você acha que a Ave-solar tem gosto de quê?

— Um sabor mais intenso que codorna e mais úmido que peru, mais gorduroso que avestruz e mais suculento que pato — falou Zebediah T. Crawcrustle. — Uma vez comido, jamais será esquecido.

— Nós vamos ao Egito. Nunca fui ao Egito. — Ela acrescentou: — Você tem algum lugar para passar a noite?

Ele tossiu, uma tosse leve que sacolejou dentro de seu peito idoso.

— Estou ficando velho demais para dormir em soleiras e sarjetas — respondeu ele. — Mesmo assim, tenho algum orgulho.

— Bom — disse ela, olhando para o homem —, pode dormir no meu sofá.

— Não é que eu não esteja grato pelo convite — falou ele —, mas há um banco na rodoviária com o meu nome.

Então se afastou da parede e cambaleou majestosamente pela rua.

Realmente *havia* um banco com o nome dele na rodoviária. Ele doara o banco para a rodoviária quando era rico, e seu nome foi colocado no encosto, gravado em uma plaquinha de latão. Zebediah T. Crawcrustle nem sempre era pobre. Às vezes, ele era abastado, mas tinha dificuldade para manter a fortuna e, sempre que ficava rico, descobria que o mundo não gostava que um rico comesse em redutos de mendigos atrás da ferrovia ou que se misturasse com bebuns no parque, então fazia de tudo para torrar o dinheiro. Sempre sobrava um pouquinho aqui e ali que ele tinha esquecido, e, de vez em quando, esquecia que não gostava de ser rico, então saía de novo em busca de fortuna e a encontrava.

Fazia uma semana que ele precisava se barbear, e os fios de sua barba de sete dias já começavam a nascer brancos de neve.

★ ★ ★

Os epicúrios viajaram para o Egito no solstício. Eram cinco, e Hollyberry SemPena McCoy se despediu deles no aeroporto. Era um aeroporto muito pequeno, que ainda permitia adeus.

— Tchau, pai! — gritou Hollyberry SemPena McCoy.

Augustus DuasPenas McCoy acenou de volta enquanto eles percorriam a pista até o aviãozinho bimotor, que daria início à primeira parte da viagem.

— Tenho a impressão de me lembrar, ainda que vagamente, de um dia como esse há muito, muito tempo — disse Augustus DuasPenas McCoy. — Eu era pequeno nessa lembrança, estava dando tchau. Creio que foi a última vez que vi meu pai, e de novo sou tomado por um mau pressentimento.

Ele acenou uma última vez para a menina pequena do outro lado da pista, que acenou de volta.

— Você acenou com o mesmo entusiasmo na época — concordou Zebediah T. Crawcrustle —, mas acho que ela tem um pouco mais de compostura.

Era verdade. Tinha mesmo.

Eles pegaram um avião pequeno, depois um avião maior, depois um menor, um dirigível, uma gôndola, um trem, um balão de ar quente e um jipe alugado.

Chacoalharam pelo Cairo no jipe. Passaram pelo antigo mercado e viraram na terceira rua que encontraram (se tivessem continuado, teriam visto um escoadouro que já foi um canal de irrigação). Mustapha Stroheim em pessoa estava sentado na rua, empoleirado em uma cadeira de vime ancestral. Todas as mesas e cadeiras estavam na beira da rua, e não era uma rua particularmente larga.

— Bem-vindos, amigos, à minha *Kahwa* — disse Mustapha Stroheim. — *Kahwa* é a palavra egípcia para cafeteria ou lanchonete. Gostariam de um chá? Ou de uma partida de dominó?

— Gostaríamos de ir para os nossos quartos — respondeu Jackie Newhouse.

— Não eu — falou Zebediah T. Crawcrustle. — Vou dormir na rua. Está fazendo calor, e aquela soleira ali parece para lá de confortável.

— Quero um café, por favor — disse Augustus DuasPenas McCoy.

— Claro.

— Você tem água? — perguntou o professor Mandalay.

— Quem foi que falou isso? — perguntou Mustapha Stroheim. — Ah, foi você, homenzinho cinzento. Engano meu. Quando o vi, achei que fosse a sombra de alguém.

— Quero *ShaySokkar Bosta* — disse Virginia Boote. Era um copo de chá quente com açúcar à parte. — E jogo gamão com quem quiser me enfrentar. Não há vivalma no Cairo que eu não seja capaz de derrotar no gamão, se bem me lembro das regras.

Augustus DuasPenas McCoy foi levado a seu quarto. O professor Mandalay foi levado a seu quarto. Jackie Newhouse foi levado a seu quarto. Esse processo não foi demorado; afinal, estavam todos no mesmo quarto. Havia outro quarto nos fundos, onde Virginia dormiria, e um terceiro quarto para Mustapha Stroheim e sua família.

— O que está escrevendo? — perguntou Jackie Newhouse.

— São os protocolos, os anais e as minutas do Clube Epicúrio — respondeu o professor Mandalay. Ele escrevia com uma caneta preta pequena em um livro grande com capa de couro. — Registrei nossa viagem aqui, e tudo o que comemos no caminho. Continuarei escrevendo quando comermos a Ave-solar, quero deixar para a posteridade todos os sabores e texturas, todos os aromas e sumos.

— Crawcrustle disse como ia cozinhar a Ave-solar? — perguntou Jackie Newhouse.

— Sim — respondeu Augustus DuasPenas McCoy. — Ele informou que vai esvaziar uma lata de cerveja até sobrar um terço do conteúdo. Depois, vai acrescentar ervas e temperos na lata de cerveja, posicionar a ave em cima da lata, com a lata dentro da cavidade interna dela, e colocá-la na churrasqueira para assar. Ele disse que é o jeito tradicional.

Jackie Newhouse deu uma fungada.

— Parece estranhamente moderno.

— Crawcrustle falou que é o modo de preparo tradicional da Ave-solar — repetiu Augustus.

— Falei mesmo — disse Crawcrustle, subindo a escada. Era um edifício pequeno. A escada não ficava tão longe, e as paredes não eram grossas. — A cerveja mais antiga do mundo é a egípcia, e eles preparam Ave-solar com ela há mais de cinco mil anos.

— Mas a lata de cerveja é uma invenção relativamente moderna — disse o professor Mandalay, quando Zebediah T. Crawcrustle entrou pela porta. Crawcrustle estava com uma xícara de café turco na mão, preto feito breu, que fumegava como uma chaleira e borbulhava como um poço de piche.

— Esse café parece bem quente — comentou Augustus DuasPenas McCoy.

Crawcrustle virou a xícara, bebendo metade do conteúdo.

— Nhé — disse ele. — Não muito. E a lata de cerveja não é uma invenção tão nova assim. A gente fazia com um amálgama de cobre e estanho nos velhos tempos, às vezes com um pouquinho de prata, às vezes sem. Dependia do ferreiro e do que ele tinha disponível. Precisava ser algo resistente ao calor. Vejo que todos estão me olhando com desconfiança. Senhores, reflitam: é claro que os egípcios antigos produziam latas de cerveja; onde mais guardariam a bebida?

De fora da janela, nas mesas da rua, veio uma gritaria envolvendo muitas vozes. Virginia Boote havia convencido a população local a jogar gamão por dinheiro e estava fazendo a limpa. A mulher era um tubarão no jogo.

Atrás da lanchonete de Mustapha Stroheim, havia um pátio com uma churrasqueira velha e quebrada, feita de tijolos de argila e uma grelha de metal parcialmente derretida, além de uma velha mesa de madeira. Crawcrustle passou o dia seguinte reconstruindo e limpando a churrasqueira, e lubrificando a grelha de metal.

— Parece que isso não é usado há quarenta anos — observou Virginia Boote.

Ninguém mais queria jogar gamão com ela, e sua bolsa estava recheada de piastras sujas.

— Por aí — disse Crawcrustle. — Talvez um pouco mais. Escute, Ginnie, faça algo útil. Preparei uma lista de coisas que preciso do mercado. Sobretudo ervas e lascas de madeira. Pode levar um dos filhos de Mustapha como intérprete.

— Com prazer, Crusty.

Os outros três membros do Clube Epicúrio se ocupavam cada um a seu modo. Jackie Newhouse fazia amizade com muitas pessoas da região, que se sentiam atraídas por seus ternos elegantes e por sua habilidade com o violino. Augustus DuasPenas McCoy saía em longas caminhadas. O professor Mandalay passava o tempo traduzindo os hieróglifos que encontrou gravados nos tijolos da churrasqueira. Ele falou que, para um homem ignorante, os tijolos seriam prova de que a churrasqueira no quintal de Mustapha Stroheim havia sido consagrada ao sol.

— Mas sou inteligente — disse ele — e percebi de imediato que, na verdade, os tijolos há muito, muito tempo fizeram parte de um templo, e foram reaproveitados com o passar dos milênios. Duvido que essas pessoas saibam o valor do que têm aqui.

— Ah, sabem, sim — retrucou Zebediah T. Crawcrustle. — E esses tijolos não fizeram parte de templo algum. Estão aqui há cinco mil anos, desde que construímos a churrasqueira. Antes disso, usávamos pedras.

Virginia Boote voltou com um cesto de compras cheio.

— Aqui — falou ela. — Sândalo-vermelho e patchuli, favas de baunilha, ramos de lavanda, sálvia e folhas de canela, noz-moscada inteira, cabeças de alho, cravos e alecrim: tudo o que você queria e mais um pouco.

Zebediah T. Crawcrustle sorriu, encantado.

— A Ave-solar vai ficar muito feliz — disse ele.

Passou a tarde preparando um molho de churrasco. Afirmou que era questão de respeito e, além disso, a carne da Ave-solar tendia a ser ligeiramente seca.

Os epicúrios passaram a noite nas mesas de vime da rua, enquanto Mustapha Stroheim e a família traziam chá, café e bebidas quentes com hortelã. Zebediah T. Crawcrustle havia falado aos epicúrios que eles comeriam a Ave-solar da Cidade do Sol à luz do sol no domingo, e que talvez fosse melhor não comerem na noite anterior, para preservar o apetite.

— Estou com um mau pressentimento — comentou Augustus Duas-Penas McCoy, em uma cama pequena demais para ele, antes de dormir. — E receio que a desgraça será servida com molho de churrasco.

Estavam todos com muita fome na manhã seguinte. Zebediah T. Crawcrustle usava um avental cômico, com as palavras BEIJE O COZINHEIRO em letras violentamente verdes. Ele já havia espalhado as passas e os grãos embebidos em conhaque atrás da casa, ao pé do abacateiro baixo, e estava organizando as madeiras aromáticas, as ervas e os temperos no leito de carvão. Mustapha Stroheim e a família tinham saído para visitar parentes do outro lado da cidade.

— Alguém tem um fósforo? — perguntou Crawcrustle.

Jackie Newhouse pegou um isqueiro Zippo e deu para Crawcrustle, que acendeu as folhas secas de canela e de louro embaixo do carvão. A fumaça subiu no ar do meio-dia.

— A fumaça de canela e sândalo vai atrair a Ave-solar — disse Crawcrustle.

— Atrair de onde? — perguntou Augustus DuasPenas McCoy.

— Do Sol — respondeu Crawcrustle. — É lá que ela dorme.

O professor Mandalay deu uma tossida discreta.

— A distância entre a Terra e o Sol — disse ele —, no ponto mais próximo, é de cento e quarenta e seis milhões de quilômetros. O mergulho mais veloz já registrado de uma ave foi de um falcão-peregrino, a quatrocentos e trinta e nove quilômetros por hora. Nessa velocidade, vindo do Sol, uma ave levaria pouco mais de trinta e oito anos para chegar até nós... isso se conseguisse voar pela escuridão, pelo frio e pelo vácuo do espaço, claro.

— Claro — concordou Zebediah T. Crawcrustle. Ele cobriu os olhos, comprimiu as pálpebras e olhou para cima. — Lá vem ela.

A ave parecia estar saindo do sol; mas não podia ser isso. Afinal, não é possível olhar direto para o sol do meio-dia.

Primeiro foi uma silhueta escura contra o sol e o céu azul, e então a luz do sol tocou suas penas, e os observadores prenderam a respiração. Nunca se viu algo parecido com penas de Ave-solar iluminadas pelo astro; a visão de algo assim era de tirar o fôlego.

A Ave-solar bateu as asas amplas uma vez, e começou a planar em círculos cada vez menores acima da lanchonete de Mustapha Stroheim.

O pássaro pousou no abacateiro. Suas penas eram douradas, roxas e prateadas. Era menor que um peru e maior que um galo, e tinha pernas longas e cabeça alta feito uma garça, embora a cabeça em si se parecesse mais com a de uma águia.

— É muito bonita — disse Virginia Boote. — Olhem as duas penas altas na cabeça. Não são lindas?

— É mesmo bonita — concordou o professor Mandalay.

— As penas na cabeça dessa ave têm algo familiar — disse Augustus DuasPenas McCoy.

— Vamos arrancá-las da cabeça antes de assar a ave — sugeriu Zebediah T. Crawcrustle. — É assim que sempre se fez.

A Ave-solar se empoleirou em um galho do abacateiro, em uma parte iluminada pelo sol. Parecia estar brilhando suavemente ao sol, iridescente em roxos, verdes e ouros. Ela bicou as penas, estendendo uma das asas à luz do sol. Mordiscou e acariciou a asa com o bico, até deixar todas as penas lubrificadas e na posição certa. Por fim, emitiu um chilreio satisfeito e voou uma distância curta do galho até o chão.

Caminhou pela lama seca, espiando de um lado ao outro, com visão limitada.

— Olhem! — disse Jackie Newhouse. — Ela achou os grãos.

— Parecia até que estava os procurando — observou Augustus Duas-Penas McCoy. — Que esperava que os grãos estivessem ali.

— É ali que sempre deixo — disse Zebediah T. Crawcrustle.

— É tão bonita — falou Virginia Boote. — Mas, agora que vejo mais de perto, dá para perceber que é bem mais velha do que eu pensava. Os olhos estão leitosos e as pernas tremem. Mas ainda é linda.

— O Benu é a mais bonita das aves — afirmou Zebediah T. Crawcrustle.

Virginia Boote era fluente em egípcio de restaurante, mas, fora isso, não entendia nada.

— O que é Benu? — perguntou ela. — É Ave-solar em egípcio?

— O Benu — respondeu o professor Mandalay — faz ninho em árvores *Persea americana*. Tem duas penas na cabeça. Às vezes, é representado como uma garça, e, às vezes, como uma águia. Tem mais coisa, mas é improvável demais para merecer qualquer menção.

— Ela comeu os grãos e as passas! — exclamou Jackie Newhouse. — Agora está cambaleando de um lado para outro, bêbada. Como é majestosa, mesmo bêbada!

Zebediah T. Crawcrustle foi até a Ave-solar, que, com imenso esforço, bamboleava para a frente e para trás na lama abaixo do abacateiro, sem tropeçar nas pernas longas. Parou bem na frente da ave e, muito devagar, fez uma reverência. Abaixou-se como um homem bastante velho, lenta e arduamente, mas fez a reverência. E a Ave-solar retribuiu o gesto, depois caiu na lama. Zebediah T. Crawcrustle pegou-a com grande respeito nos braços, carregando-a como se fosse uma criança, e a levou para o terreno atrás da cafeteria de Mustapha Stroheim, e os outros o seguiram.

Primeiro, ele arrancou as duas penas majestosas da cabeça e as separou.

Depois, sem depenar a ave, ele a destripou e colocou os miúdos em cima dos gravetos fumegantes. Posicionou a lata de cerveja parcialmente cheia na cavidade e pôs a ave na churrasqueira.

— Ave-solar assa rápido — alertou Crawcrustle. — Preparem os pratos.

As cervejas dos antigos egípcios eram aromatizadas com cardamomo e coentro, devido à falta de lúpulo; as bebidas eram intensas, saborosas e refrescantes. Dava para construir pirâmides depois de bebê-las, e, às vezes, as pessoas faziam isso. Na churrasqueira, a cerveja ferveu no interior da Ave-solar, mantendo-a úmida. Quando o calor do carvão alcançou as penas, elas se queimaram, inflamando-se com um brilho forte como se fossem de magnésio, tão luminosas que os epicúrios precisaram desviar os olhos.

O cheiro de ave assada preencheu o ar, mais carregado que pavão, mais suculento que pato. Os epicúrios ficaram com água na boca. O tempo parecia não ter passado, mas Zebediah tirou a Ave-solar do leito de carvão e a colocou na mesa. Com a faca, cortou-a em fatias e serviu a carne fumegante nos pratos. Despejou um pouco de molho de churrasco em cada pedaço e depositou a carcaça diretamente no fogo.

Cada membro do Clube Epicúrio se sentou nos fundos da lanchonete de Mustapha Stroheim, em volta de uma antiga mesa de madeira, e comeu com os dedos.

— Zebby, isso é incrível! — exclamou Virginia Boote, enquanto comia. — Derrete na boca. Tem gosto de paraíso.

— Tem gosto de sol — disse Augustus DuasPenas McCoy, devorando a comida de um jeito que só homens grandes são capazes de fazer. Ele tinha uma coxa em uma das mãos e um pedaço de peito na outra. — É a melhor coisa que já comi na vida, e não me arrependo, mas acho que vou sentir saudade da minha filha.

— É perfeito — concordou Jackie Newhouse. — Tem gosto de amor e boa música. Tem gosto da verdade.

O professor Mandalay rabiscava nos anais encadernados do Clube Epicúrio. Registrava sua reação à carne da ave e registrava a reação dos outros epicúrios, e tentava não sujar a folha enquanto escrevia, pois, com a outra mão, segurava uma asa e vagorosamente mordiscava a carne.

— É estranho — disse Jackie Newhouse —, à medida que eu como, ela vai ficando cada vez mais quente na boca e na barriga.

— É. Ela faz isso. É melhor se preparar com antecedência — avisou Zebediah T. Crawcrustle. — Comer brasas, chamas e vaga-lumes para ir se acostumando. Caso contrário, pode ser um pouco difícil para o organismo.

Zebediah T. Crawcrustle consumia a cabeça da ave, triturando os ossos e o bico com a boca. Enquanto comia, os ossos disparavam pequenos relâmpagos em seus dentes. Ele se limitou a sorrir e mastigar mais.

Os ossos da Ave-solar ardiam laranja na churrasqueira, e então começaram a arder, brancos. Havia uma névoa densa de calor no pátio atrás da lanchonete de Mustapha Stroheim e, nessa névoa, tudo tremeluzia, como se as pessoas em torno da mesa estivessem vendo o mundo debaixo d'água ou em um sonho.

— É tão bom! — falou Virginia Boote, enquanto comia. — É a melhor coisa que já comi na vida. Tem gosto de juventude. Tem gosto de eternidade. — Ela lambeu os dedos e pegou a última fatia de carne do prato. — Ave-solar da Cidade do Sol — disse ela. — Tem outro nome?

— É a Fênix de Heliópolis — respondeu Zebediah T. Crawcrustle. — É a ave que morre em cinzas e chamas, e renasce geração após geração. É o Benu, que voava sobre as águas quando tudo era escuridão. Quando sua hora chega, ela queima no fogo de madeiras, especiarias e ervas raras, e das cinzas renasce, vez após vez, eternamente.

— Fogo! — exclamou o professor Mandalay. — É como se eu estivesse queimando por dentro! — Ele bebericou a água, mas não pareceu aliviado.

— Meus dedos — disse Virginia Boote. — Olhem meus dedos. — Ela os ergueu. Estavam brilhando por dentro, como se ardessem com uma chama interna.

O ar agora estava tão quente que daria para cozinhar um ovo.

Uma faísca e um estalo. As duas penas amarelas no cabelo de Augustus DuasPenas McCoy se queimaram feito rojões.

— Crawcrustle — disse Jackie Newhouse, em chamas —, responda com sinceridade. Há quanto tempo você come a Fênix?

— Há pouco mais de dez mil anos — respondeu Zebediah. — Uns milhares para mais ou para menos. Não é difícil, depois que você pega o jeito; o difícil é pegar o jeito. Mas esta é a melhor Fênix que já preparei. Ou seria mais correto dizer que "este é o melhor preparo que já fiz desta Fênix"?

— Os anos! — disse Virginia Boote. — Eles estão se queimando!

— Acontece — admitiu Zebediah. — Mas é importante se acostumar com o calor antes de comer. Caso contrário, podemos pegar fogo.

— Por que eu não me lembrava disso? — perguntou Augustus DuasPenas McCoy, debaixo das labaredas intensas que o envolviam. — Por que não lembrava que meu pai se foi assim, e o pai dele também, e que os dois foram a Heliópolis comer a Fênix? E por que só me lembro disso agora?

— Porque os seus anos estão se queimando — afirmou o professor Mandalay. Ele tinha fechado o livro de couro assim que a folha em que estava escrevendo pegou fogo. As bordas do livro estavam chamuscadas, mas o restante ficaria bem. — Quando os anos se queimam, as lembranças desses anos voltam. — Ele parecia mais sólido, em meio ao ar trêmulo ardente, e sorria. Eles nunca tinham visto o professor Mandalay sorrir.

—Vamos queimar até que nada reste? — perguntou Virginia, já incandescente. — Ou vamos queimar até a infância e até fantasmas e anjos, e depois vamos para a frente de novo? Não importa. Ah, Crusty, isso é tão *divertido*!

— Talvez — disse Jackie Newhouse, em meio ao fogo — pudesse ter um pouco mais de vinagre no molho. Acho que uma carne como essa cairia bem com algo mais robusto.

Então ele desapareceu, deixando apenas uma aura.

— *Chacun à son goût* — disse Zebediah T. Crawcrustle, que em francês significa "cada um tem seu gosto", e lambeu os dedos e balançou a cabeça. — O melhor que já comi — afirmou ele, com enorme satisfação.

— Adeus, Crusty — falou Virginia.

Ela estendeu a mão coberta de chamas pálidas e apertou a mão dele com força, por um instante ou talvez dois.

No pátio atrás da *Kahwa* (ou lanchonete) de Mustapha Stroheim em Heliópolis (que no passado foi a Cidade do Sol, e agora é um bairro na periferia do Cairo), não restou nada além de cinzas brancas, que foram sopradas por uma brisa momentânea e repousaram como açúcar de confeiteiro ou como neve; e não havia ninguém ali além de um rapaz com cabelo escuro e dentes alinhados de cor marfim, usando um avental que dizia BEIJE O COZINHEIRO.

No leito espesso de cinzas sobre os tijolos de argila, um minúsculo pássaro roxo e dourado se remexeu, como se estivesse acordando pela primeira vez. Ele emitiu um "piu!" agudo e olhou diretamente para o sol, como um bebê encarando a mãe ou o pai. Abriu as asas como se quisesse secá-las e, depois de um tempo, quando estava pronto, voou para o alto em direção ao sol, e ninguém além do rapaz no pátio o viu ir embora.

Havia duas longas penas douradas aos pés do jovem, sob as ruínas do que antes fora uma mesa de madeira, e ele as recolheu, afastou as cinzas brancas, e as guardou com reverência no casaco. Em seguida, tirou o avental e seguiu seu rumo.

Hollyberry DuasPenas McCoy é uma mulher adulta, com os próprios filhos. Seu cabelo tem fios prateados em meio aos pretos, sob as penas douradas no coque atrás da cabeça. No passado, as penas devem ter sido especialmente bonitas, mas isso foi há muito tempo. Ela é a presidente do Clube Epicúrio — um grupo rico e barulhento — desde que herdou a função, muitos e muitos anos atrás, do pai.

    Ouvi dizer que os epicúrios estão começando a resmungar de novo. Dizem que já comeram de tudo.

                    (PARA HMG — UM PRESENTE DE ANIVERSÁRIO ATRASADO)

A INVENÇÃO DE ALADIM

Na cama dele, como toda noite,
Com a irmã a seus pés, ela acaba o
    conto
e aguarda. A irmã logo entende a
    deixa
e diz: "Ainda estou sem sono. Outra?"
Sherazade solta um suspiro tenso
e recomeça: "Na remota Pequim
vivia um jovem folgado com a mãe.
O nome? Aladim. Seu pai estava
    morto…"
Um dia chegou um mago sinistro,
se dizendo seu tio, e tinha um plano:
Levou o menino a um lugar solitário,
deu-lhe um anel que o deixaria
    seguro,
largou-o numa caverna de joias,
"Traga a lâmpada!", e Aladim não foi,
nas trevas ficou, só, em sua tumba…

Agora.

Com Aladim preso na terra,
ela para, e enrola mais o marido.
No dia seguinte
ela faz comida,

alimenta as crianças,
e então sonha...
Sabe que Aladim está preso,
e a história
rendeu só mais um dia.
O que fazer?
Quem lhe dera saber.

É só quando enfim a noite recai
e o marido diz, como sempre diz:
"Amanhã, eu cortarei sua cabeça",
e a irmã Dinazade pergunta: "Mas
e Aladim?", só então ela sabe...

E numa caverna cheia de joias
Ele esfrega a lâmpada, e o gênio sai.
A história prossegue. Aladim consegue
a princesa e um palácio só de pérolas.
Cuidado, o mago sinistro voltou:
"Novas lâmpadas por velhas", entoa.
E na hora que Aladim perde tudo,
ela para.

Ele lhe dá outra noite.

Então a irmã e o marido adormecem.
Ela, desperta, fita a escuridão,
Vê os caminhos com a imaginação:
as formas de Aladim recuperar
seu palácio, a princesa, o mundo e tudo
   mais.
Até dormir. O conto pede um fim,
mas se desfaz em sonhos na cabeça.

Ela desperta,
Alimenta as crianças
Penteia o cabelo

Vai ao mercado
Compra óleo
Que o vendedor lhe escoa,
e então decanta
de uma jarra imensa.
E lhe vem:
Caberia um homem ali?
Ela adquire sésamo também.

Sua irmã diz: "Ele não a matou."
"Ainda não." Implícito: "Mas vai."

Na cama, ela fala de um anel mágico.
Aladim toca e vê o Escravo do Anel...
Mago morto, Aladim salvo, ela para.
Se a história acaba, morre a contadora,
a única esperança é entrar em outra.
Sherazade confere seu estoque;
semi-ideias e sonhos se misturam
em jarros que podem abrigar homens,
e ela pensa *Abre-te Sésamo* e ri.
"Ora, Ali Babá era um homem justo,
mas era pobre...", ela começa, e segue,
e sua vida se salva de novo,
até ele fartar, o plano falhar.

Ela não sabe onde espera uma história
antes de ser contada. (E eu tampouco.)
Quarenta ladrões soam bem, então
pronto. Ela espera ganhar mais uns dias.

Nós nos salvamos por estranhas vias.

O MONARCA DO VALE

UMA HISTÓRIA DE *DEUSES AMERICANOS*

"Ela mesma é uma casa mal-assombrada. Não possui a si própria; seus antepassados às vezes vêm olhar das janelas de seus olhos, e é muito assustador."

Angela Carter
"The Lady of the House of Love"

I.

— Na minha opinião — disse o homenzinho para Shadow —, você é um tipo de monstro. Acertei?

Os dois eram os únicos, fora a taverneira, no bar de um hotel em uma cidadezinha no litoral norte da Escócia. Shadow estava sozinho bebendo uma cerveja, quando o homem se aproximou e se sentou à mesa. Era o final do verão, e ele achava que tudo parecia frio, pequeno e úmido. Tinha um livreto de Lugares para Passeios Agradáveis, e estudava o roteiro que pretendia fazer no dia seguinte, pela orla, em direção ao cabo Wrath.

Fechou o livro.

— Sou americano — respondeu Shadow —, se é disso que está falando.

O homenzinho inclinou a cabeça e deu uma piscadela exagerada. Ele tinha cabelo cinza como aço, e um rosto cinza, e um casaco cinza, e parecia um advogado de cidade pequena.

— Bom, talvez seja disso que estou falando mesmo — disse ele.

Shadow vinha tendo dificuldade para entender os sotaques escoceses no pouco tempo que estava no país, com tantas vibrações carregadas, palavras estranhas e tremulações, mas não foi difícil entender aquele homem. Tudo que o homenzinho falou foi breve e nítido, cada termo articulado tão perfeitamente que Shadow teve a sensação de que ele mesmo estava conversando com a boca cheia de mingau.

O homenzinho bebericou do copo e disse:

— Então você é americano. Puro sexo, puro dinheiro, e agora está por aqui, hum? Trabalha embarcado?

— Perdão?

— Petroleiro? Naquelas plataformas grandes de metal. A gente recebe pessoal do petróleo aqui, de vez em quando.

— Não, não trabalho embarcado.

O homenzinho tirou um cachimbo do bolso, e um pequeno canivete, e começou a raspar as cinzas do fornilho. Em seguida, despejou o conteúdo no cinzeiro.

— Tem petróleo no Texas, sabia? — disse ele, após um tempo, como se estivesse compartilhando um grande segredo. — Fica nos Estados Unidos.

— É — concordou Shadow.

Ele pensou em falar alguma coisa sobre os texanos acharem que o Texas ficava no Texas, mas desconfiava que precisaria explicar o comentário, então não disse nada.

Shadow havia passado quase dois anos fora dos Estados Unidos. Não estava lá quando as torres caíram. Às vezes, dizia para si mesmo que não ligava se nunca mais voltasse e, às vezes, quase acreditava nisso. Fazia dois dias que tinha chegado à Escócia, vindo de barca das ilhas Orkney até Thurso, pegando um ônibus até a cidade onde estava hospedado.

O homenzinho continuou a falar.

— Então, tem um petroleiro do Texas lá em Aberdeen, e ele está conversando com um velhinho que conheceu em um bar, que nem a gente, aliás, e eles começam a conversar, e o texano fala: lá no Texas, acordo de manhã, entro no carro... nem vou tentar fazer o sotaque... viro a chave na ignição e piso fundo no pedal, como é que vocês chamam, o...

— Acelerador — disse Shadow, prestativo.

— Isso. Piso fundo no acelerador na hora do café, e na hora do almoço ainda não cheguei no fim de minha propriedade. Aí o escocês esperto balança a cabeça e fala: pois é, também já tive um carro assim.

O homenzinho deu uma gargalhada para mostrar que a piada tinha acabado. Shadow sorriu e meneou a cabeça para mostrar que tinha entendido a piada.

— O que está bebendo? Cerveja? Mais uma aqui, Jennie, querida. Estou tomando Lagavulin. — O homenzinho despejou fumo de uma bolsa dentro do cachimbo. — Você sabia que a Escócia é maior que os Estados Unidos?

Não havia ninguém no bar do hotel quando Shadow descera naquela noite, só a taverneira magra, que lia o jornal e fumava um cigarro. Ele tinha descido para se sentar perto da lareira, pois o quarto era frio, e os aquecedores de metal na parede eram mais frios que o quarto. Não achou que teria companhia.

— Não — disse Shadow, sempre disposto a levar as coisas a sério. — Não sabia. Por que acha isso?

— É tudo fractal — respondeu o homem. — Quanto mais perto você olha, mais as coisas se desdobram. Uma viagem pela Escócia poderia levar o mesmo tempo que uma viagem pelos Estados Unidos, se feita do jeito certo. Tipo, no mapa, você olha o contorno do litoral, e é bem definido. Mas, se andar pela orla, é uma bagunça. Vi um programa sobre isso na TV outro dia. Muito bom.

— Certo — falou Shadow.

O isqueiro do homenzinho se acendeu e ele sugou e soprou, sugou e soprou até se dar por satisfeito com o cachimbo, então guardou o isqueiro, a bolsa e o canivete.

— Enfim, enfim — disse o homenzinho. — Imagino que esteja pensando em passar o fim de semana aqui.

— Estou — respondeu Shadow. — Você é... você trabalha no hotel?

— Não, não. Para falar a verdade, estava no saguão quando você chegou. Ouvi você falando com Gordon na recepção.

Shadow meneou a cabeça. Ele não tinha visto ninguém no saguão quando fizera o check-in, mas era possível que o homenzinho tivesse passado despercebido. Ainda assim... havia algo errado naquela conversa. Havia algo errado em tudo.

A taverneira Jennie pôs as bebidas no balcão.

— Cinco libras e vinte — informou ela, então pegou o jornal e continuou a leitura.

O homenzinho foi até o balcão, pagou e trouxe as bebidas.

— E quanto tempo você vai ficar na Escócia? — perguntou ele.

Shadow deu de ombros.

— Eu queria ver como era. Fazer uns passeios. Ver as paisagens. Talvez uma semana. Ou um mês.

Jennie abaixou o jornal.

— Isso aqui é um buraco no meio do nada — disse ela, alegre. — Você devia ir a um lugar interessante.

— É aí que você se engana — falou o homenzinho. — Só é um buraco no meio do nada se você olhar do jeito errado. Está vendo aquele mapa, rapaz? — Na parede do outro lado do bar, havia um mapa manchado do norte da Escócia. — Sabe o que ele tem de errado?

— Não.

— Está de cabeça para baixo! — exclamou o homem, triunfal. — O norte está no topo. Fala para o mundo que é ali que tudo termina. Não dá para ir além. O mundo acaba aqui. Mas, veja bem, nem sempre foi assim. Este não era o norte da Escócia. Era a extremidade sul do mundo viking. Sabe qual é o nome do segundo condado mais ao norte do país?

Shadow deu uma olhada no mapa, mas estava longe demais para ler. Balançou a cabeça.

— Sutherland! — disse o homenzinho, exibindo os dentes. — A Terra do Sul. Não tinha esse significado para mais ninguém no mundo, mas tinha para os vikings.

A taverneira foi até eles.

—Vou dar uma saída rápida — informou ela. — Liguem para a recepção se precisarem de alguma coisa antes de eu voltar. — Ela pôs uma tora na lareira e saiu para o saguão.

—Você é historiador? — perguntou Shadow.

— Boa — disse o homenzinho. —Você pode ser um monstro, mas é engraçado. Reconheço.

— Não sou um monstro.

— Aham, é isso que os monstros sempre dizem — retrucou o homenzinho. — Já fui especialista. Em St. Andrews. Agora sou clínico geral. Bom, era. Estou semiaposentado.Vou ao consultório algumas vezes por semana, só para não perder o costume.

— Por que você diz que sou um monstro? — questionou Shadow.

— Porque — respondeu o homenzinho, erguendo o copo de uísque como alguém que apresenta um argumento irrefutável — eu também sou um tipo de monstro. Almas afins. Somos todos monstros, não é? Monstros gloriosos, cambaleando pelos pântanos da irracionalidade…
— Ele bebericou o uísque e perguntou: — Diga, você que é grandão, já trabalhou como leão de chácara? Tipo "sinto muito, amigo, hoje você

não pode entrar, é um evento particular, pode dar meia-volta e sumir daqui"?

— Não — respondeu Shadow.

— Mas já deve ter feito algo parecido.

— Já — disse Shadow, que havia sido guarda-costas de um deus antigo. Mas isso fora em outro país.

—Você, hã, desculpe perguntar, não me leve a mal, mas precisa de dinheiro?

— Todo mundo precisa de dinheiro. Mas estou bem.

Não era totalmente verdade, mas era verdade que, quando Shadow precisava de dinheiro, o mundo parecia dar um jeito de providenciá-lo.

— Gostaria de ganhar uma graninha? Como leão de chácara? É moleza. Dinheiro fácil.

— Em uma boate?

— Não exatamente. Uma festa particular. Eles alugam um casarão antigo perto daqui, vem gente de todo canto no final do verão. Aí, no ano passado, estavam todos se divertindo, bebendo champanhe no jardim e tal, e deu problema. Um pessoal ruim decidiu estragar o fim de semana de todo mundo.

— Eram pessoas da área?

— Acho que não.

— Era uma questão política? — perguntou Shadow.

Ele não queria se envolver com a política local.

— Nem um pouco. Vândalos, arruaceiros e idiotas. Enfim. Provavelmente não vão voltar este ano. Devem estar em um matagal qualquer protestando contra o capitalismo internacional. Mas, só para garantir, o pessoal do casarão me pediu para procurar alguém capaz de dar uma intimidada. Você é um cara grande, é isso o que eles querem.

— Quanto? — perguntou Shadow.

— Consegue encarar uma briga, se for preciso? — perguntou o homem.

Shadow não respondeu. O homenzinho olhou para ele de cima a baixo e, por fim, sorriu de novo, exibindo dentes manchados de tabaco.

— Mil e quinhentas libras, por um fim de semana de trabalho. Dinheiro limpo. Em espécie. Nada que precise ser declarado para o fisco.

— No fim de semana agora? — disse Shadow.

— A partir de sexta-feira de manhã. É um casarão antigo. Parte dele já foi um castelo. A oeste do cabo Wrath.

— Não sei, não — falou Shadow.

— Se aceitar — disse o homenzinho cinza —, vai passar um fim de semana fantástico em um casarão histórico, e garanto que vai conhecer um bocado de gente interessante. O trabalho de férias perfeito. Quem me dera ser mais jovem. E, hã, mais alto também.

— Tudo bem — respondeu Shadow, e na mesma hora se perguntou se ia se arrepender daquilo.

— Ótimo. Vou dar mais detalhes no devido tempo.

O homenzinho cinza se levantou e tocou no ombro de Shadow ao passar por ele. Depois foi embora, deixando-o sozinho no bar.

II.

Fazia uns dezoito meses que Shadow estava viajando. Ele tinha passado pela Europa e pelo Norte da África. Colheu azeitonas, pescou sardinhas, dirigiu um caminhão e vendeu vinho na beira da estrada. Por fim, alguns meses antes, foi de carona até a Noruega, até Oslo, onde nascera, trinta e cinco anos antes.

Não sabia bem o que estava procurando. Só sabia que ainda não havia encontrado, embora em alguns momentos, nas terras altas, nos desfiladeiros e nas cascatas, tinha certeza de que o que precisava, seja lá o que fosse, estava prestes a aparecer: atrás de uma saliência de granito ou no pinheiral mais próximo.

Mesmo assim, foi uma visita profundamente insatisfatória e, em Bergen, quando perguntaram se ele aceitaria ser metade da tripulação de um iate que seguia rumo a seu proprietário em Cannes, respondeu que sim.

O iate navegara de Bergen até as Shetlands, e dali para as ilhas Orkney, onde pernoitaram em uma pousada de Stromness. Na manhã seguinte, na saída do porto, os motores pifaram, de maneira total e definitiva, e o barco foi rebocado de volta.

Bjorn, que era o capitão e correspondia à outra metade da tripulação, continuou a bordo, conversando com a seguradora e atendendo às ligações furiosas do dono do iate. Shadow não viu motivo para ficar: pegou a barca até Thurso, no litoral norte da Escócia.

Ele estava inquieto. À noite, sonhava com rodovias, com visitas a cidades em que as pessoas falavam inglês. Às vezes, estava no Meio-Oeste; às vezes, na Flórida; às vezes, na Costa Leste; às vezes, na Oeste.

Quando deixou a barca, comprou um guia turístico, pegou um panfleto com os horários dos ônibus e saiu mundo afora.

A taverneira Jennie voltou e começou a esfregar um pano por todas as superfícies. Seu cabelo era tão louro que chegava a ser quase branco e estava preso em um coque.

— Então, o que as pessoas fazem para se divertir por aqui? — perguntou Shadow.

— Bebem e esperam a morte — disse ela. — Ou vão para o sul. Essas são as únicas opções, basicamente.

— Tem certeza?

— Pense bem. Não tem nada por aqui além de ovelhas e colinas. A gente vive de turistas, claro, mas vocês não vêm muito para cá. Triste, né?

Shadow deu de ombros.

— Você é de Nova York? — indagou ela.

— Chicago. Mas vim para cá da Noruega.

— E fala norueguês?

— Um pouco.

— Tem uma pessoa que precisa conhecer — disse ela, de repente. Olhou para o relógio de pulso. — Uma pessoa que veio da Noruega para cá há muito tempo. Vamos.

Ela soltou o pano, apagou as luzes do bar e foi até a porta.

— Vamos — insistiu ela.

— Você pode fazer isso? — perguntou Shadow.

— Posso fazer o que eu quiser — respondeu ela. — É um país livre, né?

— Acho que sim.

Ela trancou o bar com uma chave de latão, e os dois seguiram para o saguão do hotel.

— Espere aqui — instruiu ela. Entrou em uma porta marcada como ÁREA PARTICULAR e reapareceu minutos depois, com um casaco marrom comprido. — Certo. Venha comigo.

Eles saíram para a rua.

— Então, isso aqui é um vilarejo ou uma cidade pequena? — perguntou Shadow.

— É a porra de um cemitério — respondeu a mulher. — Por aqui. Vamos.

Eles andaram por uma rua estreita. A lua estava enorme e marrom-amarelada. Shadow escutava o som do mar, mas ainda não conseguia vê-lo.

— Você é Jennie? — perguntou ele.

— Isso. E você?

— Shadow.

— Esse é o seu nome de verdade?

— É como me chamam.

— Então vamos, Shadow — disse ela.

No topo da colina, eles pararam. Estavam nos limites do vilarejo, e havia um casebre de pedra cinza. Jennie abriu o portão e conduziu Shadow por uma trilha até a porta. Ele roçou em um arbusto na beira da trilha, e o ar se encheu com o aroma adocicado de lavanda. Não havia uma luz sequer acesa no casebre.

— De quem é essa casa? — questionou Shadow. — Parece vazia.

— Não se preocupe — disse Jennie. — Ela vai voltar para cá em um instante.

Jennie abriu a porta destrancada, e os dois entraram. Acendeu um interruptor ao lado da porta. A maior parte do casebre era composta por uma sala e uma cozinha. Uma escada minúscula subia para o que Shadow supôs ser um quarto no sótão. Havia um reprodutor de CDs na bancada de pinho.

— Esta é sua casa — disse Shadow.

— Lar, doce lar — concordou ela. — Quer café? Ou alguma coisa para beber?

— Não — respondeu Shadow.

Ele se perguntou o que Jennie queria. Ela mal tinha olhado para ele, não dera um sorriso sequer.

— Eu escutei direito? O dr. Gaskell estava pedindo para você cuidar de uma festa no fim de semana?

— Acho que sim.

— Então o que vai fazer amanhã e sexta?

— Caminhar — disse Shadow. — Comprei um guia. Tem uns roteiros bonitos.

— Alguns são bonitos. Outros são traiçoeiros — falou ela. — Ainda dá para achar neve de inverno aqui, nas sombras, durante o verão. As coisas duram bastante nas sombras.

— Vou tomar cuidado — respondeu ele.

— Foi o que os vikings falaram — disse ela, sorrindo. Tirou o casaco e o largou no sofá roxo. — Talvez a gente se veja lá fora. Gosto de fazer caminhadas.

Ela puxou o coque, e seu cabelo claro se soltou. Era mais comprido do que Shadow tinha imaginado.

— Você mora sozinha?

Ela tirou um cigarro de um maço na bancada e o acendeu com um fósforo.

— Por que quer saber? — perguntou ela. — Não vai passar a noite aqui, né?

Shadow negou com a cabeça.

— O hotel fica na base da colina — disse ela. — Não tem como errar. Obrigada por me acompanhar até em casa.

Shadow desejou boa-noite e voltou, pela noite de lavanda, até a rua. Ficou parado ali por um tempo, olhando a lua no mar, confuso. Então, desceu a ladeira até chegar ao hotel. Ela estava certa: não tinha como errar. Subiu a escada, destrancou o quarto com uma chave presa em um graveto e entrou. O cômodo estava mais frio que o corredor.

Tirou os sapatos e se espreguiçou na cama no escuro.

III.

O navio era feito de unhas dos mortos e se arrastava pelas brumas, adernando e ondulando imensamente no mar turbulento.

Havia vultos sombrios no convés, homens grandes como colinas ou casas, e, quando Shadow se aproximou, viu os rostos: homens altos e orgulhosos, todos. Pareciam ignorar os movimentos da embarcação, à espera no convés como se estivessem paralisados.

Um deles deu um passo à frente e cumprimentou Shadow com sua mão enorme. Shadow entrou no convés cinzento.

— Seja bem-vindo a este lugar maldito — disse o homem que apertava a mão de Shadow, com uma voz grave e áspera.

— Saudações! — gritaram os homens no convés. — Saudações, portador do sol! Saudações, Baldur!

O nome na certidão de nascimento de Shadow era Balder Moon, mas ele balançou a cabeça.

— Não sou ele — respondeu Shadow. — Não sou quem vocês estão esperando.

— Estamos morrendo aqui — disse o homem de voz áspera, sem soltar a mão de Shadow.

Fazia frio no lugar nebuloso entre os mundos do despertar e da sepultura. Borrifos de sal atingiam a proa do navio cinzento, e Shadow ficou completamente encharcado.

— Traga-nos de volta — pediu o homem que segurava sua mão. — Traga-nos de volta ou nos deixe ir.

— Não sei como — respondeu Shadow.

Então, os homens no convés começaram a gritar e uivar. Alguns fincaram a haste de suas lanças no chão, outros bateram as espadas curtas contra a cúpula de latão em seus escudos de couro, produzindo uma barulheira rítmica acompanhada por berros que iam de lamentos a plenos urros ensandecidos...

Uma gaivota grasnava no ar da manhã. A janela do quarto havia se aberto durante a noite e batia com o vento. Shadow estava deitado na cama do pequeno quarto de hotel. Sua pele estava úmida, talvez de suor.

Começava mais um dia frio no fim do verão.

O hotel preparou um pote com alguns sanduíches de frango, um ovo cozido, um pacote de salgadinhos de queijo com cebola e uma maçã. Gordon, da recepção, que lhe entregou o pote, perguntou quando ele voltaria, explicando que, se ele se atrasasse mais de duas horas, o hotel chamaria os serviços de resgate, e pediu o número de seu celular.

Shadow não tinha celular.

Ele saiu para sua caminhada, seguindo em direção à orla. A paisagem era bonita, de uma beleza desolada que tilintava e ecoava os lugares vazios dentro de Shadow. Ele imaginara a Escócia como um lugar macio, cheio de colinas suaves com vegetação rasteira, mas, no litoral norte, tudo parecia brusco e saliente, até as nuvens cinzentas que disparavam pelo céu azul-claro. Era como se os ossos do mundo estivessem expostos. Seguiu a trilha descrita no guia, passando por campinas esparsas e por riachos gorgolejantes, subindo e descendo colinas rochosas.

De vez em quando, imaginava que estava parado e o mundo se movia sob seus pés, que ele só estava empurrando o mundo com as pernas.

A trilha foi mais cansativa do que o esperado. Seu plano original era comer à uma hora, mas ao meio-dia as pernas já estavam cansadas, e ele queria fazer uma pausa. Caminhou até a beira de uma colina, onde um pedregulho proporcionava uma barreira conveniente contra o vento, e se agachou para almoçar. Ao longe, à sua frente, dava para ver o Atlântico.

Ele pensara que estava sozinho.

— Me dá a sua maçã? — perguntou ela.

Era Jennie, a taverneira do hotel. Seu cabelo claro demais se digladiava com a cabeça.

— Oi, Jennie — cumprimentou Shadow.

Ele entregou a maçã. Ela tirou um canivete do casaco e se sentou ao seu lado.

— Obrigada — agradeceu.

— Então — disse Shadow —, pelo seu sotaque, você deve ter vindo da Noruega quando era pequena. Quer dizer, para mim, parece ter nascido aqui.

— Eu falei que vim da Noruega?

— Ué, não?

Jennie espetou uma fatia da maçã e a comeu, devagar, da ponta da lâmina, encostando só os dentes na faca. Olhou de esguelha para ele.

— Foi há muito tempo.

— Família?

Ela encolheu os ombros, como se qualquer resposta não estivesse à sua altura.

—Você gosta daqui?

Jennie olhou para ele e fez um gesto negativo.

— Eu me sinto uma *hulder*.

Shadow já havia escutado a palavra, na Noruega.

— Isso não é um tipo de troll?

— Não. São criaturas das montanhas, como os trolls, mas vêm das florestas, e são muito bonitas. Que nem eu. — Jennie sorriu ao falar isso, como se soubesse que era pálida demais, melancólica demais, magra demais para ser bonita. — Elas se apaixonam por fazendeiros.

— Por quê?

— Não faço a menor ideia — replicou ela. — Mas é assim. Às vezes, o fazendeiro percebe que está falando com uma *hulder*, porque ela tem um rabo de vaca nas costas, ou, pior, às vezes, atrás dela não tem nada, é só um vazio oco, que nem uma concha. Aí ele faz uma prece ou sai correndo, foge para a casa da mãe ou para a fazenda.

"Mas, às vezes, o fazendeiro não foge. Às vezes, ele joga uma faca por cima do ombro dela, ou só dá um sorriso, e se casa com a *hulder*. Então, o rabo cai. Mas ela continua mais forte do que qualquer mulher humana poderia ser. E ainda anseia pelo seu lar nas florestas e nas montanhas. Nunca vai ser realmente feliz. Nunca vai ser humana."

— E o que acontece com ela? — perguntou Shadow. — Envelhece e morre com o fazendeiro?

Jennie cortou a maçã até só sobrar o miolo. Então, com um gesto rápido do pulso, jogou o miolo colina abaixo.

— Quando o homem morre... acho que ela volta para as colinas e florestas. — Ela fitou a encosta. — Tem uma história sobre uma *hulder* que se casou com um fazendeiro que não a tratava bem. O homem gritava, não ajudava na fazenda, chegava em casa bêbado e bravo. Às vezes, batia nela.

"Aí, um dia, ela está em casa, preparando o fogo da manhã, e ele começa a gritar que a comida não está pronta, está bravo porque ela não faz nada direito, e não sabe por que se casou, e ela fica ouvindo por um tempo e depois, sem falar nada, leva a mão à lareira e pega o atiçador. Um troço pesado de ferro preto. Segura-o e, sem esforço o entorta até formar um círculo perfeito, igual à própria aliança. Ela não geme nem sua, só entorta o atiçador, que nem você entortaria uma planta. E o fazendeiro vê, fica pálido como papel, e não fala mais nada sobre o café da manhã. Ele viu o que ela fez e sabe que, em qualquer momento nos últimos cinco anos, podia ter feito o mesmo com ele. Passou o resto da vida sem nunca mais encostar o dedo nela nem falar qualquer grosseria. Agora, diga-me, senhor todo-mundo-chama-de-Shadow, se ela era capaz disso, por que deixou o homem bater nela? Por que ficaria com alguém assim? Me diga."

— Talvez — respondeu Shadow — ela estivesse se sentindo sozinha.

Jennie esfregou a lâmina do canivete na calça jeans.

— O dr. Gaskell estava falando que você era um monstro — disse ela. — É verdade?

— Acho que não — replicou Shadow.

— Que pena — lamentou ela. — A gente sabe o que esperar dos monstros, né?

— Sabe?

— Claro. No fim das contas, você vai acabar virando janta. Falando nisso, deixa eu mostrar um negócio. — Ela se levantou e o conduziu até o topo da colina. — Está vendo ali? Do outro lado daquele morro, que desce até o vale, dá para ver a pontinha da casa onde você vai trabalhar no fim de semana. Está vendo?

— Não.

— Olhe. Vou apontar. Siga a direção do meu dedo.

Jennie chegou perto dele, estendeu a mão e indicou a lateral de um morro distante. Shadow viu o sol refletir em algo que imaginou ser um lago — ou melhor, um *loch*, já que estava na Escócia — e, acima disso, uma saliência cinza na encosta de uma colina. Ele tinha achado que eram pedras, mas eram regulares demais para não serem uma construção.

— Aquele é o castelo?

— Eu não chamaria disso. Só um casarão no vale.

—Você já foi a alguma festa lá?

— Eles não convidam o pessoal daqui — disse ela. — E não me chamariam. Você não deveria aceitar, aliás. Deveria recusar.

— Pagam bem — respondeu ele.

Jennie encostou em Shadow pela primeira vez, apoiando os dedos pálidos no dorso de sua mão escura.

— E para que um monstro precisa de dinheiro? — perguntou ela, sorrindo, e Shadow não tinha como negar que talvez ela *fosse* bonita, afinal.

Então, a mulher abaixou a mão e se afastou.

— E aí? — disse ela. — Não devia continuar seu passeio? Daqui a pouco vai precisar voltar. Nessa época do ano, a luz vai embora rápido depois que começa a escurecer.

Ficou olhando enquanto Shadow levantava o farnel e descia a colina. Ele se virou ao chegar à base e olhou para cima. Jennie ainda o estava observando. Ele acenou e ela retribuiu.

Quando olhou de novo, havia sumido.

Shadow pegou a balsa para atravessar o estreito até o cabo, depois andou até o farol. Um micro-ônibus levava do farol até a balsa, e ele o pegou.

Chegou de volta ao hotel às oito da noite, exausto, mas satisfeito. Tinha chovido uma vez, no fim da tarde, mas abrigara-se em um casebre decadente, lendo um jornal de cinco anos atrás enquanto a água batia no telhado. A chuva parou depois de meia hora, e Shadow estava feliz por ter botas boas, pois a terra havia se transformado em lama.

Estava morrendo de fome. Entrou no restaurante do hotel. Não havia ninguém lá.

— Oi? — chamou.

Uma idosa apareceu na porta entre o restaurante e a cozinha e disse:

— Sim?

— Estão servindo o jantar?

— Estamos. — Ela lançou um olhar de censura para ele, observando suas botas enlameadas e o cabelo despenteado. —Você é hóspede?

— Sou. Estou no quarto onze.

— Bom... é melhor trocar de roupa antes do jantar — sugeriu ela. — Seria uma gentileza com os outros fregueses.

— Então vocês *estão* servindo.

— Estamos.

Ele subiu para o quarto, largou o farnel na cama e tirou as botas. Calçou os tênis, penteou o cabelo e voltou a descer.

O salão do restaurante não estava mais vazio. Havia duas pessoas sentadas a uma mesa no canto, duas pessoas que pareciam diferentes em todos os aspectos possíveis: uma mulher pequena que devia ter cinquenta e muitos anos e estava recurvada feito um pássaro, e um homem jovem, grande, desajeitado e completamente careca. Shadow concluiu que eram mãe e filho.

Ele ocupou uma mesa no meio do salão.

A garçonete idosa chegou com uma bandeja e deu uma tigela de sopa para os dois. O homem começou a soprar a sopa, para esfriá-la; a mãe deu uma batida forte em sua mão com a colher.

— Pare com isso — disse ela. E começou a enfiar colheradas de sopa na própria boca, fazendo um barulho alto.

O homem careca passou os olhos pelo salão, com uma expressão triste. Seu olhar cruzou com o de Shadow, que o cumprimentou com um gesto da cabeça. O homem suspirou e voltou à sopa fumegante.

Shadow deu uma olhada no cardápio, sem entusiasmo. Estava pronto para pedir, mas a garçonete tinha desaparecido de novo.

Um vulto cinza; o dr. Gaskell espiou pela porta do restaurante, entrou no salão e foi até a mesa de Shadow.

— Posso lhe fazer companhia?

— Claro. Por favor. Sente-se.

Ele se acomodou na frente de Shadow.

— Teve um bom dia?

— Muito bom. Caminhei.

— É o melhor jeito de abrir o apetite. Então... Amanhã cedinho vão mandar um carro aqui para buscar você. Traga suas coisas. Vão levá-lo até a casa e explicar tudo.

— E o dinheiro? — perguntou Shadow.

—Vão acertar isso lá. Metade no começo, metade no final. Mais alguma coisa que queira saber?

A garçonete estava parada na beira do salão, observando-os, e não fez qualquer menção de se aproximar.

— Aham. O que preciso fazer para conseguir comida aqui?

— O que você quer? Recomendo as costeletas de cordeiro. É de criação local.

— Parecem ótimas.

Gaskell falou alto:

— Com licença, Maura. Desculpe incomodar, mas pode trazer costeleta de cordeiro para nós dois?

Ela comprimiu os lábios e voltou para a cozinha.

— Obrigado — disse Shadow.

— Não se preocupe. Posso ajudar em mais alguma coisa?

—Aham. Esse pessoal que está vindo para a festa. Por que não contratam os próprios seguranças? Por que me contratar?

— Vão fazer isso também, sem dúvida — disse Gaskell. — Vão trazer gente deles. Mas é bom contar com um talento local.

— Mesmo se o talento local for um turista estrangeiro?

— Sim.

Maura trouxe duas tigelas de sopa e as colocou na frente de Shadow e do médico.

— Fazem parte da refeição — informou ela.

A sopa estava quente demais, e tinha um leve gosto de extrato de tomate e vinagre. Shadow estava com tanta fome que só no final da tigela percebeu que não gostara do sabor.

—Você falou que eu era um monstro — disse Shadow para o homem cor de aço.

— Falei?

— Falou.

— Bom, tem muitos monstros nesta parte do mundo. — Ele inclinou a cabeça para os dois do canto. A mulher pequena tinha molhado o guardanapo no copo d'água e esfregava vigorosamente as manchas de sopa vermelha na boca e no queixo do filho. Ele parecia constrangido. — É um lugar remoto. A gente só vira notícia quando um viajante ou um alpinista se perde ou morre de fome. A maioria das pessoas esquece que existimos.

As costeletas chegaram, acompanhadas por um prato com batatas cozidas demais, cenouras cozidas de menos e algo marrom e molhado que talvez tivesse vindo ao mundo como espinafre. Shadow começou a cortar a costeleta com a faca. O médico pegou a dele com as mãos e começou a mastigar.

—Você já cumpriu — disse o médico.

— Cumpri o quê?

— Pena. Já foi presidiário. — Não era uma pergunta.

— Já.

— Então sabe brigar. Seria capaz de machucar alguém, se fosse necessário.

— Se precisa de alguém para machucar pessoas — disse Shadow —, provavelmente não sou o cara que está procurando.

O homenzinho sorriu, os lábios cinza engordurados.

— Eu sei que é. Foi só uma pergunta. Perguntar não ofende. Enfim. *Ele é um monstro* — disse o dr. Gaskell, gesticulando com uma costeleta mastigada para o canto do salão. O homem careca comia um creme branco com uma colher. E a mãe também.

— Não parecem monstros — falou Shadow.

— Estou brincando. Senso de humor local. O meu devia ser anunciado para quem chega ao vilarejo. Alerta, médico doido em serviço falando de monstros. Não dê ouvidos ao que eu digo. — Um vislumbre de dentes manchados de tabaco. Ele limpou as mãos e a boca no guardanapo. — Maura, vamos precisar da conta. Eu pago o jantar do rapaz.

— Sim, dr. Gaskell.

— Lembre-se — disse o médico para Shadow. — Amanhã de manhã, às oito e quinze, esteja no saguão do hotel. Não se atrase. Esse pessoal é ocupado. Se não estiver aqui, eles vão embora, e você vai perder a chance de ganhar mil e quinhentas libras por um fim de semana de trabalho. E um extra, se os deixar felizes.

Shadow decidiu tomar o café pós-refeição no bar. Afinal, lá havia uma lareira. Esperava que o fogo esquentasse seus ossos.

Gordon, da recepção, estava do outro lado do balcão.

— Noite de folga de Jennie? — perguntou Shadow.

— O quê? Não, ela só estava quebrando um galho. Às vezes, ela ajuda, quando estamos ocupados.

— Tudo bem se eu colocar mais uma tora na lareira?

— Fique à vontade.

Se é assim que os escoceses tratam o verão, pensou Shadow, se lembrando de algo que Oscar Wilde falara certa vez, *eles não merecem ter um*.

O jovem careca entrou e cumprimentou Shadow com um aceno nervoso. Ele retribuiu o gesto. O homem não tinha pelos aparentes: nem sobrancelhas, nem cílios. Shadow achou que ele tinha cara de bebê, ainda em processo de formação. Ponderou se aquilo era uma doença ou se talvez fosse efeito colateral de quimioterapia. O homem tinha cheiro de umidade.

— Ouvi o que ele falou — afirmou o careca, gaguejando. — Disse que sou um monstro. E que minha mãe também era um monstro. Sou bom de ouvido. Minhas orelhas não deixam passar muita coisa.

As orelhas dele eram boas mesmo. Rosa e translúcidas e se projetavam das laterais da cabeça como as barbatanas de um peixe enorme.

—Você tem orelhas ótimas — comentou Shadow.

— Está de pilha? — falou o homem careca, com um tom ofendido. Ele parecia pronto para brigar. Era só um pouco mais baixo que Shadow, e Shadow era grande.

— Se isso significa o que imagino, de modo algum.

O homem careca balançou a cabeça.

— Acho bom — disse ele. Engoliu em seco e hesitou. Shadow se perguntou se devia falar algo conciliatório, mas o careca continuou: — Não é culpa minha. Aquele barulho todo. Quer dizer, as pessoas vêm aqui para escapar do barulho. E das pessoas. Já tem gente demais nesse lugar. Que tal você voltar logo para o lugar de onde veio e parar de fazer essa barulheira toda?

A mãe do homem apareceu na porta. Ela deu um sorriso nervoso para Shadow, foi às pressas até o filho e puxou sua manga.

— Ora — disse ela. — Não se aborreça assim a troco de nada. Está tudo bem. — Ela olhou para Shadow, perspicaz e pacificadora. — Sinto muito. Com certeza ele não estava falando sério. — Havia um pedaço de papel higiênico preso na sola de seu sapato, e ela ainda não tinha percebido.

— Tudo bem — falou Shadow. — É bom conhecer gente nova.

Ela assentiu.

— Então tudo bem — respondeu a mulher.

O filho parecia aliviado. *Ele tem medo dela*, pensou Shadow.

—Vamos, querido — disse para o filho.

Ela o puxou pela manga, e ele a acompanhou até a porta.

Então parou, obstinado, e se virou.

— Fala para eles — pediu o jovem careca — não fazerem tanto barulho.

—Vou falar — afirmou Shadow.

— É que eu escuto tudo.

— Não se preocupe — garantiu Shadow.

— Ele é mesmo um bom menino — disse a mãe do jovem careca, e saiu levando o filho pela manga até o corredor, arrastando um pedaço de papel higiênico.

Shadow saiu para o corredor.

— Com licença — disse ele.

Os dois se viraram, o homem e a mãe.

—Você está com uma coisa presa no sapato — falou Shadow.

Ela olhou para baixo. Pisou na tira de papel com o outro sapato e levantou o pé, soltando-a. Então fez um gesto de aprovação em resposta e foi embora.

Shadow foi até a recepção.

— Gordon, você tem algum mapa bom da região?

— Tipo um do governo? Claro. Vou levar para você no salão.

Shadow voltou para o bar e terminou o café. Gordon trouxe o mapa. Ele ficou impressionado com o nível de detalhes: parecia exibir tudo que era trilha. Examinou-o com atenção, marcando o percurso de sua caminhada. Achou a colina onde havia parado para almoçar, e desceu o dedo para o sudeste.

— Não tem um castelo por aqui, né?

— Receio que não. Há alguns ao leste. Posso trazer um guia dos castelos escoceses para você…

— Não, não. Não precisa. Tem algum casarão nessa região? Do tipo que as pessoas chamariam de castelo? Ou propriedades grandes?

— Bom, tem o Cape Wrath Hotel bem aqui. — Ele indicou no mapa. — Mas é uma área meio vazia. Tecnicamente, em termos de ocupação humana, como é que se fala, de densidade demográfica, isso aqui é um deserto. Acho que não tem nem ruínas interessantes. Nenhuma que você possa visitar a pé.

Shadow agradeceu e pediu para ser acordado cedo no dia seguinte. Lamentou não ter achado no mapa a casa que vira da colina, mas talvez estivesse olhando no lugar errado. Não seria a primeira vez.

No quarto ao lado, um casal estava brigando ou fazendo amor. Shadow não sabia dizer, mas, sempre que começava a pegar no sono, vozes altas ou gritos o despertavam de repente.

Depois, ele nunca soube ao certo se tinha acontecido mesmo, se ela o visitara ou se fora o primeiro sonho da noite: mas, fosse realidade ou sonho, pouco após a meia-noite, segundo o rádio-relógio da mesinha de cabeceira, ele ouviu uma batida na porta do quarto. Levantou-se.

— Quem é? — perguntou.

— Jennie.

Shadow abriu a porta e cerrou os olhos por causa da luz no corredor.

Ela estava enrolada no casaco marrom e olhou para ele com uma expressão hesitante.

— Pois não? — falou Shadow.

—Você vai para casa amanhã — disse ela.

—Vou.

— Pensei em me despedir — comentou ela. — Caso não tenha a chance de vê-lo de novo. E caso você não volte para o hotel. E vá para outro lugar. E eu nunca mais o veja.

— Bom, tchau, então — disse Shadow.

Ela o olhou de cima a baixo, examinando a camiseta e o calção com que ele dormia, os pés descalços, o rosto. Parecia preocupada.

—Você sabe onde eu moro — falou ela, enfim. — Me chame, se precisar de mim.

Ela estendeu o dedo indicador e o encostou de leve nos lábios dele. O dedo estava muito frio. Então, deu um passo para trás no corredor e ficou parada, de frente para ele, sem fazer qualquer menção de ir embora.

Shadow fechou a porta do quarto e ouviu os passos de Jennie se afastando pelo corredor. E voltou para a cama.

Mas tinha certeza de que o sonho seguinte fora um sonho. Era a vida dele, embaralhada e distorcida: em um momento, Shadow estava na cadeia, aprendendo sozinho a fazer truques com moedas e dizendo a si mesmo que seu amor pela esposa o ajudaria a sobreviver. E então Laura morreu, e ele saiu da cadeia; depois estava trabalhando como guarda-costas para um velho trambiqueiro, que pediu para ser chamado de Wednesday. Em seguida, o sonho se encheu de deuses: deuses antigos, esquecidos, ignorados e abandonados, e deuses novos, amedrontadores e transientes, enganadores e confusos. Era um emaranhado de improbabilidades, um ninho de gatos, que virou uma teia que virou uma rede, que virou um novelo do tamanho do mundo...

No sonho, ele morreu na árvore.

No sonho, ele voltou dos mortos.

E, depois disso, veio a escuridão.

IV.

O telefone ao lado da cama tocou às sete. Shadow tomou banho, fez a barba, vestiu-se e guardou seu mundo na mochila. Depois, desceu até o restaurante para o desjejum: mingau salgado, bacon mole e ovos fritos gordurosos. Mas o café estava surpreendentemente bom.

Às oito e dez, ele estava esperando no saguão.

Às oito e catorze, um homem com um casaco de pele de carneiro apareceu. Ele fumava um cigarro enrolado à mão. O homem o cumprimentou, alegre.

— Você deve ser o sr. Moon — disse ele, estendendo a mão. — Meu nome é Smith. Sou sua carona para o casarão. — O homem deu um aperto firme. — Você é *mesmo* um cara grande, hein?

Smith não disse "Mas ainda posso encarar você", porém Shadow sabia que estava implícito.

— É o que dizem — respondeu Shadow. — Você não é escocês.

— Não, companheiro. Só vim passar a semana aqui para garantir que tudo corra bem. Sou de Londres. — Um vislumbre de dentes em um rosto de machadinha. Shadow estimou que o homem tivesse quarenta e poucos anos. — Vamos para o carro. Posso explicar tudo no caminho. Essa é sua mochila?

Shadow foi até o carro, um Land Rover sujo de lama com o motor ainda ligado. Colocou a mochila no banco traseiro e se sentou na frente, no banco do carona. Smith deu uma última tragada no cigarro, agora pouco mais que um rolinho de papel branco, e o jogou pela janela aberta do motorista.

Eles saíram do vilarejo.

— Então, como se pronuncia seu nome? — perguntou Smith. — Bal-der, Borl-der ou de outro jeito? Que nem *Cholmondely* que, na verdade, se chama *Tchamley*.

— Shadow — respondeu Shadow. — As pessoas me chamam de Shadow.

— Certo.

Silêncio.

— Então — falou Smith —, Shadow. Não sei quanto o velho Gaskell o informou sobre a festa do fim de semana.

— Pouco.

— Certo, bom, a coisa mais importante que você precisa saber é a seguinte: aconteça o que acontecer, fique de bico fechado. O que quer que veja, pessoas se divertindo, suponhamos, você não fala sobre isso, mesmo se reconhecer alguém, se é que me entende.

— Não reconheço pessoas — rebateu Shadow.

— É isso aí. A gente está aqui só para garantir que todo mundo se diverta sem ninguém para perturbar. Eles vieram de longe para ter um bom fim de semana.

— Entendi — respondeu Shadow.

Os dois chegaram à balsa que levava até o cabo. Smith estacionou o Land Rover na beira da estrada, tirou a bagagem e trancou o carro.

Do outro lado da travessia, um carro idêntico os aguardava. Smith o destrancou, jogou as bolsas no banco traseiro e começou a dirigir pela estrada de terra.

Pegaram uma saída antes de chegarem ao farol e seguiram em silêncio por uma estrada de terra que logo se transformou em uma trilha. Shadow teve que sair algumas vezes para abrir porteiras; ele esperava o Land Rover passar e voltava a fechá-las.

Havia corvos nos campos e nos muros baixos de pedra, pássaros pretos enormes que o encaravam com olhos implacáveis.

— Então você esteve no xilindró? — perguntou Smith, de repente.

— Como é?

— Cadeia. Cárcere. Centro correcional. Outras palavras com a letra *c* que indicam comida ruim, falta de vida noturna, condições sanitárias inadequadas e oportunidades de viagem limitadas.

— É.

— Você não é de falar muito, né?

— Achei que fosse uma virtude.

— Entendido. Só queria puxar conversa. O silêncio estava me dando nos nervos. Gosta daqui?

— Acho que sim. Cheguei só há alguns dias.

— Este lugar me dá calafrios. Remoto demais. Já fui a partes da Sibéria que pareciam mais acolhedoras. Já foi a Londres? Não? Quando for para o sul, vamos fazer um tour. Tem ótimos bares. Comida de verdade. E aquelas coisas todas de turista que vocês, americanos, adoram. Mas o trânsito é um inferno. Pelo menos aqui dá para dirigir. Nenhuma porcaria de semáforo. Tem um semáforo no final da Regent Street que, juro, faz você ficar cinco minutos parado no vermelho e depois abre por uns dez segundos. Dois carros no máximo. Ridículo. Dizem que é o preço a se pagar pelo progresso, né?

— É — disse Shadow. — Deve ser.

A estrada já havia acabado fazia tempo, e eles avançavam aos solavancos por um vale de vegetação rasteira entre duas colinas.

— Os convidados da festa... — disse Shadow. — Eles vão chegar de Land Rover?

— Não. A gente tem helicópteros. Vão chegar para o jantar. Chegam de helicóptero e vão embora de helicóptero na segunda de manhã.

— Que nem morar em uma ilha.

— Quem me dera morar em uma ilha. Nenhum vizinho maluco ia aparecer para criar caso, né? Ninguém reclama do barulho na ilha ao lado.

— Fazem muito barulho na sua festa?

— A festa não é minha, companheiro. Sou só um facilitador. Trato de fazer tudo correr bem. Mas sim. Acho que eles conseguem fazer bastante barulho quando têm vontade.

O vale verde virou uma trilha, e a trilha virou uma via de acesso que subia uma colina quase em linha reta. Uma curva, uma virada brusca, e eles se aproximaram de uma casa que Shadow reconhecia. Jennie a havia apontado no dia anterior, durante o almoço.

A casa era velha. Ele percebeu logo de cara. Algumas partes pareciam mais velhas que outras: a parede de uma ala era feita de pedras e rochas cinza, pesadas e duras. A parede dava em outra, de tijolos marrons. O telhado, que cobria todo o edifício, as duas alas, era de telhas cinza-escuras. A casa tinha vista para uma pista de cascalho e para o *loch* ao pé da colina. Shadow saiu do Land Rover. Olhou para a construção e se sentiu pequeno. Era como se estivesse voltando para casa, e não foi uma sensação boa.

Havia outros veículos de tração quatro por quatro estacionados no cascalho.

— As chaves dos carros estão penduradas na despensa, caso precise sair com algum. Mostro quando a gente passar por lá.

Por meio de uma porta grande de madeira, eles entraram em um pátio central parcialmente pavimentado. Havia um pequeno chafariz no meio e um canteiro de grama, uma faixa verde irregular e sinuosa, cercada de pedras de calçamento cinza.

— É aqui que vão acontecer as atividades de sábado à noite — disse Smith. — Vou mostrar onde você vai ficar.

Na ala menor, atravessaram uma porta simples, depois um cômodo com chaves penduradas em ganchos, cada uma marcada com uma etiqueta de papel, e outro cômodo cheio de prateleiras vazias. Seguiram por um corredor sujo e subiram uma escada sem carpete, e não havia nada nas paredes além de cal. ("Bom, aqui é o espaço dos empregados, né? Ninguém gasta dinheiro com isso.") Fazia frio, de um jeito que Shadow começava a achar familiar: mais frio dentro da casa do que fora. Ele se perguntou como faziam isso, se era um segredo da engenharia civil inglesa.

Smith conduziu Shadow até o topo da casa e lhe mostrou um quarto escuro que continha um guarda-roupa antigo, uma cama de solteiro com estrutura de ferro — menor que Shadow, ele logo reparou —, um lavatório antigo e uma janela pequena que dava para o pátio interno.

— Tem um lavabo no final do corredor — disse Smith. — O banheiro dos empregados fica no andar de baixo. Dois banheiros, um para homens, outro para mulheres, sem chuveiro. Nesta ala, a oferta de água quente é bastante limitada, infelizmente. Seu uniforme está pendurado no guarda-roupa. Experimente agora, veja se cabe, e tire para vestir de novo hoje à noite, quando os convidados chegarem. As opções de lavanderia também são limitadas. Este lugar parece até Marte. Estarei na cozinha se precisar de mim. Não faz tanto frio lá embaixo, se o Aga estiver funcionando. Desça a escada até o fim e vire à esquerda, depois à direita, e dê um grito se ficar perdido. Não vá para a outra ala, a menos que alguém mande.

E deixou Shadow sozinho.

Shadow vestiu o paletó do smoking preto, a camisa branca, a gravata-borboleta preta. Havia também sapatos pretos extremamente polidos. Tudo cabia bem, como se tivessem sido feitos sob medida. Ele pendurou o traje de volta no guarda-roupa.

Desceu a escada e achou Smith na base, batendo o dedo com raiva em um pequeno celular prateado.

— Não tem sinal. O negócio tocou, e estou tentando retornar a ligação, mas não tem sinal. Isso aqui é a Idade da Pedra. Como estava sua roupa? Tudo certo?

— Perfeito.

— Grande garoto. Nunca usa cinco palavras se basta uma, né? Já conheci defuntos mais falantes que você.

— Sério?

— Não. Modo de falar. Vamos. Quer comer alguma coisa?

— Pode ser. Obrigado.

— Certo. Venha comigo. Parece um labirinto, mas logo, logo você pega o jeito.

Eles comeram na cozinha, que era imensa e vazia. Shadow e Smith pegaram pratos de metal esmaltado, empilhando fatias translúcidas de salmão defumado em pão branco com casca, e fatias de queijo cheddar, e beberam canecas de chá doce forte. Shadow descobriu que Aga era uma caixa metálica grande, parte forno, parte aquecedor de água. Smith abriu uma das várias portas na lateral e enfiou algumas pás grandes de carvão.

— E cadê o resto da comida? Os garçons, os cozinheiros? — perguntou Shadow. — Não pode ser só a gente.

— Bem observado. Estão vindo de Edimburgo. É muito sincronizado. A comida e a equipe da festa vão chegar às três e preparar tudo. Os convidados serão trazidos às seis. O bufê do jantar vai ser servido às oito. Um monte de conversa, comida, um pouco de diversão, nada muito cansativo. Amanhã, o café vai das sete ao meio-dia. À tarde, os convidados saem para passear e ver as paisagens. Fogueiras são montadas no pátio. Aí, são acesas ao anoitecer, e todo mundo curte a noite de um sábado no norte, de preferência sem a chateação dos vizinhos. Domingo de manhã, a gente circula com cuidado, em respeito à ressaca das pessoas, e domingo à tarde os helicópteros pousam e todos vão embora. Você recebe o seu pagamento, e eu o levo de volta para o hotel, ou você pode ir para o sul comigo, se quiser dar uma variada. Que tal?

— Parece ótimo — disse Shadow. — E o pessoal que pode aparecer sábado à noite?

— Só estraga-prazeres. Vizinhos que gostam de acabar com a alegria dos outros.

— Que vizinhos? — perguntou Shadow. — Não tem nada além de ovelhas em um raio de quilômetros.

— São daqui, estão por toda parte — respondeu Smith. — Só não dá para ver. Eles se entocam que nem Sawney Beane e a família.

— Acho que já ouvi falar dele — comentou Shadow. — O nome não me é estranho...

— Ele é *histórico* — disse Smith, então tomou o chá e se recostou na cadeira. — Foi... quando? Uns seiscentos anos atrás, depois que os vikings se mandaram para a Escandinávia ou se misturaram por meio de casamentos e conversões até virarem mais um bando de escoceses, mas antes de a rainha Elizabeth morrer e Jaime descer da Escócia para governar os dois países. Por aí. — Ele tomou outro gole de chá. — Então. Os viajantes na Escócia andavam desaparecendo. Não era algo tão incomum. Quer dizer, naquela época, se você saísse para uma viagem longa, nem sempre voltava. Às vezes, demorava meses até alguém perceber que você não ia mais voltar, e aí botavam a culpa em lobos ou no clima, por isso decidiram viajar em grupo, e só no verão.

"Mas um viajante estava cavalgando por um bosque com um monte de companheiros, e apareceu das colinas, das árvores e do chão um enxame, uma revoada, uma matilha de crianças armadas com adagas, e facas, e porretes, e pedaços de pau, e elas derrubaram os viajantes dos cavalos, e caíram em cima, matando todos. Todos menos um coroa que tinha ficado um pouco para trás e fugiu. Foi o único, mas basta um, né? Ele chegou à cidade mais próxima e fez o maior alarde, e juntaram soldados e moradores para formar uma tropa e voltar lá com cachorros.

"Eles passaram dias sem achar o esconderijo, e estavam prestes a desistir quando, na frente de uma caverna à beira-mar, os cachorros começaram a uivar.

"Aí descobriram que havia cavernas debaixo da terra, e na maior e mais profunda estavam o velho Sawney Beane e sua cria, e carcaças penduradas em ganchos, defumadas e assadas a fogo lento. Pernas, braços, coxas, mãos e pés de homens, mulheres e crianças suspensos em fileiras, que nem porco ressecado. Tinha membros conservados em salmoura, que nem carne-seca. Tinha montes de dinheiro, ouro e prata, com relógios, anéis, espadas, pistolas e roupas, riquezas para além da imaginação, já que eles nunca gastavam um centavo sequer. Só ficavam nas cavernas, comiam, procriavam e odiavam.

"Ele morava lá há anos. Rei de seu próprio reinozinho, o velho Sawney, com a mulher, os filhos e netos, e alguns dos netos eram filhos dele também. Grupinho incestuoso."

— Isso aconteceu mesmo?

— É o que dizem. Tem registros oficiais. A família foi levada a Leith para o julgamento. A decisão do tribunal foi interessante: decidiram que Sawney Beane, através de seus atos, havia renunciado à condição humana. Então ele foi condenado como um animal. Não o enforcaram nem decapitaram. Armaram só uma fogueira enorme e jogaram os Beane nela, para morrerem queimados.

— A família inteira?

— Não lembro. Pode ser que tenham queimado as crianças pequenas, pode ser que não. Provavelmente sim. Eles costumam ser muito eficientes ao lidar com monstros aqui nesta parte do mundo.

Smith lavou os pratos e as canecas na pia, e deixou-os no escorredor para secar. Os dois saíram para o pátio. Smith enrolou um cigarro com habilidade. Lambeu o papel, alisou-o com os dedos e acendeu o tubinho pronto com um Zippo.

—Vejamos. O que você precisa saber para hoje à noite? Bom, o básico é fácil: só fale quando falarem com você... não que isso vá ser um problema, né?

Shadow não disse nada.

— Certo. Se um dos convidados pedir algo, faça o possível para atender, fale comigo se tiver alguma dúvida, mas faça o que pedirem, a menos que o impeça de realizar seu trabalho ou viole a principal diretriz.

— Que é?

— Não. Transar. Com a mulherada fina. É bem capaz de algumas moças enfiarem na cabeça, depois de meia garrafa de vinho, que precisam mesmo é de uma trepada. Se isso acontecer, você banca o *Sunday People*.

— Não tenho ideia do que está falando.

— *Nosso repórter pediu licença e saiu*. Certo? Pode olhar, mas não pode tocar. Entendeu?

— Entendi.

— Garoto esperto.

Shadow estava começando a gostar de Smith. Disse a si mesmo que gostar daquele homem não era sensato. Já tinha conhecido pessoas como Smith, pessoas sem consciência, sem escrúpulos, sem coração, que eram igualmente perigosas e simpáticas.

No começo da tarde, os empregados chegaram, trazidos por um helicóptero que parecia um transporte militar: descarregaram caixas de vinho e de comida, cestos e recipientes com uma eficiência impressionante. Havia caixas cheias de guardanapos e toalhas de mesa. Havia cozinheiros e garçons, garçonetes e camareiras.

Mas os primeiros a sair do helicóptero foram os seguranças: homens grandes e parrudos com fones de ouvido e paletós que, para Shadow, com certeza tinham armas. Cada um deles se apresentou a Smith, que os mandou examinar a casa e o terreno. Shadow estava ajudando, levando caixas de hortaliças do helicóptero para a cozinha. Conseguia carregar o dobro das outras pessoas. Quando passou de novo por Smith, parou e disse:

— Então, se você tem esses seguranças todos, por que estou aqui?

Smith deu um sorriso afável.

— Olhe, rapaz. Alguns indivíduos que estão vindo para cá valem mais dinheiro do que você e eu vamos ver na vida inteira. Eles precisam ter certeza de que estão seguros. Sequestros acontecem. As pessoas têm inimigos. Um monte de coisa acontece. Só que, com esses caras por perto, não vai acontecer. Mas botá-los para lidar com vizinhos mal-humorados seria o mesmo que usar uma bomba para deter invasores. Entendeu?

— Certo — disse Shadow.

Ele voltou ao helicóptero, pegou outra caixa identificada como *berinjelas bebê*, cheia de legumes pretos pequenos, colocou-a em cima de uma caixa de repolho e levou as duas para a cozinha, convencido de que era tudo mentira. A resposta de Smith era razoável. Até convincente. Só não era verdade. Não havia motivo algum para ele estar ali, ou, se havia, não era o que lhe deram.

Shadow remoeu a questão, tentando entender por que estava naquela casa, e torceu para não deixar transparecer nada. Guardava tudo dentro de si. Era mais seguro.

V.

Mais helicópteros chegaram no fim da tarde, quando o céu começava a ficar rosa, e algumas dezenas de pessoas elegantes desembarcaram. Muitas estavam rindo ou sorrindo. A maioria tinha por volta de trinta e quarenta anos. Shadow não reconheceu nem uma sequer.

Smith falou de maneira casual, mas simpática, com todas as pessoas, cumprimentando-as com confiança.

— Certo, pode entrar por ali, virar à esquerda e esperar no salão principal. Tem uma ótima lareira lá. Alguém vai levar o senhor até seu quarto. Sua bagagem já estará lá. Pode me chamar se não estiver, mas vai estar. Olá, madame, a senhora está muito elegante... posso pedir para alguém pegar sua bolsa? Ansiosa para amanhã? Estamos todos.

Fascinado, Shadow observou Smith interagir com cada convidado, portando-se com uma mistura cuidadosa de familiaridade e deferência, cortesia e charme *cockney*: consoantes e vogais iam e vinham, e se transformavam a depender da pessoa com quem falava.

Uma mulher de cabelo escuro curto, muito bonita, sorriu para Shadow quando ele levou suas malas para dentro.

— Mulherada fina — murmurou Smith quando ele passou. — Fique longe.

Um homem robusto, que Shadow estimou ter pouco mais de sessenta anos, foi a última pessoa a sair do helicóptero. Ele foi até Smith, apoiado em uma bengala barata de madeira, e disse algo em voz baixa. Smith respondeu do mesmo jeito.

É ele quem manda, pensou Shadow. Estava evidente pela linguagem corporal. Smith não sorria ou bajulava. Estava apresentando um relatório, com eficiência e discrição, dizendo para o velho tudo o que ele precisava saber.

Smith fez um sinal para Shadow, que foi rápido até os dois.

— Shadow — chamou Smith. — Este é o sr. Alice.

O sr. Alice estendeu a mão rosada e rechonchuda, apertando a mão escura e grande de Shadow.

— Muito prazer em conhecê-lo — disse ele. — Ouvi falar bem de você.

— Prazer em conhecê-lo — respondeu Shadow.

— Bom — disse o sr. Alice —, continue.

Smith meneou a cabeça para Shadow, indicando que ele estava dispensado.

— Se estiver tudo bem por você — falou Shadow para Smith —, gostaria de dar uma olhada na área enquanto ainda tem luz. Ter uma noção dos lugares de onde os vizinhos podem vir.

— Não vá muito longe — respondeu Smith.

Ele pegou a valise do sr. Alice e conduziu o homem para dentro da casa.

Shadow contornou o perímetro externo. Ele havia sido enganado. Não sabia por quê, mas não tinha dúvidas. Muita coisa não fazia sentido. Por que contratariam um turista para trabalhar como segurança junto com seguranças de verdade? Era um mistério, assim como Smith apresentá-lo ao sr. Alice depois de duas dúzias de pessoas terem tratado Shadow como mero ornamento decorativo.

Na frente da casa, havia um muro baixo de pedra; atrás da casa, uma colina que era quase uma pequena montanha e uma ladeira suave que descia para o *loch*. Ao lado, ficava a trilha por onde tinha chegado de manhã. Ele andou até o outro lado da casa e viu o que parecia ser uma horta, cercada por um muro alto de pedra. Desceu um degrau até o local e foi examinar o muro.

— Fazendo reconhecimento? — disse um dos seguranças, em seu smoking preto.

Shadow não o vira ali, e isso já sugeria que o homem era muito bom no ofício. Como a maioria dos empregados, ele tinha sotaque escocês.

— Só dando uma olhada.

— Estudando o terreno, muito sábio. Não se preocupe com esse lado da casa. Uns cem metros para lá tem um rio que desce até o *loch*, e depois disso são só pedras molhadas por uns trinta metros, direto até lá embaixo. Totalmente traiçoeiro.

— Ah. Então os vizinhos, os que vêm para reclamar, chegam por onde?

— Não faço ideia.

— É melhor eu ir lá dar uma olhada — disse Shadow. — Ver se consigo achar os caminhos de acesso.

— No seu lugar — falou o guarda —, não faria isso. É bem traiçoeiro. Se você se meter por lá, qualquer escorregão vai jogá-lo pelas pedras até o *loch*. Seu corpo nunca vai ser encontrado, se andar naquela direção.

— Entendi — respondeu Shadow, e entendeu mesmo.

Ele continuou caminhando em volta da casa. Viu outros cinco seguranças, agora que estava procurando. Com certeza ainda havia outros.

Na ala principal da casa, viu pelas janelas francesas uma enorme sala de jantar com painéis de madeira e os convidados sentados em volta de uma mesa, conversando e rindo.

Voltou para a ala dos empregados. Ao longo do jantar, as travessas de comida que voltavam eram postas em um aparador, e a equipe se servia, enchendo pratos de papel. Smith estava sentado à mesa de madeira da cozinha, devorando um prato de salada e carne malpassada.

— Tem caviar ali — disse para Shadow. — É Osetra Ouro, da melhor qualidade, muito especial. O que as autoridades do partido guardavam para si mesmas nos velhos tempos. Nunca fui fã, mas pode se servir.

Shadow pôs um pouco de caviar no canto do prato, por educação. Pegou alguns ovinhos cozidos, um pouco de macarrão e uns pedaços de frango. Sentou-se ao lado de Smith e começou a comer.

— Não sei por onde os vizinhos poderiam vir — comentou ele. — Seus homens bloquearam a pista de acesso. Quem quiser vir para cá tem que chegar pelo *loch*.

— Você deu uma boa espiada, hein?

— Dei — respondeu Shadow.

— Conheceu alguns dos meus rapazes?

— Conheci.

— E o que achou?

— Eu não provocaria nenhum deles.

Smith deu um sorrisinho.

— Um cara grande como você? Sei que consegue se virar.

— São matadores — disse Shadow, apenas.

— Só quando necessário — retrucou Smith. Ele não estava mais sorrindo. — Que tal subir para seu quarto? Dou um toque quando precisar de você.

— Tudo bem — respondeu Shadow. — E, se não precisar, vai ser um fim de semana muito fácil.

Smith o encarou.

—Você vai fazer por merecer o dinheiro — respondeu ele.

Shadow subiu a escada dos fundos, passando pelo corredor comprido no alto da casa, e entrou em seu quarto. Dava para ouvir os sons da festa, e ele olhou pela janelinha. As janelas francesas do outro lado estavam totalmente abertas, e os convidados, com casacos, luvas e taças de vinho, tinham se deslocado para o pátio interno. Ele ouvia fragmentos de conversas que se transformavam e reformavam; os sons eram nítidos, mas as palavras e o sentido se perdiam. De vez em quando, uma expressão se destacava entre os murmúrios. Um homem disse: "Já falei, juízes como você eu não controlo, eu vendo..." Shadow ouviu uma mulher comentar "É um monstro, meu bem. Um baita monstro. Ora, fazer o quê?", e outra responder "Ah, quem me dera poder dizer o mesmo sobre o do meu namorado!" e dar uma gargalhada.

Ele tinha duas opções. Podia ficar ou podia tentar ir embora.

—Vou ficar — disse ele, em voz alta.

VI.

Foi uma noite de sonhos perigosos.

No primeiro sonho de Shadow, ele estava de volta aos Estados Unidos, parado embaixo de um poste de luz. Subiu uns degraus, abriu uma porta de vidro e entrou em um restaurante, do tipo que um dia fora um vagão de trem. Ouviu um velho cantar, com uma voz rouca e grave, no ritmo de "My Bonnie Lies Over the Ocean":

Meu vô vende camisinha
Furada pra marinheiro
Minha vó faz aborto na cozinha
Meu Deus como entra dinheiro.

Shadow andou de um lado para outro no vagão-restaurante. Na mesa do final do vagão, um homem estava sentado com uma garrafa de cerveja, e cantava *Dinheiro, dinheiro, meu Deus, como entra dinheiro*. Quando viu Shadow, seu rosto se abriu em um sorriso imenso, e ele gesticulou com a garrafa de cerveja.

— Sente-se, sente-se — disse ele.

Shadow se sentou na frente do homem, que tinha conhecido como Wednesday.

— Qual é o problema? — perguntou Wednesday, morto havia quase dois anos, ou tão morto quanto seria possível para uma criatura como ele. — Eu ofereceria uma cerveja, mas o atendimento aqui é uma droga.

Shadow disse que tudo bem. Ele não queria cerveja.

— E aí? — falou Wednesday, coçando a barba.

— Estou em um casarão na Escócia com uma porrada de gente rica, e eles têm segundas intenções. Estou encrencado, e não sei qual é a encrenca. Mas acho que é bem ruim.

Wednesday tomou um gole de cerveja.

— Os ricos são diferentes, meu caro — disse ele, depois de um tempo.

— E o que quer dizer com *isso*?

— Bom — respondeu Wednesday. — Para início de conversa, a maioria deles provavelmente é mortal. Não é algo com que *você* precise se preocupar.

— Não me venha com essa palhaçada.

— Mas você *não* é mortal — disse Wednesday. — Você morreu na árvore, Shadow. Morreu e voltou.

— E daí? Não lembro como fiz isso. Se me matarem dessa vez, vou continuar morto.

Wednesday terminou a cerveja. Em seguida, balançou a garrafa no ar, como se estivesse regendo uma orquestra invisível, e cantou outro pedaço:

Meu irmão é um missionário
E liberta mulher o tempo inteiro
Dez pratas, te libera uma ruiva,
Meu Deus como entra dinheiro.

—Você não está ajudando — falou Shadow.

O restaurante agora era um vagão de trem, trepidando pela noite nevada.

Wednesday baixou a garrafa de cerveja e fitou Shadow com seu olho verdadeiro, o que não era de vidro.

— São padrões — disse ele. — Se eles acham que você é um herói, estão enganados. Quando você morrer, não vai mais ser Beowulf, ou Perseu, ou Rama. Há regras bem diferentes. Xadrez, não damas. *Go*, não xadrez. Entendeu?

— Nem um pouco — respondeu Shadow, frustrado.

No corredor do casarão, pessoas faziam barulhos de bêbado e pediam silêncio umas para as outras, enquanto andavam aos tropeços e riam pela casa.

Shadow se perguntou se eram os empregados ou os visitantes da outra ala fazendo turismo no lado pobre. E os sonhos o levaram embora de novo...

Agora, ele estava de volta ao casebre onde havia se abrigado da chuva no dia anterior. Havia um corpo no chão: um menino de no máximo cinco anos. Nu, de costas, membros estendidos. Houve um clarão intenso e súbito, alguém passou por Shadow como se ele não estivesse ali e ajeitou a posição dos braços do menino. Outro clarão.

Shadow conhecia o homem que tirava as fotos. Era o dr. Gaskell, o homenzinho de cabelo cor de aço que conheceu no bar do hotel.

Gaskell tirou um saco de papel branco do bolso, pescou algo ali dentro e jogou na boca.

— Balinhas sortidas — disse ele para a criança no chão de pedra. — Nham, nham. Suas preferidas.

Ele sorriu, se agachou e tirou mais uma foto do menino morto.

Shadow atravessou a parede de pedra do casebre, fluindo como vento pelas rachaduras. Fluiu até a orla. As ondas se arrebentavam nas rochas, e ele continuou avançando pelo mar, sobre as águas cinzentas, subindo e descendo nas ondas, em direção ao navio feito de unhas dos mortos.

O navio estava longe, em alto-mar, e Shadow passou pela superfície da água como a sombra de uma nuvem.

A embarcação era imensa. Ele não tinha percebido antes a sua imensidão. A mão de alguém desceu e o pegou pelo braço, puxando-o do mar para o convés.

—Traga-nos de volta — disse uma voz tão alta quanto o som das ondas contra as pedras, urgente e feroz. —Traga-nos de volta ou nos deixe ir. — Só um olho ardia naquele rosto barbado.

— Não estou prendendo vocês aqui.

Eram gigantes naquele navio, homens imensos feitos de sombras e borrifos congelados do mar, criaturas de sonhos e espuma.

Um deles, maior que todos os outros, de barba ruiva, deu um passo à frente.

— Não podemos desembarcar — ribombou ele. — Não podemos sair.

—Vão para casa — disse Shadow.

— Viemos com nosso povo para esta terra do sul — falou o homem de um olho só. — Mas eles nos deixaram. Queriam outros deuses, mais mansos, e nos renunciaram em seu coração e nos abandonaram.

—Vão para casa — repetiu Shadow.

— Já se passou tempo demais — disse o homem de barba ruiva. Com o martelo ao lado, Shadow o reconhecia. — Sangue demais se derramou. Você é sangue de nosso sangue, Baldur. Liberte-nos.

E Shadow quis dizer que não era deles nem de ninguém, mas o cobertor fino tinha caído da cama, e seus pés ficaram expostos na ponta, e o luar preencheu o quarto do sótão.

Agora, aquela casa imensa estava em silêncio. Algo uivou nas colinas, e Shadow estremeceu.

Ele estava deitado em uma cama pequena demais para ele, e imaginou o tempo como algo que se aglomerava em poças, e se perguntou se havia lugares onde o tempo pesava, lugares onde se amontoava e ficava retido — *cidades*, pensou, deviam ser cheias de tempo: todos os locais onde as pessoas se reuniam, aonde vinham e traziam o tempo consigo. E Shadow ponderou que, se isso fosse verdade, então podia haver outros lugares, onde as pessoas fossem poucas, e a terra aguardasse, amarga e implacável, e mil anos fossem um piscar de olhos para as colinas — nuvens flutuando, plantas balançando-se e mais nada, em lugares onde o tempo fosse tão esparso quanto as pessoas...

—Vão matar você — sussurrou Jennie, a taverneira.

Shadow agora estava sentado ao lado dela, na colina, sob o luar.

— Por que fariam isso? — perguntou ele. — Não sou importante.

— É o que eles fazem com monstros — respondeu ela. — É o que precisam fazer. É o que sempre fizeram.

Shadow tentou encostar em Jennie, mas ela se virou. Por trás, era vazia e oca. Ela se virou de novo, ficando de frente para ele.

—Venha — sussurrou ela.

—Você pode vir até mim — disse ele.

— Não — respondeu ela. — Há coisas no caminho. A trilha até aí é difícil e está sendo vigiada. Mas você pode me chamar. Se me chamar, eu vou.

O dia raiou, e com ele veio uma nuvem de mosquitos do pântano na base da colina. Jennie tentou espantá-los com o rabo, mas não adiantou; eles se abateram sobre Shadow como uma nuvem, até ele aspirar mosquitos, o nariz e a boca cheios de criaturinhas fustigantes, sufocando na escuridão...

Ele se retorceu para voltar à cama, ao corpo e à vida, para despertar, arfante, sentindo o coração martelar no peito.

VII.

O café da manhã teve peixe defumado, tomate assado, ovos mexidos, torradas, duas linguiças roliças como polegares e fatias de algo escuro, redondo e fino que Shadow não reconheceu.

— O que é isso? — perguntou Shadow.

— Chouriço — respondeu o homem a seu lado. Era um dos seguranças, estava lendo o jornal *The Sun* do dia anterior enquanto comia. — Sangue e ervas. O sangue é cozido até formar uma espécie de casca escura temperada. — Com o garfo, ele colocou um pouco de ovo na torrada e comeu com os dedos. — Sei lá. Como é que dizem? Ninguém deveria saber como são feitas as linguiças e as leis? Algo assim.

Shadow terminou o café da manhã, mas não encostou no chouriço.

Agora havia uma jarra com café de verdade, e ele bebeu uma caneca, quente e pura, para despertar e clarear os pensamentos.

Smith chegou.

— Shadow, meu caro. Posso pegar você emprestado por cinco minutos?

— É você quem está pagando — disse Shadow.

Eles saíram para o corredor.

— É o sr. Alice — falou Smith. — Ele quer dar uma palavrinha.

Os dois saíram da ala deprimente e pálida dos empregados para a vastidão apainelada do casarão antigo. Subiram a escadaria de madeira imensa e entraram em uma biblioteca enorme. Não havia ninguém.

— Só um minutinho que ele já vem — disse Smith. — Vou avisar que você está esperando.

Os livros da biblioteca estavam protegidos por portas de vidro trancadas, além de arame contra ratos, poeira e pessoas. Havia um quadro de um cervo na parede, e Shadow se aproximou para olhar. O cervo era arrogante e imponente: atrás dele, via-se um vale coberto de neblina.

— *O monarca do vale* — disse o sr. Alice, aproximando-se devagar, apoiado na bengala. — O quadro mais reproduzido da era vitoriana. Esse não é o original, mas foi feito por Landseer no final dos anos 1850, uma cópia de sua própria obra. Eu adoro, mas tenho certeza de que não deveria. Ele fez os leões da Trafalgar Square, o Landseer. Mesmo sujeito.

O sr. Alice foi até a janela, e Shadow o acompanhou. Abaixo deles, no pátio, os empregados instalavam cadeiras e mesas. Perto do chafariz no centro do pátio, outras pessoas, os convidados da festa, empilhavam lenha e mais pedaços de madeira para montar fogueiras.

— Por que eles não pedem para os criados fazerem as fogueiras? — perguntou Shadow.

— E por que *eles* devem se divertir com isso? — disse o sr. Alice. — É como mandar seu criado caçar faisões para você à tarde. O ato de preparar uma fogueira, de empilhar as madeiras e colocá-las no lugar perfeito, tem algo de especial. É o que dizem, pelo menos. Eu mesmo nunca fiz. — Ele se afastou da janela. — Sente-se — pediu. — Vou ficar com torcicolo só de olhar para você.

Shadow se sentou.

— Ouvi falar muito de você — comentou o sr. Alice. — Faz tempo que quero conhecê-lo. Falaram que era um rapaz inteligente e que iria longe. Foi o que ouvi.

— Então você não contratou um turista para manter os vizinhos longe da sua festa?

— Bom, sim e não. Tínhamos alguns outros candidatos, claro. Só que você era perfeito para o trabalho. E, quando descobri o que você era... bom, um presente dos deuses, não é?

— Não sei. Sou?

— Com certeza. Veja bem, esta festa é muito antiga. Faz quase mil anos que acontece. Nunca se pulou nem um ano sequer. E todo ano há uma luta, entre o nosso homem e o deles. E o nosso homem vence. Este ano, nosso homem é você.

— Quem... — disse Shadow. — Quem são *eles*? E quem são *vocês*?

— Eu sou seu anfitrião — respondeu o sr. Alice. — Acho que... — Ele parou por um instante e bateu a bengala no piso de madeira. — *Eles* são os que perderam, muito tempo atrás. *Nós* vencemos. Nós éramos os cavaleiros, eles eram os dragões; nós éramos os matadores de gigantes, eles eram os ogros. Nós éramos os homens, eles eram os monstros. E *nós vencemos*. Agora, eles sabem seu lugar. E essa festa existe para permitir que eles não se esqueçam. É pela humanidade que você lutará hoje à noite. Não podemos permitir que assumam o controle. De jeito nenhum. Nós contra eles.

— O dr. Gaskell falou que eu era um monstro — disse Shadow.

— Dr. Gaskell? — questionou o sr. Alice. — Amigo seu?

— Não — respondeu Shadow. — Ele trabalha para você. Ou para as pessoas que trabalham para você. Acho que ele mata crianças e as fotografa.

O sr. Alice deixou a bengala cair. Ele se abaixou, com dificuldade, para pegá-la. Então disse:

— Bom, não acho que você seja um monstro, Shadow. Acho que é um herói.

Não, pensou Shadow. *Você acha que eu sou um monstro. Mas acha que sou o seu monstro*.

— Agora, se tiver sucesso hoje à noite — falou Alice —, e sei que vai ter, poderá pedir o que quiser. Já se perguntou por que algumas pessoas são astros de cinema, celebridades ou ricas? Aposto que já pensou: *Esse cara não tem talento. O que ele tem que eu não tenho?* Bom, às vezes, a resposta é que ele tem alguém como eu ao seu lado.

— Você é um deus? — perguntou Shadow.

O sr. Alice deu uma risada, grave e sonora.

— Boa, sr. Moon. De forma alguma. Sou só um garoto de Streatham que se deu bem na vida.

— E com quem vou lutar? — indagou Shadow.

— Vai conhecê-lo hoje à noite — respondeu o sr. Alice. — Agora, tem algumas coisas no sótão que precisam descer. Que tal dar uma mãozinha a Smith? Para um cara grande como você, vai ser moleza.

A audiência estava encerrada, e, como se tivessem combinado, Smith entrou na biblioteca.

— Eu estava falando agora mesmo — anunciou o sr. Alice — que nosso garoto aqui ajudaria você a descer as coisas do sótão.

— Ótimo — disse Smith. — Vamos, Shadow. Vem comigo lá para cima.

Eles subiram por uma escada de madeira escura até uma porta com cadeado, que Smith abriu, e entraram em um sótão empoeirado de madeira, cheio do que pareciam ser...

— Tambores? — perguntou Shadow.

— Tambores — confirmou Smith. Eram feitos de madeira e couro animal. Cada tambor tinha um tamanho diferente. — Certo, vamos descer com eles.

Os dois levaram os tambores para baixo. Smith levou um de cada vez, segurando-os como se fossem preciosos. Shadow levou dois.

— O que realmente vai acontecer hoje à noite? — indagou Shadow na terceira viagem, ou talvez na quarta.

— Bom — disse Smith. — A maior parte, até onde sei, é melhor você descobrir sozinho. Quando estiver acontecendo.

— E você e o sr. Alice. Qual é o papel de vocês nisso?

Smith lançou um olhar brusco para Shadow. Eles puseram os tambores ao pé da escada, no grande salão. Havia alguns homens ali, conversando na frente da lareira.

Quando subiram de novo a escada e estavam longe dos convidados, Smith disse:

— O sr. Alice vai embora no final da tarde. Eu vou ficar.

— Ele vai embora? Não faz parte disso?

Smith pareceu se ofender.

— Ele é o anfitrião — falou ele. — Mas...

E parou. Shadow entendeu. Smith não falava do patrão. Eles desceram mais tambores pela escada. Quando terminaram de levar todos os tambores para baixo, desceram com bolsas pesadas de couro.

— O que tem aqui? — perguntou Shadow.

— Baquetas — disse Smith. E continuou: — São famílias antigas, aquele pessoal lá embaixo. Muito antigas. Sabem quem é que manda, mas nem por isso é um deles. Entendeu? Só eles vão ficar na festa hoje. E não querem o sr. Alice nela, entendeu?

E Shadow entendeu. Ele queria que Smith não tivesse falado do sr. Alice. Achava que Smith não falaria nada para alguém que fosse viver para contar a história.

Mas Shadow só disse:

— Baquetas pesadas.

VIII.

Um helicóptero pequeno levou o sr. Alice embora no fim da tarde. Land Rovers levaram os empregados. Smith dirigiu o último. Só restaram Shadow e os convidados, com suas roupas elegantes e seus sorrisos.

Eles olhavam para Shadow como se ele fosse um leão enjaulado que estivesse lá para entretê-los, mas não lhe dirigiam a palavra.

A mulher de cabelo escuro, a que havia sorrido para Shadow quando chegou, deu-lhe comida: um bife, quase malpassado. Ela levou a carne em um prato, sem talheres, como se esperasse que ele comesse com as mãos e os dentes, e ele estava com tanta fome que comeu.

— Não sou seu herói — disse, mas ninguém o olhou nos olhos. Ninguém lhe dirigiu a palavra, não diretamente. Ele se sentia um animal.

E então o sol se pôs. Shadow foi conduzido até o pátio interno e o chafariz enferrujado, obrigado a se despir, à mão armada, e as mulheres esfregaram uma graxa amarela em seu corpo.

Puseram uma faca na grama à sua frente. Gesticularam com uma arma, e Shadow pegou a faca. O cabo era de metal preto, áspero e fácil de segurar. A lâmina parecia afiada.

Então, abriram a porta grande do pátio interno, que levava ao mundo exterior, e dois dos homens acenderam as fogueiras altas: elas crepitaram e arderam.

As bolsas de couro foram abertas, e cada convidado pegou um único bastão preto esculpido, como uma clava, pesada e nodosa. Shadow começou a pensar nos filhos de Sawney Beane, emergindo da escuridão com porretes feitos de fêmures humanos...

Os convidados se posicionaram na borda do pátio e começaram a batucar os tambores com os bastões.

Começaram baixo e calmos, uma batida grave e pulsante, como um coração. Depois, passaram a bater em ritmos estranhos, toques em *staccato* que iam e vinham, cada vez mais altos, até tomarem conta da mente e do mundo de Shadow. Ele teve a impressão de que a luz das fogueiras bruxuleava ao ritmo dos tambores.

Em seguida, de fora do casarão, começaram os uivos.

Havia imensa dor nos uivos, e agonia, e o som ecoava pelas colinas mais alto que as batidas dos tambores, um lamento de sofrimento, e luto, e ódio.

O vulto que cambaleou pela entrada do pátio segurava a cabeça e cobria os ouvidos, como se tentasse calar as batidas dos tambores.

A luz das fogueiras o atingiu.

Era enorme: maior que Shadow, e nu. Não tinha qualquer pelo e estava encharcado.

A criatura baixou as mãos e olhou à volta, com o rosto retorcido em uma careta insana.

— Parem! — gritou a criatura. — Parem de fazer esse barulho!

E as pessoas, com suas roupas bonitas, bateram os tambores com mais força, e mais rápido, e o barulho preencheu a cabeça e o peito de Shadow.

O monstro chegou ao meio do pátio e olhou para Shadow.

— Você — disse ele. — Eu falei para você. Falei do barulho. — E ele urrou, um urro grave e gutural de ódio e desafio.

A criatura se aproximou de Shadow, mas viu a faca e parou.

— Lute comigo! — berrou. — Luta justa! Sem ferro frio! Lute comigo!

— Não quero lutar com você — disse Shadow.

Ele largou a faca na grama e ergueu as mãos para mostrar que estavam vazias.

— Tarde demais — disse a criatura careca que não era um homem. — Tarde demais para isso.

E se jogou contra Shadow.

Tempos depois, quando Shadow pensava nessa luta, só se lembrava de fragmentos. Lembrava-se de ser derrubado no chão e de se esquivar. Lembrava-se da batucada dos tambores, da expressão ávida dos batucadores enquanto olhavam, entre as fogueiras, para os dois homens à luz das chamas.

Eles lutaram, agarrando e esmurrando um ao outro.

Lágrimas salgadas escorriam pelo rosto do monstro conforme ele se debatia com Shadow. Para ele, parecia que estavam em pé de igualdade.

O monstro bateu com o braço no rosto de Shadow, que sentiu o gosto do próprio sangue. Sua raiva começou a crescer, como uma muralha vermelha de ódio.

Estendeu a perna, enganchando-a atrás do joelho do monstro, e, quando o fez tombar para trás, deu-lhe um soco na barriga, fazendo-o gritar e soltar um urro de raiva e dor.

Uma olhada para os convidados: Shadow viu a sede de sangue no rosto dos batucadores.

Soprou um vento frio, um vento marítimo, e Shadow teve a impressão de que havia sombras imensas no céu, vultos colossais que ele vira em um navio feito de unhas dos mortos, e que eles o observavam, que era essa luta que os mantinha paralisados no navio, sem poderem desembarcar, sem poderem ir embora.

Essa luta era antiga, pensou Shadow, mais até do que o sr. Alice achava, e considerava isso enquanto as garras da criatura arranhavam seu peito. Era a luta entre homem e monstro, e era tão velha quanto o tempo: era a batalha de Teseu com o Minotauro, era Beowulf e Grendel, era a luta de todo herói que já se pusera entre a luz das fogueiras e as trevas, e que limpara o sangue de algo inumano de sua espada.

As fogueiras ardiam, e os tambores batiam, latejavam e pulsavam como mil corações.

Shadow escorregou na grama úmida enquanto o monstro avançava, e caiu. Os dedos da criatura envolveram seu pescoço e o apertaram; Shadow sentiu tudo começar a rarear, a ficar distante.

Fechou a mão na grama e puxou, cravando os dedos com força, então arrancou um bocado de grama e terra molhada e enfiou na cara do monstro, cegando-o por um instante.

Ele se levantou e ficou em cima da criatura. Deu uma joelhada forte na virilha do monstro, que se curvou em posição fetal, uivou e soluçou.

Shadow percebeu que as batucadas tinham parado e levantou os olhos. Os convidados haviam abaixado os tambores.

Estavam todos se aproximando em círculo, homens e mulheres, ainda com as baquetas nas mãos, mas as segurando como clavas. Só que não estavam olhando para Shadow: estavam de olho no monstro caído. Ergueram os bastões pretos e avançaram contra ele à luz das fogueiras duplas.

— Parem! — exclamou Shadow.

O primeiro golpe de porrete atingiu a cabeça do monstro. Ele urrou e se retorceu, levantando um braço para aparar o golpe seguinte.

Shadow se jogou na frente, protegendo-o com o próprio corpo. A mulher de cabelo escuro, que havia sorrido para ele antes, bateu com o porrete em seu ombro sem emoção, e outro porrete, agora o de um homem, desferiu um golpe atordoante em sua perna, e um terceiro o atingiu na lateral do corpo.

Nós dois seremos mortos, pensou Shadow. *Primeiro ele, depois eu. É isso o que fazem. É o que sempre fizeram.* E então: *Ela disse que viria. Se eu chamasse.*

Shadow murmurou:

— Jennie?

Não houve resposta. Tudo acontecia bem devagar. Outro porrete estava descendo, esse na direção de sua mão. Shadow se jogou para o lado e viu a madeira pesada bater na grama.

— Jennie — disse ele, visualizando seu cabelo claro demais, o rosto magro, o sorriso. — Estou chamando. Venha agora. *Por favor.*

Um vendaval frio.

A mulher de cabelo escuro ergueu seu porrete e o desceu rápido, com força, na direção do rosto de Shadow.

Não houve impacto. Uma mão pequena segurou o bastão pesado como se fosse um graveto.

Seu cabelo claro se sacudia em volta da cabeça com o vento frio. Ele não saberia dizer que roupa ela usava.

Jennie o fitou. Shadow achou que parecia decepcionada.

Um dos homens mirou um golpe de clava atrás da cabeça dela. Não acertou. Ela se virou...

Um som dilacerante, como se alguma coisa estivesse se rasgando...

E então as fogueiras explodiram. Foi o que pareceu. Havia madeira em chamas por todo o pátio, até dentro da casa. As pessoas gritavam no vento cortante.

Shadow se levantou com esforço.

O monstro estava caído no chão, ensanguentado e retorcido. Shadow não sabia se estava vivo. Ergueu-o, apoiou-o no ombro e cambaleou para fora do pátio com ele.

Saiu aos tropeços para a pista de cascalho, e a porta enorme de madeira bateu e se fechou atrás deles. Ninguém mais sairia. Shadow continuou descendo a encosta, um passo de cada vez, em direção ao *loch*.

Quando chegou à margem, ele parou, caiu de joelhos, e depositou o homem careca com o máximo de cuidado na grama.

Ouviu um estrondo, e olhou para a colina às suas costas.

A casa tinha pegado fogo.

— Como ele está? — perguntou uma voz feminina.

Shadow se virou. Ela estava com água até os joelhos, a mãe da criatura, e caminhava até a margem.

— Não sei — respondeu Shadow. — Está ferido.

— Vocês dois estão feridos — disse ela. — Cheios de sangue e hematomas.

— Sim — falou Shadow.

— Ainda assim — disse ela —, ele sobreviveu. E essa é uma boa notícia.

A mulher já havia chegado à margem. Sentou-se no chão e apoiou a cabeça do filho no colo. Em seguida, tirou um pacote de lenços da bolsa, cuspiu em um e começou a esfregar vigorosamente o rosto do filho, limpando o sangue.

A casa na colina já estava rugindo. Shadow nunca imaginara que uma casa em chamas faria tanto barulho.

A velha olhou para o céu. Fez um ruído no fundo da garganta, um estalo, e balançou a cabeça.

— Sabe de uma coisa? — disse ela. — Você os deixou entrar. Eles ficaram presos por muito tempo, e você os deixou entrar.

— Isso é bom? — perguntou Shadow.

— Não sei, meu bem — respondeu a mulher pequena, balançando a cabeça outra vez.

Ela cantarolou para o filho como se ele ainda fosse um bebê e lavou seus ferimentos com saliva.

Shadow estava pelado na beira do *loch*, mas o calor do casarão em chamas o aquecia. Viu o reflexo do fogo na água lisa. Uma lua amarela se erguia.

Começou a sentir dor. Sabia que, no dia seguinte, ia doer muito mais.

Houve passos na grama atrás de Shadow. Ele olhou para cima.

— Oi, Smith — disse Shadow.

Smith olhou para os três no chão.

— Shadow — falou ele, balançando a cabeça. — Shadow, Shadow, Shadow, Shadow, Shadow. Não era assim que devia acabar.

— Desculpe — respondeu.

— Isso vai causar bastante constrangimento para o sr. Alice — comentou Smith. — Aquelas pessoas eram convidadas dele.

— Eram animais — afirmou Shadow.

— Se fossem — disse Smith —, eram animais ricos e importantes. Vamos ter que lidar com viúvas, órfãos e Deus sabe o que mais. O sr. Alice não vai gostar. — Ele falou como um juiz proferindo uma sentença de morte.

— Está ameaçando o rapaz? — perguntou a velha.

— Eu não ameaço — replicou Smith, friamente.

Ela sorriu.

— Ah — falou ela. — Mas eu sim. E, se você ou aquele gordo babaca do seu chefe machucarem esse rapaz, vai ser pior para os dois. — A mulher abriu um sorriso de dentes afiados, e Shadow sentiu os pelos da nuca se arrepiarem. — Existem coisas piores que a morte. E conheço a maioria delas. Não sou jovem e não sou de conversa fiada. Então, se eu fosse você — informou, fungando —, cuidaria bem deste homem.

Ela pegou o filho com um braço, como se fosse um brinquedo, e segurou a bolsa com o outro.

Então assentiu para Shadow e se afastou, entrando na água escura cristalina, e logo ela e o filho desapareceram sob a superfície do *loch*.

— Merda — murmurou Smith.

Shadow não falou nada.

O outro remexeu no bolso. Tirou uma bolsa de fumo e enrolou um cigarro. Acendeu.

— Certo — disse ele.

— Certo? — perguntou Shadow.

— É melhor a gente limpar você e arrumar umas roupas. Senão, vai acabar morrendo. Você ouviu o que ela disse.

IX.

Quando Shadow voltou ao hotel naquela noite, o melhor quarto estava à sua espera. E, menos de meia hora depois, Gordon da recepção subiu com uma mochila nova, uma caixa de roupas e até botas novas. Não fez perguntas.

Havia um envelope grande em cima das roupas.

Shadow o abriu. Continha seu passaporte, ligeiramente chamuscado, sua carteira e dinheiro: alguns maços de notas de cinquenta libras, amarrados com elástico.

Meu Deus, como entra dinheiro, pensou ele, sem prazer, e tentou lembrar, sem sucesso, onde havia escutado essa música.

Tomou um banho demorado para lavar a dor.

E dormiu.

De manhã, ele se vestiu e caminhou pela rua ao lado do hotel, a que subia a colina e saía do vilarejo. Tinha certeza de que havia um casebre no topo da colina, com lavanda no jardim, uma bancada listrada de pinho e um sofá roxo, porém, por mais que procurasse, não viu casebre algum na colina, nem sinal de que tivesse existido qualquer coisa além de mato e um espinheiro.

Shadow chamou o nome dela, mas não obteve resposta, só o vento que soprava do mar e trazia consigo as primeiras promessas de inverno.

Mesmo assim, ela estava à sua espera quando ele voltou para o quarto no hotel. Estava sentada na cama, vestida com o casaco marrom velho, olhando as unhas. Não levantou o rosto quando Shadow destrancou a porta e entrou.

— Oi, Jennie — disse ele.

— Oi — respondeu ela. Sua voz estava muito baixa.

— Obrigado — falou ele. — Você salvou minha vida.

— Você me chamou — disse ela, com um tom murcho. — Eu fui.

— Qual é o problema? — perguntou ele.

Ela enfim o encarou.

— Eu podia ter sido sua — disse ela, com lágrimas nos olhos. — Achei que você me amaria. Talvez. Um dia.

— Bom — respondeu ele —, talvez a gente possa descobrir. A gente podia dar uma volta amanhã. Mas não por muito tempo, porque estou meio quebrado fisicamente.

Ela balançou a cabeça.

O mais estranho, pensou Shadow, era que Jennie não parecia mais humana: agora lembrava o que de fato era, uma criatura selvagem, uma criatura da floresta. Seu rabo se mexia na cama, por baixo do casaco. Ela era muito bonita, e Shadow se deu conta de que a desejava, muito.

— O mais difícil de ser uma *hulder* — disse Jennie —, até uma *hulder* bem longe de casa, é que, para não ser solitária, é preciso amar um homem.

— Então me ame. Fique comigo — pediu Shadow. — Por favor.

— Você — disse ela, com um tom triste e definitivo — não é um homem.

Ela se levantou.

— Mesmo assim — continuou Jennie —, tudo está mudando. Talvez eu possa voltar para casa agora. Depois de mil anos, não sei se me lembro alguma coisa de *Norsk*.

Ela pegou as mãos de Shadow com as suas, pequenas, mas capazes de dobrar barras de ferro, de transformar pedras em pó, apertou os dedos dele com muita delicadeza. E se foi.

Shadow ficou mais um dia no hotel, depois pegou o ônibus para Thurso, e o trem de Thurso para Inverness.

Cochilou, mas não sonhou.

Quando acordou, tinha um homem sentado ao seu lado. Um homem com rosto de machadinha, lendo um livro barato. Fechou o livro quando viu que Shadow estava acordado, mas ele conseguiu olhar a capa. *A dificuldade de ser*, de Jean Cocteau.

— Livro bom? — perguntou Shadow.

— É razoável — respondeu Smith. — Só ensaios. Eram para ser pessoais, mas a sensação é que, sempre que ele levanta aquele olhar inocente e fala "Esse sou eu", é algum tipo de blefe duplo. Mas gostei de *La Belle et la*

Bête. Eu me senti mais próximo dele assistindo a isso do que com qualquer um desses ensaios.

— A capa explica — disse Shadow.

— Como assim?

— A dificuldade de ser Jean Cocteau.

Smith coçou o nariz.

— Aqui — indicou ele. Deu um exemplar de *Scotsman* para Shadow. — Página nove.

Na parte de baixo da página nove, havia uma matéria curta: médico aposentado comete suicídio. O corpo de Gaskell foi encontrado dentro do próprio carro, estacionado em uma área de piqueniques na estrada costeira. Ele tinha engolido um coquetel de analgésicos e quase uma garrafa inteira de Lagavulin.

— O sr. Alice odeia que mintam para ele — disse Smith. — Especialmente quando é um empregado.

— Tem alguma coisa aí sobre o incêndio? — perguntou Shadow.

— Que incêndio?

— Ah. Certo.

— Mas eu não ficaria surpreso se a alta sociedade vivesse uma maré de azar terrível nos próximos meses. Acidentes de carro. De trem. Talvez a queda de um avião. Viúvas, órfãos e namorados de luto. Muito triste.

Shadow assentiu.

— Sabe — falou Smith —, o sr. Alice está muito interessado na sua saúde. Ele se preocupa. Eu também.

— É? — perguntou Shadow.

— Com certeza. Quer dizer, imagina se alguma coisa acontece com você aqui. Vai que você olha para o lado errado ao atravessar a rua. Mostra dinheiro demais no bar errado. Sei lá. A questão é que, se você se machucar, aquela mulher lá, a mãe de Grendel, pode entender errado.

— E daí?

— E daí que achamos que você devia sair do Reino Unido. Mais seguro para todo mundo, né?

Shadow ficou um tempo sem falar nada. O trem começou a desacelerar.

— Tudo bem — disse ele.

— Chegou a minha estação — anunciou Smith. — Eu desço aqui. Vamos providenciar a passagem, de primeira classe, claro, para qualquer destino. Só de ida. É só falar para onde quer ir.

COISAS FRÁGEIS

Shadow massageou o hematoma na bochecha. A dor tinha algo que era quase reconfortante.

O trem parou de vez. Era uma estação pequena, aparentemente no meio do nada. Um carro preto grande estava estacionado ao lado do local, sob a luz fraca do sol. As janelas eram escuras, e Shadow não conseguiu enxergar o interior.

O sr. Smith abaixou a janela do trem, estendeu o braço para abrir a porta do vagão e saiu para a plataforma. Olhou para Shadow pela janela aberta.

— E aí?

— Acho — disse Shadow — que vou ficar umas semanas passeando pelo Reino Unido. E você vai ter que rezar para eu olhar para o lado certo da rua.

— E depois?

Shadow soube naquele momento. Talvez soubesse desde sempre.

— Chicago — respondeu, quando o trem deu um solavanco e começou a sair da estação.

Ele se sentiu mais velho quando falou. Mas não podia adiar para sempre. Por fim, ele disse, tão baixo que ninguém mais escutaria:

— Acho que vou voltar para casa.

Pouco depois, começou a chover: gotas enormes e pesadas que batiam nas janelas, embaralhando o mundo em cinza e verdes. Roncos graves de trovão acompanharam Shadow em sua viagem para o sul: a tempestade resmungou, o vento uivou e os raios projetaram sombras imensas no céu, e, com tal companhia, Shadow aos poucos começou a se sentir menos só.

Créditos

"Introdução", copyright © 2006 by Neil Gaiman.

"Um estudo em esmeralda", copyright © 2003 by Neil Gaiman. Publicado originalmente sob o título "A Study in Emerald", em *Shadows Over Baker Street*.

"Ril das fadas", copyright © 2004 by Neil Gaiman. Publicado originalmente sob o título "The Fairy Reel", em *The Faery Reel*.

"Outubro na cadeira", copyright © 2002 by Neil Gaiman. Publicado originalmente sob o título "October in the Chair", em *Conjunctions* n. 39.

"A câmara oculta", copyright © 2005 by Neil Gaiman. Publicado originalmente sob o título "The Hidden Chamber", em *Outsiders*.

"As noivas proibidas dos demônios desfigurados da mansão secreta na noite do desejo sinistro", copyright © 2004 by Neil Gaiman. Publicado originalmente sob o título "Forbidden Brides of the Faceless Slaves in the Secret House of the Night of Dread Desire", em *Gothic!*.

"As pedras na estrada da memória", copyright © 1997 by Neil Gaiman. Publicado originalmente sob o título "The Flints of Memory Lane", em *Dancing with the Dark*.

"Hora de fechar", copyright © 2002 by Neil Gaiman. Publicado originalmente sob o título "Closing Time", em *McSweeney's Mammoth Treasury of Thrilling Tales*, edição 10.

"Mateiro", © 2002 by Neil Gaiman. Publicado originalmente sob o título "Going Wodwo", em *The Green Man*.

"Amargor", © 2003 by Neil Gaiman. Publicado originalmente sob o título "Bitter Grounds", em *Mojo: Conjure Stories*.

"Outras pessoas", © 2001 by Neil Gaiman. Publicado originalmente sob o título "Other People", em *The Magazine of Fantasy & Science Fiction* 101, n. 4 e 5.

"Lembrancinhas e tesouros", copyright © 1999 by Neil Gaiman. Publicado originalmente sob o título "Keepsakes and Treasures", em *999*.

"Grandes Baixistas Devem Fazer Assim", copyright © 1995 by Neil Gaiman. Publicado originalmente sob o título "Good Boys Deserve Favors", em *Overstreet's Fan Magazine* 1, n. 5.

"A verdade sobre o desaparecimento da srta. Finch", copyright © 1998 by Neil Gaiman. Publicado originalmente sob o título "The Facts in the Case of the Departure of Miss Finch", em *Frank Frazetta Fantasy Illustrated #3*.

"Menininhas estranhas", copyright © 2001 by Neil Gaiman. Publicado originalmente sob o título "Strange Little Girls", em *Strange Little Girls*, livro da turnê de Tori Amos.

"Arlequim apaixonado", copyright © 1999 by Neil Gaiman. Publicado originalmente sob o título "Harlequin Valentine", no *World Horror Convention Book*, 1999.

"Cachinhos", copyright © 1999 by Neil Gaiman. Publicado originalmente sob o título "Locks", em *Silver Birch, Blood Moon*.

"O problema de Susana", copyright © 2004 by Neil Gaiman. Publicado originalmente sob o título "The Problem of Susan", em *Flights*.

"Instruções", copyright © 2000 by Neil Gaiman. Publicado originalmente sob o título "Instructions", em *Wolf at the Door*.

"O que você acha que eu sinto?", copyright © 1998 by Neil Gaiman. Publicado originalmente sob o título "How Do You Think It Feels", em *In the Shadow of the Gargoyle*.

"Minha vida", copyright © 2002 by Neil Gaiman. Publicado originalmente sob o título "My Life", em *Sock Monkeys: 200 out of 1,863*.

"Quinze cartas pintadas de um tarô vampiro", copyright © 1998 by Neil Gaiman. Publicado originalmente sob o título "Fifteen Painted Cards from a Vampire Tarot", em *The Art of the Vampire*.

"Comidas e comedores", copyright © 1990, 2002 by Neil Gaiman. Publicado originalmente como história em quadrinhos sob o título "Feeders and Eaters", em *Revolver Horror Special*. E publicado originalmente neste formato em *Keep Out the Night*.

"Crupe do adoentador", copyright © 2002 by Neil Gaiman. Publicado originalmente sob o título "Diseasemaker's Croup", em *The Thackery T. Lambshead Pocket Guide to Eccentric & Discredited Diseases*.

"No fim", copyright © 1996 by Neil Gaiman. Publicado originalmente sob o título "In the End", em *Strange Kaddish*.

"Golias", de Neil Gaiman. Copyright © 1999 by Warner Bros. Studios, uma divisão de Time Warner. Publicado originalmente on-line e sob o título "Goliath". Baseado em conceitos de Lilly e Lana Wachowski. Inspirado no filme *Matrix*, com roteiro de Lana Wachowski e Lilly Wachowski.

"Páginas de um diário encontrado numa caixa de sapato largada num ônibus em algum ponto entre Tulsa, Oklahoma, e Louisville, Kentucky", copyright © 2002 by Neil Gaiman. Publicado originalmente sob o título "Pages Found in a Shoebox Left in a Greyhound Bus Somewhere Between Tulsa, Oklahoma, and Louisville, Kentucky", em *Scarlet's Walk*, livro da turnê de Tori Amos.

"Como falar com garotas em festas", copyright © 2006 by Neil Gaiman. Primeira publicação, cujo título original é "How to Talk to Girls at Parties".

"O dia em que vieram os discos voadores", copyright © 2006 by Neil Gaiman. Publicado originalmente sob o título "The Day the Saucers Came", no eZine *SpiderWords* 1, n. 2.

"Ave-solar", copyright © 2005 by Neil Gaiman. Publicado originalmente sob o título "Sunbird", em *Noisy Outlaws, Unfriendly Blobs, and Some Other Things That Aren't as Scary, Maybe, Depending on How You Feel About Lost Lands, Stray Cellphones, Creatures from the Sky, Parents Who Disappear in Peru, a Man Named Lars Farf, and One Other Story We Couldn't Quite Finish, So Maybe You Could Help Us Out*.

"A invenção de Aladim", copyright © 2003 by Neil Gaiman. Publicado originalmente sob o título "Inventing Aladdin", em *Swan Sister*.

"O monarca do vale", copyright © 2004 by Neil Gaiman. Publicado originalmente sob o título "The Monarch of the Glen", em *Legends II*.

🌐 intrinseca.com.br
🐦 @intrinseca
📘 editoraintrinseca
📷 @intrinseca
🎵 @editoraintrinseca
▶️ editoraintrinseca

1ª edição	NOVEMBRO DE 2023
impressão	LIS GRÁFICA
papel de miolo	PÓLEN NATURAL 70 G/M²
papel de capa	CARTÃO SUPREMO ALTA ALVURA 250 G/M²
tipografia	BEMBO